INMEMORIAL

PHAVY PRIETO

INMEMORIAL

Rocaeditorial

Penguin
Random House
Grupo Editorial

Primera edición: septiembre de 2024

© 2024, Phavy Prieto
© 2024, Roca Editorial de Libros, S. L. U.
Travessera de Gràcia, 47-49. 08021 Barcelona

Printed in Spain – Impreso en España

ISBN: 978-84-10096-24-0
Depósito legal: B-10.441-2024

Compuesto en Mirakel Studio, S. L. U.

Impreso en Liberdúplex
Sant Llorenç d'Hortons (Barcelona)

RE96240

A todas esas personas que alguna vez sintieron que estaban en la oscuridad. Hay una luz que brilla con intensidad dentro de ti, encuéntrala y resplandece

La medida del amor es amar sin medida.

SAN AGUSTÍN

1

Uno, cerrar los ojos con fuerza. Dos, desearlo fervientemente. Tres, afirmar que alcanzarlo está en mi mano. Esas fueron las últimas palabras que me dedicó mi abuela Carmela antes de morir y ese había sido mi mantra desde que supe que había aprobado el examen de médico interno residente, más conocido como «mir», para entrar en la Unidad de Cirugía.

Me había licenciado en Medicina en la Universidad de Barcelona y, hasta ahora, no había tenido problemas con los estudios ni con las prácticas, pero, claro, de mí aún no había dependido la vida de nadie. A partir de ese momento comenzaba lo realmente duro y el miedo era el peor enemigo en mis circunstancias.

«Y yo estoy muerta de miedo».

Me martirizaba a preguntas: ¿Y si no soy lo bastante buena? ¿O no estoy a la altura de las expectativas? ¿Seré una decepción para todo el mundo? ¿Y si me quedo en blanco en mitad de una intervención importante?

En tres días comenzaba mi formación en el hospital, y mi impaciencia se equiparaba a mi temor a fracasar con estrépito. Lo que había sido un sueño idealizado toda mi vida ahora era una pesadilla agonizante que me oprimía el pecho y amenazaba con asfixiarme. Cada noche soñaba con ese momento, mi primera operación, mi primer equipo en quirófano, y veía cómo mi paciente se moría delante de mí sin que yo hiciera nada por evitar su muerte.

Respiré hondo mientras metía unos vaqueros bastante gastados en el bolso que años atrás había pertenecido a mi padre.

—Céntrate, Leo —me dije en voz baja—. Siempre has querido ser cirujana, no vas a salir por patas como una cobarde a estas alturas antes de intentarlo, y si va mal, siempre puedes cambiar de especialidad y hacerte cardióloga.

«Así no serás una decepción como la copa de un pino».

Me habían asignado mi primera opción, el hospital Mater Dei en Valencia, uno de los mejores a nivel nacional en Cirugía Cardiovascular, que era mi meta final y personal. Eso ya me hacía tener un nudo en el estómago bastante considerable porque los residentes de la unidad libraríamos una batalla cual manada de lobos: lucharíamos con las garras afiladas para ver quién que se proclamaba líder de la manada. Yo sabía que la Unidad de Cirugía es la más solicitada pero también la más despiadada. Y allí había decidido lanzarme sin protección, entre los leones más salvajes que me devorarían sin pudor alguno.

Mi teléfono, un viejo Samsung que ya tenía unos cuantos años y a veces se quedaba bloqueado, comenzó a sonar. Puse los ojos en blanco pensando que me llamaba una de mis mejores amigas, Raquel, tan intensa como si aún tuviera quince años, en lugar de veintinueve, una intensidad que seguro que se debía a no haber salido de allí nunca. Ella y Laura eran las únicas amigas que conservaba en el pueblo. Alcázar de San Juan apenas roza los mil habitantes, así que ya era demasiado pedir que hubiera gente de mi edad.

Me sorprendió no ver su nombre, sino el de medicómicas, el chat con mis compañeras de la universidad. Lo llamamos así porque estábamos siempre de broma, hasta que un día nos ganamos la mirada furibunda del profesor Galboa. Tal vez por eso nos dio un siete raspado en Epidemiología a cada una a pesar de merecer más. Había al menos veinte mensajes y el número seguía subiendo mientras sostenía el terminal sin desbloquearlo.

Entré en el grupo, que también incluía a mis dos amigas de la facultad. Soraya había escrito varias veces:

Soraya
Leo, ¿tú sabes algo?

Que si sé qué

Soraya
¿Es que no has escuchado
el mensaje de Cristina?
¿Sabes si es solo un rumor?

¿Un rumor? ¿De qué carajos están hablando? Cristina empezó a enviar audios de unos pocos segundos, pero deslicé hacia arriba para dar con ese primer mensaje que debía ser el desencadenante del resto. Lo pulsé y me dispuse a escuchar.

 Cris
No sé si será cierto o no, pero hay un rumor circulando por toda la unidad. Al parecer, un cirujano guaperas muy reconocido, no sé qué Beltrán, aunque lo que importa es que está más bueno que los quesos que fabrica la familia de Leo, regresa después de pasar un porrón de años en el extranjero y aún no se sabe en qué hospital va a trabajar, pero todos dicen que será uno cerca de la costa levantina. En realidad, hay mucho misterio en torno a la vida del bombón con patas, dicen que verle operar es como tener una experiencia multiorgásmica.

Me eché a reír por la imaginación de la que hacía gala quien hubiera afirmado algo así, como si en una mesa de operaciones se pudiese albergar tensión sexual de algún tipo.

 Cris
Si aparece por mi hospital, ya sabéis quién será mi futuro marido.

El retintín de Cris me hizo reír con más fuerza.

«No tengo ni la menor idea, pero me apunto a ser testigo de tu boda», escribí pensando que, de ser cierto, un perfil como el que Cris describía residiría en Barcelona, donde había más oportunidades y donde llegaban los casos más relevantes.

La curiosidad pudo conmigo y metí en el buscador del teléfono la poca información que había arrojado mi amiga: «Cirujano reconocido Beltrán», y le di a buscar. Saltaron de inmediato varias imágenes del mismo hombre.

—Virgen santísima.

La garganta se me hizo un nudo hasta resecarse por completo y sentí que se me aceleraba el pulso igual que un coche de carreras. ¿Este tío existe? ¿Es real? Definitivamente los quesos Núñez de Balboa se quedaban muy lejos en comparación con ese espécimen viviente.

—¡Leo! ¡La cena está lista!

El teléfono se me escurrió entre los dedos como si me hubieran pillado cometiendo una fechoría y se estampó contra el suelo con un ruido ensordecedor que no auguraba nada bueno, pero la voz de mi madre era tan nítida que miré la puerta para asegurarme de que permanecía cerrada. Lo estaba, solo que aquel habitáculo, que había convertido en mi refugio particular, se encontraba al lado del comedor y la hoja de madera que tenía como puerta era tan delgada que se podía escuchar cualquier ruido en ambas direcciones.

Al menos era una suerte que no estuviera saliendo con nadie. La simple idea de meterlo en aquel cuchitril ya era un despropósito, más si cabe sabiendo que se escuchaba el más mínimo ruido, por no hablar de los muelles de aquel colchón, que rechinaban al menor movimiento, clara señal de que estaban oxidados.

Esperaba que mi mala suerte en todo lo referente al corazón fuese completamente opuesta a mi capacidad de sanar el órgano, porque, de no ser así, estaba jodida.

«Muy jodida».

—¡Ya voy, mamá!

Cogí el teléfono del suelo; se había roto una esquina de la pantalla.

—Genial —refunfuñé en voz baja al tiempo que metía en el bolso un pijama rosa lleno de gatitos.

«Se me ha roto la pantalla googleando al tal Beltrán. Casi me infarto. ¿Ese tío existe de verdad? Y yo a dos velas en este pueblo de mierda, anda que ya os vale...», escribí rápidamente y dejé el teléfono a un lado mientras oía los pitidos de los mensajes que entraban y en los que se estarían riendo a mi costa.

Cuando me marché, hacía casi siete años, a Barcelona para estudiar Medicina, mi hermano Marcos se apropió del que hasta entonces había sido mi dormitorio en la planta superior para dejar de compartir habitación con Daniel, el pequeño de la familia. Así que en mi ausencia habían trasladado todas mis cosas a ese cuartucho en la planta baja que siempre se había usado como trastero. Ni siquiera tenía un armario como tal, solo una cama de noventa con aquel colchón viejo y una mesita de noche, todo rescatado de la casa de mi abuela. Como solo pasaba allí los veranos y algún fin de semana esporádico, no protestaba por la incomodidad. Además, cuando venía por vacaciones me pasaba el día fuera de casa, en la granja o en la frutería donde trabajaba Raquel, que solía ser el centro neurálgico del cotilleo en el pueblo.

Un pequeño perchero de plástico, medio roto desde el invierno pasado, era lo que completaba el escaso mobiliario de aquel cuarto. Tampoco es que tuviera demasiada ropa que colocar; a decir verdad, nunca se me ha dado bien el tema de la moda, así que mi uniforme diario eran unos vaqueros con camisetas holgadas para ir cómoda, aunque mi madre me había obligado a sustituirlas por camisas para parecer más formal ahora que me había licenciado en Medicina.

Mi familia podría catalogarse de clase media. Nos dedicamos a la industria quesera. Mi bisabuelo paterno fundó la empresa, y aún sigue elaborando los quesos a la manera tradicional. Quizá por eso no resulta tan rentable; no tenemos grandes lujos, pero sí podemos vivir con cierta holgura, y eso para nosotros es suficiente. Mis tíos y mis primos también han continuado con el legado de nuestro antepasado, o sea, que toda mi familia se ha implicado en la empresa, *menos yo*, la oveja descarriada que había decidido estudiar en la universidad.

Al principio, la idea de ser la primera licenciada de la familia se acogió con entusiasmo, sobre todo por mi abuela Carmela, pero cuando anuncié que deseaba estudiar Medicina, el semblante de mi padre cambió. Imaginó que estudiaría algo que beneficiase a la granja, veterinaria, contabilidad y finanzas o incluso marketing, y que me quedaría en el pueblo cerca de ellos. En un primer momento no le saqué de su error, tal vez porque no sabía si me llegaría la nota, pero al final fue mi abuela quien me empujó a que admitiera ante él mi vocación como cirujana y mamá se sumó a la causa que ella comenzó. Todavía recuerdo la conversación que mantuvieron las dos con él hacía siete años para advertirle de que debía ser mi elección y no la suya la que determinara mi futuro.

«Aunque ese futuro fuese lejos de allí».

Siempre he creído que mi vocación es como una línea fina y sutil que me conduce hacia ese destino; igual que un imán atrae un metal o una polilla no puede evitar ir hacia la luz, existía una parte dentro de mí que me llevaba a la medicina y a creer en ese instinto innato, que no había mermado en los seis años de carrera, sino todo lo contrario. Quería salvar vidas, pero un miedo atroz a perder una vida entre mis manos había anidado en mi interior durante los últimos meses, concretamente desde que se marchó Carmela. Conforme se acercaba el momento que tanto había anhelado, el simple hecho de entrar en un quirófano me provocaba aquel pánico que cada vez resultaba más abrumador.

Aun así, no pensaba saltar del barco y dejar que la corriente me hundiese como alguien que se rinde antes de luchar por lo que desea. Había pasado los últimos trece años de mi vida deseando este momento y ahora necesitaba comprobar si no había sido más que un deseo infantil o si realmente mi destino estaba en una sala de operaciones salvando vidas. Se lo debía, además, a mi abuela, la persona que más creyó en mí, aunque ya no estuviera, pero también me lo debía a mí misma, a pesar de haber perdido la confianza que poseía.

Ni siquiera había compartido mis miedos con Cris, que había elegido la misma especialidad que yo tras licenciarnos, quizá por temor a que no fuese algo normal. «La cirujana a la que le da miedo cargarse un paciente por quedarse petrificada durante la operación». Yo ya me imaginaba siendo objeto de mofas, que me tomasen en broma o, peor aún, que me tuviesen lástima, porque no había nada peor que un cirujano al que le temblase el pulso fuera cual fuese la causa.

«Y a mí la idea de coger un bisturí hacía que me temblasen hasta los pelillos de la nariz».

Cris había entrado en la Unidad de Cirugía del hospital Sant Pau en Barcelona y Soraya quería ser médico de familia en Teruel. Soraya decía que el ajetreo de un hospital no era lo suyo, aunque yo intuía que su elección estaba en parte condicionada por ser hija única y, por tanto, querría estar lo más cerca posible de sus padres.

Tal vez mi madre también albergaba esa esperanza porque, pese a que nunca había comentado nada al respecto, se alegró cuando mencioné que había solicitado Valencia como primera opción. Me habría quedado en Barcelona de no ser porque el sueldo de residente es demasiado modesto para permitirme vivir en la capital catalana. Valencia, además, estaba mucho más cerca de casa y tendría la facilidad de venir a echar una mano en la granja si hiciera falta, aunque fuera consciente de que mi vida estaba lejos, muy lejos, del pueblo.

Alcázar de San Juan era un lugar perdido en medio de la nada y que carecía de todo. La mitad de sus escasos habitantes podría decirse que la conformaba mi familia, y la otra mitad, personas que estaban más cerca del centenario que del cuarto de siglo, como era mi caso.

«Y luego me dice Soraya que por qué no me como un rosco en este pueblo… Como no ligue con las ovejas, poco futuro tengo».

No veía la hora de marcharme de allí.

Había tenido suerte con el piso. Encontré una habitación a través de un foro de médicos residentes que trabajaban en el mismo hospital. Viviría con tres compañeras de segundo y tercer año en otras especialidades, y por lo poco que había hablado con Sofía, la que colgó el anuncio, parecía muy simpática.

Cerré el bolso curtido en piel bien gastado por el paso de los años, pero que aún cumplía su función, y lo dejé a los pies de la cama para dirigirme al comedor.

Mi madre, Elena, tenía cuarenta y nueve años, pero el cabello oscuro lleno de vetas grises le hacía aparentar unos años más. Nunca ha sabido ser femenina ni sacarles partido a sus rasgos o a su cuerpo. Prefería la sencillez a la coquetería, y nunca le ha gustado aparentar algo que no era. A su favor diré que no lo necesita: es una mujer realmente guapa. Entiendo por qué mi padre se enamoró de ella la primera vez que la vio, cuando mi madre tenía solo doce años. Treinta y siete años después la seguía mirando del mismo modo cada mañana, y tal vez eso era lo que me llevaba a creer que, más allá de la puerta del que siempre había sido mi hogar, podría existir un hombre que me mirase igual que él lo hacía con ella.

Como dice Jane Austen: «El amor no mira con los ojos, sino con el alma». En mi caso, mi alma parece estar cegata y sin rumbo alguno, o no me explico mis estrepitosos fracasos sentimentales, en los que, en lugar de príncipes, encuentro auténticos sapos babosos.

Ni siquiera podía enumerar por orden cuál había sido el peor: ¿Héctor, al que descubrí en su apartamento con otro chico? ¿Martín, que tras acostarse conmigo desapareció como un fantasma? ¿Óscar, que se volvió impulsivo y celoso a los tres días? Y tampoco se salvaba Mario, que había sido mi relación más larga y que puso mil excusas para no venir a conocer a mi familia, pretextos tan inverosímiles como que se había roto el tobillo en plenas Navidades y luego descubrí por sus redes sociales que se había ido a esquiar a los Alpes.

¿Tan complicado era encontrar a alguien con las ideas claras? No estaba pidiendo un dios griego personificado, o un adonis musculoso creado por el mismísimo Urano que quisiera sellar un compromiso para toda la eternidad. Solo pedía un chico normal con el que tuviera algo en común y que no fingiera un interés que ocultaba otra finalidad.

—¿Ya tienes todo listo, cielo? —preguntó mi madre mientras me pasaba los platos para que preparase la mesa.

Mi padre permanecía de pie cambiando de canal hasta dar con el que estaba buscando, ajeno a mi llegada y al sonido de pasos provenientes de la escalera que vaticinaba la aparición de alguno de mis hermanos. Hacía un buen rato que habían regresado de la granja. Daniel solo tenía diecisiete años, pero había decidido no continuar con sus estudios, al igual que a la misma edad había hecho Marcos, dos años mayor que él, para dedicarse a la producción quesera.

—Sí. Solo me faltan las camisas, las meteré mañana antes de irme.

Miré por encima del hombro y vi que era Daniel, que me sonreía.

De mis dos hermanos, él era con quien me llevaba mejor, quizá porque el carácter exigente y taciturno de Marcos nunca había sido demasiado compatible con el mío.

—Me habría gustado acompañarte…

Noté en la voz de mamá un deje de nostalgia. Mi presencia constante en el último año había mitigado el vacío que dejó mi abuela hacía solo unos meses. Con mi marcha, se quedaba sola en casa mientras mis hermanos y mi padre pasaban el día en la granja. Así que interrumpí para que la melancolía y el sentimiento de culpa no invadieran el ambiente en mi última noche en casa.

—Estaré bien, he vivido seis años en Barcelona y conozco Valencia desde que era pequeña. Además, estaré más cerca y tendré mayor facilidad de venir a visitaros. —Me acerqué a ella para darle un beso en la mejilla y asintió con desgana.

—Ya no es una niña, Elena. Ahora es médico y Valencia no está tan lejos, podremos ir a visitarla y volver en el mismo día cuando quieras —advirtió mi padre sonriendo.

Se le daba bien regular las emociones de mi madre, había tenido casi cuarenta años para perfeccionarlo. Solo tenía un año más que mamá, y mientras que yo veía la idea de tener un hijo muy lejana, ellos habían sido padres a mi edad.

—Lo sé, Juan, todavía no me creo que vaya a ser cirujana de verdad —confesó mamá, y yo evité mirarla.

Yo tampoco lo creía, pero admitirlo era confesar que no me sentía preparada a tan solo unas horas de convertirme en cirujana.

Lo cierto es que prefería que nadie me acompañara. Aunque aparentase ser la Leo sonriente y jovial de siempre, en mi interior una pequeña semilla había germinado y sus raíces amenazaban con extenderse por todas partes. Me quemaba. Me ahogaba. Sentía una ansiedad que no había experimentado en toda mi vida y me horrorizaba admitir que carecía del valor para enfrentarme a lo que siempre había deseado.

«Miedo al fracaso. Miedo a la decepción. Miedo a no ser la persona que siempre he querido ser y la que todos esperan que sea».

Por más que intentara practicar el estoicismo, es decir, aceptar aquello que puedo controlar y desestimar lo que no está a mi alcance, asumiendo en el proceso que el ser humano tiene un principio y un final, lo cierto es que yo no quería que ese final sucediese en mis manos. Lo peor de todo es que temía haber echado a perder media vida.

Podría ser muchas cosas, pero nunca me podrían definir como cobarde. Era tenaz, decidida y, aunque no irradiaba seguridad en mí misma, siempre había creído en mí lo suficiente para saber que era capaz de lograr lo que me propusiera.

«Al menos lo había creído hasta ahora, que mi cerebro se había llenado de contrariedades y dudas persistentes».

Hasta seis meses antes tenía todo mi futuro proyectado, sabía cuáles eran mis metas. Ahora dudaba de mi propia existencia y me preguntaba si todas las elecciones que me habían llevado hasta este momento eran fruto de un impulso infantil de superación, de querer salir de allí, y al que me había aferrado con uñas y dientes, fomentado a su vez por la ilusión de una persona que ya no viviría ese sueño a mi lado.

Aquella noche, acostada ya, leí los mensajes atrasados de las medicómicas. Después de reírse un buen rato a mi costa, Cris y Soraya insistían en que si seguía a dos velas era porque me daba la gana, pero a mí las aplicaciones de ligues para una noche no me gustaban nada. Tal vez el problema era mío, por ser, en primer lugar, una paranoica, y en segundo, una romántica empedernida que no concebía una relación tan impersonal como el sexo con un completo desconocido que luego se convierte en Peter Pan y viaja al país de Nunca Jamás, donde si te he visto no me acuerdo ni de tu nombre.

«Solo que yo sí lo recordaría, por desgracia».

Además, a mí que no me cuenten historias, que eso y tener un consolador en la mesita de noche es lo mismo, salvo que el segundo es más eficaz, rápido y no necesitas fingir ningún orgasmo.

Entré en el navegador y la imagen del tipo que había mencionado Cristina ocupó toda la pantalla. El titular de la foto decía: «Athan Beltrán, la persona más joven en alzarse con el Premio Wolf de medicina». Era varonil, de ojos claros, pero no podía adivinar el color porque la cámara no lo captaba. Labios finos pero bien delineados, bien afeitado, elegante y con un corte de cabello a la moda que resaltaba el pelo castaño. Musculoso sin llegar a ser en apariencia corpulento, porque en las pocas fotos que había de él siempre vestía con traje. Lo que más me llamó la atención, sin embargo, fue que en ninguna sonreía. Mi primer pensamiento fue que alguien con tanto talento y tan atractivo no podía ser la perfección hecha persona, el tío debía esconder algo malo. Era estadística pura y dura.

«Un tío chungo, y de los peores».

Bloqueé el teléfono y lo dejé sobre la mesita de noche. Me giré de lado y me abracé a la almohada. El colchón chirriaba con ese ruido que atrofiaba los oídos.

«Athan Beltrán», rememoré.

«Hasta el nombre te hace vibrar los cinco sentidos».

El tipo podría ser todo lo perverso que quisiera, pero fantasear con alguien que no tendría la ocasión de conocer en mi vida tampoco era un delito y esa noche necesitaba ocupar mi mente con algo tan insustancial como aquello.

2

Salía de la estación de tren arrastrando la enorme maleta en una mano y el bolso en la otra cuando una bofetada de intenso calor húmedo me devolvió a la realidad e hizo que los vaqueros y la camiseta se me adhiriesen al cuerpo como un guante de látex. No me sorprendieron los cuarenta y tres grados que marcaba uno de esos postes publicitarios que marcan la temperatura.

«Si me echan aceite, me convierto en huevo frito».

Habría cogido un taxi de no ser porque el autobús pasaba con frecuencia. Subí al número sesenta y cuatro, y diez minutos después ya vislumbraba el hospital en el que comenzaría mi residencia en menos de veinticuatro horas. Hacía años que no veía aquel edificio majestuoso de siete cuerpos unidos por un núcleo central en hormigón prefabricado. Su acabado blanco era lo que más llamaba la atención. Allí deseaba hacer mi sueño realidad.

«Solo necesito una señal. Algo que me diga que mi intuición no se equivoca y que este es mi destino».

Mi embelesamiento me obligó a salir corriendo antes de que las puertas del autobús se cerrasen en la parada y salté con la maleta, el bolso, la mochila y un bolsito pequeño donde tenía lo más importante a mano. El crujido me alertó de que algo no iba bien, pero el que la maleta no rodase en condiciones lo confirmó.

«Genial. Ayer el teléfono y hoy la maleta, solo falta que explote el ordenador para comerme el sueldo de aquí a Navidad».

La rueda se había hundido y una raja se abría paso hasta la mitad.

«¿Querías una señal? Toma señal. Ve sacando tu culo de Valencia y compra ya el billete de vuelta».

El sudor me bajaba por la columna vertebral vaticinando que, si no me daba una ducha pronto, ahuyentaría hasta mi propia sombra. Por suerte, poca gente recorría la avenida a esas horas. Otra rueda estuvo a punto de romperse al doblar una esquina. ¿En qué bendito momento se me ocurrió meter todos los libros en la maleta? Menos mal que el número veintiocho apareció pronto ante mis ojos. Le envié un mensaje a Sofía, la chica con la que había contactado, para decirle que estaba en la puerta. Era un edificio nuevo, uno de esos residenciales cuyos acabados llaman la atención y te invitan a visitarlo. Presioné el botón de la undécima planta y respondieron enseguida.

—¿Leo? —exclamó.

—¿Sofía? —respondí en el mismo modo.

—Sube por la escalera de la izquierda, dile al conserje que vas al piso once.

Empujé la maleta por el peldaño y tiré con fuerza, y cuando conseguí meterla, la segunda rueda se fue al carajo, pero ya no me importó: el frescor del interior era tan agradable que me daba igual tener que llevar mis cosas en bolsas de basura, si era necesario. Un señor que debía rozar los setenta años se ofreció a ayudarme al ver mi apuro. Tenía más fuerza que yo y logró meter la maleta en el ascensor cuando le dije a dónde me dirigía. Se presentó como Andrés, y lo memoricé para agradecérselo con algún detalle.

Al llegar al rellano, vi a Sofía apoyada en el marco de la puerta. Me sacaba una cabeza, tenía el cabello largo, muy liso y de un negro casi azulado. Sus ojos también eran oscuros y su tono de piel casi fantasmal resaltaba aún más sus rasgos.

Me la había imaginado simpática, y no me equivoqué. Me hizo un tour por el piso bastante veloz, aunque se detuvo un poco más en mi habitación y el baño que compartiría con Inés. El apartamento tenía suelos de parquet, las paredes blancas y una decoración minimalista en tonos grises oscuros, beige y negro, con algún toque de verde. Los materiales eran madera y acero.

Era una verdadera pasada.

—Nos turnamos para la limpieza del salón, la cocina y los suelos, así descansamos cada semana. Del baño te organizarás con Inés. El horario de la piscina es de nueve de la mañana a nueve de la noche, y te aviso que ya le he echado el ojo al socorrista. —Lo dijo con una sonrisa—. Eso me recuerda que en general no tenemos normas que prohíban traer tíos a casa, pero hay que avisar, ya sabes, para poner la música alta y no escuchar *placeres* ajenos.

—No creo que traiga a muchos chicos —contesté fijándome en las increíbles vistas del hospital que había desde el salón. A aquella altura y a esa distancia se podía apreciar perfectamente su magnitud.

—Se aplica lo mismo para las chicas, ¿eh?

No pude evitar echarme a reír hasta atragantarme con mi propia saliva.

—No me gustan las chicas —logré decir atropelladamente—. A ver, que no tengo nada en contra de a quien le gusten, pero soy hetero, solo que no me van las relaciones esporádicas de una sola noche, soy más de…

—Una romántica —sentenció cruzándose de brazos mientras fruncía el ceño y yo asentía—. Cirujana, ¿estás segura de que no te has equivocado de unidad?

Volví a reír. Yo misma me hacía esa pregunta, aunque no por los mismos motivos que Sofía.

—Estoy segura.

Un par de horas más tarde y con la maleta en el contenedor de basura tras colocar todas mis cosas, llamé a mi madre para avisarla de que ya estaba instalada mientras iba a por un poco de compra. La llamada no duró demasiado. Al colgar vi que me llamaba mi amiga Cris. Poco antes había escrito en el grupo que acababa de llegar a Valencia.

—¿Qué milagro ha sucedido para que tengas un hueco de cinco minutos? —exclamé nada más descolgar.

Cris había comenzado su residencia tres semanas antes que yo y, a pesar de que continuaba escribiendo en el chat, pero con menor asiduidad, apenas llamaba por teléfono.

«Intuía que me pasaría lo mismo en pocos días».

—Culpable, pero es el primer día que salgo pronto, y aunque llevo sin depilarme tres semanas y podría hacerme trencitas en las piernas, he preferido llamarte. Eso también cuenta, ¿no?

—Lo daré por válido —admití aguantando la risa—, pero solo porque desde mañana mi vida será muy similar a la tuya.

—Tenlo claro, aunque te llevo poca ventaja ahí van mis tres consejos. Primero, si el primer día sientes que ha sido una mierda, es normal, te abrumará la cantidad de cosas que tendrás que hacer. Segundo, no te líes con nadie de tu unidad, si luego hay mal rollo es una faena de las gordas tener que verle todos los días. Y tercero, pero no menos importante, ¡depílate! Nunca se sabe qué puede ocurrir en la zona de urgencias un sábado por la noche con algún internista…

Me eché a reír.

—Eres incorregible. —Negué con la cabeza mientras entraba en el supermercado.

No tenía una lista planeada, pero después de vivir a base de sándwiches, ensaladas preparadas y cacahuetes en la última etapa de exámenes de sexto año, podría sobrevivir con una simple bolsa de patatas fritas y café.

—¡Oh, vamos! No has salido con nadie desde Mario y ya no tienes la excusa de que estás en el pueblo. Más de un año sin tener sexo debe ser perjudicial para la salud, te lo digo yo, que soy médico.

Estallé en carcajadas.

—Tampoco tengo la culpa de que todos los tíos con los que he salido me hayan salido rana… Esta vez no pienso fijarme en su aspecto, solo en su intelecto.

—Tu teoría está genial, pero… ¿Y si luego la conexión física es una castaña? O peor, que sea malísimo en la cama. Mejor resolver eso al principio para saber si debes perder tu tiempo o no.

«¿De verdad que estaba teniendo esa conversación en la zona de los congelados?».

Miré a mi alrededor, pero no tenía a nadie especialmente cerca que pudiera oírme.

—A lo mejor prefiero que seamos compatibles a nivel intelectual a…

—No, cariño, a ti lo que te pasa es que esos insulsos con los que has estado no sabrían complacer a una mujer ni haciéndoles un mapa.

No respondí porque no andaba muy desencaminada: Héctor ni siquiera me había tocado de forma íntima, pero gustándole los tíos no me extrañaba.

—A lo mejor el problema soy yo —quise sincerarme.

Escuché un bufido y aparté el teléfono para comprobar que la llamada seguía en curso.

—Tu problema es que no has conocido a un tío que te deje sin respiración, te acelere el pulso, te haga olvidar hasta el día en que naciste y te lleve a la jodida luna cuando te toca.

«Esta se ha montado una película a lo *Casablanca*».

—Ya…, como tu doctor Beltrán, ¿no? —me quejé mientras echaba un revuelto de verduras al carrito y continuaba hacia la sección de los productos frescos.

—¡Exacto! —gritó—. A ese no hay que hacerle ningún mapa, ya te lo digo yo…

Puse los ojos en blanco y cogí una bolsa de queso rallado y otra de jamón de pavo sin mirar siquiera la fecha de caducidad y me encaminé hacia el estante de las ensaladas preparadas.

—Y ahora me vas a decir que me plante un buen escote y me ponga un cartel en la frente que diga: LO QUIERO TODO cuando vea un tío como Athan Beltrán.

Lo solté al tiempo que estiraba la mano para alcanzar la última ensalada de atún y aceitunas negras que quedaba en la balda más alta, mi favorita. Un perfume a incienso con toques de vainilla comenzó a embriagarme. Era sensual, atrayente, incitaba a cosas prohibidas que no sabía ni que podían existir. Un leve escalofrío en la nuca hizo que me estremeciera. Una mano masculina se me adelantó a coger la ensalada que yo trataba de atrapar con los dedos. Noté el ligero roce de su brazo con el mío y por un momento pensé que iba a dármela.

—Graci… —Me callé cuando vi que la lanzaba a un carro que no era el mío.

«¿Perdona?».

Entonces me fijé en la persona tras aquella mano. El tipo vestía un traje gris oscuro a pesar de hacer un calor como en el mismísimo infierno. ¿Quién carajos se pone un traje para ir al supermercado a las cuatro de la tarde con este bochorno del demonio? Cuando levanté los ojos y descubrí el destello azul de su mirada, me quedé paralizada. De pronto, las piernas me temblaban tanto que me amenazaban con caerme de culo sobre mi carrito de la compra.

«Esto debe ser una broma. Una jodida broma del universo. Eso, o me he muerto del pepinazo que me habré dado al resbalar mientras cogía la ensalada. Sí, va a ser eso. Todo esto forma parte de una alucinación».

El tío ni siquiera me miró. Continuó a lo suyo pasando la vista por las baldas de verdura fresca como si lo que acabara de hacer fuese lo más normal del mundo. Me pellizqué el brazo sintiendo el dolor que producía.

«Vale. No me he dado una hostia. Ese tío es real. Muy real».

—Será capullo.

Ahora era consciente de lo que acababa de ocurrir al ver que se alejaba con la ensalada que aún veía desde lejos en su carro. ¡Mi ensalada!

—¿Leo? ¿Estás ahí?

La voz de Cris me devolvió a la realidad. No había dejado de hablar, pero yo no había escuchado nada.

—Se ha llevado mi ensalada —contesté todavía en shock.

—¿Qué?

—Que me ha quitado la ensalada con toda su jeta. —Me volví hacia el estand y comprobé que, en efecto, era la última de atún que quedaba.

«No hay más».

—¿Quién?

—El tío del que estábamos hablando, el Beltrán ese, se acaba de llevar la ensalada que yo intentaba coger.

—¿Cuántos grados hace en Valencia, Leo?

Resoplé. Lo cierto es que era demasiado surrealista para ser real.

—Estoy en un Mercadona con el aire acondicionado a toda leche. ¿De verdad crees que sufro alucinaciones por insolación? ¡Si hasta iba en traje y se olía su perfume a kilómetros!

«No voy a olvidar ese olor en mi puñetera vida».

«¿Y si me ha estado escuchando todo el tiempo? Me muero».

—¿Puedes hacerle una foto? —insistió no muy convencida.

—¿Tú comes setas? Ni de broma intento hacerle una foto al cretino ese, me pilla y tengo la carrera sepultada de por vida —dije casi en un susurro.

—No me puedo creer que sea él. ¿Estás segura?

Eché a andar despacio para buscar dónde demonios se había metido. Cualquiera que me viera pensaría que era una lerda.

—Tan segura como que me llamo Eleonora Núñez de Balboa.

«¿Y qué hago yo ahora? ¿Me voy? ¿Sigo haciendo la compra como si nada?».

Repasé mentalmente la conversación con Cris para ver si había dicho su nombre.

«Mierda. Lo he dicho. Y encima dos veces. ¡Que me parta un rayo ahora mismo!».

Se podían contar con una mano las personas que había a esa hora en el supermercado. ¿Y tenía que ser él una de ellas? Eso no me podía estar pasando a mí.

—O me estás gastando una broma muy buena o eres una jodida loca con suerte —soltó Cris y me dieron ganas de reír.

«Ya me gustaría a mí que fuera una broma».

Giré en el pasillo de las bebidas, y allí estaba, estudiando con minuciosidad las botellas de vino para ver cuál elegir. Su sola presencia abrumaba, ni quería pensar en esos ojos azules mirándome fijamente. Reparé de nuevo en su carro y en la ensalada que debía ser mía.

—Te dejo, tengo que recuperar una ensalada de atún.

Ni siquiera sabía qué demonios estaba haciendo, pero avancé por el pasillo mientras él continuaba inspeccionando el vino. Parecía que ninguno le convencía y, cuando se alejó lo suficiente para observar las botellas de la balda de abajo, metí la mano y tiré del borde de la ensalada con precisión, sin hacer el menor ruido.

«Si se me escurre, estoy muerta».

Continué caminando con la inquietud de que pudiera mirarme. No sé si lo hizo porque mantuve la vista al frente y la adrenalina era tal que me sentí pletórica, a pesar de que me habría encantado ver su cara cuando comprobara que la dichosa ensalada había desaparecido. No me quedaba más remedio que imaginármela.

«Me voy de aquí echando leches».

Me zambullí en la piscina para que el agua me refrescara. Aún taconeaba feliz la malvada y perspicaz Leo que había recuperado lo que consideraba suyo. Hacía demasiado tiempo que no me sentía de ese modo: enérgica, vibrante, tenaz, decidida a comerme el mundo, aunque solo hubiera sido un mero impulso. Ni siquiera era consciente del porqué lo había hecho a pesar de los riesgos a un enfrentamiento, pero allí estaba, en la cuarta bandeja del frigorífico, la ensalada de atún con aceitunas negras.

Inés y Maite regresaron de sus turnos unas horas más tarde y no tardaron en convencerme para ir a la piscina a refrescarnos antes de que cerrase. Eran igual de majas que Sofía. No mencioné nada sobre el asunto del supermercado y mi encontronazo con el tal Beltrán, aunque me vanaglorié de ello en el grupo de las medicómicas. Cris, que había sido testigo de todo, me decía que estaba loca y Soraya se tronchaba de risa cuando les envié la foto de la ensalada en el frigorífico. Tal vez desayunara queso rallado y jamón de pavo, pero me sabrían a gloria.

Observé cómo Sofía coqueteaba con el socorrista, que de no ser por los tatuajes reconozco que tenía su aquel, aunque no era para nada mi tipo, si es que lo tenía.

Por más que intentara olvidar esos ojos azules de Beltrán, a pesar de que ni siquiera me hubiera mirado más que de soslayo, era imposible. De hecho, más de diez veces me había impedido a mí misma volver a ver su foto diciendo que era un capullo soberbio pretencioso porque ¿quién narices se apropia de algo que claramente pretende coger otra persona?

«Un reverendo cretino».

Inés comenzó a relatar que estaba liada con uno de Traumatología, aunque no era nada serio, pero sus mejillas se teñían de rojo cada vez que hablaba de él y el rostro se le enternecía. A su manera, encajaba físicamente muy bien en el perfil de pediatra. Era tierna con aquellos rizos rubios y la melena por los hombros. Sus ojos azules no perdían luz tras las gafas, y, ahora que se las había quitado, podía percibir que el color era tan intenso como un mar soleado.

«Como los de cierto cirujano…».

Maite propuso ir de cervezas esa noche para celebrar mi llegada. Yo prefería estar fresca a la mañana siguiente, tenía que presentarme en Secretaría a las ocho en punto para firmar el contrato, pero aquella era la oportunidad perfecta para conocer mejor a mis compañeras.

Entre cerveza y cerveza, acabamos en la puerta del club que estaba de moda, El templo, cuya entrada imitaba realmente la fachada de un templo griego. El sitio me llamó la atención, pero nos fuimos cuando avisaron de que el aforo estaba completo y debíamos esperar al menos una hora. No lo lamenté porque en el momento en que me metí en la cama eran las cuatro de la madrugada.

«Mi careto dentro de tres horas va a ser digno de mención».

Me aseguré de que la alarma estaba activada y me fijé en la esquina rota que impedía ver con nitidez ese trozo de pantalla.

El perfume a incienso con vainilla regresó a mis recuerdos inundándome de la misma sensación que había experimentado esa tarde justo antes de darme cuenta de a quién pertenecía.

No obstante, fantasear con el doctor Beltrán era el menor de mis males por muy pedante o estirado que fuera. Había estado toda la tarde evitando preguntarme qué demonios hacía él allí, en ese supermercado y tan cerca del hospital. ¿Sería demasiado ingenuo pensar que solo era casualidad, que estaba por allí de paso y que no iba a trabajar en el mismo lugar que yo?

Las palabras de Cris sobre el rumor que se cernía en torno a él y un hospital de la costa levantina regresaron con más fuerza.

«No nos alarmemos, tal vez solo se ha reunido con la dirección para ver qué propuesta le ofrecen y, con un poco de suerte, no le convencerá y se irá a otro lugar. Muy lejos de aquí».

Mi idea era cada vez más convincente, al fin y al cabo, llevaba un traje formal a las cuatro de la tarde en plena canícula. Seguro que solo estaba valorando opciones y, que como era de esperar, se instalaría en Barcelona o en cualquier otro lugar.

Había que reconocer que era tal como Cris lo había descrito: te deja sin respiración, se te acelera el pulso y no recuerdas ni el día en el que naciste, te llevaría a la jodida luna si quisiera. Si sumaba eso a estar en una mesa de operaciones, ya tenía mi pesadilla hecha realidad con nombre y rostro. Hay cuatro hospitales en Valencia, no podía tener tanta mala suerte de que cayera en el mismo. Aunque si pensaba de nuevo en esos ojos azules y ese perfume que emanaba de él, no me parecía tan malo después de todo.

Aquella noche no fantaseé a conciencia con el doctor Beltrán, pero mi subconsciente decidió que el espécimen bien merecía la pena y obró por su cuenta. Me desperté sobresaltada y con una sensación de placer tan intensa que tardé más de un minuto en comprobar que había sido solo un sueño.

«Al final Cris va a tener razón y necesito un buen polvo».

El reloj marcaba las siete y media.

«Genial. Voy a llegar tarde. Y encima no me va a dar tiempo a taparme las ojeras de mapache. Vaya primer día de mierda que me espera».

Me había lavado el pelo la tarde anterior, así que lo atusé con los dedos para darle un poco de volumen y que la humedad de esta ciudad hiciera el resto. Unos vaqueros y una camisa azul de algodón remangada hasta los codos eran mi atuendo. Eso, y las deportivas blancas, que necesitaban un lavado urgente. Ni siquiera me miré al espejo cuando salí de casa.

Me tomaría tres litros de café en cuanto terminara el papeleo del contrato o mi entrevista con el tutor sería un completo fiasco.

Vi mi reflejo en el espejo de la entrada del edificio y, a pesar de la distancia, podían apreciarse las dos líneas violáceas bajo mis ojos por falta de sueño, pero, por lo demás, ni tan mal. Mi cabello era ondulado, ni liso, ni rizado, sino del que elige quedarse a la mitad de ambos. No me disgustaba, lo cierto es que me daba poco trabajo y era fácil de manejar cuando quería alisarlo, y el tono castaño oscuro se aclaraba ligeramente en verano. Lo más destacable de mi rostro podrían ser mis ojos, de un color castaño tan claro que en ocasiones parecía amarillo verdoso, y lo suficientemente grandes para desviar la atención de todo lo demás, como una nariz bastante pequeña y los labios más gruesos de lo que me gustaría.

Me ajusté mejor la camisa metiendo parte de ella en el pantalón. Siempre utilizaba vaqueros, aunque me solía costar encontrar unos que se adaptaran a mis caderas sin quedarme gigantescos en la cintura, por eso me los ceñía siempre con cinturón.

El corazón me latía rápido. Sabía que no era debido a la caminata frenética para llegar a la hora indicada, pero ya no cabía dar marcha atrás. El momento había llegado y, estuviera preparada o no, iba a afrontarlo.

Uno. Cerrar los ojos con fuerza. Dos. Desearlo fervientemente. Tres. Afirmar que está en mi mano alcanzarlo.

«Es lo que siempre he querido. Lo que llevo deseando toda mi vida. Y será mío».

3

Mi paso por Secretaría fue breve, ya había visto una copia del contrato con todas las cláusulas, que pude leer detenidamente antes de dar mi consentimiento. Así que a pesar de que la encantadora señora de Recursos Humanos me hizo un pequeño resumen y me facilitó el pase para la Unidad de Cirugía, me limité a plasmar mi firma y desearle un buen día. Debía presentarme en menos de cuarenta minutos en la primera planta: me daba tiempo, pues, a tomar un café triple y a echarme el corrector de ojeras para dejar de parecer un cadáver viviente.

Decidí usar las escaleras para apreciar la magnitud del edificio. Caminaba con tranquilidad, una sensación de calor me acogió, era un frenesí extraño, una palpitación. De algún modo intuí que aquel lugar cambiaría mi vida para siempre y fui más consciente que nunca de que aquello se estaba haciendo realidad. No estaba allí por el sueño romántico de una adolescente de doce años que leía a Shakespeare, sino que iba a convertirme en cirujana cardiovascular porque desde una edad temprana había deseado desentrañar los misterios que podría llegar a esconder el corazón en su parte más profunda.

Fantasía o no, mi presente era más real que nunca.

—¿Eleonora?

Una voz de chica me impulsó a girarme en su dirección. Tendría más o menos mi edad, vestía una bata blanca y llevaba varios bolígrafos de colores en el bolsillo superior, junto a su nombre, Noelia Armenteros.

—Llámame Leo, por favor. ¿Qué me ha delatado?

Sonreí con espontaneidad y vi que ella también lo hacía, eso me agradó. Conocía lo importante que era crear un agradable clima de compañerismo para que el ambiente de trabajo fuese ameno y no se produjeran conflictos entre el personal.

«De ahí que no resulte conveniente tener un lío con alguien de la misma unidad».

—El hecho de que inspeccionaras este lugar como lo haría el personal sanitario y no como una paciente, además del pase con tu nombre, claro. —Señaló mi colgante—. Encantada, Leo. Soy Noelia, tu mentora. Te haré una visita guiada por las instalaciones que vas a frecuentar y te comentaré cómo solemos trabajar. Tu tutor está ahora mismo en una operación, así que se reunirá contigo más tarde, pero puedo ir resolviéndote algunas dudas, ¿te parece?

Me invitó a acompañarla. Nos dirigimos hacia un lado del pasillo y nos topamos con el personal de enfermería y algunos médicos, que nos miraban y saludaban a Noelia.

—Tu tutor es el doctor Ibáñez. Te presentará a todos los miembros de la unidad y tendrás la oportunidad de trabajar con ellos. Es normal estar abrumada el primer día en un ambiente nuevo. Nadie te juzgará.

Sonreí mientras mis ojos devoraban cada espacio de aquel lugar, tratando de hacerme un mapa visual en el que reconocer dónde estaba cada sitio porque sería algo completamente imprescindible para no perderme o parecer una inútil. Por suerte, eso no sería un gran problema.

—¿Conoces bien al doctor Ibáñez? —pregunté solo para hacerme una idea antes de mi entrevista con él.

—Es el jefe de servicio de Cirugía General. Exigente como pocos, no lo voy a negar porque tú misma lo vas a comprobar dentro de unos minutos, pero su exigencia está ligada al potencial que demuestres. Ha formado a renombrados cirujanos que hoy día son una eminencia a nivel mundial, así que es un privilegio ser su alumno. En general es un buen tipo, muy riguroso, pero a la vez comprensivo y hará todo lo posible para que alcances tus objetivos. Tiene muchísimos contactos y, además, tú eres la única residente a su cargo ahora.

«¿No había más especialistas?».

—¿Solo estoy yo de primero en la unidad? —exclamé horrorizada.

—No. Sois cinco residentes de primero, pero él te tiene solo a ti, a ningún especialista más de ningún otro año. Solo tú. Eso ya te coloca en el punto de mira, porque Ibáñez es realmente bueno y la máxima autoridad en la Unidad de Cirugía.

El café se me atragantó y amenazó con salir y liarla parda.

«Me tenía que tocar a mí. ¡A mí que me da miedo hasta coger un bisturí!».

Ningún tutor tenía a un único alumno, era ilógico. Y menos si era tan bueno como Noelia decía.

—¿Por qué yo? —La pregunta fue inevitable, si antes tenía cierta presión con esa entrevista, ahora era un manojo de nervios en el que sentía el temblor de mis piernas amenazando con fallar en cualquier momento.

«Voy a vomitar de verdad. Lo va a saber en cuanto me vea. Ese tipo tiene experiencia, verá que tengo miedo solo con mirarme a los ojos. Y no miedo a lo desconocido. No. Miedo a cagarla de verdad».

—No te alarmes. Lleva varios años sin tener ningún alumno porque su mujer está enferma y no quería tener esa responsabilidad sobre sus hombros si debía ausentarse temporalmente, pero este año se ha sentido presionado por la junta directiva del hospital y aceptó tener un único alumno. Por azar te ha tocado a ti.

Sus palabras me tranquilizaron, al menos lo suficiente para que el café se quedara en mi esófago.

Noelia me enseñó el ala de cirugía sin ingreso de la primera planta. Hicimos una visita fugaz a la cuarta planta para ver las zonas de cirugía torácica, vascular y cardiaca y nos quedamos en la sexta planta, donde se llevaban a cabo las intervenciones de carácter general. Me mostró los quirófanos, las salas de recuperación y reanimación, el área de esterilización, las oficinas, el almacén, el vestuario, el control de enfermería, los equipos de soporte, documentación y la sala de reuniones.

—Principalmente estarás en la sexta planta. Pasarás los primeros días acompañando en la supervisión de pacientes en preoperatorio o postoperatorio. Si tienes algún hueco libre, que no suele haberlos con frecuencia, puedes adelantar trabajo, que te asignará tu tutor en la sala común, aunque te advierto de que buena parte de él tendrás que llevártelo a casa. En cuanto tu tutor lo considere, comenzarás a estar en oficinas con los adjuntos para ver de primera mano cómo evalúan la situación del paciente de cara a la operación, aunque de esto te informará Ibáñez en detalle.

—¿La tasa de abandono del primer año es alta? —pregunté con algo de sarcasmo.

A Noelia se le escapó una carcajada.

—No es tan malo como parece. El primer año es el más duro, sobre todo por los turnos, y con Ibáñez te auguro que no dormirás más de cinco horas si quieres dar la talla. Después te acostumbrarás y el ritmo ya no te supondrá un esfuerzo. Además, me han asignado ser tu mentora, podrás preguntarme cualquier duda o consulta pertinente, aunque él llevará tu formación académica, revisará con precisión tu progreso y decidirá las estrategias y los planes que mejor convienen para tus objetivos. Mi finalidad es que te integres en el equipo y echarte un cable para lo que necesites.

—¿Te ofreciste voluntaria? —pregunté por curiosidad.

Noelia era realmente agradable y transmitía esa sensación de confort para relajarse y no mantener la guardia alta.

—Ibáñez me eligió de entre todos los residentes. —Lo dijo complacida y supuse que para ella era un honor que él la hubiera seleccionado como mi mentora.

—Le diré que ha escogido a la mejor —contesté con una sonrisa—. ¿Hay alguien en la unidad con quien deba tener especial cuidado?, ¿Manías? ¿Costumbres?

—Vienes fuerte, ¿eh? —respondió con audacia y sus ojos castaños centellearon de alegría.

Con aquel carisma ya intuía que Noelia y yo seríamos grandes amigas.

—Más bien es para no pegarme el batacazo antes de tiempo.

Volvió a reír.

—Vas a caer muy bien al resto del equipo —admitió entre sonrisas—. En general hay buen ambiente, de hecho, se incentivan bastante las actividades sociales para que haya buen rollo en el trabajo. Tenemos torneos deportivos, seminarios, eventos solidarios y de voluntariado, retiros, excursiones y todos los jueves nos juntamos unos cuantos en un bar de copas que hay a la vuelta de la esquina, Oasis. Te recomiendo ir de vez en cuando para desmitificar a algunos de tus superiores. Aunque no siempre están todos, sí suelen dejarse caer. En cuanto a tu pregunta, a Ramírez no le gusta que le interrumpan mientras habla, y habla mucho, así que limítate a escuchar más que a preguntar, y a Condado le gusta ser el centro de atención; tú síguele el rollo y todo irá bien. Con el resto no vas a tener problemas, aunque no conozco demasiado a los otros residentes de primer año y está por llegar el nuevo jefe de sección cardiovascular del que no se sabe nada aún.

«No interrumpir. Seguir el rollo. Eso está chupado».

—Esperemos que no cuenten conmigo para algún deporte de equipo o perdemos fijo.

Nos dirigíamos a la sala de reuniones del personal. Noelia se echó a reír al tiempo que llamó la atención de otros dos residentes de primer año.

Vanessa y Antonio. Sin saber por qué, el rostro de ella mostró un semblante taciturno y despectivo mientras me observaba con minuciosidad hasta el punto de hacerme sentir realmente incómoda. ¿Tendría algo que ver lo de ser la alumna de Ibáñez o es que esta chica era como un cactus que te pincha si te acercas?

—¿Se sabe algo sobre cuándo llegará el nuevo jefe de sección en Cirugía Cardiovascular? —exclamó Vanessa sin siquiera darme la bienvenida.

Antonio, en cambio, sí me saludó. Era corpulento, alto, fornido, en cierta forma me recordaba a mis primos por su tamaño. Tenía el cabello oscuro, al igual que sus ojos, y una piel bastante bronceada, en su semblante se apreciaba que era una persona entrañable.

«Un osito amoroso. Menuda diferencia con la que tiene a su lado».

—Supongo que lo hará en los próximos días, aunque en nada os afecta a los residentes de primer año, os falta mucho para la subespecialidad y será vuestro tutor quien decida a qué operaciones podéis asistir, aunque sea como espectadores —respondió Noelia amablemente.

Vanessa frunció los labios delineados con un labial rosa en una sonrisa forzada. Deduje que no pensaba rebatir la respuesta con otra pregunta.

Era rubia, guapa y, a juzgar por la vestimenta que se podía apreciar bajo la bata, incluidos los zapatos de tacón, con estilo para vestir.

«Todo lo contrario a mí. No me extraña que se pregunte por qué soy yo y no ella la alumna de Ibáñez».

—El doctor Ibáñez ya habrá terminado la cirugía y estará esperando tu visita, te acompañaré a su despacho.

La voz de Noelia acaparó nuestra atención. Vanessa volvió a mirarme con aquellos ojos ligeramente verdes que desprendían algún tipo de rencor.

—Mucha suerte, Leo —dijo Antonio, y le respondí con una sonrisa.

Notaba una sensación de nerviosismo mezclado con ansiedad, igual que en el momento en que cargué la página para ver los resultados del examen de residente. Por alguna razón incomprensible había tenido la bendita suerte, o el infortunio, según se mirase, de tener como tutor a un referente en el ámbito de la cirugía, así que llamé con firmeza a la puerta en cuanto Noelia se marchó. Escuché una voz al otro lado que me invitaba a pasar. Cogí todo el aire posible y entré con una decisión que en realidad no tenía. Me relajé un poco al ver que Ibáñez se levantaba de su asiento y sonreía para estrecharme la mano. Ese gesto, sin duda, logró hacerme sentir un poco más cómoda.

—Bienvenida al equipo, Eleonora.

Me apretó la mano con seguridad mirándome a los ojos, y comprendí que era alguien seguro de sus decisiones, con una larga experiencia. Debía rozar la sesentena.

«En cuanto llegue a casa le googleo».

Lo debía haber hecho antes de llegar. Varias veces cargué la página web del hospital para ver los integrantes de la Unidad de Cirugía, pero acababa cerrando el navegador porque leer esos nombres significaba que eran reales y aquel miedo que sentía se volvía demasiado intenso para obviarlo.

—Gracias, doctor Ibáñez.

No me corrigió, así que comprendí que prefería que le llamara así en lugar de utilizar su nombre de pila, que, por cierto, desconocía, pero por poco tiempo.

—Espero que hayas descansado, porque aquí no lo harás. He visto tu expediente, tus calificaciones son brillantes, aunque eso no me dirá nada si no demuestras que realmente estás capacitada y a la altura de lo que espero de ti.

«No he empezado, y ya está presionando. Lo de exigente se le va a quedar corto, me parece a mí».

—Daré lo mejor de mí misma. —Sonreí. Admitir que me daba pavor mi primera operación no era una opción.

—Voy a exigirte más de lo que estás dispuesta a dar, porque eres mi única residente y tendrás una oportunidad que pocos logran conseguir.

«Sí. Ya me han dicho lo de que eres una eminencia y todo el rollo».

—Espero no decepcionarle. —Lo esperaba de verdad, más por mí misma que por no dejarle en ridículo.

El teléfono comenzó a sonar y vi cómo miraba la pantalla de soslayo mientras me hacía una indicación con el dedo.

—Disculpa, es algo importante.

—Por supuesto —contesté frotándome los dedos mientras apartaba la mirada.

—Dime, Beltrán.

El corazón me dio un vuelco al escuchar ese nombre, al mismo tiempo que inevitablemente busqué con los ojos el rostro del doctor Ibáñez como si pudiera adivinar quién había al otro lado del teléfono.

«Beltrán. Ha dicho Beltrán, no lo he soñado. ¿Será un apellido común? Igual es un paciente, o un primo, o una momia egipcia, quien sea, menos *él*».

—No creo que sea posible, pero lo intentaré —contestó Ibáñez a lo que sea que le hubiera dicho el que estaba al otro lado del teléfono.

Siguió otro silencio. A pesar de que hablaba en un tono bajo, podía apreciar que no solo se trataba de una voz masculina, sino que era grave, cargada de seguridad y de la soberbia que seguro correspondía al gilipollas que me robó la ensalada.

«Y que luego le robé yo a él, tampoco hay que olvidarse».

—Veré qué puedo hacer, aunque sabes que en su estado no es conveniente. Te llamo en cuanto averigüe algo.

Ibáñez colgó el auricular. Tardó varios segundos en volver a centrarse en nuestra conversación. No mencionó nada de aquella llamada.

¿Sería algo relacionado con su mujer? Si el tal Beltrán fuese a trabajar en el hospital, ya sería de dominio público, ¿no? Seguro que el apellido era una casualidad, además, por lo que había escuchado hablaban de una tercera persona, por lo que intuí que se referirían a algún paciente o, probablemente, a su esposa.

—¿Hay algo que deba saber de ti que consideres importante? —preguntó al fin, fijando su vista en mis ojos, como si pudiera leer mis pensamientos.

«¿Será capaz de darse cuenta de que me aterra la idea de coger un bisturí? Dios mío…, y pretendo ser cirujana. ¿Qué hago aquí? Este quiero y no puedo me va a explotar en la cara, lo estoy viendo venir».

—Pues que… no se me dan bien los deportes, quizá —anuncié recordando lo de las actividades sociales y en equipo para fomentar el compañerismo.

El doctor Ibáñez comenzó a reír.

—Las actividades sociales son para pasar tiempo entre compañeros y a la vez pueden abrirte las puertas para conocer a referentes en el ámbito en el que acabas de adentrarte, por eso es importante. Practica pádel en tu tiempo libre.

«¿Pádel? ¡Si no he cogido una raqueta en mi vida! Todavía me parto una pierna antes de tiempo, o peor, una mano».

—Lo haré —afirmé con tal rotundidad que hasta yo me lo creí.

—Esa es la actitud que deseo en mis residentes, dentro y fuera de este hospital. —Se levantó invitándome a hacerlo también para salir de su despacho—. Te presentaré al resto del equipo, aunque tendrás la oportunidad de conocerlos en profundidad, vas a trabajar con todos ellos, yo me encargaré de eso.

Vi que no lo decía en broma después de darme una lista con veinte dosieres sobre intervenciones quirúrgicas que tenía que estudiar para la semana siguiente.

Dos horas más tarde pisaba la arena de la playa por primera vez en todo el año. Desde que me había marchado de Barcelona era lo que más echaba en falta: aquel olor a salitre impregnado en el ambiente y el horizonte azul sin hallar un final al otro extremo, lograban transmitirme una paz inmensa. Apaciguaba todas mis inquietudes.

Había convencido a Inés para que me acompañara, aunque tampoco tuve que insistir demasiado, puesto que aceptó enseguida. Maite y Sofía tenían turno de tarde.

—¿No te incomoda estar en el punto de mira del resto de los residentes? Porque te aseguro que con un tutor como Ibáñez recalcarán cada fallo que tengas —comentó Inés tumbándose sobre la toalla haciendo que algunas gotas de su cabello mojado me salpicaran.

—Eso. Tú recuérdamelo —dije hundiendo la cara en la toalla.

—Menudo marrón te ha tocado, y el primer día —continuó—, pero mira el lado positivo: estás en el mejor sitio para tener un futuro brillante. Ibáñez formó al cirujano más joven en lograr el Premio Wolf de Medicina.

Alcé la vista y la miré directamente a los ojos. Se había quitado las gafas, por lo que se podía apreciar muy bien su color.

—Estás de coña, ¿no? —exclamé.

—¿Y por qué iba a estarlo? —contestó con una serenidad que me hizo sentir un escalofrío.

—¿Ibáñez formó a Athan Beltrán? —insistí.

—Un portento de hombre tanto dentro como fuera —soltó con un suspiro—. A ese le dejaba yo que me abriera con el bisturí si quisiera…

—Necesito un baño ahora mismo.

Ni esperé a que Inés añadiera algo más. ¿En serio iba a tener el mismo tutor? De pronto, la conversación por teléfono en el despacho de Ibáñez no me parecía tan casual, es más, las probabilidades de que estuviera hablando con su antiguo alumno eran más a favor que en contra, y eso podía significar que estaba aquí, que de algún modo estaba ligado a esta ciudad y a ese hospital.

«La madre que me parió. ¿Por qué leches le robé la ensalada? ¿En qué demonios estaba pensando?».

Podía notar mi pulso errático, una aceleración de latidos que solo cesaba cuando dejaba de respirar por la presión en el pecho en forma de ansiedad.

La idea de que Athan Beltrán fuese al mismo hospital en el que acababa de firmar un contrato por cinco años comenzaba a ser *muy* real. Recordé las veces que aquella mañana se había mencionado al nuevo jefe de sección de Cirugía Cardiovascular.

«Mátame camión».

La certeza de que iba a trabajar en el mismo lugar que yo me había explotado en la cara.

Tan pronto como llegué a casa, me encerré en mi habitación, abrí el ordenador y busqué si el Beltrán de las narices había firmado un contrato con el hospital Mater Dei o con otro hospital de Valencia.

Nada. Mas allá del Premio Wolf por ser el más joven en conseguirlo y de algunos elogios en investigación, no se decía nada sobre su vida, ni siquiera los sitios donde había estado ejerciendo, menos aún dónde iba a ejercer.

Ni perfiles en redes sociales. Ni cuenta en LinkedIn. Ni página propia con sus logros. Nada.

«Casi un fantasma. Este es más hermético que una lata de conserva».

Llamé a Cris. Quizá ella sabía algo.

—¿Me llamas para ver si vuelve a aparecerse el dios reencarnado en forma de cirujano? —exclamó al coger el teléfono y me habría reído de no ser por mi canguelo personal.

—Tengo al mismo tutor que en su día tuvo tu dios reencarnado —solté sin rodeos.

Silencio. Temí que se hubiera infartado.

—Igual eso explica por qué lo viste en el supermercado ayer… —Estaba claro que había reflexionado sobre su respuesta—. Tal vez pasó a saludar.

«¿A saludar?».

—Esperan un nuevo jefe de sección en los próximos días… —susurré—. De su especialidad —añadí.

—¡Ay, mi madre! ¿Crees que será él?

«Lo creo, pero voy a rezar todas las avemarías que no he rezado en mi vida para que no lo sea».

—Lo único que creo es que me va a ir de culo como aparezca por el hospital.

El silencio de Cris me desesperaba aún más que el mío propio, porque eso me hacía ir demasiado lejos con la multitud de pensamientos que tomaban forma en mi cabeza ahora mismo.

—Seamos pragmáticas. Las probabilidades de que entre a trabajar en el mismo hospital que tú son bajas. Bajísimas. Y aunque así fuera, ¿tú crees que te reconocería? Dices que ni siquiera te miró, no tendría posibilidad alguna de saber que fuiste tú, por no decir que debe ganar mucha pasta con su trabajo e investigaciones, así que no va a hacerte la vida imposible por dos euros de mierda que valdrá una ensalada de atún. —Aquello me hizo reír—. Relájate y comienza a disfrutar del momento que durante seis años hemos deseado. Vas a ser una gran cirujana, Leo.

«Eso quisiera creer, todos tienen más fe en mí que yo misma».

4

La alarma me despertó a las siete en punto y vi el ordenador boca abajo en el suelo.

«¡Joder! ¡Me quedé dormida leyendo uno de esos dosieres!».

Ni siquiera sé cómo no me había despertado el golpetazo al caerse de la cama.

«Teléfono. Maleta. Y ahora ordenador… Muy bien, Leo, vas de puñeterísimo culo y ni siquiera ha empezado el segundo día. No sé para qué pido señales, si el universo me las envía y yo no le hago ni caso».

Traté de encenderlo, pero la pantalla estaba más negra que mi futuro como me quedase sin ordenador.

El teléfono comenzó a vibrar y me sorprendió ver el nombre de Raquel. Casi nunca nos llamábamos, solíamos hablar por el chat que teníamos con Laura o por algún audio de forma privada. Las había puesto al corriente de mi primer día en el hospital. Con ellas no solía ser tan explícita como con las medicómicas, a fin de cuentas, a Cristina y Soraya me unía la carrera de Medicina; con mis amigas del pueblo tenía una relación de toda la vida, pero ninguna meta o ambición en común, por eso nuestros temas de conversación eran muy diferentes.

Raquel se había quedado en el pueblo y trabajaba en la frutería de su madre. Laura había estudiado un curso de contabilidad y logró colocarse en una gestoría a media hora del pueblo. Iba y venía cada día para ahorrarse el alquiler, y tenía un poco más de libertad que Raquel.

Su llamada me alarmó tanto que temí que algo grave hubiera pasado en la granja.

«El ordenador podía irse al infierno».

—¿Ha pasado algo? —exclamé con un nudo en la garganta.

—Siento alarmarte, Leo, pero es que estoy acojonada y no sabía a quién llamar.

Le temblaba la voz, y de un modo inconsciente apoyé la mano sobre la silla del escritorio porque no sabía cómo iba a reaccionar a lo que sea que me tuviera que decir.

—¿Qué ha pasado? —me atreví a preguntar.

—Creo que estoy embarazada —soltó, y la presión que tenía en mi estómago se liberó.

Ya me había imaginado un desastre de dimensiones colosales en la granja con alguno de mis hermanos o a mi padre en estado muy grave.

«Vale. No es cuestión de vida o muerte».

—¿Lo crees o estás segura? Porque hay una gran diferencia.

Inevitablemente pensé en de quién podría estarlo, porque en los últimos meses no había mencionado que estuviera viendo a alguien, y eso hizo que mis alarmas se disparasen.

«No me jodas que se ha liado con uno del pueblo…».

—No estoy tan loca para comprar un test en la farmacia de Lourdes y que todo el pueblo se entere. —Claro que lo había pensado y suponía que su agonía era aún mayor al no tener certezas—. ¿Tú sabes de algo que pueda tomar para que, si lo estoy, no lo esté? —exclamó realmente desesperada.

«La mato. Se ha liado con un hombre casado».

Respiré hondo.

—En primer lugar, ¿has tomado precauciones? Porque lo mismo todo esto es una falsa alarma y…

—Casi siempre.

—¿Cómo que casi siempre? ¡En qué demonios piensas, Raquel! ¿Es que se te ha ido la olla? No pienso decirte nada hasta que no me digas quién es él.

Estaba enfadada. Primero, por tomarse a la ligera algo tan serio, y segundo, por entrometerse en una relación o, peor incluso, en una familia, porque seguro que tenía hasta hijos.

—Tu hermano Marcos —susurró.

Eso sí que no me lo esperaba. Tuve que sentarme en la cama para digerirlo.

—Te llamo luego, necesito un café antes de procesar esto. —Colgué la llamada y divisé el ordenador aún en el suelo.

Ya no era ni la diferencia de diez años entre ellos, que poco me importaba, o que me hubieran ocultado su relación, sino que el cabra loca de mi hermano y una de mis amigas de toda la vida tuvieran tan pocas luces de no tomar precauciones como es debido.

«Igual hasta les viene bien ese crío, fíjate lo que digo».

No llamé a Raquel. Necesitaba unas cuantas horas antes de asimilar que mi hermano y ella tuvieran un lío, así que me dirigí hasta los vestuarios y me coloqué la bata blanca que me habían asignado junto a mi placa donde se leía: E. NÚÑEZ DE BALBOA. R1. Noelia me saludó con una sonrisa al verme con el uniforme y Vanessa solo hizo un mohín desagradable.

«Definitivamente será un grano en el culo».

En lugar de Antonio estaba Carmen, otra residente de primero, que se acercó hasta mí para presentarse.

—¡Eleonora! —Mi nombre se oyó por toda la sala, era Ibáñez—. ¡Conmigo! ¡Ahora! —bramó exigente.

Todos se volvieron a mirarme mientras apresuraba el paso hasta acercarme a él.

—Me acompañarás a una ronda de evaluación en postoperatorio de ortopédica. Limítate a observar y a ser prudente. No digas nada que pueda ser contraproducente para alarmar al paciente. Si tienes alguna objeción, me lo dices a mí, ¿está claro?

—Como el agua, doctor Ibáñez.

Mi respuesta pareció agradarle.

Se sumó a nosotros una enfermera, que parecía conocer demasiado bien a Ibáñez por las pequeñas bromas que se gastaban, y el jefe de sección, Benítez, un tipo que no dejaba de observarme con gran descaro mientras se pasaba la lengua por los labios.

«Un pulpo baboso en toda regla».

Visitamos a dos pacientes en reconstrucción de ligamentos, cuatro reemplazos articulares, una osteotomía y tres fijaciones de fractura. El último paciente, un joven de dieciocho años con una fractura en el peroné que había sido tratada con fijación interna, se quejaba especialmente de dolor, no solo en la pierna, sino en todo el cuerpo. Miré sus constantes, el ritmo cardiaco era elevado, pero tampoco entraba en los parámetros que implicaran alarma.

—Sube la dosis de paracetamol, le apaciguará el dolor —le señaló Ibáñez a la enfermera, que asintió enseguida anotándolo en la hoja que llevaba consigo.

Una sensación de escalofrío en la nuca hizo que me estremeciera; no era desagradable, sino todo lo contrario, como si fuera la anticipación a algo que iba a ocurrir. De forma repentina giré el rostro hacia mi derecha sin saber exactamente por qué, y reconocí de inmediato la silueta de un hombre alto con una bata igual a la nuestra que venía hacia nosotros.

Sus pasos desprendían la seguridad de alguien que no necesita alzar la vista sobre su hombro. Decidido. Tenaz. Era incapaz de apartar la mirada de su presencia, de algún modo me envolvía y atraía sin explicación ni lógica alguna. Y cuando aquellos ojos azules se fijaron en los míos, entré en un trance sin sentido. Mi cuerpo ardía, un fuego amenazaba con consumirme desde lo más profundo y no me importaba vivir o morir. Me daba absolutamente igual con tal de perderme en aquel mar profundo y navegar hasta los confines del mundo.

—¡Beltrán! Pensé que habíamos acordado vernos en mi despacho.

La voz de Ibáñez hizo que apartara su vista de la mía y solo ahí mis ojos parpadearon al recuperar la conciencia.

«¿Qué demonios ha sido eso?».

Tuve que agarrarme al pie de la camilla donde se hallaba el joven que aún estábamos visitando porque mis piernas amenazaban con no soportar mi peso, flaquearían y me caería de bruces contra el suelo.

Ni siquiera me atreví a mirarle de nuevo porque no estaba segura de ser capaz de sostener esa mirada. En realidad, ningún pensamiento en mi cabeza era coherente en aquel momento, salvo que el capullo de la ensalada estaba allí y con una bata blanca, lo que auguraba que era un médico más del hospital.

«Pero eso sí, qué capullo, señores… A guapo no le gana ni el David de Miguel Ángel».

—Son las diez. —Fue toda su contestación y su voz hizo que me agarrase aún más fuerte por la quemazón que sentí en mi entrepierna.

«Y encima tiene una voz como a mí me gusta…».

—Sigue doliéndome todo. ¿Han subido la medicación? —insistió el joven paciente, y nadie pareció hacerle caso.

Ibáñez se miró el reloj.

—Tienes razón, acabo la ronda y…

El pitido de la máquina se disparó alertando de las pulsaciones y mi vista se dirigió al chico, que empezó a convulsionar sobre la camilla mientras Ibáñez le abría rápidamente la boca para que no se atragantara y Benítez le inmovilizaba las piernas para impedir que pudiera caerse.

—¡Propanolol y diazepam! ¡Rápido! ¡La presión está subiendo, hay que estabilizarle o entrará en parada! —gritó Ibáñez a la enfermera.

Los pitidos aumentaban. Yo sabía que estaba en riesgo de sufrir un paro cardiaco y me sentí completamente inútil sin la menor idea de cómo actuar en aquel momento. Mi pesadilla hecha realidad.

La figura de Beltrán se acercó hasta mí, apenas me rozó con el brazo, pero fui demasiado consciente de su presencia. Ni se molestó en apartarme, sino que cogió unas tijeras del carro de curas y cortó la venda que envolvía la pierna recién operada mientras la enfermera inyectaba los medicamentos directamente en vena esperando que hicieran efecto inmediato.

El color violáceo de los dedos era evidente.

—Sufre gangrena gaseosa. Hay que llevarle a quirófano urgentemente y amputarle la zona, o se extenderá en poco tiempo al resto del cuerpo y la muerte será inevitable —dijo con frialdad mientras se alejaba y dejaba otra vez las tijeras en el mismo lugar del que las había cogido—. Estaré en mi nuevo despacho cuando acabes.

Y se fue sin mirar atrás o esperar algún tipo de objeción a su afirmación.

¿Cómo era posible que hubiera sabido algo tan complicado de diagnosticar sin siquiera conocer al paciente o sus síntomas previos? La gangrena gaseosa no era tan común y para propiciarse un diagnóstico como el del joven de la camilla tenían que darse unas circunstancias muy precisas.

—Suministro de antibiótico de amplio espectro. Que preparen el quirófano de inmediato. Avisa a Ramírez para que la familia dé el consentimiento —indicó Ibáñez a la enfermera, que asintió marchándose con rapidez.

Mi vista iba del pasillo por donde se había marchado el deslumbrante cirujano al paciente, cuyas convulsiones remitían y sus constantes disminuían paulatinamente hasta ser estables. Dos enfermeras nuevas llegaron hasta la camilla para relevar al doctor Ibáñez y a Benítez, que parecía exhausto.

—¿Cómo ha podido saber que era gangrena gaseosa? No es fácil de detectar si no está en avanzado estado. —Mi pregunta a Ibáñez le hizo observarme y vi cómo se recomponía la bata ajustándola por las mangas.

—Vas a tener la oportunidad de preguntárselo tú misma. Es el nuevo jefe de sección de Cirugía Cardiovascular.

«Más bien le diría que lleve un desfibrilador porque voy a entrar en parada cardiorrespiratoria como me mire con esos ojos azules de nuevo».

Por alguna razón, confirmar mis sospechas no me sorprendió tanto como había creído; igual es que aún estaba ennortada por el trance que había sufrido cuando me había mirado y que con solo un vistazo fuera capaz de darse cuenta de lo que ese chico tenía.

«Ese tío es sobrenatural».

Mi teléfono vibraba dentro del bolsillo de la bata, lo saqué un instante solo para comprobar de quién se trataba. El nombre de mi hermano Marcos ocupaba toda la pantalla.

«El que faltaba para rematar mi día».

Bloqueé el terminal y escuché cómo Ibáñez me llamaba.

—Quiero un informe detallado sobre el paciente de la veintiuno en mi mesa dentro de dos horas. Repasa minuciosamente la intervención quirúrgica, posibles causas, antecedentes, lo que sea, pero quiero saberlo todo sobre él. —Su semblante era serio—. Si hay un foco de infección por bacteria *Clostridium perfringens* en el hospital es urgente que lo sepamos.

Esa bacteria era la causante de una gangrena gaseosa si existía una herida abierta, así que asentí y me fui de allí echando humo. Si el brote se había producido en el hospital, podría ser una catástrofe monumental y, a pesar de que las probabilidades de un foco infeccioso eran extremadamente bajas, había que salir de dudas cuanto antes.

Sentí cómo vibraba de nuevo el teléfono. Era Marcos otra vez, y le conocía lo suficiente para saber que, si no respondía, se pasaría toda la mañana llamándome de forma incansable.

—Marcos, ahora no es el momento, y, si tan desesperados estáis Raquel y tú, haber tomado las precauciones necesarias a su debido tiempo. No soy un recurso al que acudir en momentos desesperados, esto no es un juego. ¿Has querido ser adulto para acostarte con ella? Ahora apechuga con las consecuencias. —Ni dejé que hablara, sino que le solté aquello según caminaba de forma apresurada por el pasillo para llegar a la mesa de administración y solicitar el informe de cirugía del paciente de la veintiuno.

—Esto lo haces para joderme, ¿no? Sé perfectamente que a ti no te cuesta nada dar esa receta, pero te molesta que me esté tirando a tu amiga mientras tú no te comes un rosco por ser una estirada amargada.

«Da gracias a que no sé cuándo regreso al pueblo porque te daría un sopapo que te quito esa soberbia de un plumazo».

—Voy a fingir que no he escuchado lo que acabas de decir —solté con la poca paciencia que me quedaba—. Raquel y tú podéis hacer lo que os dé la gana, no me pienso meter en vuestros asuntos, los dos sois mayorcitos, y si ella te saca casi diez años es problema de ella y tuyo, no mío, pero si lo vuestro no va en serio y hay consecuencias de vuestra imprudencia, porque ni siquiera habéis tenido la decencia de ser precavidos, a mí no me busquéis para salvaros el culo. Estamos hablando de una vida, ¡joder! ¿Dónde carajos tenías la cabeza?

«Mejor ni lo pienso».

—Solo han sido un par de veces, máximo cuatro, no sabía que podía ser así de fácil…

«Si me pinchan no sangro. ¿Y compartimos ADN? A mí me han adoptado, si no, no me lo explico».

—Primero que se haga un test y después veremos. Tengo que dejarte, hay una urgencia en el hospital —advertí con la intención de colgar.

—Ni una palabra de esto a mamá —oí antes de colgar, pero no respondí, aunque en lo último que pensaba era en llamar a mi madre para ir con el chisme.

Dos horas y tres minutos más tarde llamaba a la puerta del despacho de Ibáñez. Sujetaba la carpeta con el dosier del paciente de la gangrena gaseosa contra el pecho. Había sido una carrera a contrarreloj, pero no podía creer haber tenido tanta suerte en el primer encargo importante que me habían asignado.

Entré y cerré la puerta tras de mí. Ibáñez hablaba al teléfono, parecía irritado. Caminé hasta sentarme en la silla frente a su mesa y dejé el dosier delante de él. Prácticamente me lo arrancó de las manos y comenzó a leerlo, a pesar de que no había concluido la llamada.

Observé cómo sus ojos se paseaban por las líneas que había escrito y pasó las páginas. Me había preocupado de resaltar los síntomas, la patología del paciente y las posibles causas, pero dejé una conclusión irrefutable que incluía pruebas.

—Avisa a protocolo de que no hay un foco en el hospital, el paciente contrajo la bacteria antes de entrar en quirófano. Tenemos el parte médico de un compañero con ingreso hospitalario y positivo al cultivo de la bacteria. Además, la pareja del paciente afirma que los síntomas comenzaron la tarde anterior al ingreso, que se ocultó a la familia y al personal sanitario para evitar posponer la operación. —Hablaba con alguien al otro lado, acaso de la dirección del hospital—. No hace falta, también está firmado.

Cuando colgó, suspiró, y yo no sabía si debía decir algo o no sobre la situación del paciente de la veintiuno. Solo entonces alzó la vista y me miró.

—¿Cómo has hecho esto en dos horas? —preguntó con una mueca de sonrisa—. Imagino que te ayudó Noelia.

—Solo ha sido suerte —dije encogiéndome de hombros sin mencionar que nadie me había ayudado.

Llamaron a la puerta, que se abrió sin que Ibáñez diera permiso. Su olor llegó antes de que pudiera girarme para verle.

Esa sensación extraña de estremecimiento cálido regresó de nuevo, mi cuerpo tembló como si la tierra se moviera y todo a mi alrededor girase más rápido, pero no era lo que me rodeaba, sino yo, que perdía mi punto central de equilibrio. Me desestabilizaba.

—¿Vienes a quejarte de las cirugías programadas que te han asignado? Ya te advertí de que no tendrías libre elección.

—No. —Escuché cómo sus pasos se acercaban al mismo tiempo que mi pulso se incrementaba—. Vengo a quejarme de los residentes.

No me había movido un solo centímetro de aquella silla, sino que permanecía con la vista fija en la mesa, en aquella carpeta que Ibáñez aún tenía abierta con todos los informes del paciente como si mi vida fuera en ello.

A ese hombre le daba igual mi presencia. Yo era inexistente para él. ¿Por qué entonces no lo era para mí?

—Acordamos que impartirías seminarios de formación, les permitirías asistir al debate de propuesta de técnicas de intervención y entrarían contigo a quirófano. —La voz de Ibáñez era resolutiva, no admitía objeciones.

—Siempre y cuando fueran de cuarto y quinto año —insistió el nuevo jefe de sección.

Observé de soslayo la bata blanca, se había detenido a mi lado y ni siquiera era capaz de alzar la vista porque sabía lo que ocurriría si aquellos ojos azules me miraban de nuevo.

—Será mejor que me marche, intuyo que esta conversación debe ser de índole privada —dije levantándome de la silla.

—No. Aguarda un momento —respondió rápidamente Ibáñez, y me mordí el labio.

El fuego crecía, subía por mi esófago y sentía cómo se expandía a otras partes de mi cuerpo. La calidez era agradable, demasiado para mi propio pesar. Las palmas de las manos comenzaban a sudar, tuve que esconderlas en los bolsillos de la bata para que no se pudiera apreciar mi estado de inquietud.

«Como si fuera a fijarse en mí…, y yo preocupándome de que pudiera reconocerme por mangar la ensalada de su carrito».

—Si hubiera aplicado esa misma regla contigo cuando eras residente, tendrías tres años de desventaja en tu currículum. Sin embargo, asististe a un trasplante bipulmonar en tu segundo año.

—Sabes perfectamente que mis aptitudes me capacitaban para esa operación y olvídate por completo de ese favor que me pediste. No voy a ser el niñero particular de una residente de primer año. Pídeselo a Ramírez o a Condado.

El hastío y la soberbia con los que pronunció aquellas palabras terminó por confirmarme que era lo que sospechaba.

Un reverendo gilipollas.

5

Por el modo en el que Ibáñez fingía toser como si las palabras no pudieran salir de su garganta, intuí que maldecía no haber permitido que me marchara. No me hacía falta ser un genio para comprender que se refería a mí, aunque desconocía qué favor podría haberle pedido mi tutor al nuevo jefe de sección.

—Eleonora —dijo finalmente.

Alcé los ojos para verle. Su semblante parecía tranquilo, esperaba que también lo pareciese el mío, aunque por dentro hubiera un bullicio que aún no lograba controlar. El temblor ligero de mis piernas continuaba, pero confiaba en que, si me pedía que saliera de su despacho, lograra llegar indemne al menos hasta la puerta.

—El doctor Beltrán aquí presente me sustituirá como tutor en mi ausencia. —Su tono incitaba a la calma, dando por hecho que le importaba muy poco la objeción del nuevo médico—. Seguiré siendo tu tutor oficial y vigilaré de cerca tu progreso, pero mi situación personal requerirá de algunos periodos de ausencia en el hospital, y, dado que eres la única residente a mi cargo, será el doctor Beltrán quien continuará tu formación durante esos periodos.

Silencio.

Estaba claro que el aludido no pensaba pedir disculpas y me atreví a mirarle solo un segundo para contemplar aquel perfil esculpido por el cincel más preciso de un escultor. Su semblante era serio. Mantenía los brazos cruzados en una postura dominante y sus labios amenazaban con rebatir de nuevo la decisión de Ibáñez.

—Si no le importa, doctor Ibáñez, preferiría tener al doctor Ramírez o la profesora Condado. —Ni me digné a mirarle.

«Si se cree el sol, no pienso ser otro planeta más que gira a su alrededor».

Podía notar su mirada sobre mí de forma intensa, pero me negué a responderle. No sabía si encontraría agradecimiento, interés o rabia en aquellos ojos azules, pero estaba segura de que le fastidiaría aún más mi desinterés por él.

—Ramírez y Condado ya tienen a sus propios residentes. Soy el jefe de servicio de la Unidad de Cirugía y seré yo quien decida lo que es más conveniente para ti. Beltrán será tu tutor en mi ausencia, de hecho, se comprometerá a incluirte en sus rondas de pacientes, acudirás a todos sus seminarios y formarás parte como asistente en cirugías de menor grado.

«Me acaba de hacer su jodida sombra».

—¿Qué? —La sorpresa en el tono de voz de Beltrán hizo que me olvidase de mi propia prohibición y buscara con complicidad aquellos ojos.

La furia de aquel mar azul ahora oscuro hizo que me temblara todo. ¿Cómo demonios iba a trabajar con alguien al que ni siquiera era capaz de mirar a los ojos sin que todo el cuerpo me temblara?

Una señal. Quería una señal y el universo solo me mandaba a un capullo integral con el aspecto de ángel reencarnado que me consideraba un grano en el culo.

«Esto va a ser un jodido infierno, lo veo venir».

—Mañana a las nueve en punto, reunión en la sala principal para el procedimiento de cirugía maxilofacial. Puedes marcharte y buen trabajo lo de hoy, espero que continúes así —mencionó Ibáñez cerrando la carpeta que le había entregado.

Evidentemente iba a tener una conversación a solas con Beltrán de la que no deseaba que fuera testigo.

—Gracias. Hasta mañana.

Ni un simple monosílabo por parte de ese egocéntrico al que me había propuesto ni nombrar.

«Este se dejó la educación en el útero de su madre, te lo digo yo».

En cuanto cerré la puerta del despacho oí claramente sus palabras.

—¡Si me encasquetas a esa cría, no durará conmigo ni dos días! —exclamó tan alto que estaba segura de que su intención era que oyera su amenaza.

«¿Cría? ¿Yo era una cría? Tengo veinticinco años, casi veintiséis. ¿Quién se cree para llamarme de ese modo? Y lo dice él, como si tuviera una larga experiencia… ¿Qué edad tendrá? ¿Cuarenta? Probablemente ni llegue, ahora que lo pienso, porque ha ganado el Premio Wolf a los treinta y seis y, por la foto de internet, está exactamente igual».

Me dirigí a los vestuarios para recoger mis cosas y quitarme la bata. Me agradó encontrarme con Noelia, que sonreía satisfecha porque había intervenido activamente en la operación y el resultado era favorable para el joven de la gangrena gaseosa.

—¿Habéis visto a Beltrán? Toda la unidad está revolucionada con su llegada. Al parecer le ha salvado la vida a un chico con un diagnóstico que ni Ibáñez había podido interpretar —exclamó Carmen al entrar en el vestuario.

—Sí, estaba allí —admití sin entusiasmo.

—¿En serio? Debe ser fascinante. No veo la hora de acudir a sus seminarios, hay programado uno para la próxima semana, aunque, si es como dicen que es, dudo que pueda prestar demasiada atención. —Volvió a sonreír.

«Si no le miras a los ojos, tal vez puedas…».

—Es un referente a nivel europeo, somos afortunados por tenerle aquí para aprender de él —mencionó Noelia.

—Yo no me niego a recibir unas cuantas clases privadas de anatomía si las imparte él.

La ocurrencia de Carmen nos hizo reír a Noelia y a mí.

Aquella tarde me dirigí al supermercado para hacer una compra decente. Iba rápida, pero no dejaba de mirar por encima del hombro como si temiera que el doctor Beltrán apareciese de un momento a otro. Todavía no podía creer que no solo fuera a trabajar en el mismo hospital, sino que Ibáñez me obligara a estar con él casi todo el tiempo solo porque se había negado a sustituirle como tutor si se ausentaba.

Necesitaba asimilar lo que iba a suponer aquello, y no porque fuera un completo imbécil redomado, sino porque estaba claro que no me quería a su lado. Al menos podía agradecerle algo: mi pánico a entrar en quirófano había quedado parcialmente mermado. Aunque solo fuera una sensación momentánea, ya no sentía vértigo al pensar en volver al hospital, ahora el cuerpo me temblaba por otra circunstancia muy distinta.

«Más señales para que me pire de inmediato. Si es que debo ser masoquista o algo».

Había pospuesto el momento demasiado tiempo, el suficiente para asimilarlo, así que entré al chat de las medicómicas y pulsé el botón del micrófono:

«He conocido oficialmente al Beltrán de las narices. Es el nuevo jefe de sección de Cirugía Cardiovascular, evidentemente no estaba en el súper por casualidad. Un capullo con menos educación que un simio por muy bueno que esté. Me ha llamado cría, ¡a mí! Y no solo eso, sino que no se ha cortado un pelo en añadir que no va a ser mi niñero, y, con todo, Ibáñez se ha empeñado en que sea su sombra. ¡Quiere que le sustituya como tutor cuando se ausente por problemas personales! Creo que me voy a cambiar de especialidad, y no lo digo de coña».

Solté el dedo y vi que aparecía el doble clic. Cris tardaría en leerlo si aún estaba en el hospital, así que probé a encender mi ordenador. Estaba muerto. Lo conecté a la corriente, pero tampoco encendía.

«¡Genial! ¿Tiene que ocurrirme algo más? No sé… ¿Que me parta un rayo en un día soleado o que me atropelle un coche sin salir de casa? Desde que apareció la foto de ese tío en mi móvil, solo he tenido mala suerte. Me ha gafado con algún superpoder, aunque con la mala hostia que le precede, ni me extraña».

En estas escribió Soraya:

Soraya

¿Tu niñero? Por muy bueno que esté,
dale una patada en el culo si vuelve a llamarte cría.
¿Quién se ha creído que es? Tú no vas a cambiar una
mierda, Leo, has querido ser cirujana toda tu vida y le vas
a demostrar al cretino ese de qué pasta estas hecha,
y luego que se coma sus palabras. Una a una

Una leve sonrisa se me escapó de los labios.

No voy a negar que me encantaría,
pero dudo mucho que un tío como él,
que va de sobrado por la vida,
sea capaz de arrepentirse de algo

Un audio de Cris entró en ese momento.

 Cris

Leo, olvídate de que sea un capullo integral. Para ser la
mejor hay que aprender del mejor. Piensa en Beltrán
como un buen cirujano y limítate a observar. Si Ibáñez te
ha colocado como su sombra, da igual lo que piense de
ti, va a tener que tragar porque es una orden de un mando superior. Observa, recopila información, absorbe todo
hasta dejarle seco y luego, como ha dicho Soraya, de-
muéstrale la leona que sabemos que eres, tíratelo y dale
una patada como Dios manda

Estallé en risas.

No te montes películas.
Soy inexistente para el doctor Beltrán,
una insignificante piedrecilla en el zapato,
pequeña y molesta, que tirará
en cuanto pueda deshacerse de ella

Cris
Mira que con Soraya y conmigo no cuela,
sabemos que, cuando quieres,
eres capaz de hacerte notar a lo bestia,
ni siquiera sé por qué te molestas en esconderlo,
es un talento natural que ya me gustaría tener a mí,
deberías sacarle el máximo partido en lugar de creer
que eso te hará destacar por encima de los demás
o que te vean diferente

Cris me conocía demasiado bien.

Soraya
Hazle comerse palabrita por palabrita, leona

Una leona. Ya. Más bien era el cervatillo asustado que corría por el bosque.
Mientras metía las llaves y la cartera en la mochila escribí:

Si no tenéis futuro con la medicina,
os podéis ganar la vida ofreciendo apoyo moral.
Me voy a la biblioteca a estudiarme
los malditos dosieres del doctor Ibáñez.
Al menos en eso el cretino de Beltrán
no podrá rebatirme ni una sola coma

Soraya
¡Esa es mi leona!

Alcancé a leer a Cris, pero no entré en el chat, sino que también metí el teléfono y salí de casa en dirección al hospital.
Me fui de la biblioteca a las diez de la noche y solo porque tenía tanta hambre que mi cerebro había decidido no procesar más información. Me había estudiado once de las veinte intervenciones quirúrgicas de Ibáñez y logré imprimir otras tres para repasarlas

esa noche antes de que cerrasen: colecistectomía, *by-pass* coronario y hernia inguinal. Quedaba poca luz a esas horas, probablemente sería noche cerrada en pocos minutos, así que aproveché para dar un rodeo y conocer mejor la zona, en lugar de ir por el mismo camino a casa.

El bullicio de un bar de copas que hacía esquina me indicó que debía tener buen ambiente. Al acercarme reconocí a Antonio, que se había dejado caer sobre una mesa alta junto a otro chico que tendría la misma edad.

Dudé durante unos segundos si darme la vuelta o no. Era jueves y ese debía ser el lugar donde se reunía toda la unidad. Llevaba la misma ropa que esa mañana, ni siquiera me había duchado y me había recogido el pelo en una cola alta para estar más fresca.

«Mejor me doy media vuelta antes de que me vean».

—¡Leo! ¡Qué bien que hayas venido! —exclamó Antonio antes de que pudiera girarme y alejarme sin que me viera—. ¡Ven! Te presento a Alberto, también es residente de primero en Cirugía.

Observé al chico en cuestión y sonreí. Era guapo. Cabello castaño claro casi rubio, ojos verdosos, jovial, con un brillo perspicaz en la mirada. De cuerpo atlético y un poco más alto que yo.

—Encantado, Leo, a diferencia de mis compañeros no envidio en absoluto tu posición, estar bajo la tutela de Ibáñez debe ser como tener una guillotina en el cuello permanente sin saber cuándo va a caer. Un error, y estás muerto. —Al sonreír mostró una dentadura perfecta.

Era guapo. Muy guapo. ¿Por qué no me temblaba el suelo ni sentía el pecho arder o me flaqueaban las piernas? ¿Dónde estaba ese escalofrío extraño que me erizaba la piel? ¿Por qué aquellos ojos de motas verdes no lograban que entrara en un trance del que era imposible salir?

Sonreí y mandé todas aquellas preguntas a paseo. Me importaban muy poco las razones, Beltrán no era de mi interés. Era un capullo. Punto.

—Si logro tener la cabeza sobre los hombros a final de semana, será un milagro —dije mientras veía a Noelia salir y acercarse a nosotros.

—Me voy, ahí dentro solo hay un desfile de pavos reales esperando a que Beltrán aparezca. —Resopló y miró de nuevo hacia el interior del bar—. Dudo que se digne a venir por aquí, y menos el primer día.

Mi vista alcanzó a ver a Vanessa y sus labios rojos. Se había maquillado los ojos en tonos oscuros para resaltar aún más el color y llevaba un vestido verde tan corto que casi podía verle los glúteos a pesar de la distancia. Imaginé que ella no era la excepción, sino que aquello parecía una exhibición para intentar cazar al nuevo jefe de sección.

¿Se dejaría él apresar?

La reflexión hizo que me preguntase qué tipo de mujer le atraería y fue inevitable pensar que Vanessa podría encajar perfectamente en ese perfil. Guapa, joven, buen físico y con estilo. Un leve escozor en la punta de los dedos me avisó de hacia dónde se dirigían esos pensamientos y me obligué a abandonar esa idea con la certeza de que no tenían fundamento.

—Te acompaño, Noelia. En realidad, se me hizo tarde estudiando algunos casos que me asignó Ibáñez y prefiero estar descansada para mañana —añadí echando un último vistazo al interior del local donde la música parecía animada.

El ruido del motor de un coche de alta cilindrada atrajo la atención de todos los que se hallaban en la puerta. El vehículo tenía un diseño moderno y elegante, como los deportivos en miniatura que coleccionaba mi hermano Daniel, pero ese era a tamaño real, de un precioso blanco perlado.

—Es un Bugatti Chiron Super Sport, uno de los coches más caros del mundo. —La voz de Antonio llenó nuestro silencio, quizá por tratar de ver quién era el ocupante de aquel artículo de lujo en exceso.

Las ventanillas estaban bajadas y redujo la velocidad al pasar por delante del bar, lo suficiente para que pudiéramos verle.

«El giliponguis de Beltrán tenía que ser».

Aquellos ojos repararon en los míos una décima de segundo; había mucha más distancia que aquella misma mañana, y, aun así, pude notar de nuevo esa sensación que me embriagaba el cuerpo como si hubiera ingerido una droga celestial que me hacía flotar, arrastrándome hacia algo desconocido, pero que anhelaba con todo mi ser.

Del mismo modo que la primera vez, aquella magia se esfumó cuando apartó su mirada de la mía y pisó el acelerador, lo que provocó un sonido estremecedor del motor.

Si tenía la intención de detenerse y entrar, algo le había hecho cambiar de opinión. ¿Tal vez yo? ¿Se había ido por mi culpa? ¿Tanto detestaba mi presencia para que le obligara a marcharse?

—¿Tanto se gana como cirujano cardiovascular para tener ese coche? —exclamó Alberto.

—En un hospital público, lo dudo —contestó Antonio.

Guapo. Exitoso. Atractivo. Carrera prolífica y encima con pasta.

«Al menos no lo tiene todo, es un imbécil redomado».

Cuando llegué a casa Sofía y Maite se marchaban a tomar algo con compañeros de su unidad. Rechacé su ofrecimiento de que me fuera con ellas, alegué que tenía algunos informes por repasar. Inés tenía turno de noche, así que contaba con todo el apartamento en silencio para mí.

Cené la famosa ensalada de atún con aceitunas negras de la que seguramente él ni se acordara. Cada bocado me supo a gloria bendita, tal vez porque sería la única cosa en la que él no podría quedar por encima de mí. A pesar de saber que iba a hacer todo lo posible por demostrarme su reticencia al hecho de trabajar a su lado, me convencí de que no pensaba dejarme amilanar por aquel derroche de soberbia y superioridad. No lo merecía. Y, al igual que en ese supermercado, optaría por hacer lo que me parecía justo y honrado.

«Un poco de humildad no le vendría nada mal a míster ricachón presuntuoso».

Me importaba un carajo ser la piedra en su zapato. Molesta, irritable y pesada. Cris tenía razón: si quería ser la mejor, tendría que aprender del mejor. Aunque el mejor fuera un completo gilipollas que me hacía perder el norte cada vez que me miraba.

«Ya podría haber sido más feo que un pie, así al menos no me detendría ni a mirarle».

Aquella noche dormí tan plácidamente que ni siquiera escuché en qué momento llegaron a casa mis compañeras, pero, cuando me desperté a las siete, vi las señales de su regreso: los zapatos de tacón tirados en medio del salón y los accesorios esparcidos por todas las mesas.

Era viernes, no había nadie en la sala de reuniones ni en los vestuarios. Miré el reloj pensando que había llegado demasiado temprano, pero solo faltaban ocho minutos para las nueve, y se suponía que había reunión en la sala de juntas según Ibáñez.

Rebusqué entre un puñado de monedas para la máquina de café cuando comencé a sentir la sensación de calidez que notaba primero en la nuca. Vi que alguien metía la moneda y pulsaba un botón, a pesar de que resultaba evidente que yo iba a utilizarla.

Su aroma inconfundible llegó antes de que girase el rostro para verle. Cómo no. Si es que se creía verdaderamente el centro del mundo.

—¿Es que nadie le ha enseñado educación? —exclamé sin siquiera ser consciente de que mis palabras habían salido antes de pensar a quién se las estaba diciendo.

—El tiempo es considerado como el bien más preciado y el mío es demasiado valioso para perderlo viendo cómo una aspirante a cirujana cuenta monedas. Has elegido esta profesión para conceder tiempo a otras personas, es una falta de respeto que se lo hagas perder a los demás. Si uno de los dos carece de educación, no soy yo.

«No, si ahora voy a tener que pedir disculpas por existir. No me jodas».

Ni siquiera se dignó a mirarme, sino que su discurso duró el tiempo exacto que tardó la máquina en verter el café en aquel vaso minúsculo de cartón. Café solo y sin azúcar. Tan amargo como el carácter de su destinatario.

—No hay nadie en el pasillo —advertí alzando la mirada para verle.

El café debía estar literalmente ardiendo y el tío se lo bebió de un trago como si nada. Tiró el envase vacío a la papelera que había justo al lado de la máquina y me miró. Allí estaba de nuevo esa sensación inexplicable que lograba hacer que el suelo bajo mis pies temblase, pero ya no lo hacía como la primera vez, ahora era más sutil, lo que aumentaba la calidez en mi interior, similar a lo que ocurre cerca de una fuente de calor.

—Núñez de Balboa —dijo leyendo el letrero de mi nombre que estaba enganchado a la bata blanca—. Demasiado largo, te llamaré Balboa.

—Mi nombre es Eleonora, aunque todos me llaman Leo. —Ni siquiera sé por qué lo dije.

—No me interesa, no pienso llamarte con el apelativo de un hombre o peor, de un horóscopo —contestó en tono despectivo mientras esos ojos azules no dejaban de mirarme. Mi corazón latía de forma apresurada, el fuego en mi interior se incrementaba con el escrutinio de su mirada—. Serás Balboa. Por alguna razón Ibáñez ha decidido martirizarme con tu constante presencia, así que, si voy a tener que soportar que seas un lastre, sé discreta, apártate de mi camino y, sobre todo, no respondas a mis objeciones. Tu excusa sobre que no hay nadie en este pasillo está claramente asociada a tu falta de observación. —Metió otra moneda en la máquina de café, pero no pulsó ningún botón—. La reunión empieza en dos minutos, no tardes y no abras los labios si no estás segura de que lo que vas a decir es más valioso que el silencio.

Y se fue por el mismo pasillo por el que debía haber venido.

«¿Este tío de qué va?».

Miré la máquina de café que indicaba el valor del importe introducido. ¿Me había invitado a un café sin decírmelo? Pulsé el botón de café con leche a tope de azúcar. Todo lo contrario al suyo.

Saqué el teléfono del bolsillo y abrí el grupo de las medicómicas. Ni siquiera reparé en la esquina de la pantalla rota, que bien podría agradecérsela al culpable de la mala leche que acababa de entrarme en el cuerpo.

Decidme dónde hay que inscribirse para ganar el premio al gilipollas del año porque el Beltrán de las narices tiene las papeletas de obtener el primer puesto. Y sobradamente. No sé qué es peor, que me haya dicho

que soy un lastre, que no tengo educación o que
mantenga mis labios cerrados porque el silencio es más
apreciado que cualquier cosa que pueda decir. Tengo una
mala leche encima que soy capaz de saltarle a la yugular
como un vampiro

—¡Balboa!

El teléfono se me escurrió de entre las manos y el golpe contra
el suelo no auguraba que hubiese sobrevivido.

«Yo le mato… o me mato. Una de dos. ¿Qué cojones quiere
ahora?».

Recogí el teléfono del suelo y alcé la vista. Allí estaba, haciendo una señal con el dedo índice de la mano izquierda, en la que
llevaba el reloj.

«Mierda, la reunión. Encima pierdo la noción del tiempo por
su culpa».

Quise no hacerlo, pero miré la pantalla. Estaba completamente
rota, pero, por un milagro divino, el teléfono funcionaba.

Lo metí en el bolsillo de la bata mientras sentía cómo vibraba por
los mensajes que entraban. Cogí el café y me dirigí hacia la sala de
reuniones. Ibáñez presidía la mesa y a su lado se había sentado el
capullo de Beltrán. Me senté en el lado opuesto a ellos, donde por
suerte encontré a Noelia.

Justo cuando iba a comenzar la reunión y se atenuaron las
luces para la proyección en pantalla, sentí de nuevo esa especie de
temblor, un estremecimiento similar al de un escalofrío, y, por
inercia, mis ojos le buscaron.

Se sorprendió de que le hubiera descubierto observándome,
pero, aun así, tardó un instante largo en apartar su mirada y con-
centrarse en la exposición.

La pregunta tomó forma antes de desecharla de mi mente: «¿Es
posible que él sienta mínimamente lo mismo que siento yo?».

6

La reunión se alargó más de una hora para establecer el plan quirúrgico personalizado de la paciente, una mujer de treinta y ocho años que había sufrido un accidente de coche con múltiples fracturas extensas en la región maxilofacial. Tenía la mandíbula, el labio y la nariz destrozados. Mientras el jefe de sección de trauma, Benítez, alias el Pulpo, exponía el caso, todos fuimos testigos de que cada una de sus sugerencias sobre cómo proceder con la operación era debatida y discutida por el nuevo cirujano cardiovascular. Desde el instrumental hasta la zona seleccionada para extraer los injertos de tejido blando, el último en llegar a la plantilla quiso cuestionarlo todo.

«Está quedando como un chulo haciéndose notar».

Ninguno de los residentes dijo nada, y yo menos aún. En aquella hora y media pude observar detenidamente sus gestos, cómo no dejaba de mover el bolígrafo haciéndolo girar sobre el dedo índice y el pulgar mientras se concentraba en sus pensamientos. Era zurdo, tomaba notas con la mano izquierda y pasaba las páginas del informe con la derecha. No permanecía quieto en la misma postura más de treinta segundos. Cruzaba los brazos, apretaba los nudillos, se mordía el labio, se restregaba la nariz con el dorso o se tocaba el pelo, pero, a diferencia del resto de los presentes, fue el único que no miró ni una sola vez el teléfono y dedicó toda su atención a la exposición.

En cuanto la reunión terminó, Noelia tiró de mí al salir y me arrastró hasta la máquina de café donde Beltrán me había increpado.

—Vamos a pasar la mañana juntas con Beltrán en consulta. También estará Mario, un residente de último año.

—¿Y cómo lo sabes? —exclamé sintiéndome el último mono en todo.

Aún no me habían dado un cuadrante con mis horarios o quién debía acompañarme en mis turnos.

—Tu tutor me pidió que te advirtiera, por si Beltrán no lo hacía. Tenía que marcharse tras la reunión y no regresará hasta esta tarde, que tiene programada una operación. Beltrán se hará cargo de sus pacientes. Quizá no sea solo por hoy, cuando comienza así, suele ausentarse bastante del hospital y solo acude a las cirugías programadas si no puede delegar en alguien.

«Lo que significa que voy a tener al imbécil mirándome con lupa».

—Estupendo… —me quejé.

—Tranquila, estoy segura de que le pedirá a algún otro adjunto que se encargue de ti en su ausencia.

—Ya lo ha hecho —admití al tiempo que me apoyaba sobre la máquina de café—. Beltrán. Y por eso mismo me ha enfilado entre ceja y ceja —añadí respirando hondo mientras Noelia abría y cerraba la boca sin saber qué decir.

—¿Otra vez haciendo perder el tiempo a los demás, Balboa?

Su voz hizo que me irguiera y apreté los puños con fuerza para no soltarle una fresca. Noelia me miró encogiéndose de hombros y yo alcé los ojos al cielo mientras me mordía el labio para no responder.

Mi función durante toda la mañana consistía en quedarme sentada en un taburete que Beltrán se había encargado de colocar lejos de su mesa, dejando a Noelia y el tal Mario a su disposición. Mi único cometido era cambiar el instrumental que se hubiera utilizado, colocar guantes nuevos de inspección y desinfectar la camilla. Básicamente el trabajo de una asistente.

«Si espera que me queje, puede sentarse o se caerá de culo».

—Balboa, prepara a la paciente para el ecógrafo. —Aquella voz era despectiva incluso para dar indicaciones.

Era la tercera paciente, y el tío ni se molestaba en ser cordial o pedir amablemente el tipo de información que requería.

«Es más frío que un iceberg».

—Acompáñeme. —Sonreí—. Puede desvestirse de cintura para arriba y colocarse sobre la camilla, será solo una inspección externa.

—Gracias —contestó la chica—. La verdad es que estoy asustada, no me gustaría tener que quitar los implantes después de lo que me han costado.

Noté que su voz temblaba, probablemente estaba bastante nerviosa. Apenas rozaría la treintena; la habían derivado desde Medicina Interna por una infección en el pecho que supuraba debido a los implantes mamarios y se debía evaluar si era necesario retirarlos.

—Estoy segura de que el doctor Beltrán hará todo lo posible para cumplir su voluntad. —Sonreí solo para tranquilizarla.

—La decisión de quitar o no los implantes no le corresponde a la paciente ni a una residente de primer año. Según el resultado de sus analíticas la infección es importante y parece estar generada por el implante, o sea que habrá que retirarlos a menos que desee morir y haya decidido gastar sus ahorros en matarse a sí misma. Es un riesgo que debió prever cuando tomó la decisión de someterse a una cirugía plástica, ahora asuma las consecuencias de sus decisiones.

«Qué jodido miserable. ¿De verdad es necesario hacerla sentir mal cuando es evidente que está asustada y nerviosa?».

Vi cómo los ojos de la chica se empañaban y me mordí la lengua para no soltarle allí mismo una fresca. Busqué la mirada de Noelia, que me hizo una señal, dándome a entender que no abriese la boca para protestar, y el tal Mario parecía más absorto en contemplar los pechos de la chica inflamados por la infección que en entender lo que estaba pasando.

«Aquí tiras una piedra y salen gilipollas a espuertas».

Observé la pantalla del ecógrafo mientras le realizaba la prueba. Estaba claro que la infección se había extendido por todo el pecho, la probabilidad de conservar los implantes era remota, por no decir que resultaba probable que tuviera dañado el músculo, de modo que también habría que extirparle una parte.

—La paciente presenta enrojecimiento, hinchazón de ambas mamas y carencia de sensibilidad en el pecho inferior izquierdo.

—A pesar de que no se dirigía hacia ninguno de nosotros en concreto, puesto que su vista estaba fija en el monitor, estaba claro que lo decía para que tomásemos nota—. Armenteros, fija cita para quirófano esta misma semana. Retirada completa de implantes, posible daño muscular en el pecho izquierdo y…

El ruido que provocó al soltarse rápidamente el ecógrafo hizo que mirase a la joven tumbada en la camilla, inerte, sus brazos caían pesados a ambos lados y sus ojos se habían vuelto completamente blancos.

—¡Monitor cardiaco! ¡Ya! ¡Antibiótico de amplio espectro intravenoso! Avisad a cirugía, paciente con entrada en sepsis. Que preparen un quirófano. ¡Y quiero una analítica de glucosa en sangre a la de ya! —gritó Beltrán.

El mundo parecía ralentizarse mientras veía el movimiento incesante frente a mí. Podía escuchar sus voces, pero eran lejanas, similar a cuando de pequeña jugaba al escondite y me metía dentro del armario. Noelia arrastraba un monitor cardiaco para conectarlo a la paciente, Mario preparaba el antibiótico y lo inyectaba a la chica. Beltrán le colocaba una vía y medía la presión arterial. Y a pesar de todo aquel ajetreo, yo seguía sin reaccionar, rígida, estática, como una estatua de piedra que solo podía ver, oír y respirar forzadamente.

Mis pies se habían aferrado al suelo. Un frío intenso me recorría el cuerpo. Me sobrevino una sensación de terror, algo inconcebible que se apoderaba de todos mis sentidos impidiéndome decidir qué debía hacer o cómo debía proceder.

Fue Noelia quien llamó para solicitar un quirófano de inmediato por una paciente con infección en sangre y Mario se llevó las muestras a laboratorio para un análisis urgente.

Veinte minutos después y con las constantes de la paciente estables, dos enfermeras se la llevaron a Cirugía, donde quedaría a la espera de analíticas y entrada en quirófano lo antes posible.

—Salid todos —dijo Beltrán.

Se podía percibir irascibilidad en su tono de voz. Di un paso hacia la puerta con la intención de marcharme junto a Noelia, Mario ya había cruzado el umbral.

—Tú no, Balboa.

Cerré los ojos con fuerza.

Noelia me miró con esos ojos que transmitían lástima y sentí que estaba realmente hundida. Había tocado fondo. Mi pesadilla se había hecho realidad, y ni siquiera había pisado un quirófano.

—¿Me puedes explicar por qué elegiste especializarte en la Unidad de Cirugía? —exclamó con clara ironía.

Sus ojos azules se habían oscurecido ligeramente. Resultaba evidente que estaba irritado.

—Siempre he querido ser cirujana.

Fue la única respuesta que conseguí dar. A fin de cuentas, era verdad. Aquello era el sueño de mi vida, lo que había deseado desde que tenía doce años, y no me imaginaba desempeñando ningún otro trabajo que no fuera aquel.

—Querer y poder son dos cosas muy distintas —respondió en el mismo tono irritado—. Ibáñez insiste en que tienes potencial, está claro que se equivoca. Yo solo veo mediocridad e incapacidad. Te voy a decir lo que nadie te va a decir, considéralo un favor que te hará ahorrar tiempo. —Su tono se incrementaba para ser aún más déspota y directo—. No sirves para este trabajo ni tienes lo que se necesita para ser cirujana. Lo vi ayer y lo he vuelto a ver ahora. Tu impasibilidad le costará la vida a personas, así que hazte un favor a ti misma y abandona. Cambia de unidad o quédate en algún lugar en el que tu única función sea aprobar revisiones médicas de solicitud de carnet de conducir, pero tu sitio no está en la Unidad de Cirugía y me atrevería a decir que ni siquiera en un hospital de categoría.

Aquello fue como sentir un impacto a bocajarro sin estar preparada frente al golpe.

—Y ahora fuera de mi vista. —Me dio la espalda para bordear su mesa y sentarse en la silla, importándole muy poco cómo me pudiera sentir con lo que acababa de decir.

Sentía una bola de fuego en mi garganta que amenazaba con estallar para silenciar la destrucción que él acababa de generar en mi interior. Era incapaz de responder, ni tenía argumentos para defender la evidencia y solo quería llorar ante mi propia decepción. Mis ojos comenzaron a nublarse y antes de derramar la primera lágrima logré salir de allí. Me encerré en el primer lugar que encontré, una zona de baños públicos, no me preocupé en saber si eran de hombre o mujer. Me daba absolutamente igual.

Aquello suponía la renuncia a todos mis sueños, mi infierno cobraba vida y Beltrán solo había necesitado veinticuatro horas para darse cuenta de que era un absoluto fracaso como médico. Toda mi vida he creído que ese era mi sitio, que el sentimiento de salvar vidas significaba algo, y estaba claro que me equivocaba, aunque aún lo siguiera sintiendo y hubiera una parte de mí que se aferraba a este lugar.

«Querer y poder no son lo mismo».

En el momento que respiré hondo y logré controlar gran parte de las lágrimas, saqué el teléfono con la pantalla ahora rota por todas partes, pero ese era el menor de mis problemas en mis circunstancias. Tenía mensajes sin leer en el grupo de las medicómicas, desde emoticonos con caritas furiosas hasta medallas con el número uno del vencedor al concurso de gilipollas. Quise reír, pero no fui capaz de esbozar una mueca. Traté de teclear, pero entre la pantalla rota y mi vista empañada era demasiado complicado, así que no me importó que se pudiera apreciar mi tono de voz roto por el llanto.

—Abandono. El gilipollas ha ganado, me vuelvo a la granja —dije mientras veía cómo el audio se enviaba y mis ojos se anegaban de nuevo en lágrimas y me nublaban la vista.

Ya había gastado medio rollo de papel higiénico con la esperanza de no derramar ni una sola lágrima más cuando vi que Soraya me llamaba.

—No me pidas que repita lo que me ha dicho porque no seré capaz —advertí al descolgar. Oí silencio al otro lado de la línea.

—Está bien. No voy a pedírtelo, pero te conozco lo suficiente para saber que, si sales ahora mismo de ese hospital, te arrepentirás el resto de tu vida y desearás no haber demostrado a ese cirujano de pacotilla que eres mejor que él por muchos premios que haya ganado.

Quise reírme por su disparatada comparación, pero apenas me salió un ligero ademán en forma de sonrisa.

—Me quedé bloqueada, Soraya. Ni siquiera supe qué debía hacer. Lo quiera reconocer o no, está claro que no valgo para esto, que, por más que me empeñe en desearlo, no sirvo para ser cirujana.

Confesarlo hizo que las lágrimas me surcaran de nuevo el rostro.

—La única cosa que convierte en imposible un sueño es el miedo a fracasar, y tú estás cagada porque llevas toda tu vida deseando esto y crees que no podrás lograrlo. Has puesto tus expectativas tan altas para no defraudar a los demás que te estás defraudando a ti misma.

Razón no le faltaba, puede que la muerte de Carmela me hubiera despertado ese sentimiento.

«Parece que la cosa va de guantazos sin manos. Los que más duelen. Eso no cambia el hecho de que me haya quedado bloqueada y no una, sino dos veces, y para más inri, delante del capullo de turno, que no ha tenido ningún inconveniente en recordármelo para recalcar que no valgo un carajo».

—¿Y qué sugieres que haga? ¿Que me quede para aguantar cómo recalca que soy una inútil? —insistí.

«Si vuelvo a ver su cara de soberbia vomito y no precisamente por esos nervios que me invaden cuando me mira fijamente, sino porque no seré capaz de soportar otra dosis de despotismo sin piedad».

—No, pero no te vas a ir porque ese mindundi de poca monta decida que eres una molestia. No es tu tutor. No significa nada para ti. Y desde luego no va a decidir lo que debes hacer o no debes hacer. Vas a levantar el mentón bien alto y a enseñarle quién eres, pero la Leo que Cris y yo sabemos que existe, la que te empeñas en ocultar bajo capas y capas de modestia.

«La leona, como me llaman las medicómicas».

—En estos momentos dudo que sea capaz ni de recordar mi nombre —advertí con un poco de ironía.

—No dejes que un don nadie frustre tu carrera, y me da igual todo lo brillante que sea ese pedazo de gilipollas. Haz que se coma sus palabras una a una. Por ti, por tu yaya y, sí, también por Cris y por mí, que estamos deseando que lo hagas. —Se echó a reír y logró sacarme al fin la primera sonrisa.

—Deberías haber estudiado Psicología. —Noté que ya no me discurrían lágrimas por el rostro.

Salí del habitáculo del inodoro y vi mi reflejo en el espejo que tenía delante. Los ojos rojos e hinchados iban a ser difíciles de ocultar, pero me daba absolutamente igual, tenía lo que más necesitaba en aquel momento.

«Un gigantesco y monumental apoyo moral al otro lado del teléfono».

—No, gracias, ya tengo suficiente con aguantaros a vosotras para llenar mi dosis completa de terapia.

—Gracias, Soraya —admití con una serenidad en el pecho que hacía tiempo que no sentía.

—Tranquila, hablo yo con Cris, que con lo bruta que es se presenta en Valencia en dos horas para cantarle las cuarenta al campeón de la gilipollez.

Las carcajadas llenaron el eco de aquel baño y esta vez mis ojos brillaron con unas lágrimas muy distintas a las de la impotencia.

No me marché del hospital, sino que almorcé en la cafetería y me quedé toda la tarde en la biblioteca terminando de documentarme con los dosieres que Ibáñez me había enviado el primer día.

Ya había repasado los veinte al completo cuando recibí un e-mail en el que mi tutor me citaba en su despacho a lo largo de la próxima hora. Intuía el asunto a tratar en ese encuentro: con toda probabilidad Beltrán le habría informado de lo sucedido y quizá estaría fuera de la Unidad de Cirugía en menos de dos horas.

Me presenté en diez minutos. Alargar la agonía no iba a servir de nada, así que ni me tembló el pulso cuando llamé a la puerta y me pidió que entrara.

—Pasa, Eleonora, siéntate. —Su tono era más que amable, y parecía inmerso en numerosos informes, al menos conté treinta esparcidos sobre la mesa—. No has tardado, ¿Beltrán te ha hecho alargar tu turno? —inquirió y eso me llevó a pensar que no había hablado con el susodicho.

—No. Estaba en la biblioteca estudiando la documentación que me pidió. Ya he revisado los veinte dosieres al completo.

En realidad, no me había costado demasiado, puesto que la parte teórica y de investigación era la que nunca me había preocupado de ser cirujana.

—¿Ya? —Su incredulidad y asombro mostraban que no estaba convencido—. Te enviaré entonces todos los informes de las próximas operaciones y asistirás a todas las reuniones en las que se ejecutará el plan de intervención quirúrgico. Mañana pasarás el día con Ramírez. El doctor Beltrán me sustituye por la mañana en quirófano, es un cambio de última hora, pero quiero que asistas a su seminario de la tarde sin falta.

Me entregó una carpeta donde especificaba el temario impartido en el seminario sobre enfermedades cardiovasculares.

Un escalofrío me recorrió las piernas de arriba abajo, demostrándome una vez más que aquello era lo que quería ser, que de algún modo mi cuerpo reaccionaba a ello para confirmarlo.

—Iré sin falta. —Sonreí.

«Aunque tenga que aguantar la cara de soberbia del cretino de las narices, solo merecerá la pena para dejarle claro que no pienso abandonar. Al menos no porque él me lo diga».

—Perfecto. Te he pedido que vinieras para comunicarte que me ausentaré los próximos cuatro días por asuntos personales. La dirección ya está avisada y se ha hecho el reparto entre los adjuntos y jefes de secciones. En mi ausencia será el doctor Beltrán quien se encargue de tu progreso. Por lo demás aquí te dejo tu horario laboral de las próximas cuatro semanas y los turnos que compartirás con el resto de los residentes. Debí entregártelo el primer día, pero necesitaba ultimar detalles con la plantilla.

Cuatro días soportando a Beltrán como mi tutor, si en veinticuatro horas me había hundido en la miseria. ¿Quedaría algún despojo de mí cuando Ibáñez volviera?

—Agradezco la confianza que deposita en el doctor Beltrán para que continúe mi progreso, pero no creo que él y yo seamos compatibles. Me lo ha dejado muy claro esta mañana y preferiría tener otro referente que no fuese él.

Ya está. Lo había dicho y no había sucedido una catástrofe de dimensiones colosales.

El doctor Ibáñez se dejó caer sobre la silla mientras me estudiaba. Quizá intentaba adivinar qué es lo que había podido decirme el mayor imbécil que había conocido en mi vida.

—Si le he pedido a Beltrán que se encargue de ti no es casualidad. Podría habérselo pedido a cualquier otro adjunto que no habría discrepado de mi decisión. —Su semblante era serio, en parte pensativo, y algo me decía que no iba a cambiar de opinión—. Él te necesita tanto como tú a él.

—¿Que él me necesita a mí? ¿Qué puede enseñarle una residente de primer año que él no sepa?

Beltrán podía ser un cabrón de primera, pero no se podía criticar su amplio conocimiento y que fuese una eminencia en su campo. No tenía siquiera cuarenta años y había ganado premios, poseía fama y era reconocido a nivel europeo, y todo lo que se decía respecto a él era cierto. Un solo día me había bastado para comprobar que era realmente bueno como médico, aunque como persona fuera un completo cretino. Era imposible que necesitara aprender algo que no supiera, y menos aún de mí.

—Humanidad —dijo Ibáñez sorprendiéndome.

¿Humanidad? ¿Quería que yo le enseñase humanidad? Bueno…, muy humano no parecía, todo hay que decirlo, pero, más que humanidad, yo diría que una buena dosis de humildad no le vendría mal a don Soberbio.

7

Madrugar nunca me había supuesto un esfuerzo, quizá porque con la granja familiar estaba acostumbrada a que no hubiera horarios fijos ni días de obligado descanso. Tal vez por eso no me pesaba pasar todo el día en el hospital: después de mi turno acompañando a Ramírez tendría lugar el seminario con Beltrán a las seis de la tarde, y ya imaginaba el desfile con la excusa de ir a tomar algo cuando acabase la sesión de dos horas. Me vestí con vaqueros y zapatillas con la firme intención de no ir a ninguna parte si implicaba que dicho cirujano también estuviera.

«Bastante tengo con soportar su seminario y las miradas furibundas con las que intentará enviarme a paseo por no haber salido echando leches de allí como él deseaba».

Antonio y Alberto tenían el mismo turno que yo, así que pasamos la mañana con Ramírez haciendo un control de pacientes que habían sido operados recientemente para posibles altas. Como advirtió Noelia, a Ramírez le gustaba hablar por los codos, y a la tercera pregunta de Antonio comprendí lo que trató de insinuarme el primer día: le había enfilado de tal manera que cada vez que el residente intentaba preguntar algo, le cortaba en seco con una mirada despectiva sin siquiera pedir disculpas.

«En este hospital necesitan desayunar más fibra me da a mí».

Durante el almuerzo pude conocer un poco más a mis compañeros. Se nos unió Carmen, que había entrado a media mañana y estaba junto a Condado. Vanessa tenía el día libre, pero dudaba de que se perdiera el seminario a pesar de ser un sábado.

Alberto y Carmen eran de Valencia, y Antonio procedía de un pueblo de Murcia. Fue él quien reveló que Vanessa era, en realidad, de Barcelona, y me extrañó no haberla visto por la facultad de Medicina, ya que si éramos del mismo año tendríamos que haber coincidido a la fuerza en alguna asignatura.

«Y yo no olvido un rostro aunque solo lo vea una vez».

Durante el postre llegaron Noelia y Mario, que también se sentaron a la misma mesa. Parecieron sorprenderse al verme, seguramente se quedaron detrás de la puerta a escuchar el discurso de Beltrán. Pensar en ello hizo que me avergonzara porque también habían sido testigos del desastre.

—Leo, te llaman así, ¿no? —dijo Mario delante de todos, aunque me miraba a mí—. ¿Quién tiene enchufe en tu familia?

Mi cara de asombro debió decirlo todo, pero arrugué el entrecejo como si no comprendiera su pregunta.

—¿Perdona?

—No estoy juzgándote, solo nos preguntamos quién ha sido capaz de influir para que entres en este hospital. Todos sabemos que iban a ser solo cuatro residentes, pero metieron a uno más por presión de la junta directiva. Has sido la última en llegar y encima te asignan a Ibáñez, que lleva años sin tener ningún residente a cargo. Un poco obvio es, así que nos genera curiosidad saber quiénes son tus padres o cuál es ese pariente capaz de mover hilos en las altas esferas.

Me quedé muda. Miré al resto de mis compañeros, que también me observaban con la misma inquietud que Mario, expectantes por saber cómo había logrado entrar de enchufada en el mismo hospital que ellos.

Negué instintivamente.

—Ni siquiera tengo pasta para comprarme un ordenador de segunda mano. Siento decepcionarte, pero ya me gustaría a mí tener un pariente influyente para no soportar al Beltrán de las narices.

Hasta el apetito se me había quitado recordando a ese hombre.

Noelia dejó escapar una risa y el resto parecía no entender mi ironía.

—Si hasta tú dijiste que Ibáñez había designado a Beltrán como su tutor en su ausencia —replicó Mario a Noelia.

—Y a pesar de decirle a Ibáñez que prefiero a Ramírez o Condado, tengo que tragarme al estirado de las narices, que parece que le han metido un palo de fregona por el culo para estar así de tieso. —Antonio casi se atragantó con la tarta de chocolate—. Pero si eso no te convence, no tengo ningún inconveniente en confesar que procedo de una familia que se dedica a la producción quesera, si quieres le pregunto a alguna oveja si ha hecho tratos con tus *altas esferas…*

Esta vez la risa fue general, incluida la de Mario.

Mi intención era la de pasar un par de horas en la biblioteca para comenzar con los informes que me había facilitado Ibáñez, pero acabamos perdiendo el tiempo entre cafés y charlas sobre anécdotas de profesores en los exteriores del hospital hasta que comenzó el seminario.

Sofía me había metido en un grupo de chat con Maite e Inés para cosas relacionadas con el apartamento. No había habido mucha actividad en los tres días que llevábamos viviendo juntas, pero en aquel momento estaba que echaba humo, y lo único que fui capaz de entender entre tantos mensajes es que estaban a punto de salir a la venta las entradas para la fiesta del año en la discoteca a la que no logramos entrar en mi primera noche en Valencia. Al parecer era una fiesta temática, pero la fecha y de qué habría que ir vestido se anunciaría una vez que se validase la compra de las entradas.

«Tanto lío por una fiesta de disfraces. No lo entiendo».

La sala donde iba a celebrarse la conferencia era bastante amplia. Fuimos de los primeros en sentarnos, no pude evitar observar cómo a mis compañeros se les iba la vista con el desfile que se desarrollaba frente a ellos. Si antes solo lo había intuido, ahora era una confirmación: aquello más que una charla parecía una competición por ver quién era capaz de seducir al nuevo cirujano.

«No voy a culparlas. Es un cretino, pero está para mojar sopas, las cosas como son. Si emplea la misma energía en ser un capullo que en la cama, como decía Cris, no le hará falta ningún mapa. Pero ¿qué demonios hago preguntándome si es bueno o no en la cama? Como si a mí me importara con quién se acuesta ese hombre».

La aparición de Beltrán provocó un silencio general, interrumpido solo por leves suspiros de conmoción. Iba sin bata, lógicamente, y eso permitía apreciar mejor su fisionomía. Llevaba una camisa blanca tan fina que marcaba sus bíceps y pectorales a la perfección.

«¡Demonios! ¡Sí que está apretao!».

Se había remangado las mangas hasta los codos y se había dejado los dos botones superiores abiertos. Los pantalones de pinzas en tono azul marino también le quedaban ajustados a la cintura, que sujetaba con una correa de piel en color marrón, similar al del calzado. «Es jodidamente sexy en todos los sentidos. ¡Maldito fuera! Es un completo gilipollas, y aun así estoy salivando. Me ha frito el cerebro por completo».

Alzó la vista para dar un repaso general a la asistencia, hasta que reparó en mí. En ese momento me arrepentí de no haberme hecho la loca para no ver aquella mirada de reproche. Era evidente que no esperaba verme, quizá ya me hacía muy lejos del hospital. Por suerte yo era tan insignificante para él que no se detuvo más de un segundo. Sacó del maletín su ordenador y lo conectó al proyector.

Durante la primera media hora me obligué a mantener la mirada fija en la pantalla, queriendo engañar a mi mente de que él no existía, porque si me perdía en sus movimientos, su sensual voz y ese rostro angelical, no me iba a enterar de una mierda.

Mi teléfono comenzó a vibrar y me extrañó porque lo había silenciado. Lo miré, y no era una llamada, sino mensajes del grupo de mis compañeras de piso en el que me nombraban.

Inés

Leo, faltas tú por confirmar.

La fiesta es el viernes que viene.

¿Tienes turno de noche?

El mensaje se repetía hasta en diez ocasiones y evoqué mentalmente el cuadrante que me había pasado Ibáñez la tarde anterior.

Estoy libre.

¿Tan importante es esa fiesta?

Estaba a punto de decirles que podían darle la entrada a otra persona, sobre todo porque el dinero no me sobraba precisamente; hasta que no cobrase, estaba bastante pelada. Me había gastado casi todos los ahorros en el traslado de Barcelona, en el alquiler de la habitación con fianza y en varios cursos de técnicas y programación, y me negaba a pedir algo a mis padres hasta que no fuese del todo necesario.

Sofía

La gente mataría por asistir a esa fiesta,

es el evento del año, así que no tienes excusa

para no ponerte un vestidazo de diosa griega y venir con

nosotras.

—¡Balboa!

Alcé la vista por puro mecanismo y me encontré con aquellos ojos azules escrutándome. Un ardor se apoderó de mi cuerpo de inmediato y, aunque no entré en trance como la primera vez, podía sentir el fuego similar al de un volcán a punto de estallar en mi fuero interno.

—Dado que parece muy interesada en su teléfono en lugar de en la presentación, deduzco que sabe identificar la patología que vemos en pantalla y que el resto de sus compañeros es incapaz de reconocer.

Mi vista pasó de él a la pantalla. Un electrocardiograma ocupaba toda la lona blanca de la proyección. Volví a mirarle a él, que casi parecía sonreír por convertirme en su objeto de burla favorito.

«Te vas a cagar, por capullo».

—Ya veo que…

—¡Síndrome de Brugada!

Grité para que mi voz quedase por encima de la suya, y el modo en que abrió los ojos, sorprendido por mi respuesta, fue como ganar el primer premio de la lotería.

«¿Sorprendido? Pues solo acabo de empezar, ahora vas a descubrir a la leona».

—Es un trastorno genético del sistema eléctrico del corazón que aumenta el riesgo de ritmos cardiacos anormales, potencialmente mortales, conocidos como arritmias ventriculares. Se caracteriza por patrones específicos en el electrocardiograma y se asocia con un mayor riesgo de fibrilación ventricular, que puede llegar a una muerte súbita cardiaca. Un paciente con síndrome de Brugada presenta un patrón característico de elevación del segmento ST en las derivaciones precordiales derechas de V1 a V3. Este patrón a menudo se observa en el electrocardiograma durante el sueño, como el que se muestra ahora en pantalla. El síndrome afecta mayoritariamente a hombres y el desencadenante común de la arritmia incluye fiebre, cierto tipo de uso de medicamentos y condiciones que afecten los niveles de electrolitos en el cuerpo. Suele tener un componente genético y se ha identificado una asociación con mutaciones genéticas en varios genes. ¿Quiere que continúe con el tipo de prevención para este síndrome o prefiere hacerlo usted, doctor Beltrán? —solté con una infinita inocencia, pero que resultaba evidente que suponía un reto para el jefe de sección de Cirugía Cardiovascular.

El silencio en la sala era tenso, estaba claro que todos aguardaban la respuesta del reconocido médico porque lo que él había iniciado como una humillación se había convertido en un guantazo sin mano en toda regla por mi parte.

Por una extraña razón, Beltrán no desafió con la mirada, ni siquiera había rabia en su rostro, sino una mueca de placer extraña, o eso me pareció.

—Me lo dirá en un informe extenso que espero sobre mi mesa este lunes a primera hora —afirmó sin darme algún tipo de objeción, lo que demostró a toda la clase que mi explicación era exacta y el electrocardiograma que veíamos en pantalla era, efectivamente, el síndrome de Brugada.

Una explosión liberadora se extendió desde mi interior hacia todas las partes de mi cuerpo. Era como si las piezas hubieran encajado, como si algo hubiera hecho clic finalmente. Había experimentado una sensación similar antes y con la misma persona, aquel día en el supermercado cuando le quité la ensalada del carro, pero ahora fue más evidente, más reveladora. Me gustara o no, él hacía resurgir a la leona, como me definían Cris y Soraya, que yo trataba de mantener oculta en lo más profundo de mi interior.

Cuando terminó el seminario, un grupo de rezagadas se quedó en torno a la puerta sin llegar a salir, probablemente con la clara intención de saber si el profesor las acompañaba a tomar algo. Ni siquiera le miré cuando salí de allí, no pensaba darle la oportunidad de humillarme una tercera vez aprovechando que en su último intento no había tenido éxito, así que, tras despedirme de mis compañeros, me marché rumbo a casa. Tenía poco más de veinticuatro horas para hacer ese informe extenso y estaba realmente jodida porque la biblioteca ya había cerrado.

«Me importa un comino, lo haré a mano y si no le sirve será su problema, no el mío».

Nada más salir del hospital, cuando aún sentía un escalofrío recorrer mis brazos y no porque hiciera fresco, sino porque la sensación aún persistía en mi cuerpo, les envié un audio a mis amigas:

Chicas, lo de robarle la ensalada en el súper fue una nimiedad comparado con el ridículo al que le he expuesto en el seminario cuando ha tratado de humillarme frente a todos. Le ha salido el tiro por la culata a don Capullo. Teníais que haber visto su cara, ¡Dioooooos! Sabéis que no me gusta mostrarlo, todos me miran de forma extraña cuando lo hago, pero ¡qué subidón de adrenalina!

Casi había recorrido la mitad de la distancia hasta el apartamento cuando el rugido del motor de un coche de alta cilindrada llenó la avenida.

«Que te apuestas a que es él…».

Mi teléfono vibró, y fue la excusa perfecta para no mirar hacia el vehículo en cuestión.

 Cris

¡Ya era hora! ¡Y le pueden dar bien por el culo a don Capullo!

El audio duraba apenas seis segundos.

Con el rabillo del ojo vi cómo el coche blanco perla avanzaba. Era él, estaba claro. ¿Quién más en el hospital iba a tener un coche de ese estilo? Pensé que continuaría de largo, total, si yo ni existía para él, pero para mi asombro redujo la velocidad hasta detenerse.

Otro mensaje de Cris entró en el chat de las medicómicas. No lo pulsé, pero no aparté la vista de la pantalla rota.

—¡Balboa!

Por si me quedaban dudas, levanté los ojos, y allí estaba, con esa camisa blanca que le sentaba como un guante y los brazos apoyados sobre el cuero beige del volante.

—Lunes a las seis en punto de la mañana sobre mi mesa.

Joder…, cualquiera que lo oyera podría imaginar cosas que no eran.

—Veremos hasta dónde llega tu imprudencia.

Ni esperó a que contestara o me acercase al coche, dio el acelerón y se marchó dejándome con la palabra en la boca.

«Te vas a cagar otra vez, cretino».

 Cris

En realidad no sé por qué te apodamos leona cuando deberíamos haberte llamado Elefanta. —Mi amiga comenzó a reír—. Una jodida memoria que no olvida nada… y te empeñas en esconderlo para que no te tilden de rara.

¡Tía, que eres una jodida genio! ¡Muéstralo aunque solo
sea por una vez! A ese tío le hace falta que le bajen del
pedestal y le enseñen un poquito de humildad.

«Desde luego razón no le falta, aunque no sé si seré yo la más
indicada para bajarle los humos. ¿Una residente de primero a la
que detesta y considera una carga? Lo dudo mucho».

Soraya se sumó a la conversación cuando entré por la puerta
de mi nuevo hogar. Inés continuaba viendo la serie y a ella se
había unido Maite. Sofía había salido con el famoso socorrista, por
lo que aquello nos dio para echar unas cuantas risas durante el
tiempo que duró la cena.

Aquella noche me acosté a las dos de la madrugada con veinte
folios redactados. No me fui a la cama por cansancio, sino porque
mi muñeca derecha había decidido que necesitaba una tregua.
Calculé que solo me faltarían por redactar otras diez páginas más
a doble cara para completar toda la información que recordaba.
Era una suerte que hubiera leído aquel artículo que llamó especialmente mi atención sobre el descubrimiento de los hermanos
belgas o me pasaría unas cuantas horas recopilando información.

El domingo aproveché para levantarme tarde y, después de terminar el informe, decidimos irnos a comer a la playa para echar
la tarde. Era uno de esos pocos días en los que todas teníamos
turno libre por pura coincidencia y había que aprovecharlo.

—Mi tía dice que nos saca a escondidas los disfraces para la
fiesta, pero que necesita que se los devolvamos lavados y planchados el domingo por la mañana, antes de cambiar el turno con su
compañera —mencionó Sofía.

Casualmente, la tía de Sofía trabajaba como maquilladora para
una compañía de teatro desde hacía más de cuatro años y, en el
repertorio de funciones, un par de años atrás habían representado
a los dioses del Olimpo, así que tenían varios vestidos de diosas
griegas.

—¿Cómo has logrado convencerla? —pregunté mientras observaba un grupo de chicos jugando a vóley playa cerca de nosotras.

«Si no fuera por el espectáculo visual de aquellos pectorales, ya le habría mencionado a donde pueden irse con la pelotita de las narices».

—Soy muy persuasiva. —Sonrió dejando el teléfono a un lado—. Y porque sabe que conmigo tiene enchufe en el hospital, así que quiere tenerme contenta.

Sonreí al mismo tiempo que uno de esos chicos aterrizaba derrapando a un palmo de nosotras. La ola de arena que levantó nos convirtió a Sofía y a mí en dos croquetas.

«Mi karma ha decidido enviarme al infierno, lo tengo claro».

—¡Lo siento! ¡Lo siento!

La voz del chaval se oía apurada, aunque, después de todo, nos había librado de un balonazo en la cara, si bien, visto lo visto, no sé qué era peor.

—Si querías echarnos de la playa hay modos más sutiles —solté sintiendo los granos en la boca y tratando de escupir. Me llevé las manos al pelo y estaba cubierto de arena, así que deshice la trenza y comencé a sacudirlo como pude.

Tres chicos más se colocaron al lado del primero, ni siquiera les miré porque estaba demasiado ocupada en dejar de parecer una croqueta rebozada, pero intuí que eran tres por las siluetas.

—En realidad a mi amigo le gustaría invitarte a tomar algo, pero lo de ser sutil no es lo suyo.

—A comer arena ya nos ha invitado, eso seguro —admití mirando por primera vez a los cuatro chicos.

Todos rieron, parecían bastante jóvenes, probablemente de la edad de mi hermano Marcos.

No es que tuviera nada en contra de los yogurines, pero tenían la edad de mis hermanos y a mí, siendo francos, siempre me han gustado que me sacaran algunos años…, *como el capullo cirujano mismamente*.

Al final acabamos en la caseta de la playa tomando caipiriñas que pagaron ellos. Entre risas, algo de baile y bastante alcohol, descubrí que el chico que nos había llenado de arena, Álex, era instructor de pádel. Fuera casualidad o que la vida me lo había puesto delante de las narices, acabé sacándole unas cuantas clases gratis y le di mi teléfono para ponernos de acuerdo, tal y como me había pedido Ibáñez. De regreso a casa tuve que aguantar las risas de mis nuevas compañeras de piso por mi éxito entre los yogurines.

«Con lo calladita que parecía la nueva», decía Sofía mientras conducía y de fondo se escuchaba la canción «Los Ángeles», de Aitana. «Solo me va a enseñar a jugar a pádel, ni que me fuera a acostar con él», me defendí. «Ya. Ya. A pádel no sé si te enseñará, pero a empotrarte contra la red te aseguro que lo va a probar», continuó Sofía.

A pesar de la vergüenza, me acabé riendo con ellas. No sabía si era el efecto del alcohol, las risas que nos habíamos echado con esos cuatro chavales o el hecho de que había sido un día divertido en el que me olvidé incluso de que en pocas horas tendría que encontrarme de nuevo con don Capullo, pero en aquel momento sentía que la parte reprimida que había vivido durante años dentro de mí y que solo se había mostrado un poco más en mis años de universidad, volvía a resurgir con fuerza.

Por una vez no pensé en lo que sucedería al día siguiente. Ni siquiera repasé el informe para quedarme tranquila, probablemente porque él ni lo leería, solo me lo había pedido para fastidiarme y demostrar a toda la clase que no me iba a ir de rositas por callarle de la manera en que lo hice.

La Leo de hacía unos días habría guardado silencio para no destacar por encima de los demás, permanecería callada aparentando que no sabía que era lo que mostraba aquella pantalla solo para no revelar un dato que, a pesar de estar agradecida, siempre la había condicionado.

Mi memoria está increíblemente desarrollada, es lo que muchos calificarían como coeficiente de inteligencia superior, aunque yo no me sentía en absoluto superior a nadie, ni aquello me resultaba algo excepcional. Era satisfactorio para los estudios, podía memorizar cientos de enfermedades o patologías y recordarlas con solo asociar una imagen, pero desde que era pequeña había aprendido a esconderlo a los demás porque cada vez que había mostrado ese tipo de capacidad en clase, el resto de los niños me observaban de un modo extraño. Por eso no guardo amistades del colegio o el instituto, solo a Raquel y Laura, por ser del mismo pueblo, pero nunca coincidimos en clase porque no teníamos la misma edad. Las únicas que sabían que tengo ese tipo de memoria eran Cris y Soraya, a las que me resultó inevitable esconderlo. También lo sabía mi abuela, demasiado avispada para no verlo, pero ni tan siquiera mis padres o mis hermanos lo saben. Nunca he creído que fuera necesario decírselo porque no cambiaba nada.

Y sin embargo ahora no me había importado mostrarlo delante de todo el seminario solo para que aquel capullo integral no me humillara de nuevo. Al contrario, me había sentido poderosa, con una energía vibrante, porque esa era la verdadera yo que llevaba escondiendo años para que nadie la juzgase.

8

Había dormido siete horas escasas cuando golpeé la hoja de madera del despacho de Beltrán. Ni siquiera eran las seis, por no decir que no tenía ni idea de si estaba o no en el hospital, pero tras ver que nadie contestaba, abrí y entré. Todo estaba en penumbra. «No hay mal que por bien no venga, no voy a tener que tragarme su petulancia de buena mañana», pensé. Dejé el informe de treinta folios a doble cara sobre la mesa y me dispuse a salir, pero, cuando cruzaba el umbral, le vi llegar en bata blanca y con su maletín.

—Vaya, Balboa, precisa y puntual. ¿Has redactado el informe que te pedí? —inquirió y vi cómo sus ojos se dirigían hacia la mesa del despacho.

Ahí está otra vez esa maldita sensación recorriéndome todo el cuerpo. ¿Sería algún tipo de feromonas en el perfume? No me pasaba con nadie más. Jamás en toda mi vida había sentido algo similar cuando alguien se aproximaba y lo peor de todo es que no podía siquiera evitarlo.

—Por supuesto. —Me limité a decir.

No dijo nada, simplemente pasó a mi lado rozándome el brazo por la estrechez de la puerta y dejó el maletín sobre la mesa, cogió la carpeta y se apresuró a abrirla y devorar su contenido.

—¿Por qué no está impreso? —exclamó confuso—. Hay impresoras a vuestra disposición en la sala de juntas.

—Lo sé, es que se me rompió el ordenador hace unos días y tuve que escribir a mano lo que recordaba.

Beltrán hojeó el informe y después me miró. Volvió de nuevo a los papeles y continuó hasta llegar a la última página.

—¿Has escrito todo esto de memoria? —Su voz evidenciaba incredulidad.

«¿Sorprendido? No eres el único que es bueno en algo, aunque puede que una memoria prodigiosa sea la panacea, de nada me ha servido para no bloquearme ante una emergencia».

—Sí. —Me dispuse a marcharme.

—Es imposible —espetó.

—Me pidió un informe extenso y lo tiene sobre la mesa, el resto es irrelevante —advertí sin alzar el tono, pero con los puños apretados—. Que tenga un buen día.

Pensé que la conversación se zanjaba allí, que podríamos llegar a una especie de tregua extraña en la que él simplemente me ignoraba y yo intentaba aprender todo lo que pudiera observándole.

—Si esto es algún tipo de truco o crees que voy a cambiar de opinión respecto a lo que te dije el viernes, sigo pensando que este no es tu lugar y que no estás preparada para esta unidad —afirmó en el momento en que logré darle la espalda.

«El viernes me pillaste con la guardia baja. Hoy tengo la moral por las nubes».

—No me importa su opinión, doctor Beltrán, sino la mía propia. Y estoy donde tengo que estar. Si me marcho de este hospital, no será porque lo diga usted, será porque lo decida yo.

Mi respuesta evidentemente le sorprendió. ¿Tal vez esperaba una residente sumisa y callada? Bueno, en realidad lo era, hasta que rascaban lo suficiente para sacar a la leona que se escondía muy dentro. Y don Cretino había rascado hasta las profundidades liberándola por completo.

—¿Es un reto, Balboa? —Podría jurar que en esos ojos había una chispa de emoción escondida.

Si no fuera por aquel color azul que me eclipsaba, le habría contestado que se fuera a la Conchinchina con billete solo de ida, pero durante uno segundos apenas parpadeé, consciente de lo que ese ardor en su mirada generaba en mi ser. ¡Qué maldito poder de magnetismo tenía!

—Tómelo como quiera, doctor Beltrán —dije sin apartar la mirada de la suya.

Si esperaba que me acobardase y huyera, solo por joderle no pensaba hacerlo, aunque, en realidad, aquello no tenía nada que ver con él. Ese hombre tenía menos empatía que un avestruz, y, como bien decían mis amigas, una lección de humildad no le vendría mal. Pero la verdad es que no estaba en aquel hospital por demostrarle que se equivocaba —cosa que también podía incluir en el pack—, si estaba allí era porque no pensaba rendirme a los tres días como no me había rendido hasta obtener lo que llevaba años anhelando.

Aquello no podía ser una maldita ilusión de una adolescente de doce años. Si había llegado hasta allí, hasta esa unidad, hasta incluso el doctor Beltrán, eso debía significar algo. Y pensaba averiguarlo.

—Le doy cinco días para que abandone por su propia decisión.

Cogió el informe y lo metió en el maletín, que escasos minutos antes había apoyado sobre su mesa de escritorio.

—¿Cinco días? ¿Qué pasará si no abandono? ¿Dejará de hostigarme? —exclamé porque pensaba aguantar los cinco días más el resto de la residencia, no me cabía la menor duda. Aquello era un «por mis ovarios» y «porque yo lo valgo».

—Te permitiré entrar conmigo en quirófano —admitió en un tono neutral que no admitía lugar a que pudiera perder aquel reto absurdo.

«Este me va a hacer la vida imposible durante cinco días para que abandone», pensé. ¿De verdad iba a aceptar? La pregunta sería más bien: ¿Es que tengo otra opción?

—Y me llamará Leo —respondí añadiendo algo más a su propuesta.

—Si se diera el caso, cosa que no va a pasar, la llamaría por su nombre, no con un diminutivo.

Eleonora era mejor que Balboa, así que podía aceptarlo.

—Está bien, Eleonora entonces. Parece que tenemos un trato, doctor Beltrán. Cinco días y uno de los dos vencerá.

«Y pienso ser yo, que no te quepa duda».

—Seré despiadado —advirtió.

—No me cabe la menor duda de que lo será. —Me crucé de brazos—. Pero no me conoce ni sabe de lo que soy capaz —susurré inclinándome sobre la mesa.

—Lo único que veo es a una niña asustada fingiendo hacerse la dura, tal vez cinco días hayan sido demasiados, podría haberlo dejado en dos.

Una mueca se dibujó en sus labios y apareció el único atisbo de sonrisa que le había conocido hasta ahora. Qué guapo era el jodío…

«Pues yo solo veo a un cretino arrogante tratando de acobardar a una residente de primer año que le planta cara. Lástima que no pueda decirlo en voz alta».

—¿Su juego psicológico va a durar mucho más? Porque ya son las seis y cuarto, y la doctora Condado debe estar preguntándose por qué no me he presentado en su despacho.

El aire de inocencia y el repentino cambio de tema pareció sorprenderle. Miró el reloj y contrajo el ceño, probablemente hacía mucho que no perdía el control del tiempo. Me vanaglorié de ser la culpable de aquello.

—Ve, y a las cuatro te quiero aquí para hacer medio turno de tarde conmigo.

Ya no me miraba. Sacó su ordenador del maletín y lo abrió mientras se sentaba.

—No trabajo esta tarde —repliqué.

—Ahora lo harás.

Habría protestado de no ser por aquella especie de apuesta que teníamos entre manos.

«¿Una niña asustada fingiendo hacerse la dura? Cuando salga de este hospital el viernes en mi último turno vas a ver lo que es una mujer de verdad, pedazo de capullo. ¿La fiesta de disfraces no era el viernes? Sé de una que va a darlo todo, como que me llamo

Eleonora Núñez de Balboa. Hasta el viernes le aguanto la soberbia, aunque firme una renuncia el sábado, pero este no se sale con la suya, por mis santos ovarios».

Mis disculpas por el retraso que había tenido al estar reunida con el doctor Beltrán no parecieron convencer a la doctora Condado. Se limitó a hacer una mueca de disgusto y a dirigirse de nuevo a Alberto, que me guiñó un ojo. Parecía estar atento, aunque realmente él solo asentía a los razonamientos de la profesora en los que explicaba por qué, en caso de un aneurisma cerebral, era mejor realizar una craneotomía y proceder a la clipificación quirúrgica en lugar de una embolización endovascular.

Ni Alberto ni yo interrumpimos su explicación en toda la mañana. Visitamos con ella a dos pacientes que serían intervenidos para evaluar su estado antes de la operación. Al acabar el turno nos dirigimos hacia el comedor del hospital y no podía dejar de reír mientras Alberto imitaba la voz de la Condado en tono agudo.

—¿Hay alguien normal en este hospital? —pregunté mientras dejaba la bandeja sobre la mesa.

—Ballesteros y Chamorro son más cercanos, ya los conocerás, y Arévalo es un poco cascarrabias, pero se aprende un montón con él. Le verás mucho más que al resto porque trata bastante con los de primero. González va a su rollo, no se mete con nadie y es un poco introvertido, no suele trabajar demasiado con los de primer año.

—Pues otro como Beltrán —comenté—. Le dejó claro a Ibáñez que solo quería con él a residentes de cuarto y quinto año.

—A nadie se le escapó en el seminario que te tiene enfilada, aunque eso a algunos les resulte satisfactorio, porque significa menos competencia.

El tono de Alberto hizo que apartase la vista del plato de albóndigas con tomate casero que había pedido junto con una pequeña ensalada.

—¿Competencia? —exclamé.

«He sido el último mono en entrar a la jungla y ni siquiera he dado la talla en ningún sentido, dudo que pueda ser competencia de nadie».

—No sé de qué te sorprendes, eres con diferencia la chica más guapa de toda la unidad y, después de lo del sábado, añadiría que la más inteligente también. —Su voz no demostraba emotividad, sino que lo decía como si fuese algo normal, evidente, como si no estuviese revelando nada nuevo.

Sentí que el calor teñía mis mejillas y me ruborizaba. ¿Era un halago entre compañeros o Alberto podría estar tirándome los tejos sin comerlo ni beberlo? La verdad es que el chico era guapo, muy guapo si no le comparaba con cierto médico.

—Lo del sábado solo fue una casualidad, había leído un artículo reciente sobre la patología, así que no puedo darme demasiado mérito —mentí.

Sentí la mirada de Alberto. Evaluaba mi contestación, probablemente no se lo tragó, pero Carmen apareció frente a nosotros con su bandeja, y di por sentado que allí acababa la conversación.

—No puedo con Benítez y sus chistes machistas de mierda. ¡Os juro que no lo soporto! —exclamó Carmen.

Me mordí la lengua. «Si es que ya se veía venir que era un pulpo de cuidado. Y encima era el jefe de sección de Cirugía Ortopédica, como para ir con quejas…».

—Si es que aquí compiten por ver quién es el más capullo —susurré pinchando una albóndiga.

Alberto hizo una mueca, divertido, pero Carmen estaba tan enfurruñada que ni siquiera me oyó.

—Y lo peor de todo es que Vanessa le ríe las gracias y no tiene ningún problema en coquetear con él. ¡Es un baboso que le saca veinticinco años!

Me dieron ganas de reír de verdad. ¿Vanessa y Benítez? Eso podría ser un verdadero chiste.

—Hay quienes se ganan el mérito de su prestigio con esfuerzo y otros buscan la vía más fácil. —Alberto se cruzó de brazos y me miró fijamente como si yo comprendiera lo que trataba de decir—. Pero su objetivo no es Benítez, desde luego, comparto tutor con ella y lleva dos días quejándose de que no tiene ningún turno con Beltrán.

«Pues que espere sentada…».

Carmen dejó escapar un resoplido.

—De ser así, el sábado tuvo que quedarle claro que no es su tipo. Cuando acabó el seminario me obligó a acompañarla para hablar con él. Beltrán ni la miró mientras ella le colmaba de elogios, se limitó a decir que tenía prisa y ni siquiera contestó cuando insinuó que un pequeño grupo de asistentes iríamos a tomar algo al Oasis.

«¿En serio pensaba que Beltrán iba a liarse con una de primer año? A ver, que podría suceder, no digo que no, pero dudo que sea el tipo de hombre que mezcla trabajo con placer, o al menos es lo que parece. Eso teniendo en cuenta que el tipo sepa lo que es el placer, porque, con lo amargado que es, lo dudo».

Admito que a una parte de mí le satisfacía saber que no estaba interesado en Vanessa.

—Ni siquiera sabemos si está casado, si tiene hijos…, familia —insinué.

Alberto se echó a reír como si hubiera dicho la cosa más absurda del mundo, pero en lugar de aclararlo, se levantó con la bandeja y se fue sonriendo.

—¿Qué he dicho? —pregunté mirando a Carmen.

Ella se metió otra albóndiga en la boca y se encogió de hombros como si de ese modo evitara responder.

Después del almuerzo regresé a la sala de juntas e hice tiempo repasando los informes de Ibáñez. Aproveché que allí podía imprimirlos cómodamente para subrayarlos por colores, así los recordaría aún mejor. Había planificado mi tarde para ir a ver ordenadores y hacerme una idea de lo que se ajustaba a mi presupuesto, pero tendría que posponerlo indefinidamente.

Llamé a la puerta del despacho de Beltrán a la hora que me había citado. Escuché desde el otro lado su voz.

—Dos minutos tarde, Balboa. ¿Tengo que comprarte un reloj? —exclamó sin alzar la vista de la pantalla de su iPad.

Miré el teléfono y eran las dieciséis y cero dos. ¿En serio me iba a apuntillar por dos minutos?

«Este va a criticar hasta si me depilo o no el bigotillo, lo veo venir».

—Teniendo en cuenta cómo tiene la pantalla de su teléfono, no me sorprende.

Esta vez se dignó a mirarme, y yo habría agradecido que no lo hiciera porque, con el paso de las horas, su pelo ya no estaba perfectamente peinado, sino algo revuelto, se le había abierto el botón de la bata y dejaba entrever un cuello en forma de uve que revelaba algo de la piel de su pecho.

De pronto, aquel espacio me pareció minúsculo y el aroma de su perfume se mezclaba con miles de sensaciones que hacían que me flaquearan las rodillas. Coloqué una mano sobre la silla que había frente a su mesa.

—El estado de mi teléfono no es relevante, pero, ya que lo menciona, si no me hubiera llamado del modo en que lo hizo, no tendría la pantalla rota.

Probablemente se riese en mi cara, pero al menos sabría que era culpa suya.

—Si estuviera donde tenía que estar a la hora indicada, no habría tenido que reprenderla ni llamarla de ningún modo. Así que es la única responsable del estado de sus pertenencias. La peor experiencia es la mejor maestra. Aplíqueselo la próxima vez.

Tuve que morderme la lengua para no responder lo que me parecía, pero no pensaba llevar esa discusión más allá. Tenía que soportar cinco días, en realidad cuatro y medio, así que, cuanto menos hablara, mejor.

Durante las siguientes dos horas estuve a su lado mientras pasaba consulta y ni siquiera me atreví a preguntar por qué era la única residente que le acompañaba. ¿Tal vez quería tener el privilegio de hostigarme sin más testigos que los pacientes? Lo cierto es que trató de sacar la puntilla a cada uno de mis movimientos. Demasiado lenta o rápida, solicitaba instrumental que después no utilizaba y no dejaba que permaneciese sentada ni dos segundos antes de pedir cualquier cosa que se le venía a la mente, incluso si era ir a la máquina de café.

—Esta es una tomografía del próximo paciente. Dime qué ves —dijo entregándome el iPad.

En la imagen se podía apreciar un estrechamiento significativo en la válvula aórtica, lo que dificultaba el flujo sanguíneo.

—Una estenosis aórtica severa.

Le devolví el iPad y él no hizo ningún tipo de comentario, sino que tecleó en la pantalla. Luego me entregó de nuevo el dispositivo.

—Lee el historial del paciente y dime qué procedimiento de intervención utilizarías.

Tardé dos minutos en leer las cuatro páginas, pero las releí cuatro veces solo para no demostrar la rapidez con la que memorizaba. Dejé con cuidado el iPad sobre la mesa y esperé a que él acabase de teclear en su ordenador lo que sea que estuviera haciendo.

—Valvuloplastia con balón —respondí viendo que no iba a prestarme ninguna atención. Aquel era el procedimiento más sencillo de intervención.

—¿Por qué? —exclamó sin mirarme—. Su condición es severa y puede que no garantice una gran mejoría. En su caso la mejor opción es optar por un reemplazo de válvula aórtica directamente.

—El paciente sufre una enfermedad pulmonar obstructiva crónica debido al tabaquismo, sus niveles de oxígeno en sangre dificultarían un reemplazo de la vena aórtica, no sobreviviría a la operación en su estado. La valvuloplastia con balón es su única posibilidad de mejoría.

Escuché cómo el sonido de las teclas cesaba y su mirada azul se encontró con la mía.

—¿Cuántas preguntas fallaste en el mir? —preguntó con un semblante que hasta ahora no le había visto conmigo.

Su teléfono comenzó a sonar, pero parecía esperar una respuesta por mi parte antes de pensar en contestar.

—No lo sé. No se proporciona esa información —dije encogiéndome de hombros.

Dudo de que le convenciera mi contestación, sobre todo porque tras el examen, en los foros de residentes, se colgaban las preguntas con las respuestas correctas, así que era muy fácil averiguar cuántas podrías haber fallado. Y yo recordaba con exactitud cada pregunta y cada respuesta.

No quería prestar atención a su conversación telefónica, pero no pude evitarlo cuando comenzó a lamentarse.

—Sustituyo a Ibáñez en una cirugía a primera hora, aún debo prepararme bien las intervenciones. Me resulta imposible hacerlo yo mismo. —Soltó mientras cerraba la tapa del ordenador y se levantaba pasándose una mano por el pelo.

«Sí. Podría hacer de modelo para una firma de moda italiana o, mejor aún, de ese perfume que olía a gloria eterna».

—Prueba con los expedientes de los residentes de la unidad, mira quién tiene nivel suficiente para que pueda hacerlo y encárgate de avisarle.

Asintió un par de veces y colgó el teléfono para regresar a la silla.

—Tu conclusión no es del todo errada. El paciente sufre una enfermedad crónica que no le permite una cirugía de reemplazo valvular aórtico, pero sí un *transcatheter*, que es lo conveniente dado su estado —concluyó al mismo tiempo que me hacía un gesto hacia la puerta para que fuera a recibirle.

El paciente llegó acompañado por uno de sus hijos. Beltrán hizo hincapié en los riesgos que había si entraba en quirófano debido a su historial y posibles complicaciones. Tras repasar todas las pruebas se fijó la cirugía al cabo de diez días con ingreso hospitalario.

Mi teléfono comenzó a vibrar con un número desconocido, así que lo silencié y esperé a que Beltrán me soltara otra de las suyas antes de decir que me podía marchar.

—Mañana estaré ocupado todo el día, pero pasarás el resto de la semana conmigo. —Su voz parecía tranquila y logré respirar pensando que, para ser el primer día, había ido demasiado bien—. En cirugía de urgencia —añadió con un tono perspicaz con el que parecía demostrar que sabía dónde estaba mi debilidad.

Había furor en sus ojos, como si aquello le divirtiera enormemente, y eso me hizo tener ganas de propinarle un bofetón como Dios manda, pero a la vez sacaba una entereza que desconocía que tuviera.

¿Dónde estaba mi pánico del primer día? Vale. Tenía miedo, no iba a negarlo, si bien mis ansias de demostrarle que se equivocaba estaban por encima, aunque, a la hora de la verdad, me cagase viva.

La canción que comenzaba con un violín se escuchó de nuevo. Era su teléfono, y yo aproveché para despedirme y marcharme antes de soltarle una fresca. No había dado ni dos pasos por el pasillo para dirigirme a los vestuarios cuando gritó de nuevo mi nombre, o más bien mi apellido.

«¿Qué quiere este ahora?».

Me giré. Me hacía un gesto con la mano para que volviera mientras aún tenía el teléfono en la oreja.

«Que yo sepa no me he olvidado nada. Lo mismo ha cambiado de opinión y no puede evitar soltarme algún insulto antes de que me vaya».

—Ramírez dice que eres la residente con el nivel de inglés más elevado de la unidad. Necesito veinte copias de una traducción de este dosier para mañana antes de las tres de la tarde. Transcrito tal y como está aquí reflejado.

Abrí la carpeta y vi que eran al menos sesenta páginas. Miré la hora, eran las ocho y cuarto.

—La biblioteca cierra en poco más de una hora, no me da tiempo a transcribir las sesenta páginas, deberá pedírselo a otro residente —contesté entregándole el dosier.

Frunció el ceño.

—¿Has mentido sobre tu nivel de inglés y buscas una excusa absurda? —espetó sin coger los papeles.

«Todavía le suelto un bofetón…».

—Le he entregado un informe de treinta páginas a doble cara escritas a mano esta mañana. ¿Ahora va a decirme que adivino el futuro y predecía este momento para inventarme que tengo el ordenador roto? Esto es absurdo. —Solté el maldito dosier sobre la mesa—. No estoy obligada a esto, así que búsquese a otro.

Miró el informe y después me miró a mí.

—Quiero esta traducción antes de las siete de la mañana en mi bandeja de entrada y, si no es lo suficientemente aceptable, te haré responsable —replicó con ese tono de soberbia que sacaba lo peor de mí —. Tengo todo lo que necesito en el iPad y la traducción de este documento es prioritaria, así que te daré mi ordenador personal.

¿Qué? Eso sí que no lo esperaba.

—Si es tan urgente, ¿por qué no lo ha hecho antes? —inquirí viendo cómo cerraba lo que fuera que tuviera abierto antes de apagar el ordenador.

—No contaba con suplir a Ibáñez en sus cirugías —contestó desenchufando el cargador y enrollándolo en la mano—. Balboa, no está aquí para replicar, sino para cumplir órdenes de sus superiores.

Me había retenido cuatro horas después de mi turno y ahora me pedía que continuara trabajando para él desde casa. ¿Este tío creía que no tenía vida más allá del hospital? Evidentemente eso parecía importarle un pimiento.

«Cuatro días, Leo, aguanta cuatro días más».

—Tiene un chip localizador, así que sabré donde está en todo momento —me advirtió entregándome el portátil de color gris espacial con el logo de la manzana mordida.

«Encima debe ser caro de cojones».

—Tranquilo, no tengo ningún interés en perder nuestra apuesta, doctor Beltrán.

Casi pude ver un atisbo de sonrisa, pero por supuesto no lo mostró, sino que comenzó a recoger sus informes y el iPad y lo metió todo en el maletín.

—Aquí tienes mi correo, envíame la traducción en cuanto esté acabada. —Me entregó una tarjeta donde también venía su número de teléfono.

Cuando fui a cogerla toqué sus dedos un segundo y la sensación de ardor fue extrema, un calambre que sacudió todo mi cuerpo. Algo oculto y escondido bajo llave amenazaba con salir.

Mis ojos miraron los suyos y creí que no había sido la única en sentir aquello cuando los dos nos observamos demasiado tiempo en silencio. El violín se oyó de nuevo y le escuché toser antes de coger el teléfono apartándose de mi lado.

No me despedí, simplemente me fui de allí con su ordenador y con el informe que debía traducir en la mano.

¿Por qué me sentía así de vulnerable cuando me miraba? Esos temblores y escalofríos, el mareo como si todo girase a mi alrededor, la sensación de ahogo y ardor. ¿Por qué me sentía de ese modo con él cerca? No podía negar que era infinitamente atractivo, demasiado guapo, aunque lo obnubilaba ese aire de grandeza y falta de humildad. Me había humillado lo suficiente como para considerarle en la categoría de hombres detestables, hasta el punto de que ni siquiera debía estar en mis pensamientos.

Y aun así me veía indefensa en su presencia, pero ahora lo había notado con mayor intensidad con solo rozar sus dedos. ¿Tan necesitada estaba de afecto?

«Al final voy a necesitar de verdad un buen polvo».

9

Miré el reloj del ordenador. Las dos y dieciséis de la mañana. «Dijo que lo enviase cuando lo acabara, ¿no? Pues ahí lo llevas Athan Beltrán arroba gmail punto com». Si no fuese porque Sofía había tenido que darme una clase exprés de veinte minutos para comprender el sistema operativo de un Mac, hacía media hora que estaría durmiendo.

Cerré todas las ventanas abiertas, apagué el ordenador y plegué la tapa sintiendo el frío metal al pasar la palma de la mano. Tenía en mi habitación algo suyo, algo que le pertenecía y que él había tocado miles de veces. Eso sin contar con la información que aquel ordenador debía guardar sobre él, pero a la que no tenía acceso sin su contraseña, aunque la tentación era plausible, sobre todo al ver su nombre junto al de usuario invitado desde el que había entrado.

Beltrán era un misterio en sí mismo y no tenía ninguna intención de detenerme a descubrirlo por mucho que una vocecita interior me atrajera a él como una polilla hacia la luz.

No había tenido tiempo leer los mensajes en el grupo de las medicómicas, que era el único que tenía activo. Desde que Raquel me había llamado no había vuelto a saber nada de ella ni de mi hermano. El chat donde también estaba Laura llevaba silenciado desde que avisé de mi llegada a Valencia. Si no recibía noticias de Raquel a la mañana siguiente, la llamaría. Al fin y al cabo, ella era mi amiga, él mi hermano, y aunque solo me hubieran revelado su relación oculta por las consecuencias que esta pudiera generar, seguían siendo Raquel y Marcos. Nada podía cambiarlo.

Puse el teléfono a cargar cuando vibró con intensidad. Un e-mail había entrado en mi bandeja. La adrenalina hizo que me inclinase al leer su nombre: se trataba de Beltrán, había respondido a mi correo electrónico ¡a las tres y media de la mañana!

«Tiene una cirugía en cuatro horas, ¿qué demonios hace despierto?».

No sabía por qué mi pulso temblaba cuando pulsé la ventana emergente para acceder al cuerpo del mensaje, que decía: «Veinte copias sobre la mesa de mi despacho antes de las tres. Y no tropieces si llevas mi ordenador contigo».

«Será imbécil. Ni un mísero gracias, es que yo no sé ni por qué tiemblo, es obvio que ese hombre nació ingrato y va de sobrado por la vida. Se piensa que es el príncipe de Tombuctú».

Coloqué el teléfono boca abajo y cerré los ojos, pero aquel mensaje me había puesto de tan mala leche que era incapaz de dormirme, a pesar de que tenía un sueño de mil demonios.

«Si yo no puedo dormir, tú tampoco».

Así que entré de nuevo en el correo y escribí:

«Llega tarde, doctor Beltrán. Le han salido patas y se ha suicidado tirándose por la ventana, me temo que se ha partido en dos, pero no se preocupe, que tendrá sus veinte copias antes de las tres, dado que mi nivel de inglés le resulta aceptable».

Dejé el teléfono de nuevo convencida de que no respondería y me giré dándole la espalda a la mesita de noche para abrazarme a la almohada.

Dos minutos después el teléfono volvió a vibrar. Traté de resistirme, sin éxito, y volví a desbloquear el terminal para abrir el correo, porque indudablemente debía ser Beltrán, que respondía a mi irónico mensaje:

«No esperes elogios por mi parte, Balboa, pero si no recibes ninguna amonestación, significa que me satisface tu trabajo, y eso es todo un progreso por tu parte».

«Se puede ir usted a la reverenda mierda, señor Beltrán».

No contesté. Dejé el móvil sobre la mesita y me obligué a dormir.

El dolor de cabeza cuando desperté era intenso, pero sabía que se debía a la falta de sueño. Me tomé un café, me llevé una aspirina por si no se me pasaba el efecto con las horas y salí de casa con el informe original y el ordenador de Beltrán en mi mochila.

No voy a mentir, cuando me levanté y vi ese maldito ordenador sobre mi mesa no sentí la mala leche que debería generarme el hecho de tenerlo en mi poder, sino un revoloteo de mariposas encerradas en mi estómago que lograba revolver todo mi interior.

Dejé sus pertenencias en su despacho cuando me aseguré de que él se encontraba en quirófano. No me apetecía verle la cara, por muy guapo que fuera. Pasé el resto de la mañana con la adjunta Condado, y esta vez, en lugar de Alberto, era Carmen quien tenía el turno de mañana. Imprimí las veinte copias tras acabar mi jornada y se las dejé de nuevo en el despacho. Aún no había pasado por allí, todo seguía intacto.

Decidí quedarme un par de horas más por la sala de juntas repasando los informes de Ibáñez, quería tenerlos vistos cuando regresara. Sobre las cuatro de la tarde estaba recogiendo mis cosas en el vestuario mientras hablaba con Carmen de las subespecialidades que nos gustaría hacer cuando acabáramos la residencia. De pronto, entró Noelia con la voz agitada.

—Leo, Ramírez te está buscando desesperadamente, dice que ha probado a llamarte, pero tu teléfono está apagado.

Alcé una ceja y cogí el teléfono, que no respondía. «Al final se ha muerto de verdad… ¡No me jodas!».

—¿Pasa algo? Terminé mi turno hace casi cuatro horas, ni siquiera debería estar aquí.

—Ve a su despacho, él y Beltrán te están esperando. Creo que es por algo de una presentación.

«La jodida traducción. ¿Qué quiere este ahora? Al final no me libro de él ni un puñetero día, qué martirio de hombre».

—Estupendo —susurré cerrando la taquilla y colocándome la mochila al hombro para dirigirme hacia el despacho de Beltrán.

Tenía la puerta abierta, así que pude oír sus voces antes de entrar. Hice el gesto de llamar solo para que supieran que acababa de llegar.

—¡Ah, bien! Por suerte estabas aquí —comenzó Ramírez—. Necesitamos una asistente para la presentación y, dado que conoces en detalle la información que se impartirá, es conveniente que lo hagas tú.

«¿De verdad me va a tocar otro turno extra? ¿Dos días seguidos?».

Miré a Beltrán, que permanecía callado y con la vista fija en su maletín.

—Supongo que no me puedo negar… —contesté al tiempo que sacaba mi teléfono de la mochila y trataba de encenderlo, pero la batería había muerto—. ¿Me pueden prestar un cargador para ver si aún funciona?

—Por supuesto, yo te presto uno —intervino Ramírez mientras Beltrán continuaba en absoluta mudez.

«¿Ahora le ha mordido la lengua el gato? Esto me resulta extraño viniendo de él».

Seguí a Ramírez por los pasillos hasta llegar a una sala de juntas en la que nunca había estado, en la zona de administración del hospital, donde se hallaba la junta directiva. Una veintena de personas charlaban entre ellas, imaginé que serían los asistentes.

Beltrán y Ramírez saludaron y comenzaron a conversar con los presentes. Yo no conocía a nadie, así que me dirigí a la máquina de café. Rebusqué en la mochila o a ver si tenía alguna moneda suelta, pero me quedé apartada de la máquina. Si Beltrán pensaba que caería dos veces en el mismo error, conmigo se equivocaba.

—¿Qué quieres?

Escuché su voz a mi lado mientras mi mano se empeñaba en llegar hasta el fondo del bolsillo, donde sabía que se habían caído un par de monedas de cincuenta céntimos.

—No hace falta.

Abrí más la cremallera para remover el contenido, que no era mucho. En realidad había cogido esa mochila para asegurarme de que el portátil no se me cayera de las manos, así que tampoco llevaba demasiado, pero las monedas de las narices habían decidido esconderse entre pañuelos, papeles sueltos, bolígrafos y varios neceseres pequeños.

—Si espero a que encuentres las monedas que necesitas comenzará la presentación, dime qué quieres tomar —insistió con un tono de voz que no era el que usaba para burlarse de mí.

—Café con leche, máximo de azúcar, gracias. —Di la búsqueda por infructuosa.

Beltrán no puso objeción a mi petición y pulsó los botones correspondientes.

—Tendrás que estar pendiente para pasar las diapositivas de cada punto del que hable, lo has traducido, así que conoces el tema, aunque no lo hayas estudiado —dijo mientras el chorro de café y leche llenaba el pequeño vaso de cartón.

¿Por qué utilizaba ese tono cordial en lugar de darme una orden? Me ofreció el café, y mis dedos volvieron a rozar los suyos. No supe si fue mi imaginación o si realmente él alargó aquel momento en el que las puntas de sus dedos tocaban los míos, pero la misma corriente de la primera vez volvió a resurgir con fuerza y sentía todo mi cuerpo vibrar ante algo desconocido. Luego se volvió hacia los asistentes, y todas esas sensaciones desaparecieron.

Ramírez se acercó hasta donde estaba y aparté la vista de la silueta de Beltrán, que se alejaba.

—Has tenido suerte de que el doctor Beltrán se olvidase en casa el puntero de las presentaciones —dijo metiendo una moneda en la máquina de café—, eso te permitirá tener la oportunidad de asistir a una conferencia para médicos que cursan la subespecialidad.

Busqué con la mirada al doctor Beltrán nada más oír aquello. Así que estaba allí porque don Perfecto no era tan perfecto. Con razón estaba más suave que un guante de terciopelo, aquello era culpa suya y, como bien había dicho Ramírez, yo no tendría que asistir a esa conferencia, pero, por su error, no le había quedado más remedio que pedírmelo, o más bien exigirlo, porque a mí nadie me había preguntado si quería hacerlo.

Casi me reí de la situación, era evidente que le molestaba tenerme allí porque recalcaba que no tenía todo bajo control como pensaba.

«Cuánto voy a disfrutar de esto, aunque tenga un dolor de cabeza del copón».

—Parece entonces que la suerte está de mi lado —dije con una sonrisa, y Ramírez me tocó el hombro en un gesto amable.

—Ah, se me olvidaba. Lo que pediste.

Me ofreció un cargador de teléfono, se lo agradecí y me metí en la sala de conferencias para buscar un enchufe.

La pantalla negra dejó de estarlo a los pocos segundos con el símbolo del cargador. Alcé la vista y vi el destello azul de los ojos de Beltrán sobre mí. No dijo nada, se limitó a sacar su ordenador y abrir la presentación mientras conectaba los cables.

Estaba claro que no iba a disculparse ni a pedir perdón por volver a retenerme con horas extras, aunque si me detenía a pensarlo, él había dormido incluso menos que yo, tal vez por eso ni se inmutaba.

La conferencia trataba sobre la miocardiopatía hipertrófica, una enfermedad del músculo cardiaco poco común. Suponía que Beltrán ampliaría información o compartiría su experiencia en intervenciones más allá del dosier que había traducido, por lo que me limité a escuchar punto por punto mientras la presentación avanzaba. Tenía que reconocer que aquello era algo que él dominaba en profundidad.

Durante un momento me permití tener una ensoñación e imaginarme a mí ocupando su lugar, dentro de diez años, con una trayectoria y experiencia sobre los hombros y sin aquella sensación de inquietud que ahora me atenazaba. Lo quería. Lo anhelaba. Sentía que aquello estaba hecho para mí, que no podía imaginar otra vida que no fuera aquella.

—Balboa.

Oírle dirigirse a mí me devolvió a la realidad. Me excusé rápidamente mientras pasaba la diapositiva.

«Al menos no me ha ridiculizado delante de todos, pero eso se lo debo a que yo no debería estar aquí y si lo estoy es por culpa de él».

—Aprovecho la leve distracción de la asistente para hacer una pregunta. ¿En el dosier se especifica la estratificación del riesgo? —preguntó un hombre que en apariencia era mucho mayor que Beltrán.

—Sí, por supuesto, debe estarlo. —Beltrán me miró a mí como si esperase mi asentimiento.

—Página veintiuno, párrafo cuatro —dije mirando de nuevo el ordenador mientras se escuchaba el sonido de los folios, por lo que supuse que todos los presentes estaban comprobando si era correcto.

—Ah, sí, está aquí, gracias.

Sentí la mirada de Beltrán sobre mí a pesar de que no le estuviese observando, pero continuó con la presentación, haciendo algunas pausas para responder las preguntas de los asistentes que me resultaron muy interesantes y constructivas. De hecho, las dos horas y media que duró la conferencia me parecieron un lapso de apenas veinte minutos.

—Si tienen alguna duda más, este es el momento de plantearlas, señores —anunció Ramírez.

—No ha entrado en profundidad a enumerar los dispositivos de asistencia ventricular, ¿por qué? —preguntó una mujer que podría tener la edad de mi madre, pero con un aspecto mucho más refinado y cuidado.

—Están recogidos en el dosier que se les ha proporcionado, son técnicas conocidas, no me parecía necesario mencionarlas todas aquí, nos haría perder el tiempo —contestó Beltrán.

—¿Dónde? No las veo —preguntó otro pasando páginas.

Beltrán hojeó la copia original en inglés que había sobre la mesa.

—¿Dónde está? —me susurró para que nadie más pudiera oírle.

Le miré y alzó su rostro provocando que aquellos ojos azules viajaran dentro de mi cuerpo como un río con caudal lleno que se abre paso sin pedir permiso.

—Cincuenta y tres —respondí en el mismo tono de voz.

—Página cincuenta y tres —repitió en voz alta sin siquiera comprobarlo.

«Lo sabe. Si tenía dudas, ahora lo sabe».

—Cierto, aquí está —dijo la misma señora que había preguntado—. Muy exhaustivo, gracias.

Aproveché que todos parecían comentar la conferencia entre ellos y entretenían a Beltrán para acercarme a Ramírez con la excusa de que debía marcharme. Este pareció no tener ningún inconveniente.

Eran casi las ocho cuando llegué a casa. Me metí directamente en la ducha y me fui sin cenar a mi habitación. Tenía más cansancio que apetito, por no decir que el estómago se me había cerrado, consciente de que al día siguiente Beltrán me pondría contra las cuerdas. Ni siquiera me importaba que supiera lo de mi infalible memoria, eso ahora me parecía una simpleza teniendo presente lo que me aguardaba en Urgencias. Imploré que no hubiera ninguna incidencia que pusiese en evidencia mi absoluta falta de reacción, pero al mismo tiempo sabía que debía enfrentarme a ese momento con o sin Beltrán humillándome de nuevo.

Tendría que contarle todo a las medicómicas, pero si comenzaba a escribirles me entretendrían, así que lo haría a la mañana siguiente. Se me estaban cerrando los ojos cuando el teléfono comenzó a sonar. No vi quién era, simplemente contesté.

—Vaya…, pensé que no me lo cogerías.

La voz de Raquel me recordó que quería llamarla. No lo había olvidado, solo pospuesto por diversas circunstancias.

—No estoy enfadada contigo, Raquel, nos conocemos de toda la vida y no voy a juzgarte, ni siquiera por ocultarme una relación a escondidas con mi hermano, pero me molestó que tuviera que enterarme solo porque estabas asustada y yo era tu único bote salvavidas para salir de ese marrón.

—Lo sé. Sé que tienes razón y que los dos fuimos imprudentes. No volverá a pasar.

—Entiendo que era una falsa alarma —deduje, aunque lo mismo podría no haberlo sido y habrían conseguido el medicamento necesario por otros medios. Igualmente, mi conciencia seguiría tranquila.

—Laura pidió por internet unas pruebas de embarazo a la dirección de su trabajo y llegaron esta mañana. Me he hecho las tres solo para estar realmente segura y han dado negativo.

La fiabilidad de ese tipo de pruebas es alta, pero cada mujer y embarazo son distintos. No pensaba decírselo para no asustarla, pero podría existir una mínima posibilidad de que estuvieran equivocados.

—Me alegro por vosotros. Es lo que queríais.

—Tu hermano quiere saber si vas a decírselo a tus padres.

Su voz había cambiado, cosa que interpreté como que Marco estaba a su lado; no solo eso, sino que me habría puesto en manos libres.

«Tiene narices que lo único que le preocupe sea que vaya con el chisme a nuestros padres, ni siquiera es capaz de pedir disculpas después de lo que me soltó en aquella llamada solo para calmar su furia».

—No soy yo quien tiene algo que decir, esto es cosa vuestra y si queréis mantener oculta o pública vuestra relación a mí no me incumbe. No voy a juzgaros, los dos sois mayores de edad, ¿no? Pues decidís vuestra vida.

Hubo un silencio prolongado.

—Gracias, Leo, ya sabes que Marcos es… impulsivo.

«¿A mí me lo vas a decir que llevo aguantándole diecinueve años?».

—¿Vendrás este fin de semana?

—No, esperaré a tener días libres, aunque no sea en fin de semana. Tengo que dejarte, llevo dos días doblando turno y necesito dormir al menos diez horas. Os aviso cuando baje al pueblo.

Colgué en cuanto Raquel se despidió. Durante unos segundos contemplé la imagen que tenía como fondo de pantalla. A pesar de estar rota, aún se podía apreciar la foto antigua en la que mi abuela me sujetaba por los hombros para que no escapara. Yo tendría unos cinco años.

—Ojalá estuvieras aquí ahora mismo, abuela.

Era consciente de cuánto la echaba de menos, de que ella me conocía mejor que nadie e incluso era capaz de saber cuándo fingía que todo estaba bien, pero algo me carcomía por dentro. Había sido la única persona con la que había compartido todos mis miedos sin pudor y ahora, que la necesitaba de verdad, tenía que conformarme con aquella foto que evocaba un sinfín de recuerdos y emociones.

Mis ojos brillaron de nuevo. Había perdido la cuenta de las lágrimas derramadas desde su partida. No fue inesperada del todo, pero aun así era inevitable sentir su gran ausencia.

«¿Cómo sé que no me equivoco, yaya? ¿Y si por mi terquedad causo la muerte de alguien, como dice Beltrán?».

Quería creer que no era así, que él se equivocaba, que incluso yo me equivocaba, porque admitirlo, retroceder y dar marcha atrás me sumergiría en un pozo profundo del que estaba segura que no podría salir. Tal vez lo descubriría en los tres días que me quedaban para terminar la apuesta con Beltrán. Él haría todo lo posible para que me marchara y yo resistiría hasta la extenuación dejándome la piel y el alma. Aunque le ganase, aunque lograra aguantar hasta ese viernes por la noche, tendría que resolver si realmente servía para ser cirujana o rendirme a la realidad, por mucho que esta doliese.

Solo una cosa convierte en imposible un sueño: el miedo a fracasar.

Y yo estaba lista para enfrentarme a ese miedo.

10

No estaba lista. ¡Qué leches! ¡Estaba muerta de miedo! Ni había podido tomarme el café porque ya tenía unos nervios en el estómago que amenazaban con salir corriendo al baño a la primera de cambio.

¿Y así iba a aguantar un turno de ocho horas en Urgencias? Igual no habría sido una mala idea avisar diciendo que no me encontraba bien, aunque eso solo hubiera pospuesto lo inevitable. Igual por eso atravesé la puerta del hospital veinte minutos después.

Había dormido más de ocho horas, así que ni me molesté en maquillarme, sobre todo por si terminaba vomitando la vida entera por el retrete. A pesar de que Beltrán me había advertido de que no entraría en quirófano, no sabía realmente lo que iba a encontrarme. Nunca había estado en Urgencias, era la primera vez, pero estaba claro que encontraría a los pacientes en las peores circunstancias posibles.

A diferencia de la bata blanca, me facilitaron un conjunto de pantalón y camisa de color verde esmeralda. Sabía de sobra que era el que se usaba para entrar a quirófano y diferenciarse del resto de las unidades. Me recogí el cabello en una trenza bien apretada y salí de los vestuarios para dirigirme a la sala común de la unidad, donde imaginaba que se hallaría Beltrán.

No me equivocaba. Allí estaba hablando con Condado y con Benítez. Y esa jodida sensación de temblor en las piernas junto al estremecimiento en mi estómago que notaba en cuanto me acercaba a él. Casi comenzaba a acostumbrarme a ella, me pregunté si desaparecería con el tiempo.

—Buenos días —dije llamando la atención de los tres—. Estoy en la máquina de café —advertí a Beltrán y me giré para marcharme.

Apenas había cogido el vaso cuando llegó él y metió una moneda antes de pulsar el botón de café solo, sin nada de azúcar.

«Eso debe estar más malo que el demonio».

—¿Cuántas preguntas fallaste en el mir? —preguntó sin mirarme—. Y no me mientas diciendo que no lo sabes, los dos sabemos que no es verdad.

—Ninguna —contesté sin emoción.

No pareció sorprenderse, ni siquiera vi un rastro de conmoción. Parecía que esperaba esa respuesta.

—Has memorizado sesenta páginas de un dosier en cuatro horas. ¿Por qué perder el tiempo en esta unidad cuando destacarías en cualquier otra área?

Sus ojos miraban a todas partes menos a mí, y eso me inquietaba, era como si estuviera esquivando el hecho de que nuestros ojos conectaran.

—Mi elección es cosa mía, doctor Beltrán —contesté dando un sorbo de café.

Mi respuesta pareció sorprenderle más que el hecho de no tener ni un solo error en el examen.

Las mariposas revolotearon con más fuerza atrapadas en mi interior cuando sus ojos azules buscaron los míos. Había brillo, intensidad, vigor, una fuerza extraña que me debilitaba al mirarme.

—Dentro de tres días tu elección será otra, Balboa, aunque reconozco que tal vez me equivocaba y sirvas para algo más que para aprobar exámenes oftalmológicos en una autoescuela.

¿Se estaba mofando de mí? Desde luego, el capullo integral estaba en su salsa y lo peor de todo es que me había hecho un halago, *a su manera*.

«Menudo día me espera, si es que tenía que haber fingido una gastroenteritis de las buenas».

La enfermera de Urgencias se presentó a Beltrán y le mostró en una tablet la lista de los pacientes derivados desde Medicina Interna. Teníamos ocho casos en espera de ser revisados para realizar el plan operatorio y proceder a quirófano.

La enfermera nos condujo a la primera camilla en la que se encontraba un chico joven.

—Paciente uno, apendicitis —dijo leyendo deprisa el informe—. Varón de veintisiete años, complexión delgada, no fumador. Bien, exploremos al paciente. ¡Guantes y mascarilla, Balboa! —gritó haciendo que me sobresaltara.

La enfermera me ofreció rápidamente la caja, cogí un par de guantes y se los ofrecí a Beltrán.

—Vas a explorarle tú —anunció él con una mueca.

«Genial».

Me coloqué los guantes y la mascarilla antes de acercarme al paciente.

—¿Dolor del uno al diez? —pregunté.

—Veinte —contestó el chico en un aullido sofocado—. Esta es la tercera vez que vengo en la misma semana. Primero dijeron que era gastroenteritis; después, una infección de orina, y el dolor ha seguido en aumento hasta ser insoportable.

—Sube la dosis de paracetamol —comentó Beltrán a la enfermera—. ¿Y bien, Balboa? Es para hoy…

«Sujetadme, porque le doy una guantá como Dios manda».

—¿Cómo te llamas? —pregunté al chico haciendo caso omiso a Beltrán.

—Paciente uno —dijo Beltrán cruzándose de brazos y puso los ojos en blanco.

—Óscar —contestó con otra mueca de dolor, pero aun así esbozó una sonrisa.

—Muy bien, Óscar, tú no le hagas caso al doctor Beltrán, toma café solo sin azúcar, por eso está tan amargado…

El chico comenzó a reír, pero tuvo que contenerse por el dolor. La enfermera inyectó en la vía una dosis extra de analgésico.

—Voy a realizarte una palpación, si el dolor es muy intenso, necesito que me avises —le dije al chico, que asentía.

Levanté la bata de hospital que llevaba puesta y hundí los dedos en el cuadrante inferior derecho del abdomen.

—Hay inflamación.

Detecté de inmediato el punto exacto; después palpé el resto del abdomen. Óscar se estremeció cuando lo hice.

—No hay hinchazón general y las analíticas no demuestran valores alarmantes para una apendicitis, pero tiene todos los síntomas. ¿Cuál es tu veredicto, Balboa?

No sabía a qué se refería, así que me encogí de hombros.

—Tiene apendicitis aguda. La fiebre, el dolor, la inflamación… Es apendicitis aguda.

—Acabas de cargarte al paciente uno —soltó haciendo que toda la sangre de mi cuerpo dejara de fluir, como si me la hubieran absorbido de un plumazo.

Miré a Óscar, que nos observaba asustado.

—Tranquilo, vas a estar bien, pero no tienes apendicitis. El paciente uno padece diverticulitis aguda, síntomas que pueden confundirse con una apendicitis si no se sabe bien dónde mirar, y me temo que está a punto, si no lo está ya, de tener una perforación de colon dada la extrema sensibilidad al tacto en su abdomen.

Inevitablemente miré a la enfermera, que aguardaba absorta, y después volví la vista a Beltrán, que parecía estar colocándose los guantes. Su exploración fue más intensa que la mía.

—Que le hagan una radiografía con contraste urgente y que le administren antibiótico de amplio espectro. Reserva de quirófano urgente, el riesgo de perforación de colón es inminente, pero quiero asegurarme antes.

La enfermera asintió y se alejó. Beltrán ya se dirigía hacia el segundo paciente.

—Todo va a salir bien, no te preocupes. Es un capullo, pero sabe lo que hace —sonreí guiñándole el ojo al chico mientras le tocaba el brazo.

«Humanidad».

Ibáñez me quería cerca de Beltrán para enseñarle humanidad, pues también podría haber añadido amabilidad, empatía y carisma, porque a ese hombre le faltaba de todo.

—¿Cómo ha podido saber lo que era antes de palparlo? —exclamé llegando hasta él.

—¿Cómo has podido memorizar sesenta páginas en cuatro horas? —contestó con la vista fija en la cartela del segundo paciente.

—No lo sé, simplemente puedo hacerlo —respondí fijándome en sus facciones y en lo increíblemente guapo que era a pesar de su soberbia.

—Podría darte la misma respuesta. —Me miró un segundo y después se centró en el segundo paciente.

No volvió a pedirme que me colocara los guantes para auscultar a los otros pacientes, tal vez le había bastado con uno. Observarle trabajar era asombroso, eso sí tenía que reconocerlo. Era capaz de detectar lo que ni siquiera una ecografía o tomografía lograba mostrar, como si hubiese algo innato en él que le dijera cómo debía actuar.

Si era así fuera de quirófano, imaginaba que durante una operación su determinación y concentración serían aún mayores. La curiosidad de verlo con mis propios ojos se convirtió en una necesidad apremiante.

El revuelo en el pasillo atrajo la atención de ambos y Beltrán se alejó del paciente seis para ver qué sucedía.

—¡Dos pacientes con herida de arma blanca! ¡Uno, frontal izquierdo! ¡Dos, hemorragia activa en el abdomen!

—El dos se viene a quirófano de urgencia, ¡Beltrán, encargaos del uno!

El joven, que tendría más o menos mi edad, tenía la cara ensangrentada y la ropa manchada de sangre. Mis pies dejaron de moverse y me convertí en piedra conforme las enfermeras llevaban al chico, con parte de la cabeza con tejido cerebral expuesto.

—¡Balboa!

Beltrán gritaba, pero su voz era lejana, aun así le miré a él en lugar de al paciente que acababa de ingresar. Estaba observando la tomografía en la pantalla de la tablet para ver el alcance de la herida.

—La herida ha penetrado hasta la duramadre, hay que intervenir ya o sufrirá una hemorragia intracraneal.

—No quedan quirófanos disponibles. Aunque posponga las urgencias que esperan, no habrá ninguno libre hasta dentro de una hora —dijo la enfermera.

Mis pies habían caminado lentamente hasta la camilla donde reposaba el joven y sus ojos asustados se fijaron en los míos.

—No debí hacerlo…, no debí…, yo no debí…, mi hijo…, no debí…

—Shhh.

Le toque la mano y aquello terminó por devolverme a la realidad, pero en el momento en que su delirio se acalló comenzó a temblar. Me agarró con fuerza y su cuerpo empezó a convulsionar.

—¡Balboa! ¡Lorazepam en vena, ya! —decretó Beltrán con esa altivez que le caracterizaba—. No aguantará tanto, lo haremos aquí. Que venga el anestesista de inmediato, instrumental para la exploración, limpieza y suturación. Si esperamos, sufrirá un daño cerebral permanente.

Tenía un carrito de medicinas al lado y por inercia rebusqué entre ellas hasta dar con lo que necesitaba. Rompí el sello de una jeringa nueva y la rellené con el medicamento. Después lo inyecté en la vía ya puesta.

—¿Va a operarle aquí? —exclamé al ver que Beltrán se colocaba frente al chico para comprobarle el pulso en el cuello.

Cerró los ojos como si se estuviera concentrando en algo a pesar de que el joven continuaba convulsionando con la misma intensidad. Después sus manos se dirigieron a la frente, se inclinó sobre él para acercar la oreja a escasos centímetros, como si necesitase oír su respiración o algo que se escapaba a mi comprensión.

—Vamos a intervenirle, y eso te incluye a ti —soltó sin mirarme—. A menos que quieras perder la apuesta y abandones ahora mismo.

«Tus ganas, yo no me voy de aquí ni con aceite hirviendo».

Si me dejaba estar allí era porque tenía claro que era capaz de hacer aquello sin mí. No me necesitaba para nada, pero quería comprobar cuánta presión era capaz de soportar.

—¿Y verle ganar? Nunca pierdo una apuesta.

—Yo tampoco, Balboa.

—Para todo hay una primera vez, doctor Beltrán.

No pudo contestar porque el anestesista llegó a tiempo, cuando las convulsiones descendían, y mientras la enfermera colocaba todo el instrumental necesario, Beltrán indicó que debíamos prepararnos para la intervención: lavar las manos meticulosamente, gorro, guantes, mascarilla, gafas y asegurarse de no tocar nada que no fuera el instrumental o el paciente.

—Procedamos. Balboa, bisturí.

Beltrán me miró a través de las gafas transparentes. Daba igual que las tuviera o no, su mirada ejercía el mismo efecto de siempre. Le di el instrumento y comprobé cómo realizaba la incisión con una maestría asombrosa para después devolvérmelo.

—Pinzas de disección y gancho —continuó y repetí operación.

Llevaba unas lentes de aumento que se colocó con precisión para hacer los cortes.

—Aspirador.

Me giré y la enfermera acercó el dispositivo de ruedas. Lo conectó, y el rumor de la presión al aspirar el aire llenó el espacio.

Mi pulso temblaba y las manos me sudaban conforme me acercaba a las de Beltrán. Se detuvo para observarme.

—Tienes tres segundos para mantener el pulso firme o salir de aquí. Elige por cuál de ellas vas a optar. —El fuego en sus ojos hizo que un ardor extraño se apoderase de mi cuerpo.

«Capullo sin humanidad. ¡Ni siquiera debería estar asistiendo a esta operación improvisada, que ni se está llevando a cabo como es debido!».

Pero la mala hostia que me había infundado funcionó, porque, de pronto, ya no temblaba, sino que el miedo a hacerlo mal había dado lugar a la convicción férrea de que no podía permitir que él se saliera con la suya. Introduje el tubo por la incisión que él había creado y sentí el roce de su mano contra la mía mientras diseccionaba. Puede que ambos tuviéramos guantes, pero el calor continuaba siendo el mismo, un ardor inconfundible.

«Por Dios, que estoy en una operación, no puedo sentir deseo ahora mismo».

Pero aquello parecía no importarle a mi cuerpo. Cuanto más le observaba trabajar concentrado en lo que hacía, más consciente era de lo que su presencia suponía.

En el momento en que Beltrán cerró la incisión con grapas, una sensación de tranquilidad inaudita me conmovió hasta el punto de emocionarme. Se me empañaron los ojos. Ese hombre viviría gracias a la intervención, y, a pesar de que yo hubiera participado mínimamente en ella, había formado parte de una cadena que le había salvado la vida. Ese pensamiento solo sirvió para cerciorarme de que deseaba ocupar algún día el lugar de Beltrán.

—Tú. Conmigo. Ahora —anunció el susodicho, devolviéndome a la realidad, conforme se quitaba los guantes llenos de sangre, que tiró al cubo de basura de residuos.

No me pasó desapercibida la mirada de las enfermeras que habían asistido a la intervención, pero suspiré, me quité los guantes, la mascarilla y las gafas, y le seguí.

Llegamos hasta la zona en la que había que desechar el uniforme manchado y cambiarlo por uno nuevo y, antes de que dijera una sola palabra, se quitó la parte superior, y un enorme tatuaje, el caduceo, símbolo de la medicina, cubría toda la zona central de su espalda.

«Y qué espalda, señores…».

Se le marcaban todos los músculos al moverse. El bastón se dibujaba perfectamente en su columna vertebral mientras dos serpientes se enroscaban a su alrededor y unas alas de gran plumaje se abrían bajo sus hombros. Era precioso, increíble y hermoso. La tiró sin miramientos y se volvió hacia mí. Unos tersos abdominales se le marcaban en el pecho desnudo.

«La madre que le trajo…, creo que acabo de quedarme sin respiración».

—Dime por qué razón estás en esta unidad o llamaré a Ibáñez ahora mismo para narrarle como su residente de primer año tiembla como un paciente con párkinson —dijo colocando sus manos a ambos lados esperando una respuesta por mi parte.

Sabía que no era un farol y que hablaba muy en serio. De hecho, casi me extrañaba que no lo hubiera hecho antes.

—Porque llevo soñando más de media vida con ser parte de esto. —No mentía. Técnicamente no lo hacía.

Beltrán me miró alzando una ceja incrédulo.

—Las fantasías de una niña no salvan vidas, y tú ni siquiera eres capaz de centrarte cuando las cosas se complican. El pánico te nubla el juicio —soltó sin moverse un ápice.

—Sé que puedo superarlo.

Beltrán se jactó llevándose las manos a la cabeza.

—No sé qué me sorprende más, si tu necedad ante lo evidente o la obstinación con la que pareces creértelo —aclaró acercándose demasiado a mí, tanto que aquel leve espacio entre nosotros me impedía pensar—. Te quedan dos días para demostrar que mereces estar aquí, y créeme, tu magnífica memoria no te va a salvar. Ahora cámbiate, todavía tenemos que visitar a tres pacientes más.

Beltrán se dirigió hacia la pila de uniformes limpios, doblados y planchados y se colocó una camiseta nueva ocultando por completo su tatuaje.

Esos abdominales se habían grabado en mi retina a fuego lento y probablemente terminaría soñando con ellos y con esas dos serpientes que se enroscaban en su columna.

«Es que ni siendo tan cretino se le podía negar que estuviera más bueno que un cruasán recién horneado».

Dudé un instante si debía o no desnudarme allí mismo, aunque solo fuera la parte superior, él lo había hecho, imaginaba que el pudor en esos ámbitos era lo de menos. Beltrán estaba acostumbrado a ver cuerpos desnudos a diario, por lo que verme en sujetador no tendría ningún tipo de impacto en él. Así que, sin pensar en mi propia vergüenza, me quité la camiseta del uniforme y la tiré a la pila para lavar como había hecho él. Cuando se giró, su mirada recorrió rápidamente mi cuerpo y apreté los labios para no sonrojarme. Me daba igual lo que él pudiera pensar. ¿Si era deseable? ¿Horrorosa? Pasé por su lado como si no me importase que aquellos ojos azules me analizaran y cogí al azar una prenda limpia sin mirar siquiera la talla.

Al volverme hacia él, Beltrán ya salía por la puerta y tuve que apresurar el paso para alcanzarle. No dijo nada, ni volvió a pedirme que le ayudara, me colocase los guantes para auscultar a un paciente o mirase el informe para saber qué opinaba. Se limitó a trabajar en silencio consigo mismo, salvo por las indicaciones a la enfermera y actuando como si yo fuera un mero fantasma.

Muy lejos de lo que pensaba, el hecho de que me ignorase no me agradaba tanto como había imaginado. Lo quisiera o no reconocer, Beltrán sacaba a relucir una parte de mí que era capaz de afrontar el miedo. Tal vez solo lo hacía por no permitirle ganar o salirse con la suya, pero, fuera cual fuese la causa, había sido capaz de continuar y no salir corriendo.

Ya quedaban solo dos días para convencerle de que merecía estar en ese hospital. Dudaba que en dos días las cosas fueran a cambiar drásticamente, pero después de la intervención con el paciente de la herida de arma blanca, estaba más segura que nunca de que ese era mi lugar. ¿Por qué? No tenía ni idea, pero era consciente de que, si mi futuro no estaba en la Unidad de Cirugía, me consumiría lentamente hasta desaparecer.

Llevaba toda la vida soñando con ello, era un hilo conductor que tiraba de mí, arrastrándome en silencio. La euforia que había sentido cuando Beltrán colocó las últimas grapas dando por terminada la intervención, sabiendo que había contribuido a salvar una vida, no era la vana ilusión infantil de un sueño adolescente. No. Aquello era mucho más grande que una simple percepción.

Yo había nacido para esto. Y ni Beltrán ni esa sensación de ahogo que me provocaba el hecho de no confiar en mí me lo iban a impedir.

Aquella tardé pasé por una tienda de segunda mano de ordenadores. Lo más decente agotaría mi presupuesto y, si el teléfono me abandonaba antes de que cobrase el sueldo a fin de mes, estaría jodida. Decidí esperar, podía continuar con los ordenadores disponibles en la biblioteca o la sala común un tiempo más.

De camino a casa contesté a los mensajes de Álex, el instructor de pádel. Había pospuesto ese momento porque no estaba muy segura de si era una buena idea aceptar o no. El domingo había estado bajo los efectos del alcohol y la idea de que me enseñara a jugar era espléndida, pero sabiendo que no iba a dejar de intentar ligar conmigo todo el tiempo, no sabía si resultaba conveniente aunque siempre podía decirle que estaba conociendo a otra persona, ¿no? Necesitaba aprender a jugar a pádel, así que, tras varios mensajes de disculpa, acabamos concretando un primer encuentro a finales de la siguiente semana. Que no insistiera en vernos antes ganó puntos a su favor, por lo que intuí que, después de todo, no era tan mala idea tenerle como profesor.

Al día siguiente no vi a Beltrán. Se suponía que debía pasar la jornada a su lado. En su lugar, fue Ibáñez quien me dijo en la sala común que estaría con él. Imaginé que la decisión era del jefe de servicio, que además era mi tutor, y no del jefe de sección.

—¿Vendrás a tomar algo al Oasis esta noche? —preguntó Alberto cuando sacaba las cosas de mi taquilla.

—Si vas tú, quizá me lo piense —contesté con una sonrisa y él comenzó a reír.

No tenía planeado salir, la fiesta de disfraces era al día siguiente y, aunque no consumiera nada, solo la entrada ya había costado una pasta.

—Te invitaré a una ronda de cervezas si vienes —dijo cuando dejó de reír.

—Tentador, pero creo que puedes hacer una oferta aún mejor.

La puerta se abrió y entró Carmen junto con Miguel, un residente de segundo año al que apenas había visto.

—Tres y si quieres más pensaré que tramas algo indecente conmigo. —El retintín de su voz me hizo pensar si seguíamos de broma o no, pero aun así solté una carcajada.

Cerré la taquilla, comprobé que tenía todo en el bolso y me pregunté si erraba demasiado al aceptar esa invitación a pesar de que ambos estuviéramos en la misma unidad. No existía nada implícito y tampoco sabía si Alberto estaba jugando o si daba pie a la posibilidad de algo más, pero llevaba tanto tiempo sin que nadie demostrase un mínimo interés por mí que egoístamente y, aunque no sentía ese hormigueo en el estómago o el ardor inaudito que me provocaba estar cerca del capullo de Beltrán, era mi mejor opción en aquellos momentos.

—Me conformaré con tres. Por ahora… —advertí con una sonrisa despidiéndome de todos ellos.

En casa, un huracán había pasado sin avisar dejando toda una ristra de bolsas, cajas, botes de purpurina por todas partes, accesorios para el pelo, zapatos repartidos por el salón y el pasillo. No comprendí lo que ocurría hasta que me vio Inés.

—¡Sofía ha traído los disfraces!

La aludida salió con un vestido blanco y dorado que le dejaba un hombro al descubierto y por el otro le caía la manga de gasa. Era largo hasta los tobillos y se había colocado un cinturón dorado para que le marcara la cintura.

—Este es el tuyo. ¡Es el más auténtico! —exclamó entregándome la prenda.

Miré el bulto de tela blanco y en un principio solo me parecieron cuerdas doradas y un tejido vaporoso con el que se iba a transparentar todo. Me fui a la habitación para dejar las cosas y comenzar a desvestirme. Todo ese lío de la fiesta me parecía excesivo, pero si ellas estaban tan entusiasmadas es porque debía ser espectacular y mi curiosidad aumentaba. Me pasé la prenda por la cabeza y no tardé en descubrir que era imposible llevar sujetador con ese vestido, se veía todo por todas partes, así que lo desabroché y lo dejé sobre la cama. Salí al salón porque me resultaba imposible cerrar esas cintas yo sola, pero Inés me sonrió y vino rápidamente a echarme un cable.

—Es el favorito de Sofía y el mío también, pero a ella le queda demasiado corto y yo ni siquiera puedo soñar con meter mis tetas sin correr el riesgo de que se salgan —comentó al tiempo que yo sentía cómo la tela se ajustaba a mi vientre—. A ti te queda como un guante. ¡Que pibón, señores!

Ni siquiera me había visto en un espejo, pero percibía mucha carne expuesta por todos sitios, incluidas las piernas.

—No sé yo si me veo con esto… —dije caminando hasta el espejo que había en la entrada.

—Es un disfraz, todo está permitido —insistió Inés y entonces vi la imagen de mí misma reflejada en el espejo.

Técnicamente no se veía nada, pero eso quedaba muy al límite de la palabra porque el escote me llegaba al esternón, y la raja de una pierna, casi hasta la ingle. Los laterales también estaban expuestos, pero las cintas apretadas no permitirían que la tela se abriera y por ese lado estaba más tranquila.

—Esto se parece más a un salto de cama que a un disfraz de diosa griega —afirmé dándome la vuelta y, por suerte, visto desde atrás no se notaba nada.

—Exagerada —intervino Sofía—. Te daré unas cintas adhesivas para que el escote no se te mueva ni un centímetro, y por lo demás, estás supercañón, verás que después de dos copas se te quita la vergüenza.

«Claro, lo dice la que tiene un disfraz de diosa elegante». Me miré de nuevo en el espejo y tuve que reconocer que era sexy, lo suficiente para teñirme las mejillas porque no encajaba nada en mi estilo. «Es una noche y nadie me conoce. ¿Qué puede pasar?».

Acabé quitándome el disfraz y dejándolo sobre la silla del escritorio, y nos fuimos a la piscina a pasar la tarde.

Alberto me esperaba dentro del bar Oasis con una cerveza en la mano. Por su sonrisa y su cara relajada intuí que llegó a pensar que le daría plantón. Solo vi a un par de residentes y varios adjuntos, además de Ibáñez, al fondo del local que charlaban animadamente.

—Casi no parece el mismo lugar sin el desfile de exhibición del jueves pasado —dije, ya que me resultó extraño que no estuvieran allí Vanessa o Carmen, entre otras.

—Vendrán luego, tienen turno de tarde y salen dentro de dos horas. —Alberto alzó la mano y pidió otra cerveza, que no tardaron en servir—. Y, dime, ¿tú no estás interesada como las demás en cazar a Beltrán? —Su pregunta casi hizo que me atragantara, pero lo había dicho con tanta normalidad que resultaba extraño.

«¿Cazarle?».

—Pobre de la criatura que lo intente… —suspiré y escuché cómo se reía —. A ese hombre no le aguanta ni su madre, tiene la sangre más fría que un reptil y la empatía se le olvidó cuando llegó a este mundo, por no decir que es más soso que comer un bocadillo de paja.

Las risas de Alberto atrajeron a varios clientes del local, así que simplemente le di varios sorbos al botellín de cerveza hasta que dejó de reír.

—Vale. Me ha quedado claro. —Chocó su botellín con el mío.

En estas, Ibáñez se acercó a nosotros. Hice un gesto a Alberto para que se girara.

—Me complace ver por aquí a mi alumna y además acompañada de otro residente de la unidad, una buena relación dentro y fuera del hospital es importante. ¿Has dado ya algunas clases de pádel? —preguntó mirándome solo a mí.

—Comienzo la próxima semana con un instructor —contesté secamente.

—Muy bien, te reservaré dentro de cuatro semanas un partido conmigo y un par de amigos que quiero que conozcas.

«¿Cuatro semanas? ¿Con mi ineptitud para las actividades deportivas? Menuda figura de mierda voy a hacer…».

—¡Genial! —Traté de sonreír, pero, por la expresión de Alberto girando el rostro para que no se le escapara una carcajada, debí hacerlo fatal.

—Estupendo. Antes de que se me olvide, Beltrán me ha pedido cambiarte el turno mañana para que coincidas con él, así que irás de tarde. ¿Hay algún problema?

La palidez de mi cara tuvo que ser notoria.

«Todos. Hay todos los problemas».

—Ninguno —afirmé con una voz extraña que hasta tuvo diversos tonos, carraspeé—. Ninguno, doctor Ibáñez.

Mi respuesta le reconfortó y su mirada se fue hacia Ramírez y González, al que aún no conocía demasiado.

—Seguid disfrutando de la velada —dijo antes de alejarse.

—¿Beltrán ha pedido expresamente que te cambien el turno para que estés con él? —ironizó Alberto.

—Beltrán me quiere fuera del hospital porque considera que soy una inepta, así que no te hagas ilusiones —maldecí sorprendiendo a Alberto.

A las diez y media, con la cabeza que me daba vueltas, después de risas y varios botellines de cerveza, me tiré sobre la cama pensando que la noche había sido más agradable de lo que había imaginado. Alberto era un buen tipo; encantador, majo, divertido, simpático y, además, bastante guapo.

¿Por qué demonios no podía sentir todas esas mariposas revoloteando en mi estómago cuando estaba a su lado? Me había rozado infinidad de veces con la mano y ni una pizca de ese ardor, de esa quemazón, de ese sentimiento inaudito que me abrasaba por dentro cuando Beltrán estaba cerca.

¡Maldito fuera él y toda su soberbia!

11

Las puertas del ascensor se abrieron a las doce en punto. Aunque me había levantado a una hora decente, el tiempo se me había echado encima recogiendo la casa y hablando con mi madre, que no dejaba de insistir en que saliera y disfrutara cuando le dije que esa noche mis compañeras de piso me llevaban a una fiesta temática. Le colgué cuando comenzó a insinuar sus sospechas sobre mi hermano Marcos y una posible relación con una chica, preguntándome quién podría ser y si sería alguna del pueblo.

«Al menos no sabe quién es, o ya me imagino a mi hermano diciendo que soy una amargada que solo pretendo fastidiarle la vida... Lo estoy viendo venir, alguien acabará pillándolos y él me culpará a mí».

Conforme me acercaba a la sala de reuniones, la sensación de inquietud, ardor, y el temblor de piernas comenzaban a atenazarme. En cuanto doblé la esquina del pasillo y entré en la sala vi a Beltrán hablando con Benítez. Allí estaba, con mayor intensidad si cabe, ese revoloteo en el estómago incesante. «¿Esto es normal o soy yo, que me estoy volviendo chalada? Es que hasta detecto su presencia antes de verle».

Pasé de largo hacia los vestuarios, sin saludar, no quería interrumpirles. Me encontré con Noelia y Elena, una residente de quinto año, como Mario, con la que solía coincidir poco porque casi siempre estaba en el turno de noche. Salí vestida con el uniforme verde y dirigí los pies hacia el capullo sin escrúpulos, que era como un adonis viviente.

Por alguna razón eso me recordó la fiesta temática de esa noche y me fue inevitable imaginarme a Beltrán con un disfraz de dios griego. «¡Ay, madre! Mejor no lo pienso o mi ropa interior termina más mojada que cuando sale de la lavadora sin centrifugar».

Benítez me echó una ojeada con aquellos ojos que devoraban cualquier resquicio a su paso y se marchó sin pronunciar una palabra.

«Un día le suelto una fresca, se lo está ganando a pulso».

—Has llegado tarde, Balboa —soltó Beltrán sin mirarme en cuanto Benítez se fue.

—¿No se me conceden unos minutos de cortesía por mi último día en el hospital? —respondí con ironía al tiempo que él salía de la sala, así que traté de seguirle el ritmo, aunque sus piernas eran más largas y me costaba alcanzarle.

—¿Ya te has rendido? —Juraría que había fruncido el ceño de no ser porque no llegaba a verle la cara.

«Ni de coña».

—Le dije que nunca perdía una apuesta, doctor Beltrán.

Él aceleraba el ritmo de sus pasos hasta el ascensor para descender a la planta baja, a Urgencias.

Las puertas se cerraron y fui más consciente que nunca del pequeño habitáculo en el que por primera vez estábamos solos. En general, el ritmo era frenético a lo largo de todo el día, así que al no haber nadie más sentí un nudo en la garganta debido a la poca distancia que nos separaba y el silencio incómodo de esos minutos en los que ninguno de los dos nos atrevíamos a mirarnos.

—Pues solo tienes ocho horas para demostrarlo —recordó sin bajar la guardia.

En Urgencias nos esperaba otra enfermera distinta a la del miércoles, que procedió a dar el parte de pacientes que Medicina Interna había derivado para posible cirugía.

Me coloqué los guantes y la mascarilla, aunque Beltrán no lo dijera. El paciente uno era una mujer de mediana edad con dolor abdominal intenso en el cuadrante superior derecho y que presentaba ictericia, vómitos y fiebre alta. Le palpó el vientre a pesar de sus muecas de dolor, le exploró los ojos, la boca e incluso palpó brazos y piernas sin preguntarle absolutamente nada.

—Procede, Balboa, quiero saber qué te parece —dijo en cuanto se alejó de la paciente y comenzó a escribir en la hoja.

A diferencia de él, sonreí a la mujer, que trató de responder del mismo modo, aunque el dolor no se lo permitiera. «Humanidad». Beltrán parecía carecer de ella. Mientras palpaba la vesícula, notablemente inflamada, le pregunté a qué se dedicaba, si tenía hijos o cuáles eran sus aficiones. Beltrán escuchaba y observaba, pero, por suerte, no objetó nada.

—Parece colecistitis, pero no sabría definir el estado. Tal vez con una cura de antibióticos y analgésicos pueda evitar el quirófano —deduje por el ligero color amarillento que teñía sus ojos.

—Su ictericia ha pasado a piernas y brazos, deberías haberte detenido a observarlos. Presenta una ligera taquicardia, presión arterial baja, decoloración de la piel en algunas zonas y debilidad muscular. Comienza a tener taquipnea y una ligera confusión en el habla, es claramente una fase aguda —precisó sin emitir ningún tipo de emoción, como si estuviera leyendo el parte del tiempo.

Le miré abriendo los ojos más de lo que ya estaban de por sí. «¿Cómo diantres ha podido ver todo eso en menos de dos minutos?». Lo de la confusión del habla se lo podía comprar a medias, porque la mujer continuaba siendo coherente, pero yo misma pensé que solo se debía al dolor intenso que sufría. En aquel momento me sentí realmente inútil, incluso mi auscultación había durado más que la suya, y no había visto más allá de una inflamación y un leve tono amarillento.

—Precisa una operación inmediata para retirar la vesícula —dije en un susurro.

—Sí. Confirma la cirugía para mañana a primera hora. —Se dirigió a la enfermera.

Durante el resto de la tarde continuamos pasando inspección de pacientes y Beltrán me hizo auscultar a todos ellos. Por suerte, no me equivoqué demasiado en el diagnóstico ni en el plan de intervención, más allá de lo que el conocimiento de residente de primer año me permitía, pero tenía claro que él continuaba opinando que yo solo era un estorbo.

Alrededor de las ocho de la tarde entró una paciente. Tenía programada una cirugía de extirpación de útero a la mañana siguiente. Me quedé de piedra cuando comprobé que se trataba de una chica joven, apenas rozaba la veintena, y, al mirar el informe, me sorprendió aún más que no se trataba de un tumor, sino de una decisión de la propia paciente como consecuencia de los dolores derivados de una endometriosis severa.

Me fijé en que Beltrán se detenía para alzar la vista y eso me extrañó; no supe si continuar o esperar a que él avanzara. ¿Tal vez había visto algo en el parte médico que le había llamado la atención?

—¿Athan? —exclamó la mujer que acompañaba a la joven—. Oí rumores de que pensabas regresar de Alemania, pero no sabía que ya te habías incorporado a la unidad. ¿Serás tú quien opere a Lucía? —Su sonrisa no parecía encajar con la situación de la chica, si es que ella era su madre.

«Así que se conocen, me pregunto de qué». Mis ojos volaron de nuevo a la mujer, que tendría cuarenta y tantos. Cabello largo y oscuro, con pocas arrugas en el rostro, pero que delataban que ya no era tan joven. Sus ojos verdes eran el rasgo más destacado, aunque se apreciaba que había pasado por algún médico estético para ponerse labios y pómulos. Vestía de forma elegante y muy sofisticada. Estaba claro que era alguien con buena posición económica, y eso me extrañó, porque ese tipo de perfiles no suelen aparecer por hospitales públicos, sino por los privados.

—Meredith, me alegro de verte —contestó Beltrán con un tono de voz sin emoción alguna.

—¿Eres Lucía? —pregunté directamente a la joven que yacía en la camilla, y esta asintió con la cabeza.

—¡Ah! ¡Es la hija de mi marido! ¡Una caprichosa! Llamó a una ambulancia cuando estábamos a punto de embarcar y he tenido que quedarme para acompañarla. Ya le han hecho todo tipo de pruebas, y es cosa de su endometriosis, incluso ha estado en tratamiento psicológico porque, según ella, los dolores son insoportables a pesar de los fármacos que le recetan. Dice que ya no aguanta más, y la única solución es la extirpación de útero. —Aquella mujer hablaba de una forma tan fría que me compadecí por la pobre chica y el hecho de tener que soportarla—. Deberíamos tomar un café uno de estos días, Athan, así recordaremos viejos tiempos, ¿no crees?

El tono que usaba me hizo pensar que entre ellos dos hubo una historia y no precisamente solo de amistad.

—Estoy muy ocupado —le espetó Beltrán mientras solicitaba guantes y mascarilla a la enfermera.

—¿Qué opina tu padre de esto? —pregunté a la chica.

—¡Lucía es mayor de edad! Si quiere quitarse el útero, ella asumirá las consecuencias —se quejó la mujer sin dejar de mirarse las uñas.

Los ojos suplicantes de la joven hicieron que no me contuviera ni un segundo más.

—No quiero escuchar su opinión, sino la de Lucía. Ahora, si no le importa, salga de la sala, debemos explorar a la paciente —solté con una mala leche que me hervía la sangre.

Vi la ira en ella y cómo apretaba los labios.

—Cuidado con quien hablas muchacha, o da tu carrera por acabada —dijo observándome con reproche.

—Póngase a la cola —la animé sin mirarla—. Y ahora, como le he pedido, salga de la sala.

Tampoco miré a Beltrán para ver su reacción, sino que me limité a palpar a la paciente mientras esta fruncía los labios para evitar reír a pesar de su dolor.

—Solo será un momento, Meredith —aclaró Beltrán.

Esta cogió su bolso de malos modos y abandonó la sala.

—Gracias —dijo Lucía con cierto alivio.

—¿Estás segura de querer someterte a esta operación? Será irreversible y te condicionará el resto de tu vida.

Lucía se retorció de dolor. Encogía los pies mientras con las manos se sujetaba con fuerza el vientre en una crisis. Beltrán rebuscó rápidamente en el carrito de la enfermera una dosis alta de naproxeno para inyectarla en la vía.

—Calma. Respira profundamente. Uno, dos, tres…, suelta el aire e inspira de nuevo.

Se lo repetí varias veces, hasta que el dolor remitió y volvió a abrir los ojos. Era demasiado joven para tener un tipo de endometriosis tan severo.

—Estoy cansada de este dolor constante. No puedo tener una vida normal. No puedo ir a clase, ni salir con mis amigos, ni siquiera hacer planes para viajar porque en cualquier momento el dolor llega sin avisar. La única explicación que encuentran es la endometriosis, o que todo es una invención de mi cabeza, como creen mi padre y esa mujer de ahí fuera. Yo sé que no estoy loca, el dolor es real e insoportable. Ni siquiera los analgésicos logran aliviarlo por completo.

Era evidente que estaba desesperada, y lo peor de todo era que ni su padre ni esa lagarta de madrastra parecían tener en consideración su sufrimiento.

Alcé la vista para mirar a Beltrán, que estudiaba detenidamente las ecografías en la pantalla de la tablet que le había facilitado la enfermera.

—La endometriosis apenas es visible, no parece afectar a niveles que puedan provocar el dolor que declara la paciente —advirtió con un semblante de incertidumbre.

—La paciente se llama Lucía —insistí comprobando por mí misma que era cierto lo que decía—. ¿Cuánto hace que tienes este dolor intenso? —pregunté volviendo la vista a la joven.

—Poco después del accidente de caballo, hace casi un año —contestó y vi cómo Beltrán apartó la vista de la ecografía para buscar algo entre el historial médico—. Solo me fracturé una pierna, no tuvo mayor importancia, pero no he podido volver a subirme a mi yegua. Este dolor intenso también me ha robado eso.

—Tranquila. Volverás a cabalgar muy pronto.

Beltrán soltó la tablet sobre una mesa auxiliar como si de pronto hubiera tenido una idea.

—Quiero un análisis de sangre específico en CK y un cultivo de orina urgente —comentó a la enfermera, que se dispuso a tomar la muestra—. Balboa, prepara a la paciente para una ecografía.

Asentí pensando por qué podía pedir un análisis específico para calcular el daño muscular de la paciente. Mi mente comenzó a divagar entre patologías que pudieran causar un daño de ese tipo y que cuadrasen con los síntomas que tenía Lucía.

«No me venía ninguno a la mente. Ninguno».

Observé a Beltrán mientras miraba detenidamente la pantalla del ecógrafo. A simple vista, el útero de la paciente parecía sano, aunque ninguno de los dos tenía la especialidad de ginecología para asegurarlo.

—Dudo que la causa sea la endometriosis —aventuró antes de que yo pudiera decir algo.

—Por favor, no me digáis como todos esos médicos del hospital privado, que aseguran que todo está en mi cabeza. No estoy loca por más que Meredith lo quiera. —Sus ojos estaban empañados a punto de verter lágrimas de impotencia.

—Yo te creo —dije cogiéndole la mano, y Lucía se tiró hacia mí para abrazarme en busca de consuelo.

Beltrán me contempló durante unos segundos antes de levantarse y salir. Desde mi posición le vi hablar con la madrastra de la chica mientras le acariciaba la espalda y rogaba por que aquel capullo sin humanidad alguna fuera capaz de encontrar la causa antes de entrar en quirófano.

—Imprudente y temeraria.

Estas fueron las palabras que Beltrán pronunció mientras me ofrecía un café.

Lo habría rechazado de no ser porque al salir de allí me esperaban tres compañeras de piso con un disfraz de dudosa reputación para llevarme a una fiesta. En aquel momento ir a una discoteca era lo que menos me apetecía, sobre todo cuando a las pocas horas aquella pobre chica iba a someterse a una cirugía que le condicionaría el resto de su vida, y ni siquiera había garantías de que su dolor desapareciera.

—Soy Leo, igual lo llevo en el ADN —dije encogiéndome de hombros.

—Meredith es la presidenta del Colegio de Médicos en Valencia.

Me lo soltó sin más y me hizo escupir el café, pero casi me atraganté con el poco contenido que logré tragar.

«Acabo de echar tierra sobre mí misma, pero ¿quién me manda a mí meterme donde no me llaman? Si es que soy una desgracia con patas».

—Pues espero que sea mejor médico que madre —admití cuando logré respirar dudando si dar otro sorbo al café.

—Supongo que por eso no tiene hijos propios.

Estaba claro que la conocía, aunque, por su modo de hablar de ella, no sabía si habían trabajado juntos tiempo atrás o entre ellos había habido algo más.

—¿Fueron compañeros? —pregunté por inercia y él pareció esquivar mi mirada.

—Ella era jefe de sección cuando yo entré como residente. —Fue su escueta respuesta. Luego me indicó que debíamos continuar con los pacientes que quedaban.

—¿Que pasará con Lucía? ¿Entrará a quirófano mañana?

Le tomé del brazo cuando hizo el ademán de alejarse, y eso me provocó una corriente eléctrica, como si su energía se adentrara en mi cuerpo y se extendiera a todas partes.

Beltrán reparó en mi mano y después fijó sus ojos azules en los míos. Sentí que la garganta se me secaba, el temblor de mis rodillas iba en aumento y amenazaba con hacerme caer, aunque seguía agarrada a su brazo.

—Es posible —dijo bajando la vista de nuevo a mi mano—, pero lo sabremos cuando recibamos el resultado de los análisis. Ahora, si no te importa, me gustaría recuperar mi brazo.

Lo solté de inmediato, aquella sensación de inquietud amenazante se esfumó.

«Yo voy a volverme majara al lado de este hombre, lo veo venir».

Quizá todo aquel efecto solo era producto de su personalidad hermética y desagradable combinada con ese físico increíblemente atractivo.

12

Visitamos al paciente herido de arma blanca un par de días después en Cuidados Intensivos. Beltrán tenía que supervisar la herida y las posibles consecuencias antes de derivarlo a planta. Me agradó que me recordara, pero aún más que estuviera vivo gracias a la rápida intervención. Lo acompañaba su pareja, y casi nos suplicó que le sacáramos de allí para que su hijo pudiera visitarle. Un niño que no se quedaría huérfano y un padre que le vería crecer. La sensación de adrenalina recorriéndome el cuerpo por la fábrica de serotonina que me producía aquella extrema felicidad me hacía ver el verdadero motivo por el que me hallaba allí, ese hilo del que había tirado cada día atrayéndome hacia este lugar. Ahora sabía que formaba parte de un círculo en el que solo acababa de empezar a dar mis primeros pasos.

Apenas faltaban veinte minutos para que acabase el turno, y ni rastro de los resultados de los análisis de Lucía. Había secuestrado la tablet de la enfermera para actualizar la página cada pocos minutos, y su historial seguía sin cambios. La misma enfermera joven del día anterior me llamó desde el pasillo.

—Parecían urgentes, así que metí presión a los de laboratorio. Me han llamado para decir que ya están los resultados; si actualizas, deberían salir —dijo con una sonrisa y me fijé bien en su placa para no olvidar jamás su nombre.

—¡Eres un cielo, Teresa! ¡Gracias! —Sonreí.

Según los resultados, había un nivel muy alto de creatina cinasa, indicativo de un daño muscular considerable. Se los entregué a Beltrán.

—¿Cómo sabía que tenía los niveles altos de CK?

—No lo sabía —contestó mientras repasaba el informe—. Aunque no lo habría sospechado de no ser porque mencionó que se había caído de un caballo. Al menos ser impertinente en este caso ha salvado a nuestra paciente de tener que extirparle el útero inútilmente —concluyó y me devolvió la tablet—. Vamos, imagino que Lucía querrá que seas tú quien le diga que no está loca como sus padres creen.

La sensación de tranquilidad y desasosiego era infinita, aunque ni yo sabía qué es lo que afectaba a Lucía. Solo Beltrán había descubierto algo que, a pesar de que mi mente trabajaba a marchas forzadas para recordar todas y cada una de las enfermedades que había estudiado y que pudieran casar con los síntomas y esos niveles, no lograba hallar nada. ¿Qué había visto?

Cuando entramos en la habitación de Lucía, esta estaba teniendo otro periodo de dolor severo y Meredith hablaba por teléfono sin molestarse en mirarla, como si creyera que solo fingía para llamar la atención.

«¿Y esta se hace llamar médico? Le mandaba el título de medicina donde pican los pollos a la víbora pérfida».

Me acerqué a Lucía y traté de consolarla. Poco a poco el dolor pareció remitir lo suficiente como para permitirle mantenerse sentada.

—¿A qué hora será la cirugía? —quiso saber Meredith en cuanto colgó la llamada. Se dirigió solo a Beltrán—. No me gustaría importunar a mi marido, tiene una reunión importante a primera hora.

«Será hija de su grandísima madre. ¿Importunarle cuando le van a extirpar el útero?». Ni siquiera me digné en mirarla.

—¡A ninguna! —respondí airada y con unas ganas de abofetearla que eran superiores a mí. Su cara de confusión ya fue todo un triunfo—. Vas a conservar tu útero intacto, Lucía —añadí, ahora con un semblante mucho más tranquilo y suave.

—Entonces es todo mental, como suponíamos, ¿no? —inquirió de nuevo con su tono de condescendencia.

«Esta mujer está minando mi paciencia… Sujetadme, porque le doy tal tortazo que le sale la silicona de los labios volando».

—No. —Esta vez habló Beltrán—. Sus dolores son reales y muy intensos, no se lo está inventando ni está fingiendo para llamar la atención. Lucía sufre de rabdomiólisis, una enfermedad difícil de detectar hasta que avanza lo suficiente para provocar un dolor muscular persistente, como ha sido su caso. Debió generarse cuando tuvo el accidente de caballo hace casi un año, pero si no se le hacen las pruebas específicas y simplemente se percibe como una llamada de atención, la enfermedad se intensifica hasta provocar daños con graves consecuencias. —Beltrán se dirigía hacia Lucía a pesar de que Meredith estuviera a su lado con cara de pánfila, como si no diera crédito a lo que él decía—. Ahora que sabemos lo que tienes habrá que evaluar los daños renales, pero comenzarás desde ya con una hidratación intravenosa y permanecerás ingresada para que te monitoricemos en todo momento.

¿Rabdomiólisis? ¡Ni siquiera se me había pasado por la mente! Miré a Beltrán estupefacta. No daba crédito a que se le hubiera podido ocurrir algo así que encajase con el cuadro que Lucía presentaba. Tal vez carecía de humanidad porque era sobrehumano, pero gracias a ese talento innato la joven se había salvado de una operación completamente inútil.

—Volverás a recuperar tu vida, Lucía, y no tendrás que renunciar a tener hijos si algún día los quieres. —Sonreí mientras mis ojos buscaban los de Beltrán, que esbozó una leve mueca.

Lucía comenzó a llorar, pero no de dolor, sino de felicidad, y se abalanzó sobre mí para abrazarme con la poca fuerza que conservaba.

—Gracias por creer en mí —dijo entre sollozos—. Eres la única persona que lo ha hecho hasta ahora.

—Mi turno acaba dentro de unos minutos, pero puedo llamar a algún pariente o conocido si quieres que permanezca contigo esta noche —le propuse sin dejar de acariciarle el brazo para consolarla.

—No, tranquila. Mi abuela es demasiado mayor para pasar la noche aquí y no quiero preocuparla, estaré bien. Ya habéis hecho mucho por mí.

Eran casi las nueve de la noche cuando salí de los vestuarios sintiéndome satisfecha y pletórica. No quería dejar a Lucía sola, pero sabía que estaba en buenas manos con las enfermeras y me dije que la visitaría al día siguiente, aunque fuese mi día libre. Tal vez Beltrán me dijera que era una inepta o que no servía para ejercer como cirujana. Lo cierto es que su opinión comenzaba a importarme muy poco, porque nada reemplazaba la emoción que me embargaba y el convencimiento de que estaba en el lugar que me correspondía.

Me encontré con el culpable de todos mis desvelos en la sala de reuniones. Se había quitado el uniforme y vestía un pantalón largo azul marino y una camisa remangada de un azul más claro. El perfume invadía casi todo el espacio y era tan característico de él que podría reconocerlo en cualquier parte.

«Yo necesito ese olor como ambientador de almohada para asegurarme que sueño con ese hombre, pero… ¿Qué cojones estoy diciendo? Las endorfinas me causan estragos».

—Es viernes y el turno ha acabado —dije sin sacar el móvil del bolsillo para comprobar la hora.

—Y uno de los dos ha ganado, Balboa —contestó evaluando el conjunto de vaqueros y camisa que llevaba puesto sin mucho entusiasmo.

—Le recuerdo que dejaría de llamarme así si lograba resistir en este hospital hasta acabar este turno. —Quería oírle decir mi nombre, probablemente el estremecimiento sería brutal cuando lo hiciese.

—También me dijiste que no te sobreestimara y que nunca perdías una apuesta. —Dio un paso hacia a mí acortando la distancia que nos separaba—. Sigo afirmando que estarías mejor en otra unidad y que este no es tu lugar, pero reconozco que, de no ser por tu particular modo de actuar, esa chica se habría sometido a una operación que no le habría cambiado su condición y habría recortado el presupuesto para alguien que la necesitara de verdad. Es más, solo habría retrasado su cuadro clínico hasta resultar irreversible. Puede decirse que has colaborado en salvarle la vida.

Eso era mucho decir viniendo de él y más aún cuando no había sido yo quien diagnosticó lo que le sucedía realmente.

—¿Eso significa que entraré a quirófano con usted? —exclamé con sorpresa.

—Eso significa que voy a estar pendiente de ti y, como te vuelva a temblar el pulso, dudes o te quedes petrificada, te pondré de patitas en la calle, pero sí, te permitiré entrar en quirófano conmigo, aunque solo te limitarás a suturar y observar —advirtió—. Y trabajarás en la investigación que estoy llevando a cabo, te pondré al tanto sobre ello este lunes.

No pude por menos que sonreír y dar un saltito con los puños apretados. Necesitaba con urgencia decirlo en el grupo de las medicómicas. ¡El capullo se había tenido que tragar su soberbia!

—Por supuesto, que tenga un buen fin de semana, doctor Beltrán. —Me mordí el labio para no sonreír y mostrar la felicidad que sentía en mi interior por haber vencido su reto.

—El lunes conmigo a las siete en punto, *Eleonora*.

Casi me derretí allí mismo cuando escuché mi nombre de sus labios y en aquel tono increíblemente sensual.

—Como un reloj —susurré saliendo de la sala y siendo consciente de que él me seguía el paso.

Aquella fiesta temática no podía haber venido en mejor momento. Estaba tan emocionada por todo lo que había pasado durante el turno de tarde que solo me apetecía bailar y pasármelo en grande para rematar la noche. Ni me importó el disfraz con el que enseñaba más de la cuenta. Al final Sofía tenía razón y con las cintas esas adhesivas la tela no se movía, por lo que mi pecho no corría peligro de ser fotografiado y expuesto en redes y volverse viral. Por mucho que insistieron en que llevase unos zapatos de tacón, acabé por ponerme unas esparteñas de Inés que se ataban por la pierna y no eran tan incómodas como sus zapatos de salón, incluso le daban un toque más real al disfraz. Casi no me reconocía en el espejo con tanto maquillaje y purpurina dorada por todas partes, pero cerca de medianoche las cuatro acabamos dentro de un taxi de camino a la fiesta.

Había cola en la puerta cuando nos bajamos y, ver que todo el mundo iba disfrazado con atuendos mucho más atrevidos que el mío, hizo que me tranquilizara. A pesar de la fila, no tuvimos que esperar demasiado. Nos colocaron un sello y una pulsera con acceso a la zona vip.

—¿Y esto? —pregunté viendo la pulsera de color dorado.

—¡Se sorteaban según el número de entrada y nos han tocado a nosotras! ¡Qué fuerte! ¡Vamos a poder estar en lo más alto del templo!

¿Lo más alto? ¿Es que había varias plantas? En las discotecas en que había estado hasta entonces solo tenían una planta y, como mucho, algunos desniveles. De modo que en el momento en que las dobles puertas se abrieron dando paso a un espectáculo de música y luces me quedé maravillada. En la planta baja unas columnas imitaban la entrada a un templo y la estructura se repetía en la segunda, en la tercera e incluso en la cuarta planta. El techo estaba iluminado por puntos de luz y figuras pintadas, y unas cuerdas de tela descendían con varias tarimas colgantes desde las cuales hombres y mujeres vestidos de dioses griegos amenizaban el espectáculo.

Una de mis compañeras me tiró de la mano hacia las escaleras, alejándome de aquel deleite visual, pero yo tenía la mirada absorta en todo el conjunto como para fijarme en quién era. Resultaba impresionante. En mi vida había estado en un sitio similar, pensaba que el nombre haría solo referencia a la fachada, pero el interior era impresionante. ¡Parecía un templo griego de verdad!

Subimos hasta la cuarta planta, que es donde estaba la zona vip, con dos guardias de seguridad custodiando la entrada. Allí había sofás y butacas y mesas, y entre las columnas se podían apreciar con nitidez los dibujos del techo. Podía reconocer a Zeus por el rayo, a Poseidón por el tridente, a Hades por la oscuridad que representaba la muerte, pero también estaban Afrodita, Themis y Atenea, entre otros dioses.

Estuvimos bebiendo y bailando durante un buen rato, incluso dejamos las copas para bajar a la pista. Algunos chicos se acercaron a bailar con nosotras. Regresé con Maite porque necesitaba un descanso y dejamos a Sofía e Inés en la zona de baile. Me asomé para ver si era capaz de distinguirlas, y la sensación de calor incesante y escalofrío regresó a mí de nuevo, exactamente la misma que sentía cada vez que Beltrán estaba cerca.

Era un aviso, una señal, e instintivamente miré a mi alrededor, pero después negué con la cabeza; de verdad se me estaba yendo del todo la cabeza. ¿Beltrán allí? Ni de broma. Alcé la vista y vi un grupo de tres hombres justo delante de mí, pero al otro lado del óvalo que formaba aquel edificio reparé en que uno de ellos me miraba. El fuego en mi interior se hizo más intenso.

«Imposible. Es técnicamente imposible».

No podía reconocerle, la distancia hacía que sus rostros se desdibujaran, pero ese hombre en concreto llevaba una máscara dorada que le cubría medio rostro. Junto a ellos, varias chicas bailaban, una se sentaba sobre el regazo de uno de ellos. El que me observaba fijamente sin ningún reparo estaba solo.

El volumen de la música descendió y las luces comenzaron a volverse más intensas cuando apareció un reloj en una pantalla gigante tras el chico de la mesa de mezclas. El reloj marcaba una cuenta atrás de cinco minutos para que dieran las tres de la mañana.

Todo el mundo gritó y no entendí qué demonios iba a pasar.

—¿Estáis preparados? —preguntó el pinchadiscos, que continuaba a su aire moviendo las teclas de la mesa—. ¡En menos de cinco minutos los planetas van a alinearse, así que debéis buscar a una pareja y besarla cuando el marcador esté a cero, pero solo unos pocos afortunados encontrarán el amor verdadero! —exclamó provocando un grito ensordecedor entre el público.

«¿De verdad alguien se cree esa chorrada?».

—Me voy a la pista con Sofía e Inés. ¿Vienes? —preguntó Maite.

—Voy al baño un minuto y bajo enseguida, adelántate si quieres —dije alejándome con la intención de no salir de allí hasta que el marcador estuviera a cero.

Por suerte Maite no insistió en esperarme y se fue, probablemente le urgía encontrar a alguien a quien besar en esos cinco minutos. El baño estaba vacío, sin duda todos andaban buscando una pareja y, a pesar de parecerme una idea estúpida, no pude evitar reconocer que tampoco haría mucho daño un simple beso. Cuando salí, apenas quedaban treinta segundos para que el marcador estuviera a cero, así que me dirigí hacia las escaleras y comencé a descender despacio. Era consciente de que, cuando me encontrara en la pista, todas habrían besado a un desconocido. La luz llegaba muy tenue a esa zona de la escalera, por lo que tenía la mirada fija en el suelo para ver dónde pisaba y no acabar en urgencias con una factura de peroné. El estridente ruido de campanas indicó que el marcador había alcanzado el cero. Cuando llegué a la tercera planta me asomé entre dos columnas, muy cerca de la escalera, para comprobar cómo todo el mundo se besaba. De hecho, el confeti salía disparado desde dos cañones a ambos lados de la pista para celebrar el momento. Sonreí pensando qué hubiera sucedido de haber estado ahí abajo. ¿Me habría besado con alguien a quien no volvería a ver en mi vida?

«Es solo un beso, dos bocas unidas durante un breve periodo de tiempo. Un instante, un momento y que, sin embargo, para mí significa mucho más que eso».

Algunas parejas ya habían dejado de besarse, otras continuaban haciéndolo. Me di la vuelta para volver a la escalera, pero me quedé quieta cuando vi que el tipo de la máscara dorada acababa de llegar al mismo rellano en el que me encontraba y nos quedamos frente a frente. Iba solo, sin ninguna compañía femenina o la de los otros dos chicos con los que estaba en aquel reservado. Sus ojos se fijaron en los míos, y un destello de luz me indicó que era el color que imaginaba, aunque no duró lo suficiente para saber si era el mismo tipo de azul que yo auguraba. Ahí estaba de nuevo. El ardor. El estremecimiento. El temblor en las piernas provocando que todo girase a mi alrededor menos él, como si el mundo se detuviera en el espacio que ocupaba su ser.

«No puede ser Beltrán. Es imposible que sea él. ¿En una fiesta y vestido con un disfraz de dios griego? Ni hablar…».

Creí que proseguiría su camino, que apartaría su mirada de la mía y que continuaría bajando la escalera como yo misma pensaba hacer, pero en lugar de eso avanzó hacia mí. No moví un solo músculo para impedir que acortara esa distancia, estaba tan perdida en aquellos ojos tras la máscara que nada me importaba lo más mínimo. Un nudo en la garganta me imposibilitaba pronunciar palabra alguna, solo era consciente de lo que aquel ser provocaba en mi cuerpo y que aquella sensación no la había experimentado en mi vida, salvo con Beltrán.

«Y ese tipo no es él, no es el capullo con patas».

Su disfraz dejaba medio torso al descubierto, con unos abdominales marcados que me estremecían hasta las entrañas y de sus hombros sobresalían unas alas doradas, como la máscara que le cubría medio rostro, y por lo que dejaba al descubierto era guapo, *muy guapo*.

El silencio fue irrumpido por la música, que comenzaba de nuevo, «Energía Bacana», de Sebastián Yatra. Mis labios se entreabrieron para decir algo, lo primero que se me viniera a la cabeza, pero antes de emitir la primera sílaba, su mano se coló por mi cuello para agarrarme la nuca y me sentí perdida. El ardor que aguardaba dentro de mí explosionó y emití un leve jadeo antes de que aquella boca prohibida se uniera a la mía. Un cataclismo se abrió dentro de mi ser, hasta el punto de creer que ni siquiera mis pies pisaban el suelo.

Sus labios, suaves, besaron los míos. Encajaban como dos piezas que hubieran sido creadas específicamente para estar unidas. Cuando colocó la otra mano en mi cintura para acercarme aún más a él, entreabrí con mayor vigor la boca, gimiendo ante el contacto del calor que emitía su cuerpo. Su lengua se entrelazó con la mía provocando que mis cinco sentidos se rindieran ante el placer que suponía aquella danza sincronizada. Apoyé las manos en su torso, apreciando la firmeza de sus músculos, y agarré la tela blanca que lo cubría con la intención de palpar su piel con mis propios dedos hasta enredarlos en su cabello. Una pasión desconocida me embriagaba, quizá impulsada por la similitud de aquel hombre con el cretino de Beltrán y el profundo deseo infernal que él me generaba. Pero mi juicio se había ido a freír espárragos y me importaba muy poco que estuviese en un lugar público besando a un completo desconocido. Jamás me había sentido así y menos aún con la absoluta certeza de que aquello era lo único que deseaba con un fervor genuino.

Las mariposas que repiqueteaban en mi vientre se habían convertido en un fuego abrasador que alimentaba mis entrañas. Cuando él mordió levemente mi labio inferior creí que me podría deshacer en pedazos allí mismo de puro deleite. Sentí que se apartaba de mis labios y no permití que lo hiciera, incluso aprecié una mueca de diversión que logró estremecerme aún más. Mi boca atrapó de nuevo la suya con un salvajismo que hasta ahora me era desconocido. Sus pies arrastraron los míos hasta que percibí que una de las columnas se ajustaba a mi espalda y nuestros cuerpos quedaron aplastados uno junto al otro, sin dejar que ni el paso de un filo de viento pudiera colarse entre ambos. Podía notar cada palmo de su piel contra mi cuerpo, y aquello, lejos de abrumarme, era como sentir dos moldes que hubieran sido creados en sincronía para adaptarse perfectamente el uno al otro. Un gozo para mis sueños más húmedos. Sus dedos bajaron por mi cintura hasta llegar a la apertura del vestido, que casi me rozaba la ingle, y sentí el calor cuando viajaron a mi nalga derecha para apretar con firmeza la carne. Gemí en su boca Y él se apretó con mayor fuerza, y fui plenamente consciente de la dureza de su entrepierna contra la mía.

El deseo nos consumía a ambos y, lejos de estar abrumada, solo quería rendirme ante la pasión que acababa de descubrir por un completo extraño.

Deslicé la mano hasta la cinta que sujetaba su máscara con la intención de quitársela. Sabía que era imposible que fuese el único hombre que me había provocado algo similar antes, pero necesitaba verlo con mis propios ojos para saber que no era algo implícito en Beltrán, sino que cualquier otro hombre podía hacerme sentir lo mismo que él. Sin embargo, en cuanto mis dedos rozaron la cinta, se apartó de inmediato. La falta de su contacto con mi cuerpo fue un impacto difícil de asimilar. Algo en mi interior le reclamaba, mi cuerpo lo llamaba a gritos como si hubiera una parte de mi ser que le perteneciera.

«Definitivamente el alcohol está haciendo estragos si pienso algo así de un tío al que no le he visto la cara y no sé ni cómo se llama».

Sus ojos se clavaron de nuevo en los míos conforme se alejaba hacia la escalera sin apartar ni un momento la vista. Podía distinguir el deseo en ellos y me convencí aún más de que era imposible que el hombre tras esa máscara fuera Beltrán. El ruido de un grupo de personas que venían hacia nosotros hizo que me irguiera y diera un paso hacia él, pero en cuanto comenzaron a cruzarse en el espacio que nos separaba, el hombre misterioso de la máscara desapareció. Me asomé a la escalera para comprobar si estaba allí, pero no había rastro alguno de él.

«Es imposible que haya desaparecido tan rápido. ¿Cómo demonios ha podido esfumarse sin más? Si no fuera porque le he tocado —y más que tocado—, creería que ni siquiera es humano. ¿Y qué puñetas ha sido ese beso?». No, no podría definirlo como un beso. Esa palabra se quedaba muy corta para todo lo que había sentido cuando sus labios tocaron los míos.

Me asomé a la pista, donde todo había vuelto a la normalidad: la gente bailaba, bebía, se divertía. Para mí, sin embargo, ya nada era igual. Quizá para ese hombre aquel beso no hubiera significado nada, pero para mí había sido realmente único y aún no era capaz de asimilar que no sabía quién se ocultaba tras la máscara o que jamás volvería a sentir algo similar.

«Acabo de besar al futuro padre de mis hijos y ni siquiera le he visto la cara. Eso sí, el disfraz le hacía justicia porque besa como un jodido dios griego, no hay duda», escribí en el grupo de las medicómicas y volví a guardar el teléfono.

—¡Mira dónde está! Y nosotras pensando que habías encontrado al amor verdadero —gimió Sofía entre risas.

Ni siquiera me había dado cuenta de que subían por la escalera.

—No te has perdido mucho, ahí abajo no había ninguno que mereciera la pena —bufó Inés.

Volvimos a la cuarta planta, y allí nos quedamos bebiendo y bailando hasta las cinco de la mañana. En el reservado frente a nosotras, al otro lado de las columnas, continuaban los dos hombres rodeados de distintas chicas, pero ni rastro alguno del dios de la máscara que me había besado. Se había marchado. Tal vez se estaba yendo cuando nos habíamos encontrado, pero eso no respondía a la pregunta que me hacía sobre por qué había desaparecido de aquel modo. ¿Tal vez el misterio le resultara emocionante?

Quizá no fuese amor verdadero, como vaticinaba el amenizador de la fiesta, pero estaba segura de que sentir todo aquello en un solo beso distaba mucho de ser simplemente deseo.

13

Recuerdo cuando la palabra «limerencia» apareció por primera vez en un libro de psicología. Locura de amor. Estado mental involuntario en el que la atracción de una persona hacia la otra le impide pensar de forma racional. Y también recuerdo lo que sentí cuando leí su significado. ¿Lograré sentirme así alguna vez? ¿Encontraría a una persona que me llevase a ese estado mental de locura?

Ahora comprendía que sí. Estaba chalada por un completo desconocido al que era muy probable que no volviera a ver en la vida, pero eso no impedía que dejase de pensar una y otra vez en aquellos labios entrelazados con los míos. Una sensación de magia se había adueñado de mí: por primera vez creía que podría ser la protagonista de una historia de amor y no un simple personaje secundario que no despierta ninguna emoción. Pero ¿cómo iba a encontrar al tío de la máscara?

En cuanto llegué a casa, busqué por internet y redes sociales imágenes de la fiesta en la discoteca el Templo, pero él no aparecía, tampoco en las fotos que Sofía sacó en el reservado. La única en la que se veían las columnas donde él estaba con sus amigos al otro lado aparecía tan oscura que era imposible identificar sus rasgos.

Si no fuese por la emoción de ese beso, juraría que estaba loca y lo había soñado.

Me levanté alrededor de las dos de la tarde, mis compañeras aún dormían. Inés y Maite tenían turno de noche, Sofía no trabajaba hasta el lunes a primera hora y yo entraba de tarde al día siguiente. Decidí visitar a Lucía, pero no pensaba ir sola, sino darle una sorpresa, y para eso tendría que pasar antes por administración.

Eran casi las cuatro de la tarde cuando cogí las llaves para salir de casa. Me había dado una ducha, aún tenía el cabello mojado y caían algunas gotas por el cuello que me producían una sensación de frescor agradable. Elegí un vestido de flores vaporoso que me llegaba a medio muslo, con un bolso pequeño donde metí el móvil, la billetera y las llaves a presión. Apenas había alcanzado la puerta cuando el portero de casa resonó por todo el salón. En la videocámara reconocí la gorra azul del repartidor, de modo que abrí sin preguntar. No era la primera vez que Sofía o Inés esperaban alguna compra online, aunque me extrañó que también hicieran repartos un sábado por la tarde. El conserje se encargaría de recogerlo. El telefonillo volvió a sonar y vi que el chico no había cruzado la puerta.

—¿Sí?

—Traigo un paquete urgente para Eleonora Núñez de Balboa, necesito que firme el resguardo de entrega.

«¿Un paquete para mí? Si no he pedido nada».

—Bajo enseguida.

En el ascensor hice un recuento mental sobre quién tenía mi dirección.

El paquete en cuestión era de tamaño mediano, pero bastante pesado, estaba envuelto en una caja marrón con las advertencias PELIGRO BATERÍA y CONTENIDO FRÁGIL en inglés. Comprobé cuatro veces que era mi nombre el que se reflejaba en el remitente porque no había pedido nada y era poco probable que mis padres o mis amigas me hubieran enviado algo, me habrían avisado para que estuviera pendiente de la entrega. Si no hubiese estado tan bien envuelto y sellado, lo habría abierto en el mismísimo ascensor, aunque fuese a bocados por la impaciencia, pero tuve que aguantarme hasta llegar a la cocina del apartamento. Cogí un cuchillo afilado y rompí el cartón con cuidado.

La pequeña caja de un iPhone 15 Pro fue lo primero que vi, y el corazón comenzó a acelerarse, pero junto a esa caja había un iPad 11 Pro y debajo un MacBook Pro. Todo envuelto en un precinto fino de plástico que indicaba que eran nuevos, a estrenar. El pulso me temblaba porque solo había visto estos dispositivos en las tiendas y había pasado de largo por su altísimo precio. Obviamente fuera de mi alcance en aquellos momentos.

«¿Qué broma es esta? Porque desde luego que yo no lo he pedido, y mis padres, menos».

Entre las cajas encontré un sobre blanco con mi nombre completo escrito a mano, y no sé si lo abrí más confusa o más ansiosa porque no comprendía nada de aquello. Cuando plegué la solapa y saqué la pequeña tarjeta escrita a ordenador, sí que creí que mi corazón se me iba a salir del pecho.

«Si voy a permitir que trabajes en mi investigación, no quiero excusas en cuanto a recursos tecnológicos se refiera, eso incluye el que le puedan salir patas e intentar suicidarse por la ventana, por lo que te hago única responsable».

No había firma, pero no hacía falta para saber quién me había enviado aquella caja. Mi estupefacción era tal que ni sentí a Sofía llegar hasta que asomó su cara sobre mi hombro. Escondí la nota con un ademán rápido.

—¡Vaya! Todo esto cuesta al menos ocho mil euros. ¿Te lo han enviado tus padres?

Cerré los ojos con fuerza. ¿Ocho mil euros? ¿Beltrán se había gastado ocho mil euros de su propio dinero en mí? «No puedo aceptarlo. Me niego. Se me cae, me quedo dormida o se estropea, y tengo que endeudarme para devolvérselo. Puedo aceptar como préstamo el ordenador, al menos hasta terminar la investigación, pero el iPad y el teléfono pienso devolvérselos».

—¡Sí! —Cogí la caja para llevarla a mi habitación—. Aunque se han excedido un poco, no creo que necesite todo esto… —admití con la intención de esconderlo debajo de la cama, como si de ese modo no existiera.

No pensaba abrir nada de lo que había dentro de esa caja por mucho que me tentara, pero hasta el lunes no vería a Beltrán, por lo que el contenido iba a quedarse ahí para devolvérselo yo misma. Hice una foto y la envié, junto con la nota, al grupo de las medicómicas con un emoticono al que le explota el cerebro.

«El capullo del año nada en dólares» fue la respuesta de Cris, mientras que Sofía ponía caritas de incredulidad y luego añadía: «A mí me da que este quiere pedir perdón y no sabe cómo, pero sigo flipando».

«No más que yo, eso desde luego».

Alrededor de las seis de la tarde llegué a Cuidados Intensivos. Conforme me acercaba escuché voces de un hombre que parecía alterado, y no me sorprendió ver la cara de soberbia de Meredith, subida a sus tacones de aguja de doce centímetros y embutida en un vestido rojo vino que marcaba cada curva de su cuerpo. Se había pintado los labios del mismo color. Sin saber por qué, su presencia ya me generó malestar. A veces creía que podía percibir el aura de algunas personas, pero solo de aquellas que la tenían realmente ennegrecida, como el carbón, capaces de absorber tu energía para tratar de sobrevivir como un ave de carroña a la que no le importa cometer atrocidades solo para saciar su voracidad.

—¡Exijo hablar con el médico de guardia ahora mismo! —insistió el hombre dirigiéndose a la misma enfermera amable que me había avisado del resultado de los análisis de Lucía el día anterior—. No voy a permitir que mi hija pase una hora más en este hospital donde pensaban extirparle el útero sin ningún tipo de comprobación. ¿En qué sitio han obtenido el título, en un contenedor de basura? ¡Esto es inaceptable! ¡Lucía! ¡Firma el alta voluntaria ahora mismo! ¡Estarás mejor en el San Rafael, donde hay médicos de la categoría que te corresponde!

Lucía cerraba los ojos como si estuviera viviendo una pesadilla. Tenía mejor aspecto que la tarde anterior, eso me calmó.

—Disculpe la molestia.

Su padre se sorprendió de que le interrumpiera, pero, teniendo en cuenta mi aspecto desaliñado y el vestido de flores que llevaba, no es que pareciese muy profesional en aquellos momentos. Ni se me había ocurrido ponerme la bata.

—¡Eleonora! —exclamó Lucía al verme—. ¡Has venido!

—¿Quién es usted? ¿Y cómo han permitido que pueda entrar alguien que no es familiar de mi hija? Las visitas están prohibidas, señorita…

—Su hija Lucía es mi paciente, he venido a visitarla fuera de mi turno para saber si había respondido de forma correcta al tratamiento.

Me aparté del padre de Lucía, Meredith y la enfermera, para acercarme hasta la camilla y comprobar por mí misma cómo se encontraba.

—¿Te han vuelto a dar esos dolores intensos? —pregunté con una sonrisa.

—Desde que he despertado esta mañana, son muy soportables y con la medicación apenas los noto.

El hombre hablaba en voz baja con Meredith, que probablemente le estuviera contando que la había echado de la habitación el día anterior, pero poco me importaba en esos momentos. Ni siquiera era mi turno, tan solo era una visita oportuna.

—Quiero que firme el traslado de mi hija ahora mismo —insistió el padre de Lucía, y comprobé cómo ella se mordía el labio con nerviosismo.

—Ya te he dicho que no quiero irme de aquí, papá… —gimió con aprensión.

Su voz era algo débil, temblorosa, algo extraño para una chica de su edad, pero parecía que, ante la presencia de su padre, se convertía en una niña asustada y paralizada por el temor.

«Como la entendía…».

—Tú ni siquiera sabes lo que te conviene, estarás mejor en el San Rafael, ya te lo he dicho.

Podía augurar que era un hombre severo, audaz, con toda seguridad despiadado en los negocios y que, en lugar de alegrarse de que su hija iba a estar sana y que no sufría una enfermedad mental como creían, solo le importaba que se hallaba en un hospital público.

—Lucía es mayor de edad y puede tomar sus propias decisiones, pero, como mi paciente, estoy en la obligación de asegurarme de que no es coaccionada a realizar ninguna acción que no sea de su propia voluntad. Y desde luego el traslado al hospital San Rafael, donde la han tratado por demente durante un año en lugar de descubrir su enfermedad, no es una prioridad ahora mismo, como tampoco es aconsejable que se mueva de aquí en su estado. Aún tenemos que evaluar los posibles daños que haya podido causarle un diagnóstico tardío —indiqué sin hacer mención de la incompetencia de esos renombrados médicos a los que ese hombre mencionaba—. Nadie permitirá que te vayas, a menos que esa sea tu voluntad —añadí mirando solo a Lucía, que parecía indecisa.

No iba a echar tierra sobre personas del mismo ámbito que yo. La rabdomiólisis no era tan fácil de detectar, yo misma no lo habría hecho, aunque tenía la excusa de ser residente de primer año desde hacía apenas una semana, pero Lucía llevaba un año sometida a todo tipo de pruebas y nunca habían sospechado que pudiera ser aquello. De no intervenir Beltrán, ahora mismo estaría sin útero y con el mismo dolor que la atormentaba.

—Yo…

La joven era incapaz de decir nada, quizá por el miedo que provocaba la autoridad de un padre tan estricto como el suyo.

—Tal vez haya alguien que te ayude a decidirte. —Sonreí y la vi fruncir el ceño conforme me alejaba para asomarme a la puerta.

No me había costado demasiado dar con el domicilio de la abuela de Lucía, a la que nadie había avisado de que su nieta estaba ingresada. Lucía por no preocuparla y su madrastra porque no tenía relación alguna con ella.

—¿Qué hace ella aquí? —Esta vez fue Meredith la que pareció sorprenderse.

—A diferencia de vosotros dos, esta doctora ha tenido la decencia de decirme que Lucía estaba ingresada e informarme de todo. —La mujer se conservaba muy bien para sus setenta y cinco años, a pesar de las arrugas marcadas alrededor de los ojos y la piel flácida del rostro—. Me apartaste cuando mi hija estuvo enferma, me aseguraste que estaba en manos de los mejores médicos del país, y ni siquiera tuviste la decencia de llamarme cuando le quedaban solo unas horas para despedirme de ella —afirmó con la vista fija en el padre de Lucía—. Ahora casi pierdo a mi nieta por tu misma obcecación, pero esta vez no pienso echarme a un lado para ver cómo destrozas también su vida. Lucía ya es mayor de edad y, cuando salga de este hospital, se vendrá a vivir conmigo.

—¡Abuela! —exclamó Lucía con los ojos empañados.

—Estoy aquí, mi niña. —Se acercó para abrazarla—. Y esta vez no pienso marcharme.

Lo que menos había esperado de aquella escena era encontrarme con un auténtico melodrama. La vena del cuello y la frente de aquel hombre se hinchaba, señales evidentes de la ira contenida que sentía en su interior, pero también se podía apreciar culpa, una profunda y severa culpa de la que se hacía responsable. Bien fuera por la muerte de la madre de Lucía o de que su propia hija también hubiese estado a punto de morir.

Mi piel se erizó repentinamente y sentí de nuevo el escalofrío en la nuca antes de oír la voz de Meredith.

—¡Athan! ¡Por fin! Alguien que aportará sentido común a este desorden.

Los ojos azules de Beltrán me miraron de forma fugaz. Apenas pude atisbar una expresión en su rostro para hacerme entender si le sorprendía mi presencia o todo lo contrario. No había esperado cruzarme con él, de hecho, pensaba que tenía todo el fin de semana libre, aunque desconocía por completo sus turnos. Sin embargo, llevaba el uniforme verde de quirófano, y supuse que continuaba encargándose de las cirugías de Ibáñez en su ausencia.

—La enfermera me ha llamado para alertarme de un alta voluntaria. Tengo una operación en diez minutos, pero no aconsejo en absoluto el traslado de la paciente hasta que no tengamos los resultados de las analíticas. Un traslado ahora solo podría suponer un empeoramiento de su evolución —dijo con una firmeza pasmosa.

—¿Es usted quien pensaba extirparle el útero a mi hija sin necesitarlo? —exclamó el marido de Meredith con severidad.

—No. Su cirugía estaba programada fuera de mi turno, la doctora Balboa y yo debíamos revisar el plan de intervención y, afortunadamente, nos dimos cuenta de que la paciente no requería de cirugía, sus síntomas se debían a un tipo de patología no diagnosticada hasta el momento. —Se cruzó de brazos y continuó—: Esta es la sección de Cuidados Intensivos, solo se permite un acompañante por paciente, así que deben salir de inmediato.

Meredith fue la primera en marcharse sin decir nada. Durante un largo momento el padre de Lucía quiso mencionar algo, pero solo asintió y salió tras ella.

—Eso también va por ti, Eleonora —advirtió con el mismo despotismo, pero no esperó a que saliera, sino que comenzó a caminar por el pasillo.

—Vuelvo enseguida —advertí a Lucía y su abuela mientras salía tras Beltrán—. ¡Espere!

Mi cuerpo bullía de calor, pero siempre lo hacía cuando él estaba cerca, y la sensación era tan increíblemente parecida a la que me sobrevino con el tío de la máscara que por un momento pensé que estaba loca por compararlos. Beltrán jamás se atrevería a ir a una discoteca con un disfraz, él no era ese tipo de hombre y menos aún iba a besarme a mí. Lo absurdo de dicho pensamiento ya merecía que lo desechase.

—Tengo una operación en seis minutos, si es algo referente a la hijastra de Meredith coméntaselo al médico de turno, pero no deberías estar aquí y, desde luego, no deberías meterte en los asuntos privados de tus pacientes. —Se dispuso a reemprender el camino al quirófano.

—En realidad quería hablar sobre el paquete que ha enviado a mi casa. —No pensaba preguntarle cómo narices había descubierto mi dirección.—. Es excesivo, puedo aceptar el ordenador como un préstamo, pero le devolveré el iPad y el teléfono.

Beltrán se dio la vuelta. Sentí que recuperaba el aliento hasta que aquellos ojos azules penetraron los míos y mis latidos se detuvieron, como ocurría siempre que él me miraba. La sensación de todo y nada. Del cielo y el infierno. La inquietud y la tranquilidad. El caos y la paz. Él lograba complementar esa parte que hasta ese momento yo desconocía que me faltara.

—Primero. Nunca cuestiones mis decisiones —dijo con autoridad y sin dejar de mirarme—. He visto tu teléfono y no correré el riesgo de que te sirva de excusa para evadir una respuesta o ignorar una llamada urgente. Así que tira ese trasto que parece agonizar y utiliza el que te he dado. Me importa muy poco que quieras considerarlo un préstamo, siempre y cuando lo uses. Y, en segundo lugar, si vas a trabajar conmigo, vas a usar el iPad, así que tráelo cada día. Deja de poner objeciones a mis decisiones. Si las tomo es por una razón muy estudiada. ¿Algo más?

Sus ojos se apartaron de los míos y volvió la cabeza hacia el pasillo. No sé si lo hizo para dejar de mirarme o por recordarse que tenía prisa, pero fuera cual fuese el motivo, un destello brillante en la mejilla llamó mi atención. Me quedé observando detenidamente aquel punto minúsculo, casi microscópico, que de no ser por la luz y el movimiento de su cara no habría apreciado. Purpurina. Era purpurina dorada.

«No puede ser. No. Es imposible. Imposible. Completa y absolutamente imposible».

—No… —susurré con la voz rota.

—Estupendo. Te veré el lunes a las siete para ponerte al tanto de la investigación y cómo quiero que trabajemos.

No volvió a mirarme, se marchó sin más. Me quedé allí inmóvil observando su silueta alejarse con el uniforme verde de quirófano que ocultaba aquel perfecto tatuaje en la espalda.

Mi mente lo imaginó vestido con el disfraz del tipo de la máscara, tratando de encajar en su misma fisionomía. Aunque me negase rotundamente a aceptarlo, lo cierto es que podía ser él, pero la certeza se hizo aún mayor cuando, sin un atisbo de duda, confirmé lo que, hasta ahora sin saber por qué, no había querido percibir: Beltrán y el tío de la máscara olían exactamente igual.

«Me mato».

No estaba loca por dejar que ese hombre se adueñara de mis pensamientos de tal manera que le había confundido con un completo extraño. ¿De verdad había podido ser él? Que tuviese purpurina dorada como la que yo llevaba en la cara, ¿era una casualidad o una afirmación?

La única pregunta que quedaba en el aire es que Beltrán no tenía ninguna razón para besarme. Ninguna. Tenía muy claro que no entraba en la categoría de mujeres en las que él se pudiera fijar. Hasta el momento solo me había observado con desprecio, clara señal de que no se sentía atraído hacia mí.

Regresé a la habitación de Lucía con la intención de despedirme, pero su abuela me retuvo un poco más de lo que esperaba. Terminé dándole mi teléfono para cualquier cosa que necesitara y quedé en pasarme a la tarde siguiente durante mi turno. Ella me abrazó como si fuese su modo de darme las gracias por salvar la vida de su nieta, a pesar de explicarle que no había sido yo, sino el doctor Beltrán quien averiguó lo que tenía. Casi estaba por irme, cuando Lucía dijo algo que marcaría para siempre mi corazón.

—La gente olvidará lo que dijiste, olvidará lo que hiciste, pero nunca podrá olvidar cómo lograste que se sintieran. Hacía mucho tiempo que nadie me veía, como si hubiera dejado de existir, gracias por devolverme a la vida, nunca lo olvidaré. —No se refería solo a descubrir lo que realmente la afectaba, sino por la relación de opresión en la que vivía junto a su padre y su madrastra.

Tal vez no fuese una cirujana cardiovascular extraordinaria, pero quizá no se me diese tan mal la cirugía emocional.

Le guiñé un ojo antes de salir por la puerta. La emoción por sus palabras era tal que sería incapaz de hablar con calma sin que se me rompiera la voz. La abuela de Lucía me recordaba a la mía propia. Perspicaz, valiente y que no se detendría ante nada. Carmela era así, y mientras regresaba a casa sentía que una parte de ella había estado conmigo allí, guiándome hacia lo que moralmente me correspondía hacer, aunque estuviera fuera de mi competencia.

14

Mis pies ardían por el suelo de tarima flotante de la habitación. Iba de una pared a otra. Mi viejo teléfono estaba apoyado sobre dos libros encima de la mesa en un dudoso equilibrio que auguraba una caída precipitada al suelo. Tal vez el hecho de tener bajo la cama un móvil aún precintado en su caja me hacía ser temeraria, pero ahora era más importante averiguar si el tío de la máscara era Beltrán o no.

—Yo digo que se lo pregunte. ¿Qué puede pasar? Si le dice que no, sabremos que existen dos opciones: o no quiere nada con ella o no es él, pero saldríamos de dudas. —La opción de Cris no pensaba valorarla ni de coña.

—Hablamos del capullo de mi superior, no de un residente de otra unidad, voy a tener que verle la jeta cada día, y encima quiere que trabaje en su jodida investigación para la que, os recuerdo, se ha gastado la friolera de ocho mil euros en material para mí —insistí viendo con el rabillo del ojo la caja de cartón bajo la cama, fiel recuerdo de que aquello había ocurrido de verdad.

«Como el beso increíble del tío de la máscara, al que ahora me resultaba imposible no ponerle el rostro de Beltrán. Joder. Joder. Joder».

¿Cómo voy a mirarle a la cara el lunes si pienso que ha sido él? Lo peor de todo es que las pocas opciones que me llevan al hecho de que no lo sea son tan frágiles que se volatilizan antes de aferrarme a ellas.

—Tú misma dijiste que se marchó cuando intentaste quitarle la máscara, Leo, es evidente que no quería que le vieses. Yo digo que sea o no sea Athan, deberías olvidarlo —apuntó Soraya, algo más coherente.

«Si es que hasta tiemblo cuando escucho su nombre».

Respiré hondo, suspiré y me dejé caer sobre la silla. ¿Tenía sentido que le diera vueltas a algo a lo que no hallaría respuesta?

—Lo voy a ignorar —resolví mientras cogía el móvil y enfocaba mi cara—. Estoy segura de que todo fue obra del alcohol y de la euforia que sentía por haber vencido la apuesta con Beltrán —mentí—. Fue un beso, nada a lo que darle mayor importancia —continué mintiendo como una bellaca.

«Porque yo no iba a olvidar ese beso en mi puñetera vida».

Cambiar de argumento me vino bien para desconectar, aunque me fue imposible evitar pensar en Beltrán como el hombre de la máscara mientras, un rato después, rompía el precinto de todos aquellos artículos de lujo para asegurarme de que funcionaban, hacer el traspaso de archivos e instalar los programas.

Eran aproximadamente las cinco de la mañana cuando el nuevo iPhone emitió un aviso de alerta: un nuevo correo en la bandeja de entrada. Ni siquiera sabía cómo poner en silencio aquel cacharro todavía. Supuse que sería spam, pero mi corazón latió apresuradamente como el aleteo de un colibrí al leer el nombre de Beltrán en el remitente. El cuerpo del mensaje era escueto, solo una línea: «Lee con detenimiento todos los artículos y documentos en tu tiempo libre», y debajo un enlace directo a una carpeta compartida en la que había más de trescientos archivos.

¿En qué investigación está trabajando este tío? ¿Tan urgente le parecía como para enviarme un correo a las cinco de la madrugada? Vale que el domingo no trabajaba en el hospital, pero me constaba que había estado en quirófano al menos siete horas. La tentación de responder a su e-mail me quemaba las puntas de los dedos, pero no sabía si aquello era simple cortesía o la necesidad de comunicarme con él, aunque fuese de aquel modo escueto y frío.

Antes de pensarlo ya estaba tecleando: «Si deja de obligarme a hacer horas extras, tal vez pueda estudiarlo a fondo». Lo envié y mi habitación se sumergió de nuevo en la oscuridad.

Probablemente no respondería, pero en mi interior deseaba con fervor un nuevo mensaje, aunque fuera escueto, frívolo, autoritario, lo que se esperaría de un auténtico cretino como Beltrán. ¿Por qué necesitaba convencerme de que no lo era? ¿Él era el tío de la máscara que me había besado? Para mí seguía siendo el capullo con título de honor que me había humillado y hundido en la miseria para que abandonase por mi propio pie el hospital. Parecía detestarme y el que me hubiese escogido para ayudarle en su investigación tampoco me gratificaba, estaba claro que solo iba a usarme para ahorrarle tiempo y trabajo, y que el mérito de todo lo que se lograse se lo llevaría únicamente él.

La campanita avisó de un nuevo correo. Comenzaba a conocer a Beltrán: era de los que deben tener la última palabra.

> Deberías sustituir la palabra obligación por conveniencia, y como tu superior haré lo que me parezca conveniente para ti. Ibáñez me pidió que ejerciera como tutor en su ausencia y es lo que haré. El término «a fondo» podría emplearse en muchos sentidos, tal vez deberías ser más clara y concisa sobre qué, o a quién, va referido.

Tuve que releer tres veces su mensaje para asegurarme de lo que decía y su posible interpretación. No había leído mal. En absoluto. No era posible... ¿Me estaba tomando el pelo o se había tomado más de una copa de vino? Hice un amago de responder hasta en cuatro ocasiones y finalmente lo desestimé. Se trataba de Beltrán, tenía más probabilidades de pifiarla que de que me tocase la lotería, sobre todo porque estaba segura de que aquello solo era un juego de palabras por su parte y que, si caía en la tentación, terminaría por soltarme una de las suyas a lo cretino *cum laude*.

Decidí dormirme, y habría dormido un par de horas más de no ser porque Sofía me despertó para ayudarla. Teníamos que devolver los disfraces a la compañía de teatro antes de que su tía terminase el turno a las dos de la tarde y había que plancharlos. Ni siquiera sé cómo no quemé aquella tela tan fina, pero al repasar con delicadeza los bordes del ribeteado de la prenda, desaparecía el último vestigio que quedaba de que aquel beso no hubiese sido un sueño. Aunque quisiera fingir que no había sucedido y continuar con mi vida, la realidad es que mi memoria jamás me dejaría que lo olvidase.

Por la tarde, cuando acabé el turno a las ocho, pasé a ver a Lucía y a su abuela. Ya estaban los resultados y, afortunadamente, los riñones no presentaban ningún daño irreversible, y eso era una noticia que había que celebrar, aunque tendría que continuar un tratamiento específico y pasaría unos días más en el hospital. Ni su padre ni Meredith habían vuelto a visitarla. A pesar de que parecía contenta al lado de su abuela, podía comprender el gesto de dolor que le suponía el hecho de haber perdido no solo a su madre, sino ahora también a su padre, aunque, tal vez, hacía mucho tiempo que le había perdido en realidad.

Los rayos del sol coloreaban las nubes de un particular color rojo. Leí una vez que ese pigmento en concreto se llamaba «arrebol» y no solo hacía referencia a las nubes, sino también al rubor de las mejillas, sobre todo cuando estas se estremecían por un placer inmenso. Como el recuerdo de cierto beso.

Había pasado el cuadrante de turnos a la agenda del iPad. No necesitaba memorizarlo, pero me resultaba más fácil tener la visual general para administrarme descansos y tiempos de estudio fuera del horario. Los marqué por franjas de colores. Solo cuando lo completé, me di cuenta de que, de un modo inconsciente, había usado ese tono rojizo llamado arrebol para la investigación de Beltrán.

Les había dicho a Cris y Soraya que lo olvidaría, pero ¿a quién quería engañar? Era técnicamente imposible que se me pudiera ir de la cabeza, era más el tiempo que pasaba tratando de apartarlo de mi mente que el que me permitía para volver a disfrutar de aquellas sensaciones por todo mi cuerpo.

Esa noche pedimos comida china, a ninguna nos apetecía cocinar y tampoco salir a cenar. Maite nos convenció para ver una peli de miedo, que era tan mala que fueron más las risas por lo cómico de la situación que el terror que supuestamente debía generarnos. Me fui a la cama alrededor de medianoche.

No había respondido a su correo, no pensaba hacerlo, pero verlo en la bandeja de entrada y releer el último de sus mensajes me quemó demasiado los dedos.

A partir de ahora seré muy concisa, doctor Beltrán, pero como mi tutor en funciones que es, dejaré a su elección qué o a quién deberé examinar a fondo para mi formación. Le veré en seis horas y treinta y siete minutos en su despacho.

Habría añadido un «y ahora lo cascas», pero ya era excederme demasiado. De hecho, no tenía en absoluto claro que lo fuese a tomar demasiado bien. ¿Había jugado con su doble sentido? Sí. Lo había hecho. Y ni siquiera sabía por qué.

Esperé su respuesta. Para mi sorpresa, a diferencia de las veces anteriores, esta no llegó.

El lunes a las siete de la mañana Beltrán no estaba en su despacho, algo insólito. Llamé en cuatro ocasiones, traté de abrir la puerta, pero estaba cerrada con llave. Cinco minutos más tarde lo vi aparecer por el pasillo ajustándose la bata.

¿Quién llegaba tarde ahora? Era la primera vez que mis sentidos no me alertaban de su presencia, como si me estuviese acostumbrando a ella, o más bien, a él. Antes de que pudiera decir nada, su perfume me alcanzó de sopetón, pero esta vez estaba mezclado, sus notas no eran tan potentes como siempre, sino que había cierto aroma de… *mujer*. La punzada en el pecho llegó antes de mi propia sorpresa. ¿Qué me importaba a mí con quién estuviera Beltrán?

—Vas a acompañarme a Medicina Interna —dijo en el mismo tono neutro y despectivo habitual en él.

«Buenos días para ti también, imbécil».

—Por supuesto —contesté al imaginar que podría tratarse de alguna consulta para intervención quirúrgica.

Cuando Beltrán abrió su despacho comprobé que ya había dejado sus cosas y que la luz permanecía encendida. Entonces ¿por qué se estaba ajustando la bata hacía escasos minutos? La punzada de algo que no pensaba admitir volvió a instalarse en mi interior y la posibilidad de que ese perfume fuese de una mujer que trabajaba en ese mismo hospital cobró fuerza.

«¿Beltrán está liado con alguien de aquí? No me jodas… No me jodas».

El camino hasta la Unidad de Medicina Interna lo recorrimos en silencio, sobre todo porque estuvo mirando el teléfono la mayor parte del tiempo. ¿Estaría enviándose mensajes con su *affaire*? ¿Sería de la misma unidad? ¿Una residente? ¿Un adjunto?

Mi cerebro obraba por su cuenta recordando todas las caras que conocía hasta ahora y que trabajaban en la misma unidad. «¡Detente ahora mismo!». Apreté los puños para tratar de controlar aquella invasión de…¿Qué?, ¿celos? ¿Por creer que Beltrán era el tío de la máscara que me había besado? Y aunque se tratase de él, solo fue un beso entre dos desconocidos.

—He conseguido hacerte un hueco en quirófano al final de tu turno. Es fuera de tu horario, pero solo asistirás como observadora —soltó de pronto mientras se guardaba el teléfono en la bata antes de que las puertas del ascensor se abrieran.

—Gracias —dije con una mueca que deseaba imitar una ligera sonrisa, pero ni siquiera logré enseñar los dientes.

—¿Creías que iba a permitir que intervinieras el primer día? No corras, Nora, una cosa es que te permita entrar en mi quirófano y otra que toques al paciente, eso tendrás que ganártelo. Te recuerdo que la última vez te temblaba el pulso como un cachorro asustado.

«¿Nora? ¿Me ha llamado Nora? Igual he escuchado mal».

—Me habría sorprendido que no fuera así, evidentemente es lo que esperaba por su parte, doctor Beltrán.

Noté que mi respuesta, escueta, no le reconfortaba, pero no puso ninguna objeción porque una enfermera nos saludó y le indicó que le esperaban en la consulta cincuenta y cuatro.

Dentro de la pequeña habitación había cuatro médicos y dos enfermeras. La paciente era una mujer joven, de unos treinta años de edad, tan delgada que se le marcaban todos y cada uno de sus huesos. Me crucé de brazos mientras todos los presentes saludaban a Beltrán. Al ver que él obviaba mi presencia, me presenté yo misma y permanecí al lado del capullo más egocéntrico que había conocido en mi vida. ¿Tanto le costaba decir mi nombre?

Me fijé en el hombre que estaba al lado de la camilla de la paciente, tenía aproximadamente su edad, así que supuse que sería su pareja.

—Barajamos la posibilidad de que sea una disquinesia de la vesícula biliar y queríamos conocer tu opinión a falta del doctor Ibáñez, fue él mismo quien nos sugirió que te convocáramos —comentó un médico, B. Pérez según su placa, que parecía el mayor de todos.

—Sigo insistiendo en que la dolencia de la paciente es un problema gastrointestinal, su intolerancia alimentaria así lo demuestra —adujo el que se había presentado como Fernández, a pesar de los surcos en su cara que vaticinaban que rozaría la cincuentena, no lograba ver ni una sola cana en su cabello negro.

—No hay diagnóstico de la paciente según me informó el doctor Pérez —dijo Beltrán sorprendiéndome.

Abrí los ojos y miré a la mujer, que se frotaba los brazos como si tuviese frío, a pesar de estar a primeros de julio. Sonreí a la enfermera para usar su tablet y leer el historial de la paciente. Había ingresado en urgencias en multitud de ocasiones y la habían sometido a numerosas pruebas, no solo en este hospital, sino también en Madrid, Barcelona, Sevilla o Zaragoza. Había comenzado cuando la paciente tenía catorce años y ahora tenía treinta y cuatro. Veinte años padeciendo dolores, náuseas constantes, intolerancias alimentarias, pérdida injustificada de peso, mareos, ardor, presión en el pecho, dolor al respirar, flaqueza… Los síntomas continuaban, aunque en aquella ocasión la razón de su ingreso había sido una fractura de rodilla y brazo al caer por la escalera, pero, por suerte, no era tan grave para precisar cirugía.

—Las pruebas que se le han hecho no arrojan explicación alguna para los síntomas de la paciente —informó uno de los que había permanecido callado hasta ahora.

Siguió un silencio. Beltrán parecía meditar. Algo me decía que ya se había visto todo el historial porque, de no ser así, me parecía extraño que no hubiera pedido ver el informe.

—Nora, pásame la gammagrafía hepatobiliar de la paciente.

Esta vez no estaba confundida: había dicho Nora. Nunca me habían llamado así. No pensaba preguntarle delante de aquellos cuatro de dónde había sacado ese diminutivo, así que me limité a buscar lo que me pedía entre los archivos. A primera vista no logré ver nada, pero aun así se la pasé.

—Te llamas Beatriz. ¿No es cierto?

Me dirigí a ella con una sonrisa. No debía ser nada fácil estar ahí tumbada, viendo cómo todos la miraban y hablaban de ella sin contar siquiera con su opinión.

—Sí —afirmó con un quejido.

—La llamamos Bea —aclaró su acompañante—. Se hace la fuerte, pero desde que la conozco convive con un dolor constante, a veces se intensifica por rachas, queríamos tener hijos, pero con su situación es algo a lo que ya hemos asumido que debemos renunciar.

Desconocía por completo su situación, pero, en mi primera ojeada al historial, sabía que detrás de aquello debía existir algún tipo de enfermedad rara tan poco común que ni siquiera había sido posible diagnosticarla.

—Lo lamento. —Fui sincera—. Debe ser difícil convivir durante veinte años con dolor continuo. ¿Recuerdas cuándo comenzó exactamente?

Mientras hablaba con Beatriz y su pareja, podía oír cómo los cuatro médicos cuchicheaban entre ellos sin importarle mi conversación con la paciente. Beltrán, por su parte, observaba la tablet.

—Mi madre me apuntó a clases de kárate, quería que aprendiese defensa personal. Nos hacían cargar con bastante peso para fortalecer la musculatura y correr hasta la extenuación. Aún recuerdo cómo me ardían los pulmones y me quemaban por dentro, pero ella insistía en que exageraba, pensaba que solo lo decía porque no me gustaba, pero los síntomas se fueron agravando desde entonces.

—¿El dolor estaba en los pulmones o entre las costillas? —interrumpió Beltrán sorprendiéndonos a todos.

—¿Qué? —preguntó la paciente.

—¿Lo sentías aquí —presioné el torso donde estaban ubicados los pulmones— o aquí? —señalé el diafragma.

—La última.

Beltrán deslizó rápidamente el dedo por la tablet buscando algo.

¿Qué había visto? Mi cerebro no dejaba de reproducir patologías que pudieran causar ese dolor de compresión en el diafragma para que le faltase la respiración y casi todas ellas implicaban que hubiera previamente una lesión. Podía comprender el dolor por el ejercicio intenso, si no estaba acostumbrada a ello, pero con el tiempo disminuiría, de modo que nada encajaba con su cuadro clínico.

—No es una disquinesia de la vesícula, de hecho, su cuadro clínico solo se complicaría si le retiramos la vesícula. Tampoco es gastrointestinal. —Beltrán amplió una imagen para mostrarla al resto, que observaban—. Es el síndrome del ligamento arcuato medio, también conocido como síndrome de compresión del tronco celiaco.

—¡Imposible! —exclamó el médico que hasta el momento no había dicho nada.

—¿Es grave? —preguntó la pareja de Bea.

Ella estaba en shock, probablemente porque llevaba veinte años buscando el nombre a su dolencia, y, de pronto, un médico, al que no conocía de nada, se lo había dicho en apenas cinco minutos sin siquiera tocarla.

—No —lo dije con una sonrisa—. Es una enfermedad poco frecuente en la que la arteria que suministra sangre al estómago, el hígado y el bazo queda comprimida. A veces solo hace falta un cambio de dieta para tener una vida normal, pero en su caso es muy probable que requiera cirugía.

—¿Está seguro de que es eso lo que tengo? —Bea me miraba a mí en lugar de a Beltrán.

—Sin lugar a dudas, y la doctora Balboa está en lo cierto, requerirá cirugía en su estado —ratificó Beltrán con una firmeza plena—. Que preparen a la paciente para el preoperatorio, tengo un hueco en cirugía mañana a última hora.

«¿Qué yo estoy en lo cierto? ¿Ha confesado que tengo razón? Será mejor que no se me suba a la cabeza».

—¿Puede estar ella? —Bea me señaló.

—No. —Su respuesta fue tajante—. La doctora Balboa es residente de cirugía de primer año, no le corresponde una intervención de este tipo aún. Además, está fuera de su turno.

Bea cambió de semblante, como si la decepción se hubiera instalado en ella.

—No se le prohíbe la asistencia a un residente como espectador y no sería la primera vez que hago horas extra —dije a pesar de saber que estaba actuando contra su orden directa.

La mirada azul, gélida y fría, arrasó como un tornado. Estaba claro que a Beltrán no le gustaba que le llevase la contraria y menos aún delante de personas que podrían cuestionar su autoridad.

—Tengo asuntos más importantes que perder el tiempo aquí. —Salió sin despedirse de los presentes.

Se había cabreado. ¿Por qué? Tampoco es que hubiese dicho nada malo.

—Os veré mañana. —Sonreí y corrí tras Beltrán.

«A ver qué bicho le ha picado a este ahora, ni siquiera un buen polvo con quien quiera que lo haya echado le hace calmar esa furia que emana desde el interior. Es como un semental encabritado las veinticuatro horas del día».

En cuanto estuve a dos pasos de distancia de él se detuvo en seco y se giró hacia mí. Me di de bruces con su pecho, firme, duro.

«¡Joder, es como el mármol! Y tiene la altura perfecta para cobijarme en su cuerpo. La sensación de tocarle de nuevo me abruma, obnubila mis sentidos aplacándolos, como si algo más grande, fuerte y pesado tirase de mí con tanta fuerza que soy incapaz de sobreponerme a ello. ¿Qué tiene Athan Beltrán para que me convierta en gelatina cuando estoy cerca de él?».

—¿De verdad pretendes coger un bisturí cuando es evidente que no eres capaz ni de mirar por dónde vas? —exclamó alterado y con una rabia que no comprendía.

«Lo que tiene es que es un imbécil redomado y debería tenerlo más presente cuando las rodillas me flaqueen y el suelo tiemble».

—¡Ahora voy a ser la culpable también de que decida detenerse en medio del pasillo cuando trato de alcanzarle! —contesté harta de su soberbia.

—Voy a fingir que no me has alzado la voz, porque puedo hacer que tu camino dentro de este hospital esté lleno de espinas afiladas y zarzas puntillosas, Nora.

Aquellos ojos azules se clavaban en los míos, pero no lograba ver el odio que esperaba en ellos, sino algo indescifrable, como si él mismo estuviera molesto por algo que desconocía. Obvié el hecho de que me llamase Nora, me importaba un cuerno cómo me llamase.

—Debería saber a estas alturas, doctor Beltrán, que no me amilano ante nada, menos aún ante usted. ¿Tal vez deba recordarle que vencí su reto de la semana pasada? —Levanté tanto el mentón para que pudiera verme que comenzaba a sentir tortícolis.

Durante lo que parecieron minutos nos quedamos observándonos con detenimiento. Podría perderme en aquel mar azul durante horas sin tener que pronunciar una sola palabra, como si realmente sintiese en mi interior que formaba parte de él. Era la sensación más extraña de mi vida, más aún si tenía en cuenta que era tan déspota como frío y calculador. Un ser sin sentimientos, sin una pizca de humanidad como bien había recalcado Ibáñez. Aquello no iba a funcionar. ¿Para qué engañarnos? Estaba claro que seguía pensando que era un grano en el culo y yo cada vez aguantaba menos su insolencia.

Su teléfono comenzó a sonar y aquella especie de trance se disipó. Apenas articuló palabra, pero anunció que iría enseguida.

—Un accidente múltiple, me necesitan en cirugía. Vete al laboratorio de habilidades y practica la simulación a la que quieres asistir mañana, descompresión de la arteria celiaca. Comprobaré tus resultados más tarde, Nora, y si no son aceptables, olvídate de asistir a esa cirugía, aunque solo sea como espectadora —advirtió guardándose el teléfono en el bolsillo.

No contesté. ¿Para qué? Con ese hombre era inútil hablar, era como darse porrazos contra un muro. ¿Quería que le demostrase de qué era capaz? Pues que se preparase.

«Objetivo del día: hacer que Beltrán se arrastre como una babosa arrepentida».

Debo admitir que era mucho más difícil de lo que había imaginado, sobre todo sin nadie que me indicase por dónde ir y cómo hacerlo, pero tuve la suerte de que Noelia tenía que coger unas muestras del laboratorio y me dio un par de trucos antes de la primera intervención sin que resultara una auténtica chapuza. En el momento en que Beltrán apareció por la doble puerta del laboratorio aún con el traje verde de quirófano, sentía los hombros agarrotados. Habían pasado dos horas desde que había acabado el turno y mi estómago rugía con voracidad, pero allí continuaba, más terca que una leona, hasta dejar de rozar la mediocridad para convertirla en algo decente.

No había ningún otro residente dentro del laboratorio, así que el hecho de estar solos confería una privacidad que me atontaba los sentidos.

—Imprudente, temeraria y terca —dijo inclinándose sobre mi hombro para ver cómo había operado el cuerpo de plástico.

«¿Te digo yo lo que me pareces tú? Porque como se me suelte la lengua no paro…, empezando por capullo y acabando por arrogante. Aunque lo de terca voy a considerarlo un cumplido».

—Si tanto le desagrado, ¿por qué me ha elegido para su investigación? Podría haberse ahorrado los ocho mil euros de equipamiento con otra residente de cursos más avanzados. —Dejé las pinzas y el gancho para girarme sobre el taburete y enfrentarme a él.

Tenía los brazos cruzados, el semblante relajado; fuese lo que fuese el enfado y la mala leche de la mañana, ahora parecía sereno, o al menos eso aparentaba. Se irguió, no parecía molesto con mi pregunta. Se acercó lo suficiente para lograr que arquease la espalda hacia la mesa de operaciones mientras él colocaba un brazo a cada lado de mi cuerpo. Y seguía acercándose.

Tener aquel rostro tan cerca, aquellos labios a unos centímetros de los míos, hacía que mi pulso fuese tan acelerado que estaba segura de que él podía percibirlo.

«¡Y el muy capullo se vanagloriará por ello!».

Se me secó la garganta, las manos me sudaban y cada palmo de mi cuerpo era un regurgitar de emociones a flor de piel, expectantes ante su siguiente movimiento.

—Puede que no me desagrades en todos los sentidos, Nora —comenzó a decir muy cerca de mí, y juraría que sus ojos viajaron hasta mis labios, donde se detuvo a apreciarlos con evidente minuciosidad—. Sobre todo en uno de ellos. —Se alejó y la distancia entre nosotros volvió a ser prudencial—. Aunque tu intervención deja mucho que desear, no es tan chapucera como imaginaba. Te veo dentro de una hora en quirófano, y si no llegas tarde, te permitiré suturar al paciente cuando acabemos.

Puede que hubieran pasado dos, tres, tal vez cinco o incluso diez minutos desde que Beltrán se había marchado por la puerta, pero yo solo repetía una y otra vez las mismas palabras en mi cabeza: «Sobre todo en uno de ellos», mientras él no dejaba de mirarme la boca.

«Yo a este tío cada vez le entiendo menos…».

15

No era la primera vez que entraba en un quirófano, desde luego, pero sí que era la primera en la que quizá podría tocar al paciente intervenido. En las prácticas de la carrera había asistido a alguna operación menor como espectadora. En realidad dudaba de que Beltrán me permitiera suturar la herida una vez finalizado el proceso, pero, teniendo en cuenta la bipolaridad y los cambios de humor de ese hombre, ya no tenía muy claro nada.

Mi uniforme verde, la mascarilla, los guantes y el gorro me preparaban para intervenir en caso de ser necesario, pero me mantuve apartada de la camilla junto al resto de los presentes. Contuve la respiración cuando lo vi aparecer con los brazos en alto esperando a que la enfermera le secara y colocara los guantes debidamente.

Reparó en mí nada más entrar, como si me buscara entre los presentes, y aunque su mirada no se detuvo en mí, quise adivinar que le satisfacía haberme encontrado. Podría reconocer ese tono azul de su mirada en cualquier parte, el latido de mi corazón lo auguraba. Una parte de mí estaba completamente segura de que él era el tipo de la máscara; otra, sin embargo, se negaba a creerlo.

—Cirujano cardiovascular, doctor Beltrán. Cirujanos asistentes, las doctoras Salvado y Ortega, de cuarto y quinto año de residencia. Anestesista, el doctor Barrios. Enfermeras quirúrgicas, Pérez, García y Águila. Tecnólogo quirúrgico, Ortiz de Zárate. Se procede a la intervención del paciente Carlos Ruiz Echevarría para el reemplazo de la válvula aórtica —dijo una de las enfermeras mientras leía el documento en el dispositivo electrónico y lo dejaba sobre una bandeja de metal alejada de la cama quirúrgica.

La música dio inicio con un rugido de tambores e hizo que Beltrán se colocara en disposición. Elena y Cecilia, las residentes de cuarto y quinto año, se posicionaron frente a él. Les pasó el bisturí e indicó la marca para realizar la incisión.

Debía mantener la vista fija en el monitor que había sobre la cabeza del paciente, desde el que se podía apreciar con nitidez la intervención, pero yo era incapaz de apartar los ojos de él y del recuerdo, hacía escasos minutos, de su boca junto a la mía, un par de milímetros más y su nariz me habría rozado haciéndome perder la poca cordura que él me dejaba cuando estaba cerca.

—Nora, ¿qué está haciendo Salvado en estos momentos? —preguntó Beltrán rompiendo el silencio. Se refería a Cecilia, la residente de cuarto año.

—Una incisión en el esternón para acceder al corazón —respondí, simple y llanamente.

—Creía que habíamos acordado que sería muy concisa, doctora Balboa.

Las mejillas se me tiñeron de rojo al instante y agradecí que no pudiera verse a través de la mascarilla.

«Está jugando conmigo. ¡Soy una jodida diversión para él! ¿Quieres jugar? ¡Pues juguemos!».

—La doctora Salvado realiza una incisión longitudinal en el esternón del paciente para realizar una esternotomía media con la que se logrará acceder a la válvula aórtica dañada, donde se conectará al paciente a la máquina de circulación extracorpórea para desviar la sangre del corazón y los pulmones durante la intervención. Esto permitirá mantener vivo al paciente durante el procedimiento de sustitución, al trabajar con un corazón que no está latiendo. Se realizará una incisión en la aorta ascendente para acceder a la válvula aórtica, que se cortará y extraerá del anillo valvular, y se procederá al reemplazo por una válvula biológica o mecánica del tamaño adecuado, donde se suturará en su lugar en el anillo valvular aórtico asegurándose de que no existen fugas. Una vez verificado el proceso y que funciona correctamente, se cierra la incisión de la aorta y se retira la circulación extracorpórea. Por último, se sutura el esternón con alambres de acero inoxidable y se cierran las capas de tejido sobre el esternón. Se colocará un drenaje torácico para eliminar el exceso de fluido del espacio alrededor del corazón y los pulmones.

«¡Soy una puñetera enciclopedia, capullo de mierda!».

No apartó la vista en ningún momento, se aseguraba de que el procedimiento iba según lo establecido y de que Cecilia no cometiera ningún error.

—¿Algo que objetar a la residente de primero, doctora Ortega? —La pregunta iba dirigida hacia Elena, que observaba el trabajo de su compañera de cerca.

—No, doctor Beltrán —respondió segura.

—Si no tiene nada que objetar a una residente de primer año, cambie de lugar con la doctora Balboa —soltó, y su comentario provocó la conmoción de todos los presentes—. Ya me ha oído. ¡Nora, ven aquí! —bramó por si a alguien le quedaba alguna duda.

«A este nadie le gana a capullo, ya lo decía yo…, y ahora os ha quedado claro a todos».

Mi mirada se cruzó con la de Elena; la situación me gustaba tan poco como a ella, pero me coloqué al lado de Cecilia, que se abría paso hasta llegar al corazón, donde contemplé, con el mío en un puño, el bombeo de aquel órgano vital en el que se centraba la vida.

El más protegido, atesorado e importante de nuestro cuerpo, donde residen las emociones y los miedos, la vida y la muerte, el misterio tras un latido constante que nadie se ha parado a pensar si desde el mismo día, cuando nacemos, sabe cuántas veces deberá bombear. Un arquitecto noble de vida, que se yergue en el pecho como un templo sagrado y donde los susurros de la vida danzan al compás de sus latidos. Es como un reloj de apariencia eterna cuyas agujas dejaran de marcar en el momento preciso, un oráculo silencioso que interpreta los secretos del alma con cada latido. Sus cámaras son salas de un palacio antiguo que albergan las voces que engloban sus misterios ocultos, impulsando vida a través de las venas, como ríos de esperanza. Sus paredes, adornadas con las memorias de amores y desamores vividos, sueños por realizar, anhelos de lo prohibido que laten al ritmo del canto de una promesa. Y en sus entrañas se esconde lo que todos desearían saber, el misterio más profundo y misterioso, ese capaz de crear amor, alegría, pasión, pena, dolor…, gemas preciosas en un cofre de ébano capaz de evocar las emociones que conducen nuestro pensamiento, como un faro que guía en la noche más cerrada. En cada latido, en cada bombeo, en cada pulsación nos recuerda que es una oportunidad de soñar, de vivir, de ser, al mismo tiempo que nos acerca al final. La magia de un mecanismo perfecto.

«Y por eso estoy aquí, por eso me he desafiado a mí misma a descubrir los lugares recónditos de este órgano».

Ni siquiera la mirada de Beltrán logró que contuviera la euforia que sentía en aquel momento, inexplicable, extraña, un sentimiento sobrecogedor que me colmaba, pero también me calmaba. Ahora casi podía tocarlo, y no podía dejar de maravillarme ante aquella obra de arte de la naturaleza.

—Si vas a desmayarte o a vomitar, te aconsejo que te apartes.

La voz brusca de Beltrán me devolvió parcialmente a la realidad.

«Tus ganas, no soy una enclenque».

La música de violines alcanzó un punto álgido en ese punto, y he de reconocer que la emoción me hacía sentir la carne de gallina en mis brazos desnudos.

Observé, emocionada, cómo extraían la válvula dañada; también una parte de la raíz estaba afectada por la enfermedad, por lo que hubo que extirparla asimismo. Las manos de Beltrán y Cecilia trabajaban a la par en la colocación de la nueva válvula.

—¿A qué esperas, Nora? Limpia el anillo valvular —indicó Beltrán. Como si tuviera que leer su pensamiento.

«¡Todavía te lo tiro a la cara, payaso!».

Sin demora, me aseguré de que estaba completamente limpio para su implante.

La precisión de los dedos de Beltrán era, de lejos, mucho más afinada y selectiva que la de Cecilia. Supongo que, gracias a la experiencia acumulada, sabía en todo momento qué debía hacer con una exactitud y minuciosidad únicas.

En cuanto se procedió al cierre del esternón, Beltrán me indicó que colocase los alambres. No titubeé, el pánico que había sentido los días previos por no saber reaccionar se había esfumado momentáneamente. Me importaba muy poco si el responsable de aquello era el capullo que tenía enfrente.

«No, si al final voy a tener que agradecerle que sea un imbécil y todo».

Al cruzar las puertas del quirófano, mientras el equipo de enfermería colocaba el drenaje al paciente, una sensación de gloria y plenitud me hinchió los pulmones.

No había sido una operación a mi cargo, ni siquiera había tenido un peso relevante, de hecho, no había participado prácticamente nada, pero ni me había quedado paralizada ni me había temblado el pulso y ni de lejos había metido la pata. Eso para mí ya era un logro, aunque Beltrán me siguiera viendo como un grano en el culo.

—El hecho de que no te hayas desmayado o vomitado dice mucho a tu favor.

Su voz a mi lado mientras me lavaba las manos en el lavabo anexo a la sala de quirófano intensificó el cosquilleo en mi nuca.

—¿Decepcionado? —le increpé.

—Desconcertado, más bien —admitió.

Le busqué con la mirada a través del espejo. Se había quitado la mascarilla y ese rostro esculpido por los ángeles me observaba con intensidad.

«Te lo advertí, que no me conocías, que no sabías de lo que era capaz. Y te puedes ir preparando… porque solo acaba de empezar».

Puede que no las tuviera todas conmigo, pero la seguridad en mí misma, que creía haber perdido, estaba resurgiendo como un ave fénix de entre sus cenizas, y me daba igual que la causa fuera el palurdo que pensó en hundirme. Por primera vez me sentía real, yo misma, sin la necesidad de cohibir mis deseos o pensamientos, y ni siquiera él, por muy bueno que fuera en su campo o por más poder que tuviera, iba a frenarme, pese a cuantas piedras quisiera poner en mi camino.

—¿Es un cumplido?

—En absoluto —afirmó mientras se secaba las manos con una toalla. Luego enfiló hacia el pasillo—. Ibáñez te espera en su despacho, más te vale que no le hagas esperar.

Una hora más tarde de acabar mi turno, llamé a la puerta del despacho de mi tutor, pero abrí sin esperar una respuesta.

—El doctor Beltrán me informó de que quería verme —dije desde la puerta.

—Siéntate, hay un par de cosas que me gustaría hablar contigo. —Apartó los documentos de la mesa y me miró.

Le obedecí. Desconocía qué tenía que decirme, habían pasado varios días desde mi última vez en su despacho.

—Voy a estar fuera de Valencia la próxima semana, el motivo está relacionado con el hospital, aunque no puedo revelarlo todavía, pero la junta directiva ha insistido en que los acompañe. Beltrán se encargará de supervisarte y si necesitas ayuda acude a él.

—Genial… —No pude evitarlo.

—Aunque no me guste admitirlo, es el mejor en su campo, aprenderás más de él que de cualquier otro médico de este hospital, incluido yo —confesó y su franqueza me sorprendió—, pero, si se lo dices a Beltrán, jamás admitiré tal afirmación.

Me reí con complicidad, si bien no pensaba echar más leña a la soberbia de la que ya hacía gala el afamado y vanidoso doctor. Lo que le faltaba.

—Todo menos humanidad —puntualicé.

Ibáñez se frotó el mentón como si estuviera indeciso de algo; de hecho, tardó más en responder de lo que solía.

—La vida de Beltrán no ha sido fácil, pero no me concierne a mí dar detalles que no me corresponden. Aun así, todo ha ido mejor de lo que pensaba en un inicio y por eso creo que es conveniente que continúe siendo tu tutor en mi ausencia.

«¿Mejor? He pasado la peor semana de mi vida al lado de ese capullo con patas hundiéndome en la miseria. Nada puede ser peor que eso».

—Para que seamos claros, ¿me está diciendo que aguante todos sus desplantes y humillaciones en público? Porque no es alguien que pierde la oportunidad a la más mínima ocasión —inquirí de forma tajante.

—Sé que no es fácil, pero la pregunta debería ser si es un precio que estás dispuesta a pagar para convertirte en la mejor, que eso es lo que conseguirás si te quedas al lado de Beltrán. No te condicionaré a nada que no quieras hacer —concluyó sin titubear.

«Soy capaz, de eso no me cabe la menor duda, la cuestión es si quiero hacerlo teniendo presente que me ha constreñido a estar en esta posición. Una cosa es soportar a Beltrán porque es mi superior, como a cualquier otro adjunto, otra muy distinta es que Ibáñez me lo haya impuesto como tutor con la esperanza de algo que salta a la vista que no va a suceder. Seguirá siendo un completo capullo. Un capullo muy guapo y con unos músculos bien marcados, por cierto, pero con unas espinas tan duras y mortíferas que escupen veneno».

—Me quedaré al lado de Beltrán por el momento —admití porque, quisiera o no reconocerlo, el tío era jodidamente brillante como cirujano y como médico, aunque fuese una mierda de ser humano, carente de toda compasión—. ¿Qué era lo otro que me quería decir?

Alargó la mano y cogió un tríptico al otro lado de la mesa, que me entregó. El título rezaba: «Innovaciones en cirugía cardiaca: avances y perspectivas futuras».

—Dentro de tres semanas tendrá lugar la conferencia anual sobre avances tecnológicos en la rama cardiovascular, me consta que es algo que te interesa. Este año el único ponente de este hospital es Beltrán y cabe la posibilidad de que uno de nuestros residentes le acompañe —expresó con calma.

«Y ni de broma me elige a mí, ya te lo digo yo».

—Tendría más sentido que fuese alguien con más experiencia que yo. —Dejé el tríptico sobre la mesa, sin admitir que me moría de ganas por asistir a un evento así donde se comentarían las técnicas más avanzadas.

—El encargado de la selección es el doctor Valdepeñas. Cada tutor ha informado a sus alumnos de los requisitos si quieren optar a esa vacante. Deberás entregar un informe exhaustivo sobre la cirugía de reparación de defectos congénitos del corazón en adultos, sus desafíos y sus soluciones. Se evaluará a todos los candidatos y se elegirá al mejor para que acompañe a Beltrán —afirmó con neutralidad—. Todos albergáis las mismas posibilidades, por tanto, buena suerte si decides participar.

Recogí de nuevo el tríptico. Según la fecha, se celebraría el último fin de semana de julio, unos días antes de mi cumpleaños. Quizá tuviera pocas posibilidades, seguramente ni pasara el primer filtro y, desde luego, pasar todo un fin de semana en compañía de Beltrán tenía que ser un jodido infierno, pero… me moría de ganas por asistir a esa conferencia y empaparme de todas las ponencias. Me mordí el labio inferior con la convicción de que disponía de todo lo necesario para recabar información sobre el tema, el propio Beltrán me había facilitado las herramientas. Qué irónico, ¿no?

—Gracias. Le veré la próxima semana, a su regreso.

—¡Ah, una cosa más! Casi se me olvidaba… —comentó sin levantarse de la silla pero con la mirada alzada para no perderme de vista—. Este domingo por la mañana está programada una excursión a la montaña para los residentes de primer y tercer año. En el grupo estarán algunos adjuntos, así que, salvo justificación médica, deberás asistir. Pídele la información al doctor González, es quien se encarga de las jornadas sociales.

«¿Una excursión a la montaña? Bueno, podría ser peor, al fin y al cabo caminar no se me da tan mal».

—Allí estaré.

Solo cuando llegué a casa me di cuenta de que, entre una cosa y otra, Beltrán no me había puesto al día de su investigación, pero contaba con más de trescientos archivos que debía leer. Sin embargo, decidí indagar en internet para ver qué encontraba sobre reparación de defectos congénitos y anoté mentalmente pasar a primera hora por la biblioteca para sacar algunos títulos que me serían de utilidad.

Aún no había contado en el grupo de medicómicas mi encuentro con Beltrán en el laboratorio y mi posterior paso por quirófano en mi primera pequeña intervención real, pero la conversación de la videollamada estaba tan enfrascada con Cris poniendo a caldo a un adjunto al que no soportaba que lo dejé pasar. No quería robarle el protagonismo, era evidente que necesitaba desahogarse.

—Me ha cambiado el turno tres veces esta semana, ¡tres! Y me ha obligado a dos dobles por sus benditas narices —decía malhumorada mientras se escuchaba el eco de lo que parecía el pasillo del hospital—. Y encima me tiene de mensajera por todas las unidades buscándole un maldito informe que a saber dónde ha perdido. ¡Es que yo le retuerzo el pescuezo, os lo juro!

—Al final te va a oír y la vas a liar parda. —Soraya trató de calmarla.

—Por lo menos no es tu tutor, yo no tengo ni siquiera esa suerte. Seguro que te está poniendo a prueba, para que pierdas la paciencia —le expliqué.

—Pues lo está logrando y este encima ni está bueno. Mierda, os dejo, que viene hacia mí, a ver qué cojones quiere ahora.

La entrada de un e-mail me borró la sonrisa de cuajo al comprobar que se trataba de Beltrán. En su lugar se me aceleraron las pulsaciones, como siempre que aparecía él. Dudé un instante si abrirlo, intenté reprimir la tentación, pero, casi sin darme cuenta, tenía el mensaje de Beltrán ocupando toda la pantalla:

Como tu tutor en funciones durante la próxima semana he reservado el quirófano de pruebas para los únicos huecos que tengo disponibles y que deberás realizar fuera de tu turno. Dispones del horario en el documento adjunto, así como las

prácticas que realizaremos a puerta cerrada. Te reunirás
conmigo cada miércoles en mi despacho, a última hora del día,
para tratar los avances de la investigación a partir de la semana
que viene. De ese modo habrás tenido tiempo de leer todos los
archivos que te envié a través del enlace. Y cuando digo todos,
me refiero a todos, sin excepción.

«¿Este pretende que memorice trescientos archivos en diez
días? Evidentemente le importa un pimiento si tengo una vida.
Está claro que él más allá del hospital no parece tenerla».

A la tarde siguiente comprobé que Beltrán podía ser aún más
cretino de lo que de por sí era. Le pidió encarecidamente a la enfermera que me prohibiera el acceso a quirófano mientras inter-
venían a Beatriz, pero no montaría un numerito si es lo que esperaba que hiciera. No me faltaban ganas, pero saqué más libros de
la biblioteca para el informe detallado. Iba a poner todo de mi
parte por realizar un trabajo impecable, solo para tener la oportunidad de joderle la ponencia al cretino de mi tutor en funciones.

Una hora más tarde, de camino a la salida del hospital, reconocí a la madrastra de Lucía. Me resultó extraño verla entrar a esas
horas; además, iba muy arreglada, supuse que tendría una cena
formal o un evento de etiqueta. La sonrisa en su rostro fue evidente cuando divisó a alguien conocido. El pulso se me paralizó al
ver que se enganchaba al brazo de Beltrán. Justo entonces me
pilló observándolos.

Su rostro se mantuvo neutro, sin fingir sorpresa, pero tampoco rastro alguno de felicidad o incomodidad, era incapaz de interpretar sus emociones. ¿De verdad que iba a salir con esa espanto-
sa mujer? Vale. Era guapa, atractiva a pesar de su edad, pero era
pura maldad…, y él lo sabía, fue testigo al igual que yo de cómo
trataba a su hijastra. Y era una mujer casada.

Ella fingió no reconocerme y él apartó la mirada en el momento en que el ángulo no le permitía continuar observándome a
menos que girase la cabeza. Me quede allí, inamovible, viendo
cómo se marchaban. Una parte de mí se rasgaba por dentro sin
saber la razón.

«Me importa un pimiento que tenga por amante a una mujer casada cuyo corazón está más negro que el culo de una cucaracha, no es asunto mío».

Con todo, al día siguiente evité a Beltrán todo lo que pude hasta que llegó el momento ineludible: el quirófano de pruebas a puerta cerrada, donde durante dos horas solo estaríamos él y yo.

16

El laboratorio estaba desolado, la mayoría de los residentes practicaban a primera hora de la mañana o de la tarde, cuando el ritmo del hospital descendía lo suficiente para permitírselo, pero casi nadie lo usaba a esas horas, entre el turno de tarde y el de noche, porque el personal era más escaso. No entendía cómo Beltrán había decidido perder dos horas de su valioso tiempo conmigo. ¿Le habría presionado Ibáñez? Era muy probable, pero entre sus turnos, operaciones, sustituir al jefe de servicio, las conferencias, seminarios, reuniones y su propia investigación en curso, ¿lograba este tío dormir más de dos horas al día?

«A lo mejor es un vampiro milenario y de ahí que mis pies tiemblen cuando está cerca. Me creo cualquier cosa de ese hombre».

Escuché el sonido de sus pasos acercándose por el pasillo, el quirófano de ensayo estaba lo bastante alejado para predecir que solo podía tratarse de él y sus mocasines caros.

«Sí. Hasta en eso me había fijado muy a mi pesar».

Decidí clavar la vista en el muñeco de ensayo a tamaño real con todo lujo de detalles para fingir indiferencia ante su presencia. Ya me había acostumbrado a su descomunal falta de educación, de hecho, ni me saludó al llegar. Con el rabillo del ojo observé cómo se desplazaba hasta una esquina y pocos segundos después la música comenzaba a sonar. Violines. ¿Será algún tipo de fetiche?

Aún estaba enfadada porque me impidiese entrar en el quiró-fano la tarde anterior, tan solo quería asistir, nada más, pero que le pidiera a la enfermera que me prohibiera terminantemente el acceso era pasarse de castaño a oscuro, y estaba claro que lo había hecho para recordarme que bajo ningún concepto debía llevarle la contraria.

—¿Has dispuesto todo para la primera intervención? —pre-guntó acercándose hasta la mesa de operaciones y colocándose frente a mí.

La situación era mucho más informal que en la realidad: no llevábamos mascarillas, gorro ni la vestimenta adecuada.

—Sí. —Fui escueta, a pesar de saber que quería un discurso minucioso y detallista sobre todo.

Era una intervención sencilla, la extracción de un lipodema, propicia para una residente de primero.

—Eso lo comprobaremos en un momento. —Se cruzó de bra-zos—. Procede —dijo con la altivez propia de él.

«¿A que le lanzo el bisturí a la cara? Al menos dejaría de tener ese rostro perfecto mojabragas que me consume hasta las en-trañas».

—Lo que te parezca —refunfuñé cogiendo con firmeza el bis-turí.

El pulso no me temblaba, ya no sé si porque nadie iba a perder la vida si la fastidiaba o por el maldito ser que tenía enfrente que desbocaba mis latidos al tenerle cerca. No obstante, la furia que ur-gía en mi interior era tal que al menos esa sensación de inquietud y temblor se había atenuado.

«Igual me estoy acostumbrando a su presencia y ya no me parece para tanto. Ya. Tus ganas… Sigue siendo una jodida obra de arte viviente propia de Da Vinci».

—El bisturí se coge con suavidad y precisión, no es un cuchillo de carne con el que vas a filetear el pollo, sino un pincel que de-berás deslizar por la piel de tu paciente.

«Todavía terminas siendo el pollo como sigas así, no me jodas».

No repliqué. ¿De qué iba a servir? Pero aflojé la dureza con la que tenía cogido el bisturí y presioné delicadamente para realizar una incisión sobre el lipodema en dirección al pliegue de la piel, como se haría en un procedimiento real, de ese modo minimizaría la visibilidad de la cicatriz.

—Demasiado profunda, innecesario. Continúa —objetó.

Cogí un separador y me dispuse a separar el tejido circundante al lipodema. Debía ser meticulosa, cuidadosa y precisa para dejarlo completamente expuesto.

—¿Estás segura de que tu vocación no era carnicera? Porque se te daría fenomenal.

Apreté con fuerza el instrumental porque estaba a un microsegundo de lanzárselo directo al pecho.

—¿Es siempre así de imbécil o solo conmigo?

Había perdido la poca paciencia que me quedaba y vi cómo aquellos ojos azules se agrandaban.

«Si tenía que cavar mi propia tumba, que al menos fuera profunda».

—La insubordinación hacia un superior es una falta grave, Nora —recalcó usando ese apodo con el que había decidido bautizarme.

—El vetar la entrada a quirófano a un residente por demostrar un egocentrismo inaudito también —recalqué sosteniéndole la mirada.

Durante un minuto pensé que todo había acabado, que aquello era un punto sin retorno. Lo mejor era que cada uno siguiera su camino dentro de la unidad y nos evitásemos todo lo posible para no coincidir en ningún turno, o al menos en el mismo equipo quirúrgico.

—Habrá personas que morirán a tu cargo y deberás aprender a gestionar tus emociones para que no te afecte en absoluto. Tendrás que tomar decisiones que no te gusten por el bien de otros y asumirás responsabilidades que no querrías haber aceptado. Si ayer no te permití que entrases en quirófano fue precisamente para comprobar tu reacción, deja tu rabia a un lado y céntrate. No tendrás dos oportunidades en una situación real. —Su voz era calmada a pesar de haberle llamado imbécil y egocéntrico en menos de treinta segundos.

«No sé si este tío tiene salida para todo o es que soy completamente idiota por caer en su juego».

—¿Y lo de sacar puntilla a todo lo que hago de un modo despectivo también es ponerme a prueba? —pregunté con menos fervor.

—No. —Rodeó la mesa para colocarse detrás de mí—. Yo no acepto la mediocridad, así que lo harás a la perfección o no lo harás conmigo.

Se puso detrás de mí y pasó los brazos por mi cintura hasta coger mis manos con suavidad. Podía sentir mi espalda en contacto con su pecho. Puede que la ropa cubriera nuestros cuerpos, pero yo sentía un calor descomunal. Un cosquilleo me recorrió la piel, como una corriente eléctrica que me conectaba a él de forma inexplicable. Mi mirada quedó fija en sus manos, que guiaban las mías hacia el cuerpo de ensayo. Su aliento me rozó la oreja, como un susurro silencioso que acaricia esa parte sensible con una suavidad pasmosa. Y su olor… Ese perfume que tan bien reconocía lo impregnaba todo y me envolvía en una nube de la que no quería ni deseaba bajar.

—Cada uno de nosotros utiliza una metáfora para imaginar lo que hacemos, deberás encontrar la tuya propia a su debido tiempo —dijo guiándome por las capas de piel para separarlas con extrema delicadeza, enseñándome el movimiento preciso de mis manos para que fuera perfecto—. A mí me funciona imaginar que el bisturí es, en realidad, un arco de violín cuyas crines de caballo, perfectamente tensadas, pueden producir la música que escuchamos. El cuerpo está formado de cuerdas que puedo tocar con precisión, solo depende del movimiento, la destreza y el énfasis para que el resultado sea una obra maestra.

Me hizo soltar el separador para coger las tijeras quirúrgicas, que colocó con precisión en mis dedos sin soltarme la mano.

—¿Y qué ocurre cuando no depende solo de ti tocar la melodía? —pregunté tuteándole por primera vez, sin apenas darme cuenta.

—En ese caso —dijo mientras cortaba todo el tejido alrededor del lipedema para liberarlo—, te conviertes en el director de la orquesta.

«Lo admito. Es un jodido capullo perfecto, y negarlo no va a cambiar ese hecho».

En el momento en que dejó el supuesto tejido adiposo sobre la bandeja, pensé que se apartaría, pero se acercó lo suficiente para que su mejilla rozase la mía y pudiera sentir aquel indicio de barba incipiente.

—No hay sangrado —advertí al controlar que la cauterización era correcta.

—Entonces procede a cerrar y suturar —confirmó sintiendo aún más cerca la presión de su cuerpo sobre el mío.

«El muñeco este no se va a desangrar, pero yo me voy a desmayar de un momento a otro como este se siga pegando de ese modo a mi trasero».

Me llevé instintivamente el brazo a la frente como un acto reflejo para secarme un sudor inexistente. Sus manos permanecían quietas sobre la mesa.

—¿Algún problema? —exclamó con un tono de voz que evidenciaba diversión.

¡El muy cerdo era consciente de lo que estaba haciendo! Y no sé qué era peor, que lo estuviese logrando o las intenciones por las que lo hacía.

—¡Ninguno! —exclamé con mucho más énfasis de lo que me habría gustado. No quería parecer nerviosa o demostrar que su cercanía me afectaba, así que comencé a cerrar la herida abierta con suturas absorbibles y por último coloqué un apósito estéril sobre la incisión para protegerla, eso favorecería una adecuada cicatrización.

Y mientras hacía todo aquello, el maldito no se apartaba, debía estar disfrutando con mis movimientos imprecisos, con que por más que quisiera obviar su contacto me hacía enardecer, pero si lo que esperaba era que temblase como un flan o admitiese mi nerviosismo por su presencia, se iba a quedar con las ganas.

Giré la cabeza ligeramente hacia mi izquierda y me topé con aquellos ojos azules iluminados por los focos; yo había memorizado a la perfección su tono exacto, el que tiene el mar en un día soleado y sin viento. Ahora podía apreciar que se habían oscurecido, como el agua salada cuando se embravecía en una jornada de vendaval tormentoso.

Mi mirada cruzó la suya. Sentí que un torrente surcaba aquellos orbes para llegar a mí y recorrer cada fibra de mi ser. Buscaba algo dentro de mí, pero la sensación no me abrumaba ni me asustaba, sino todo lo contrario: era un regocijo sin límite, una locuaz y perpetua exaltación de mis sentidos, que únicamente se centraban en percibir aquel momento como único e imperecedero. Bajó la vista hasta mis labios y, de forma inevitable, los entreabrí, consciente de la certeza con la que deseaba unirlos a los suyos. Aquella música de violines se elevaba a unas notas sublimes, dignas del beso que ya imaginaba en mis pensamientos.

De repente se apartó, incluso escuché el leve carraspeo en su garganta al alejarse de mi cuerpo, y mi cuerpo enardecido perdió, poco a poco, el calor que su proximidad me generaba. Desolación, eso era lo que cada poro de mi piel clamaba, pero me negaba a reconocerlo. Beltrán afectaba a mis sentidos, a mi juicio, a mi… *todo*.

«Al final voy a convertirme en un puñetero planeta más que gira a su alrededor. ¡No me jodas!».

—Continúa con la práctica y repítela de nuevo, tal vez, si te esfuerzas lo suficiente, dejará de parecer que vas a cortar el pavo de Navidad en lugar de intervenir a un paciente. —Confirmamos que el cretino ha regresado. Al parecer le dura poco ser alguien decente—. Debo irme, tengo una cena importante.

¿Sería con la tal Meredith? La idea me repugnaba, pero no alcé la vista para que no lo apreciara. Sin embargo, caí en la cuenta de que era la primera vez que parecía excusarse, hasta el momento le había importado un comino hacerlo, se largaba sin más.

Esta vez, en lugar de dirigirse hacia la puerta, se paró en el reproductor de música que había en la esquina. La música dejó de escucharse y el único ruido que se oía en aquel quirófano de pruebas era el rumor metálico del instrumental que yo estaba limpiando cuidadosamente.

—Mañana estaré en quirófano toda la jornada, puedes acudir como asistente cuando termines tu turno con Condado —dijo rompiendo aquel incómodo silencio desde la lejanía.

—Tal vez lo haga —contesté rápidamente mordiéndome el labio y agradeciendo que él no pudiera verme.

—Tal vez prefieras repasar los archivos que debes tener leídos para el próximo miércoles —me recordó y provocó que mis ojos se pusieran en blanco.

La canción «Energía Bacana», de Sebastián Yatra, comenzó a sonar por los altavoces. Reconocí los primeros compases al instante y mis manos se detuvieron. Un nudo en el pecho me ahogaba, me quedé petrificada por completo. No había vuelto a escucharla desde hacía cinco días, en esa discoteca que imitaba un templo griego, a las tres de la madrugada, cuando el tío de la máscara vestido de dios griego me había dado el beso más increíble de mi existencia.

Le busqué con la vista, sin mover un solo músculo, y allí estaban esos ojos azules, como si pudiera verlos también aquella noche, mirándome del mismo modo, dejando caer la máscara que llevaba puesta.

—Hagas lo que hagas, será tu elección —dijo antes de perderse tras las puertas, que se movían por la fuerza con la que había empujado la hoja y parecían hacerlo al compás de la canción. La letra comenzó en el momento en que su silueta desapareció de mi vista.

«Es él. ¡Me acaba de revelar que es él! No me lo puedo creer. No puede ser real. ¿Dónde está la cámara oculta?».

Tuve que agarrarme a la camilla y soltar el instrumental porque mis rodillas amenazaban con flaquear y rendir pleitesía al suelo. Las manos me sudaban y temblaban, el corazón latía desbocado y amenazaba con salírseme del pecho, un escalofrío me atravesó la columna vertebral, la garganta se me secó al dejar de salivar y todo daba vueltas a mi alrededor.

Yo voy subiendo y tú eres mi escalera,
voy a tocar el cielo o eso pareciera.
Como si de otra vida yo te conociera,
con la forma en que me ves,
me das paz y...

«Tengo que salir de aquí».

Dejé todo tal y como estaba, y recorrí el pasillo, pasando por las escaleras traseras de emergencia para salir a un patio interior entre dos cuerpos del edificio. Obligué a mis pulmones a coger aire, respirar y expulsarlo detenidamente.

¿Por qué? Era la pregunta que más se repetía en mi cerebro.

¿Por qué besarme? ¿Por qué ocultarlo? ¿Por qué confesarlo ahora y de ese modo? No entendía nada, no comprendía a este hombre, pero estaba claro que solo pretendía una cosa: jugar conmigo.

Desde el primer día, desde el momento en que establecimos aquella especie de reto, vi cómo sus ojos brillaban de pura diversión y ahora tenía la certeza de que eso es lo que yo suponía para él, una distracción.

Si había existido una posibilidad, por mínima que fuera, de que el hombre de la máscara fuese un completo desconocido, se acababa de esfumar como la niebla en un día soleado. En su lugar, un espeso manto de nubes negras que amenazaban con descargar toda su intensa furia pendía sobre mí.

Saqué el teléfono con la intención de desquitar esa rabia contenida en el grupo de medicómicas, pero al abrir el chat, me fijé en la pantalla, sin un solo rasguño, y recordé que el culpable de mi rabia era la persona que me había dado ese teléfono. Lo volví a bloquear.

—No —me dije a mí misma—. No pienso dejar que juegue con mis emociones.

Y con las mismas me metí el teléfono en el bolsillo de la bata y regresé al quirófano de ensayo, donde repetí paso por paso el proceso quirúrgico. Antes de marcharme del hospital me despedí de Lucía y su abuela. No mencioné mis sospechas de que su madrastra tenía un lío con mi tutor en funciones. Después visité a Beatriz para ver cómo evolucionaba después de la operación. Me produjo un gran placer saber que por primera vez en mucho tiempo no padecía tanto dolor.

No podía concebir que alguien con la capacidad de Beltrán para haber cambiado por completo dos vidas otorgándoles un futuro lleno de posibilidades fuese un imbécil de los pies a la cabeza.

«Si es que ya lo dije yo cuando le busqué por Google la primera vez, que no podía existir tanta perfección, era un chungo de tres pares de cojones».

Poco después de darme una ducha, la alarma me recordó que tenía mi primer entrenamiento de pádel con Álex, el chico de la playa. Como si se hubieran sincronizado mi teléfono y él, recibí un mensaje suyo para decirme que habían cancelado un entrenamiento, así que podía ir un poco antes y tener una sesión doble improvisada.

Me pareció perfecto, cuanto más concentrada estuviera y más intenso fuera el entrenamiento, mejor, aunque nada me salvara de hacer el ridículo en el momento en que Ibáñez decidiera tenerme como compañera de pista. Aunque tampoco hacía falta ser Serena Williams o alguna de sus hermanas, ¿no? A mí con tal de no ser un pato mareado me bastaba.

Aquella noche me encerré con la intención de repasar algunos documentos en la carpeta compartida con Beltrán. Cuando no llevaba ni una hora, la videollamada conjunta de Soraya y Cris me hizo sonreír.

—Bueno, bueno. Si no os llamo yo, ni existís —refunfuñó Soraya y la cara de Cris apareció en primer plano, en el hospital, caminando por un pasillo y las ojeras revelaban que estaba hasta el mismísimo higo de los turnos dobles que le asignaban.

«Los mismos que comenzaría a tener yo en unas semanas…».

—A este paso voy a inmunizarme de la cafeína. Contadme algo que no sea deprimente, porque mi día no puede ser más horrible —confesó entrando en lo que parecía ser el archivo.

—Bueno…, yo tengo que contaros algo, aunque no sé si es deprimente o no. Hoy he tenido mi primer quirófano de pruebas con el capullo de Beltrán y básicamente me ha confesado que él es el tío del disfraz.

Acto seguido se desató el caos.

17

Beltrán me había dejado bien claro tras poner aquella reveladora canción, que ni de coña había elegido de forma casual, de eso estaba plenamente segura, que dejaba a mi elección asistir o no a quirófano, como si para él fuera determinante por cuál de las dos optaría.

La división de opiniones entre mis dos amigas sobre qué decisión debía tomar era manifiesta. Cris decía claramente que tenía que ir, que eso significaba una declaración de intenciones en toda regla, sobre lo que debía hacer y lo que en realidad quería hacer. Soraya, por el contrario, opinaba que no era así, que tal vez ponía a prueba su prioridad y comprobar si también lo era para mí, él deseaba que me centrase en su investigación.

En cualquier caso, me iba a explotar la cabeza. Ir o no ir, me había pasado casi toda la noche pensando en ello. ¿Cuál de mis dos amigas tenía razón? A ninguna le faltaba la lógica, y eso era lo peor. Además, no me ayudó en absoluto que, a la mañana siguiente, la Condado nos hiciera recitar todos y cada uno de los huesos del cuerpo como si hubiésemos vuelto a primero de carrera. Y todo porque Carmen no había pronunciado correctamente el término sesamoideo, unos huesos pequeños que están en algunos tendones.

—¿Vendrás esta noche al Oasis? —preguntó Carmen en voz baja cuando habíamos recitado la lista por completo.

Ni por la mente se me había pasado sacar un hueco para pasarme, pero tal vez no sería una mala idea: un cóctel me vendría de lujo para despejar aquel dolor de cabeza.

—¿Tú irás?

—Vanessa no deja de insistir en que la acompañe y me apetece ir, pero, si no va nadie más, paso. Siempre termina siendo un monólogo en el que solo habla de ella, de lo perfectísima que es su familia y de sus aspiraciones. Me niego. —Puso los ojos en blanco.

Me eché a reír, pero ante la mirada furibunda de la Condado que casi me deja ciega, me forcé a apretar los labios.

—Tengo doble sesión de pádel, pero te prometo asistir aunque me duelan todos los músculos del cuerpo, así te invito a una cerveza y tienes la excusa de alejarte de ella. Tengo la impresión de que a mí me detesta, por lo que no permanecerá mucho a mi lado —susurré para que nadie pudiera escucharnos, y esta vez fue Carmen la que no pudo resistir la carcajada.

Faltaban seis horas para marcharme del hospital a mi sesión con Álex y aún no había decidido qué hacer. ¿Ser prudente o arriesgarme a todo? La última opción cobraba fuerza y, cuando estaba casi decidida a colocarme el uniforme verde para entrar en quirófano, vi la llamada entrante de mi madre.

Me extrañó. Nuestro acuerdo tácito era que siempre la llamaba yo, por si estaba de turno en el hospital, así que era evidente que había sucedido algo importante.

—Dime —contesté aún en la sala de reuniones donde tenía abierto un archivo de la investigación de Beltrán en el iPad.

—No te molesto, ¿verdad? —preguntó con tono nervioso, pero que me indicó que no era tan preocupante como pensaba.

—No, tranquila. He terminado mi turno, aunque sigo en el hospital. ¿Está todo bien?

—Ah, sí. Bueno…, es que…, a ver cómo te lo digo… —Esa dubitación me provocó una presión en el pecho que se manifestó en una inquietud apremiante.

—Me ha llamado Gertrudis desesperada —dijo mi madre y asocié el nombre rápidamente a la madre de Raquel, a fin de cuentas, ellas se conocían y eran amigas también—. Ha encontrado unos análisis de Raquel en su bolso y está embarazada, nena… ¿Tú no sabrás quién la ha preñado? Porque ella se niega a decirlo y, como es tu amiga, su madre cree que vosotras lo sabréis.

«¡Ay, Dios! ¡Ay, mi madre! ¡Voy a matar a Marcos! ¡Qué digo! ¡Voy a matarlos a los dos! ¿No se suponía que los test eran negativos? ¿Si es que por qué pensé que los test podrían dar error? La he gafao…».

El nudo en la garganta y la tensión que me recorría el cuerpo ante aquella noticia que consideraba más que olvidada me hizo guardar silencio durante demasiado tiempo.

«Voy a ser tía. Bueno, si deciden tenerlo».

—Creo que esa información le corresponde únicamente a Raquel revelarla, mamá. Y si fuese el caso o no de que continúa adelante con el embarazo, también es decisión suya —afirmé mordiéndome la lengua para no añadir que también era decisión de mi hermano.

—¿Es que está pensando no tenerlo? ¡Qué barbaridad! —gritó mi madre.

—No he dicho eso —recalqué—, pero también estaría en su derecho si así lo cree—. Escuché cómo mi madre se tranquilizaba.

—Pero ¿tú sabes quién es el padre de esa criatura o no? Porque si no ha querido decirlo tiene que ser por algo… —insistió mi madre.

—¿Y te sorprende? —exclamé—. Su propia madre es la primera en juzgarla difundiendo la noticia por el pueblo… ¡Mira, mamá! No voy a entrometerme en este asunto, pero respondiendo a tu pregunta: sí, sé quién es y respeto su decisión si no quiere contarlo, y ahora te dejo, tengo muchas cosas por hacer.

Miré el teléfono sin saber a quién llamar en primer lugar: ¿Raquel o Marcos? Joder… Mi vida se había convertido de repente en tomar decisiones cuyo resultado podría acabar de uno u otro modo.

Llamé a Raquel y cuando respondió echa un mar de lágrimas supe que la cosa no pintaba nada bien.

«Pues a la mierda asistir a quirófano con Beltrán, parece que el drama familiar ha decidido por mí».

Tras dos horas de conversación con mi amiga de toda la vida, porque se ponía a llorar desconsoladamente por momentos, comprendí que mi hermano era aún más imbécil de lo que imaginaba. La había dejado. Cuando ella le confesó que estaba esperando un hijo y que deseaba tenerlo, Marcos se cagó de miedo y se excusó diciendo que él no estaba preparado y que era demasiado joven para ser padre.

«Es que hay que ser cabrón, yo no sé ni cómo le llamo hermano».

Marqué tres veces el número de Marcos, y por supuesto no respondió. Llamé a Daniel, que contestó al tercer tono con esa voz jovial y dulce propia de un adolescente. Si Marcos pensaba que podía evitar la bomba que se le venía encima, ya podía exiliarse del pueblo... Por fortuna, no se habían marchado de la granja todavía, así que Daniel le pasó el móvil en menos de dos minutos.

—No tengo nada que hablar contigo —escupió el mayor de mis hermanos.

—Pues yo sí, y cómo te atrevas a colgarme, al siguiente al que llamo será a papá y te aseguro que no va a ser para hablar de mí.

—Joder, ¿es que te has vuelto loca? Búscate una vida y deja de entrometerte en la de los demás. Nadie te ha pedido nada, así que déjalo estar.

«Dios, dame paciencia, porque juro que me planto allí y le doy bofetadas hasta que madure de una vez».

—En primer lugar, no sabría nada de esta historia si no me hubierais involucrado hace dos semanas, por lo que ahora te aguantas. Y, en segundo lugar, o sales cagando leches de la granja y asumes tu responsabilidad para con Raquel y el bebé, que, te recuerdo, también es tuyo, o te garantizo que vas a necesitar buscarte otro lugar en el que vivir cuando papá y mamá se enteren, porque esto no lo vas a ocultar mucho más tiempo —decreté percibiendo su respiración agitada—. Mamá me ha llamado hace dos horas para sonsacarme quién era el padre de ese niño, y, aunque no se lo confiese yo, alguien lo hará, estás advertido. En un incendio, el humo te mata antes que las llamas, y el fuego se prendió en el momento en que los dos decidisteis no tomar precauciones, así que tienes dos opciones: actúas como lo haría un hombre y te tragas tu miedo, o decides pasar el resto de tu vida siendo un cobarde que cuando se arrepienta será demasiado tarde.

Ni esperé a que me contestara, sin más colgué la llamada antes de decir cosas que luego podría lamentar. Ni una sesión doble de pádel sería suficiente para destensar todos y cada uno de los músculos que tenía engarrotados por tanta presión.

«Mi vida empieza a ser un cuadro de Picasso: lo mires por donde lo mires, no tiene ningún sentido».

A pesar de que el deporte se me daba mal, logré darle a la pelota en condiciones un par de ocasiones. Eso ya era todo un logro, aunque fuera una reverenda mierda del tamaño de un piano si nos ceñimos al terreno competitivo.

«Como Ibáñez juegue conmigo, perdemos fijo».

—Dime la verdad, no has tenido una alumna peor que yo en tu vida —admití cuando recogía las raquetas y el sudor me bajaba por la nuca y me empapaba la camiseta.

—Yo siempre digo que no existen personas que jueguen mal, sino falta de entrenamiento. Con un poco de persistencia y esfuerzo…

—Lograré pasar de terriblemente penosa a suficientemente mala —bufé provocando que él se riera—. A ver, que no necesito ser buena, me conformo con no hacer el ridículo.

—Para eso necesitaremos un poquito más de entrenamiento. ¿Lo hablamos tomando algo? —preguntó lanzando una mirada que invitaba a mucho más que ese *algo*.

No me disgustaría, al menos me distraería de pensar en Beltrán, aunque no me sintiera atraída por ese chaval, pero tendría que ser otro día.

—Necesito una ducha urgente y he quedado con una compañera de trabajo, tendremos que dejarlo para el próximo día, pero yo invito, ¿vale? Al menos será una recompensa por las clases gratis. —Comprobé que él no parecía ofenderse por mi rechazo.

—Tengo un hueco el próximo martes por la tarde a esta misma hora. ¿Te viene bien?

Recordé inmediatamente que tenía turno de mañana.

—El martes me va genial.

Hacía demasiado calor para llevar vaqueros a menos que fueran cortos, y de esos no tenía ningunos decentes porque los usaba para ir a la piscina o a la playa, así que cogí el mismo vestido de flores que me había puesto el domingo anterior y, para ir un poco más arreglada, le pedí unos zapatos a Inés. Debía ir de compras urgentemente, más cuando no tenía nada que ponerme para la excursión a la montaña. Casi eran las diez cuando entré al Oasis y enseguida me percaté de que había mucha más gente que el jueves anterior, cuando Alberto y yo estuvimos casi solos.

Alberto fue el primero en advertir mi presencia y me arrastró hasta el grupo que conformaba con el resto de los residentes de primero; al parecer, ninguno tenía turno de noche. También estaban Noelia, Aurora de segundo y Elena, a la que Beltrán hizo cambiarse conmigo durante la operación por no objetarme.

—La protegida de Ibáñez —refunfuñó esta última con evidente sarcasmo.

—Eso quisiera yo. —Puse el bolso sobre la silla, donde algunos habían dejado mochilas y maletines que evidenciaban que acababan de salir de sus respectivos turnos—. Si así fuera, no tendría a Beltrán escupiendo fuego todo el día como un dragón furioso.

Daba igual lo que dijera o hiciera, seguramente a ninguno de ellos le convencería que, lejos de contar con ventaja por tener como tutor a Ibáñez, aquello me posicionaba en el punto de mira, sobre todo de Beltrán y su despotismo. Eso me recordó que no había ido a quirófano y me pregunté si era lo que él quería o si le había decepcionado no verme.

—Pues me da a mí que a Vanessa no le importaría quemarse en tu lugar.

Alberto hizo un gesto que me llevó a mirar en esa dirección y vi cómo Benítez estaba enfrascado en una conversación con Beltrán y justo al lado de este Vanessa trataba de buscar el momento oportuno para rozarse con él. Y él no parecía mostrarse molesto, por lo que estaba claro que no le importaba su cercanía. De pronto, como si fuera consciente de que le estaba observando, se volvió hacia mí. Aparté la mirada sintiéndome frágil, pequeña, sabedora del poder que sus ojos tenían sobre los míos, que me llevaban al límite y hacían revolotear un sinfín de sensaciones en mi estómago.

—Voy a pedir algo. —Cogí el bolso y me acerqué a la barra.

No había contado con encontrarme a Beltrán. ¡Qué leches! Asumí que él no se dejaría caer por ese lugar para mezclarse entre los residentes. Pero ahí estaba, y ahora sabía que él sabía que yo sabía que me había besado en la fiesta de disfraces vestido de dios griego bajo una máscara que ocultaba quién era.

Dudaba que una copa fuera a calmar esa ansiedad repentina ante lo que aquello significaba, pero al menos tenía la excusa de alejarme lo suficiente para que nadie pudiera apreciar el temblor de mis dedos.

La turbación fue disminuyendo cuando regresé al grupo y comprobé que Beltrán no tenía ninguna intención de unirse a nosotros, pero era incapaz de evitar mirarle, aunque solo fuera un fugaz instante, y no pude evitar el nudo en el estómago al comprobar que Benítez los había dejado solos y Vanessa coqueteaba descaradamente con él. La imagen me dolía: el prototipo de Vanessa encajaba mucho más con Beltrán que alguien como yo. Intenté centrar toda mi atención en el grupo, en los chistes malos de Antonio o las quejas de Mario por los turnos, pero no podía fingir que él se hallaba a menos de diez pasos. Aun sin mirarle, una corriente de electricidad me recorría la espalda. Alberto estaba a mi lado, y no me pasó desapercibida su mirada, o las veces que se acercó demasiado al oído, pero mi inquietud no la provocaba él, sino la persona que estaba a unos pocos metros de mí.

Valdepeñas, el jefe de sección de trasplantes, nos saludó con un trato mucho más próximo y jovial que el resto de los adjuntos que había conocido hasta el momento, aunque era poco probable que los residentes de primero coincidiéramos con él. Me agradó su forma de ser. La conversación derivó en la conferencia que a finales de mes se celebraría en Madrid y que uno de nosotros podría asistir junto a Beltrán si realizaba el mejor informe.

—¡Beltrán! —le llamó Valdepeñas y no me digné a girarme para ver si respondía o no—. Ven un momento —añadió con un gesto de la mano—. Parece que nuestros residentes están muy interesados en acompañarte a tu ponencia a finales de mes sobre avances tecnológicos en la rama cardiovascular. ¿Por qué no les concedes un incentivo?

—Si no me equivoco, eres tú quien examinará todos los informes y elegirá al mejor de ellos —hablaba sin mostrar ningún interés—. Si estuviera en mi mano, elegiría el mejor perfil académico.

—En ese caso, sumará un punto quien tenga el mejor perfil académico. ¿Qué más? —incitó Valdepeñas ante la incredulidad de todos.

—Menor margen de error en quirófano —contestó Beltrán.

—Eso nos dejaría a los de primero atrás —intervino Antonio.

—El chaval tiene razón. Contaremos desde ahora hasta la elección del ganador, hablaré personalmente con todos los adjuntos de la unidad para valorar quién de vosotros tiene una mayor precisión en la mesa de operaciones. ¿Algo más? —exclamó Valdepeñas dirigiéndose a Beltrán, y yo apuré mi copa para tener la excusa de alejarme hacia la barra.

—Deberán citar de memoria cada párrafo, frase y palabra del informe que presenten. —Mi corazón se paralizó—. Cada error contará como una penalización y un margen superior a cuatro supondrá la descalificación.

«La madre que me parió… ¿He entendido lo que creo que he entendido?».

Mis ojos buscaron los suyos, y allí estaba ese fulgor azul intenso que entraba a raudales por mi cuerpo arraigándose a cada centímetro de mi piel con una posesión única.

¿Qué significaba aquello? ¿Es que quería que yo fuese su acompañante? Imposible, yo era de primer año, era impensable que pudiera ganar frente a otro residente con mucha más experiencia.

—Creo que el doctor Beltrán ha dejado el listón muy alto, aunque no imposible.

Si alguien se enteraba de mi capacidad para memorizar, se delataría a sí mismo. ¿Acaso no le importaba? Aunque la pregunta más bien sería: ¿Por qué? ¿Para qué querría Beltrán que yo le acompañase en ese viaje? La imaginación volaba demasiado rápido intentando darle una respuesta a la pregunta y tuve que frenar los pensamientos antes de aferrarme a ellos.

Dejé el vaso vacío en la barra con la intención de pedir otro igual. El camarero miró por encima de mi cabeza y se acercó.

—Lo que sea que tome ella y un Old Fashioned.

Escuché esa voz ronca y algo rota alzándose por encima de la música y el gentío del local. Se había llenado aún más en la última media hora y un grupo de gente nos ocultaba del grupo de la unidad que aún charlaban con Valdepeñas.

—Ilusión —dije refiriéndome al cóctel cuando el camarero me miró fijamente.

—¿En serio, Nora? —exclamó él con un matiz de diversión en su tono de voz y sentí cómo pegaba su cuerpo al mío.

Ese calor reconfortante que embargaba cada célula de mi ser cuando me rozaba era indescriptible y casi me hacía gemir al instante. Lo hiciera de forma inconsciente o no, la sensación era la misma.

—¿Ahora me vas a culpar por el nombre de un cóctel? —Lo que me faltaba ya.

Por suerte el camarero colocó los dos vasos con hielo frente a nosotros, en uno había azúcar moreno y piel de naranja, en el otro grosellas y limón. Vi la mano de Beltrán sobresalir por encima de la barra a mi izquierda dejando a la vista su reloj, un modelo en acero, con números romanos en la esfera y cuyo fondo era del mismo azul que sus ojos.

«Un Rolex. Y seguro que no es falso, *obviamente*».

—Puedo culparte de muchas cosas, como de no asistir a quirófano hoy, por ejemplo —terció mientras veía cómo el camarero echaba vodka y aperol en mi vaso y bourbon en el suyo.

—Si no recuerdo mal, era mi elección, aunque preferías que me quedara repasando los archivos para tu investigación —contesté, aún si girarme para verle, mientras el camarero vertía licor de mango y zumo de maracuyá en mi vaso.

—¿Y desde cuándo haces lo que te pido?

Esta vez llamó realmente mi atención y me volví casi al mismo tiempo que el camarero vertía el zumo de lima sobre ambas bebidas antes de entregárnoslas.

Beltrán le paso una tarjeta para que cobrase las dos, ni siquiera apartó su vista de la mía.

—¿Quieres que te desobedezca? —pregunté casi sin aliento, con un tornado en mi interior que vaticinaba arrasar hasta mi última inspiración.

Beltrán era ese viento huracanado que asola, devasta, saquea y aniquila con una tenacidad insaciable, un rugido de emociones comparable a una tormenta eléctrica despiadada que me arrastraba hacia las profundidades de un caos que se abría paso en el centro de mi ser y ni siquiera era necesario su roce para saber que allí estaba, que su presencia obnubilaba todo lo demás. Una gravedad que me atraía sin oponer resistencia.

—Si tu naturaleza fuese obedecerme, te habrías marchado del hospital el primer día —dijo con firmeza—. Solo hay un lugar en el que te exigiría obediencia y te aseguro que no está en ese hospital.

—¡Leo! ¿Todo bien? —La voz de Alberto llegó hasta nosotros y tiró de mi brazo apartándome de Beltrán.

—Sí —afirmé—. Por supuesto, es que había demasiada gente en la barra, por eso han tardado tanto.

Solo cuando regresamos junto al resto del grupo, me giré para buscar a Beltrán, y este no estaba por ninguna parte. No sabía si se había marchado o estaría al fondo donde no podía verle, pero ese escalofrío que siempre me recorría la columna vertebral cuando él estaba cerca había desaparecido.

—Me pareció creer que necesitabas ayuda con la furia del dragón —comentó Alberto con una mueca divertida.

—Gracias —contesté fingiendo una sonrisa.

Puede que hubiera resistido a su furia, pero, desde luego, no iba a lograr sobrevivir al fuego abrasador que amenazaba con calcinar hasta mis entrañas y que me estaba haciendo perder la cordura.

18

La inquietud y un malestar me acompañaron gran parte de la mañana del viernes, quizá porque había dormido poco pensando en las últimas palabras de Beltrán justo antes de que Alberto nos interrumpiese. ¿Qué significaba que el único lugar donde me exigiría obediencia estaba fuera del hospital? Tenía que ser la investigación, era lo más racional, aunque mi mente decidía viajar por lugares inhóspitos que deseaba explorar.

Debía ser determinante y no adentrarme en un terreno de arenas movedizas donde lo único que lograría sería quedar atrapada y hundirme en el fango más profundo. Porque eso es lo que sucedería con Beltrán y con todo ese huracán que provocaba en mi interior cada vez que estaba cerca de él.

«No se trata de lo que deberías hacer o de lo que él espera que hagas, sino de lo que tú quieres realmente, el resto no importa, y si tropiezas, te levantas, pero solo si es lo que de verdad deseas». Habían sido las palabras de Soraya cuando hablamos aquella misma mañana. Y no le faltaba razón, la cuestión era que ni siquiera lograba saber qué quería en realidad.

Llegué apresuradamente hasta la sala de reuniones. Reconocí a Eduardo y Elena, que trabajaban en silencio rodeados de carpetas y documentos con sus ordenadores abiertos. Quizá ya habían comenzado el informe sobre cirugía de reparación de defectos congénitos para obtener el premio. Tenían muchas más probabilidades de ganar que yo, pero la voz de Beltrán susurrándome al oído que deseaba que le acompañara, se adentraba como un murmullo suave, un eco confidente de promesas secretas que borraban todos mis miedos o dudas para dejar únicamente el ardor que él despertaba en mi interior.

«Y ahora sufro alucinaciones... Al final acabo en la Unidad de Psicología, lo veo venir».

—¡Leo! —Me giré al oír mi nombre y vi que se trataba de Carmen—. Beltrán me ha enviado a buscarte, han solicitado una consulta en Medicina Interna para la revisión de un caso, y parece que le urge.

—Qué novedad... —gemí con frustración y enseguida me coloqué a su lado para emprender la marcha.

En el momento en que Carmen y yo llegamos a la Unidad de Medicina Interna, la paciente estaba de pie, agarrada al soporte metálico donde había colocada una bolsa de suero que iba directamente a su vía en el brazo izquierdo. Beltrán no apartaba la vista del historial clínico de la paciente y la radiografía que podía apreciar a cierta distancia en la tablet que tenía entre sus manos.

—¿Qué tenemos? —pregunté ante el silencio demasiado incómodo en torno a la paciente.

—Si hubieras llegado a tu hora lo sabrías —contestó sin alzar la vista.

«Don Amabilidad en persona ha regresado».

—La paciente presenta pericarditis agravada, no es la primera vez que ocurre, por eso os hemos llamado, en esta ocasión creemos que se trata de taponamiento cardiaco —contestó en su lugar el médico de la paciente.

—¿Y se sabe cuál es la causa? —pregunté directamente al doctor, que negó con la cabeza.

—Llevo años sintiendo —hizo una pausa para toser— dolores agudos, presión en el pecho y —continuó tosiendo— me paso la vida tomando analgésicos —más tos— mientras entro y salgo —de nuevo tos— de hospitales porque nadie es capaz de decirme nada.

—Esta vez el golpe de tos fue más severo—. Según ellos, solo tengo fibromialgia. ¿La fibromialgia causa esto? —Era evidente la molestia y el malestar de la paciente, que no dejaba de toser.

Miré a Beltrán, que continuaba repasando la tablet en silencio, y luego observé a Carmen, callada a mi lado. Tal vez pensara que, si hablaba, la furia de Beltrán se cernería sobre ella.

—No. —Beltrán le entregó la tablet con la radiografía en la pantalla—. Tenéis dos minutos para decirme qué procedimiento utilizaríais en su caso —continuó sin mirarnos y caminó hasta la paciente—. Porque no padece fibromialgia, sino lupus, una enfermedad autoinmune difícil de detectar.

Mi vista se fue de la tablet a Beltrán, que estaba inspeccionando a la mujer, que le observaba atónita.

—¡Es imposible que pueda afirmarlo sin un análisis para detectar anticuerpos nucleares y marcadores de la enfermedad! —exclamó el médico interno.

—¿De verdad? —gritó Beltrán—. Pida los análisis entonces —concluyó cruzándose de brazos—. Mientras llegan, solicite a la enfermera que programe cirugía lo antes posible.

—¡No puedo solicitar análisis solo porque tenga una revelación sin fundamento! —proclamó el internista—. A esta paciente se le han practicado todo tipo de pruebas y ninguna ha revelado que pudiera padecer lupus.

—Muy bien, aquí tiene sus fundamentos. —Beltrán se giró hacia el médico dándole la espalda a la paciente—. Su paciente presenta fatiga, apenas puede mantenerse en pie y, aun así, prefiere hacerlo porque la presión en el pecho, si está acostada, le impide respirar debido a la intensidad del dolor que le provoca, lo que también explica la tos seca continua. Presenta sensibilidad solar, por eso no deja de darle la espalda a la ventana, y no hay que ser un genio para comprobar que su densidad capilar ha descendido considerablemente, incluso se aprecian cabellos por la ropa. En el cuello se puede ver el inicio de una erupción cutánea que también ha comenzado en sus manos de forma reciente y, según su historial clínico, ha sido tratada en varias ocasiones por problemas renales. Sobre la mesa, junto a su bolso, veo analgésicos que palian síntomas de mareos y dolor de cabeza, de los que está claro que la paciente abusa en altas dosis para calmarlos, pero si eso no es suficiente, pídale que abra la boca. Imagino que, si la placa que lleva en su bata no la ganó en una rifa, sabrá qué es lo que encontrará.

El médico no reaccionaba, parecía boquear como un pez sin emitir ningún sonido.

Yo era incapaz de apartar la vista de Beltrán. ¿Como demonios había visto todo eso si tenía la vista fija en esa estúpida tablet? ¿Es que tenía superpoderes? Ni siquiera médicos especialistas habían sido capaces de hallar la causa, a pesar de que la paciente llevaba años con esos síntomas.

«Y no ha necesitado una mierda…, le ha bastado verla dos segundos. Ni experiencia ni leches, a mí que no me cuenten historias, este tío no parece humano».

—¿Tiene cura? —alertó la voz de la mujer aún sorprendida.

—Tiene tratamiento. Su médico se lo prescribirá cuando confirme la enfermedad.

No esperó a que nadie añadiera nada más, se limitó a salir de la sala y empujé a Carmen hacia la puerta para seguirle. Probablemente estaba igual de estupefacta que yo.

—¿Y bien? —exclamó de brazos cruzados mirándonos a ambas.

Di un codazo a Carmen para que hablase primero.

—Pericardiectomía —soltó ella y apreté los labios con fuerza.

—¿Estás de acuerdo con ella? —preguntó mirándome solo a mí.

—Optaría por fenestración de pericardio —afirmé, y él sostuvo mi mirada.

—¿Por qué? —exclamó retándome con aquellos ojos que se oscurecían ligeramente.

—Es menos invasiva y, dado el cuadro que presenta la paciente, supone un menor riesgo. En la radiografía no se aprecia tejido cicatricial, por lo que presuponemos que no hay riesgo de constricción pericárdica, será suficiente drenar el líquido y aliviar la presión del corazón.

Si me hubiese equivocado, me habría fustigado de inmediato, así que, cuando dirigió su vista hacia Carmen, supe que no estaba desencaminada.

—¿Sigues queriendo defender la pericardiectomía? —le preguntó.

—No, doctor Beltrán. Leo tiene razón —respondió sin apenas mirarle.

—Muy bien, Nora, te has ganado entrar en quirófano y ser mi asistente —afirmó dándose la vuelta—. Y si vuelves a llegar tarde, el único quirófano que verás será el de ensayos.

Mis pulmones se llenaron de aire y mi corazón comenzó a tener un latido menos acelerado cuando vi cómo se perdía por el pasillo.

«El día que ese hombre no logre alterar todos mis sentidos creeré que me he muerto».

—¿Es siempre así? —preguntó Carmen.

—¿Te refieres a lo de ser un capullo intimidante y arrogante? Sí, desafortunadamente sí.

Apenas tuve una hora para comer antes de continuar con la jornada. Beltrán se había marchado del hospital sin previo aviso dejándonos a Carmen y a mí en el laboratorio de ensayos para practicar una fenestración del pericardio guiada. Imaginaba que su intención era que conociera perfectamente cada proceso antes de meterme en quirófano con él y que la liara parda. Algo que no tenía del todo claro si sucedería, porque el ensayo había sido desastroso.

—¿Has comenzado el informe que hay que presentar a Valdepeñas? —preguntó Carmen mientras salíamos de la sala de conferencias de la unidad.

—Aún no sé si participaré. ¿Y tú? —pregunté al tiempo que me detenía en la máquina de café.

Tenía toda la intención de pasarme parte de la noche estudiando los archivos de la investigación de Beltrán, así que necesitaba cafeína para mantenerme despierta.

—Me niego a perder mi tiempo en una causa imposible. Ganará alguno de cuarto o quinto año, es predecible —admitió dejándose caer sobre la pared, y no le faltaba razón.

—Si soy sincera —afirmé pulsando el botón tras meter la moneda—, el único impedimento que le veo es que hay que ir con Beltrán —continué viendo cómo el vaso se llenaba—. Aguantarle una jornada ya acaba con mi paciencia. ¿Imaginas cuarenta y ocho horas? Terminaría en un centro psiquiátrico de por vida…

Las risas de Carmen se escucharon por todo el pasillo.

—Pues Vanessa está segura de que va a ser ella quien gane, según me dijo anoche. Beltrán no puso impedimentos a que coqueteara con él, dice que será él mismo quien priorice que sea ella la elegida y que antes de que acabe el mes se habrá metido en su cama —aseguró, y una sensación de celos enfermizos comenzó a adentrarse en mis entrañas.

«No me importa. Me da igual. No significa nada. Y un pimiento moreno».

—No creo que Beltrán tenga mucho poder de decisión —mentí fingiendo desinterés—. Es cosa de Valdepeñas. —Cogí el vaso de cartón y comenzamos a caminar por el pasillo.

—Tal vez por eso ha cambiado varios turnos con otros residentes la próxima semana para coincidir con Valdepeñas. ¿No crees?

Su confesión hizo que mi estremecimiento fuera mayor. Me mordí el labio para no soltar lo que pensaba en esos momentos, pero la jugada por parte de Vanessa parecía extraordinaria, solo que sus oportunidades de vencer al resto de los residentes eran mínimas, ¿no? O tal vez es lo que necesitaba pensar para no imaginarme a esos dos juntos en la cama de un hotel.

Tres horas más tarde estaba buscando información sobre defectos congénitos en lugar de repasar los informes de la investigación de Beltrán. No tenía celos de Vanessa. En absoluto. Solo lo hacía porque la conferencia era interesante y beneficiaría a mi carrera.

«Ya, y los cerdos vuelan, a lo mejor si lo repites quinientas veces más, terminas creyéndotelo».

Celos o no, lo único cierto es que acabé a las cuatro de la mañana con casi medio informe elaborado y sin repasar un solo documento de la investigación de Beltrán.

«El miércoles me va a fulminar, y no van a quedar ni mis huesos».

El sábado todos los residentes de primer y tercer año teníamos turno de mañana o tarde. La excursión a la montaña del día siguiente era obligatoria, así que en cuanto salí de mi turno de mañana, en el que tampoco vi a Beltrán, me fui de tiendas con Inés, que estaba encantada de acompañarme.

Mi intención solo había sido la de comprar un par de cosas para ir a la montaña, pero acabé con más de diez bolsas y la sensación de haber practicado lucha libre durante tres horas. Ni siquiera llegué a preparar la cena, me quedé completamente dormida cuando me tumbé sobre la cama antes de colocar todo en el armario.

Inés me había recomendado ir con pantalones cortos y con camiseta de algodón que cubriera los hombros, se preveían altas temperaturas para el día siguiente y si me ponía pantalones largos podría calcinarme viva. El minibús nos recogía en la puerta del hospital a las seis de la mañana, tardaba una hora en llegar hasta Xeresa para comenzar la escalada del macizo del Mondúver, unas tres horas según el programa.

Lo único bueno de todo aquello es que la excursión contaba como una jornada de trabajo pagada, pero no sé si era peor sufrir el sol de pleno julio con una humedad de mil pares de narices o al capullo de Beltrán sacando defectos a todo lo que hiciera. Porque daba por descontado que él no se iba a prestar a una excursión de pacotilla, a pesar de que el resto de los tutores estaban allí. Podía justificarse con el hecho de no ser mi tutor real.

Casi toda la hora de camino a Xeresa transcurrió en un generoso silencio, probablemente porque la mayoría aprovechamos para dormir, a juzgar por las caras de somnolencia al bajar del pequeño autobús. González alzó la voz para que nos reuniésemos alrededor y vi un chico joven bien equipado que tenía pinta de ser nuestro guía.

Antes de que comenzase a hablar, el rugido de un motor provocó que todos volviéramos la vista hacia el sentido del que provenía aquel sonido, y el vehículo deportivo de Beltrán logró que los latidos de mi corazón se apresurasen de inmediato.

No me lo podía creer. Aún hacía un poco de fresco a las siete de la mañana y mi piel se erizó aún más cuando bajó del coche.

«Santa madre del amor hermoso...».

No estaba preparada para ver a Beltrán con unos pantalones de color tierra llenos de bolsillos a los lados, las botas robustas y una camisa blanca de lino remangada hasta los codos, pero por si eso fuera poco, las gafas de sol y aquel sombrero le hacían parecer el buenorro de una expedición de arqueología.

—¿Vamos a buscar un tesoro y no me he enterado? Es que ni Indiana Jones está tan bueno, no me jodas —refunfuñé y escuché las risas de Carmen a mi lado, que me constataron que lo había dicho en voz alta.

«Mierda, espero que solo haya sido ella».

—La misión de esta excursión no son las seis horas que nos llevará alcanzar la cima y bajar, sino fortalecer vínculos con vuestros compañeros, tutores y adjuntos, así que hemos dividido la etapa en tres tramos y se os ha asignado un compañero en cada uno de ellos con el que pasaréis una hora. Antes de comenzar os daré una lista de preguntas que tendréis que saber contestar de las seis personas con las que compartáis dichos tramos.

Miré mi lista y vi a Beltrán en tercer y cuarto lugar, arqueé una ceja ante el hecho de que a diferencia de lo que había indicado González, tuviese que pasar dos horas con mi tutor en funciones. Estaba claro que sustituía a Ibáñez, pero bien podría haberse negado a ir.

—¿Quién te ha tocado? —preguntó Alberto por encima de mi hombro mirando mi lista.

En todo caso no le tenía a él, aunque eso ya lo sabría.

—Vanessa, González, Beltrán, Eduardo y Antonio. —Vi cómo la primera de mi lista me observaba con fastidio.

—Tienes dos veces a Beltrán, tal vez sea un error y podamos cambiarlo para hacer un tramo juntos —sugirió Alberto con la intención de dirigirse a González.

—No es ningún error —terció Beltrán interrumpiendo la conversación, y en mi garganta se formó un nudo—. Así que limítate a las personas de tu lista.

Alberto alzó el mentón para encararle y pude apreciar cómo Beltrán no se amilanaba ante aquel gesto; es más, dio un paso al frente, quizá esperaba que le contradijera, pero mi compañero se alejó de nosotros.

—¿Era necesario? —exclamé observando a Beltrán, que no apartaba la vista de Alberto mientras se marchaba.

No podía ver sus ojos a través de los cristales de las gafas que reflejaban mi imagen, pero estaba claro que me observaba.

—Me apetece muy poco subir esa montaña y la única razón por la que estoy aquí eres tú —soltó y mi boca comenzó a abrirse paulatinamente—. No te hagas ilusiones —terció de inmediato, y me recompuse—. Debería ser Ibáñez quien te acompañase, pero los dos sabemos que me dejó a cargo de sus funciones, así que durante un tramo seré tu tutor y durante otro tu superior. —No sé cuál de los dos es peor, sinceramente.

«Menuda cruz…».

Nos dispersamos según las indicaciones del guía y me coloqué junto a Vanessa, que no parecía entusiasmada ante la idea de que hiciéramos el primer tramo juntas. Estupendo, el rechazo era mutuo…, y no porque me cayera mal, sino por cómo se comportaba conmigo desde el primer día sin siquiera hacerle nada.

—¿Quieres empezar tú o comienzo yo? —pregunté en cuanto iniciamos la marcha y nosotras estábamos en la parte final del grupo.

Había visto a Beltrán junto al guía y poco después Eduardo se colocó a su lado.

—No creo que tu vida sea demasiado interesante, mejor comienzo yo —soltó quedándose tan pancha.

«Menuda penitencia de tía. Esto va a ser superdivertido».

El monólogo de Vanessa comenzó con Barcelona y acabó con un paseo por todas las firmas de lujo de las que tenía un bolso en su casa. No sé cuántas mencionó, tampoco me importaba, había desconectado después de Prada, Versace o qué sé yo. ¿Qué más daba? Lo relevante del asunto es que cuando le comenté que me extrañaba no haber coincidido en la universidad, cambió de tercio restándole importancia. En el momento en que González nos dijo que debíamos cambiar de pareja sentí más alivio que una vejiga al vaciarse cuando está a punto de reventar.

«Un minuto más y me lanzo del barranco, literal».

Subí a la cabeza de la fila por parejas mientras todos se intercambiaban y me crucé con Beltrán, que descendía, sentí el roce de su brazo con el mío y la intensidad eléctrica que recorría mi cuerpo con aquel simple gesto. ¿Por qué no me sucedía con Alberto o con Álex en la pista de pádel? Solo él lograba causarme aquello y no vislumbraba la explicación.

Saqué la botella de agua para beber un poco, el sol empezaba a subir de intensidad, y entre el ejercicio y la temperatura, notaba las gotas caer por mi nuca hacia la espalda. A diferencia de Vanessa, González estaba más interesado en que le contara cosas sobre mi vida más allá de la lista y los sesenta minutos fueron apenas un instante, de no ser por el temblor palpable en mis piernas: el tramo comenzaba a hacerse más angosto, estrecho y de difícil recorrido.

Para el momento en que Beltrán se colocó a mi lado, nos enfrentamos a la parte más difícil según el guía, en la que habría bastantes tramos con cuerdas para evitar caídas, tanto en el ascenso como en el descenso.

«Genial, me va a tocar la parte chunga con el chungo para que vea cómo hago el ridículo cayéndome de culo o me parto una pierna».

—Te tiemblan las piernas, así que siéntate cinco minutos y deja que el resto continúe la escalada. El guía no exagera, en el siguiente tramo es fundamental cada pisada y tu calzado es deprimente. ¿Nadie te advirtió que calzaras unas buenas botas de montaña? —soltó antes de que abriese la boca para realizar la primera pregunta.

—Yo iba a decir cuál es tu segundo apellido, pero eso también me vale —contesté mientras me sentaba sobre una roca y veía cómo ascendía todo el mundo, incluido Beltrán.

«Y encima se pira, genial».

Los últimos en sobrepasarme fueron Condado y Carmen. Llegué a escuchar la palabra «nutria» en boca de la adjunta. ¿El animal favorito de Condado era una nutria? Tampoco me sorprendía.

En el momento que comenzaba a perder de vista la camiseta roja de Carmen me levanté, lo último que me faltaba era que Beltrán me hubiera abandonado allí mismo y me perdiera en el monte. Algo que sería capaz de hacer de forma intencionada para vengarse de tener que venir a esta excursión por mi culpa, pero sorprendentemente apareció con paso apresurado hasta quedarse a unos metros de distancia.

—No pienso llevarte a cuestas, así que comienza a mover los pies. —Alzó la voz y solté un improperio por lo bajo mientras sentía cómo mis pies burbujeaban.

«De esta me salen unas ampollas que ni pisando brasas».

—Seguro que amabilidad no entra en la definición más repetida que harían las personas que te conocen —dije llegando a su altura.

—Mira, acabemos con esta absurda lista —bramó ajustándose el sombrero—. Arteaga, negro, serpiente, bourbon, no fumo, ninguno, machete, Kafka, clásica, perro, montaña, sagitario, Cristian Bernard, Leal, invierno, gastronomía francesa, amanecer y, por último, no lo querrías saber.

¿No quería saber su sueño más recurrente? ¿Por qué?

—Ortiz, verde menta, león, vodka, no fumo, dos, caña de pescar, Jane Austen, pop, perro, playa, leo, Elena de Céspedes, sincera, verano, mediterránea, atardecer y, por último, tampoco lo querrías saber.

Si él no tenía intención de compartir el suyo, menos pensaba decirle el mío, sobre todo porque últimamente siempre aparecía él.

—¿Salgo en tus sueños, Nora? —increpó dando un paso hacia mí.

—¿Y yo en los tuyos, doctor Beltrán? —contesté con cierto temblor en la voz que traté de mitigar y del que esperaba que él no se hubiera dado cuenta.

—¿Es lo que querrías? —respondió con otra pregunta.

—En absoluto —objeté—. Diría más bien que, de ser así, sería en tus pesadillas por tu forma de tratarme —apunté y casi vi sus dientes al dibujar una breve sonrisa.

—*Touché.*

Y emprendió la marcha, los dos guardamos silencio.

El último tramo hacia la cima no albergaba demasiada pendiente, pero sí ascensos y descensos continuados en tramos muy cortos en los que había que tener especial cuidado, por eso la mayoría estaban llenos de cuerdas a las que aferrarse. En un momento en que coloqué el pie para alzarme, la zapatilla resbaló por el terreno arenoso y unas manos me sujetaron por la cintura para evitar que me diera de bruces contra el suelo.

—Estoy bien —dije rápidamente—. No necesito ayuda.

Mis piernas temblaban, mis pies ardían y lo último que necesitaba era a Beltrán escupiendo fuego sobre mi incapacidad física. No, gracias.

—Déjame dudarlo —advirtió con su típica condescendencia.

—Mira, ya me has dado todas las respuestas a las preguntas, así que has cumplido con tu deber hacia Ibáñez. Puedes irte, si me pregunta González me inventaré cualquier excusa, está claro que me consideras un grano en el culo, así que te libero de tu obligación —solté sin aguantar un minuto más el sofocante calor que comenzaba a hacer a esas horas.

Saqué la botella de agua de agua y no solo le di un trago, sino que literalmente dejé que parte del contenido me cayera por el cuello y la espalda con la seguridad de que Beltrán se iría, pero cuando levanté la vista, allí seguía, observándome.

—Imprudente, temeraria, terca e inconsciente —comentó sin dejar de mirarme—. Si logras no caerte el resto del recorrido dejaré de considerarte un grano en el culo.

—¿Y si me caigo tendrás razón? —pregunté viendo mi reflejo en sus gafas y dándome cuenta de que la camiseta se me había quedado completamente pegada al pecho.

«Ahora soy todo un espectáculo…, genial».

—Yo siempre tengo razón —contestó altivo—. Si te caes y evito que beses el suelo, me deberás un favor muy grande.

—¿Qué clase de favor? —gemí.

Por mi mente pasaba todo tipo de propuestas, desde las más infantiles o carentes de sentido hasta las más sugerentes y con una carga sexual incandescente.

«Por Dios, piensa en otra cosa, por ahí no van los tiros».

—¿Por qué te interesa, si has dicho que no necesitas ayuda? —exclamó él pasándome de largo.

—Solo para ser claros. ¿Si logro culminar la cima no habrá ningún reproche, ningún tono descortés o autoritario, ninguna falta de respeto y sobre todo ninguna desconsideración en público? —pregunté a pesar de que me daba la espalda.

—Eso es —contestó con una tranquilidad pasmosa.

—Ya te gané una vez. —Le recordé su primer reto para echarme del hospital.

—Diría entonces que esto parece mucho más fácil. ¿No crees? —insistió.

—Muy bien —dije adelantándole y haciendo caso omiso al fuego que había en el interior de mis zapatillas.

«Por mis santas narices que este no me gana hoy, así me despeñe a la vuelta».

Ya fuese mi seguridad o no, calculé cada pisada con precisión hasta estar segura y, aunque tuve un pequeño resbalón que me hizo crujir el tobillo, no llegué a caerme. La cima de la montaña se acercaba y cada vez tenía más claro que iba a lograr ganar aquella especie de apuesta.

Ni siquiera podía imaginar a Beltrán tratándome como un ser cordial, sin ser condescendiente, despótico, arrogante, tratando de humillarme ante cada falta y regodeándose por ello. Puede que fuera así con todo el mundo, pero desde luego lo era aún peor conmigo. ¿De verdad podría tratarme como una persona normal? Me parecía surrealista, pero lo comprobaría a la bajada de la montaña.

—Faltan tres días para nuestra reunión privada. ¿Has repasado la mayoría de los archivos que te pasé? —preguntó justo antes de que alzase la vista y viera cómo los primeros de la fila estaban a punto de alcanzar la cima.

—Todavía me quedan varias carpetas por repasar.

Mentí a medias, porque apenas había leído una cuarta parte. Siendo sincera, no iba a lograr leerlo todo, aunque no durmiese nada de aquí al miércoles.

—¿Y qué has estado haciendo? —increpó como si no tuviera nada mejor que hacer que leer sus puñeteros archivos.

—Pues no sé... ¿Vivir? ¿Trabajar? ¿Hacer ese puñetero informe de defectos congénitos? —le reproché.

—Es técnicamente imposible que un alumno de primero logre ser elegido para acompañarme a la conferencia, deberías saberlo y enfocar tu tiempo en otra actividad más productiva.

¿Y para qué mencionó lo de memorizar el informe si no quería que participara?

«Es bipolar. ¡No me jodas! Me ha tenido más perdida que una pulga en un puñetero peluche cuando la respuesta era obvia; está majareta. Si es que ya decía yo que no era posible que estar tan bueno estuviese ligado a estar cuerdo».

—Pues llegas tarde, ya lo he terminado —dije sin admitir que no lo había redactado, ni repasado, ni que me faltaba añadir más contenido, porque en realidad estaba a la mitad.

—Si lo has acabado tan pronto, debe ser realmente mediocre —terció, y sentí cómo mi sangre bullía en las venas.

«Si es que no puede evitar ser un cretino. ¿Que sabrá él si es mediocre o no? Claro…, como es don Perfección Absoluta. ¡Maldito narcisista de mierda!».

Agarré con fuerza la cuerda porque no estaba segura de poder controlarme, pero estaba tan llena de cólera que no calculé bien dónde pisé y se me dobló el pie en la roca. Perdí el equilibrio al tratar de apoyar el otro pie para ejercer contrapeso, trastabillé hacia delante, justo en el saliente donde había un descenso considerable, y yo iba a realizar una caída libre sin paracaídas, puede que no me matara, pero saldría con más de una fractura, eso seguro.

En el momento que sentí cómo mis pies se colocaban de puntillas y mis brazos hacían aspavientos tratando de ser un pajarito que iniciaba el vuelo en un equilibrio casi imposible, un brazo firme atrapó mi cintura justo antes de caer y me empujó hacia atrás, hacia la firmeza de algo tibio, firme y reconocible. Su torso.

—Te tengo —susurró en un jadeo con respiración agitada—. Te tengo —volvió a decir en un tono de voz más grave—. Te tengo —repitió y, esta vez, a pesar de mi conmoción, casi aprecié temor en sus palabras.

«Como si lo estuviera diciendo más para sí mismo que para mí».

19

Debería sentir rabia, frustración e incluso un resentimiento profundo porque, de no ser por su incesante modo de despreciar cualquier cosa que tuviera que ver conmigo, no habría estado a punto de despeñarme por el barranco y encima tener que darle las gracias por evitarlo. En cambio, lo único en lo que podía pensar mientras el minibus nos llevaba de vuelta al hospital era en su voz susurrando en mi oído: «Te tengo» una y otra vez.

Me había separado de él guardando un silencio absoluto, habíamos tomado la cima junto al resto del grupo minutos después y durante el primer tramo de descenso que estuve con Beltrán, el guía no se separó de nuestro lado. Él me ayudó a pasar todos los tramos angostos logrando evitar cualquier rasguño.

No volví a hablar con Beltrán, al menos no directamente. Se dedicó a mantener una conversación bastante cordial con el guía y descubrí que no era la primera vez que hacía ese recorrido, tal vez por eso era consciente de la dificultad en cada tramo y que precisamente los más complicados me habían tocado a su lado. ¿Era casualidad? Debía serlo, dudaba que él pudiese hacer presión sobre González para favorecerme en algún sentido.

Después le vi con Vanessa. Ella parecía muy feliz por pasar una hora a su lado y, a diferencia de mí, no soltó todas las respuestas de golpe, sino que dejó que ella se las fuese preguntando una a una mientras él respondía con una amabilidad asombrosa. ¿Por qué no me trataba a mí del mismo modo?

Para comer habían reservado en un restaurante del pueblo. Beltrán se marchó sin despedirse, se suponía que su marcha debía aportarme serenidad y sosiego, pero en realidad albergaba desazón y nerviosismo.

Ni siquiera yo sabía qué quería de él. ¿Su aprobación? ¿Una consideración? ¿Algo que no fuese una constante determinación de mi nefasta capacidad como cirujana? Que se comportase conmigo de ese modo en contraste con lo que provocaba al mismo tiempo en mi interior me desquiciaba. Y que me hubiera besado en la fiesta de disfraces no ayudaba en nada.

El resto de la tarde lo pasé entre la cama y el escritorio, después de hablar un buen rato con mi madre. Seguía sin saber que Marcos era el padre del bebé de Raquel, aunque los dos iban a oírme cuando llegase al pueblo el jueves siguiente. Estuve leyendo por encima algunos archivos de la carpeta que compartía con Beltrán mientras chateaba con las medicómicas para contarles lo sucedido en la montaña.

Despotricar sobre Beltrán se había vuelto el deporte favorito de mis amigas. Ahora la teoría sobre ese favor que Beltrán me pediría era la mofa preferida de Cristina. Según ella, pronto descubriría el polvazo del siglo, aunque la simple idea me hacía reír. Solté el teléfono y me quedé pensando en lo sucedido. A pesar de las risas que me provocaban mis amigas, lo cierto es que aún sentía una inquietud en el pecho, en el modo en que Beltrán me había cogido para que no cayera y, sobre todo, en sus palabras. ¿Realmente me tenía?

El lunes vi en la tabla de la sala de reuniones que mi nombre aparecía como asistente en la operación de las seis de la tarde. La paciente era la mujer que padecía de lupus, a la que había que realizarle la fenestración del pericardio para retirarle la acumulación de líquido alrededor del corazón.

—¡Tu primera operación como asistente! ¡Y nada menos que con el jefe de Cirugía Cardiovascular! ¿Estás nerviosa? —La voz de Noelia a mi lado mientras observaba detenidamente la tabla me hizo reaccionar.

—Dudo que Beltrán me deje hacer nada importante, pero no voy a negar que me tiemblan las piernas —admití.

—Bueno, seguro que es por la excursión de ayer, nadie admite que es una paliza y encima no conceden permiso al día siguiente. Eso forma parte de la actividad, quieren que trabajemos sobre presión y cansados para acostumbrarnos en momentos de necesidad.

Su argumentación tenía sentido. Mis pies continuaban doloridos y había tenido que llenarme de apósitos para no sentir el roce del calzado esa mañana, al menos no sentía las piernas tan fatigadas como había imaginado.

—Y supongo que hacerla en pleno julio con este calor de mil demonios tampoco es casualidad —agregué.

—Supones bien —concluyó Noelia antes de marcharse.

Me senté en la sala de reuniones para repasar algunos archivos desde el iPad antes de comenzar mi turno. Supervisaría a pacientes de postoperatorio junto con Elena.

Un quirófano debería ser ese lugar donde el sueño de vivir se cumple, los milagros florecen y de algún modo se renace o se prolonga la vida. Un sitio en el que las manos entretejen una melodía de precisión que da esperanza a los que residen fuera de este. En definitiva, en un quirófano no debería haber cabida para el terror, el miedo o el silencio que acallan las sombras de la inquietud, pero a medida que me lavaba las manos minuciosamente, el pavor se había apoderado de cada célula de mi ser y me devolvía a las pesadillas más profundas.

—¿Has repasado el proceso quirúrgico? —La voz de Beltrán irrumpió en la pequeña antesala y me hizo dar un respingo.

Estaba tan centrada en mi propia voz aullando con un miedo visceral que no había sido consciente de lo que me rodeaba.

—Sí… —jadeé.

—Bien —contestó él—. Ahora lo comprobaremos.

Casi me arrepentía de no haberme despeñado por el barranco para no tener que soportarle una buena temporada.

Mientras la enfermera citaba todos los presentes en la intervención, mis nervios aumentaron cuando comprobé que solo estábamos como cirujanos Beltrán y yo. Ningún otro asistente. Ningún otro residente que viniera a ver la operación. Nadie más que no fueran el anestesista y las dos enfermeras.

¿Pensaba hacer todo él con una asistente de primero? No era un procedimiento demasiado complejo, pero tampoco sencillo, y la posibilidad de que se pudiera complicar según el estado de la paciente era alta.

La mujer ya se encontraba anestesiada y con las constantes normales. En cuanto Beltrán cogió el bisturí para realizar la incisión en la pared del pecho, la música comenzó a envolver la sala con la melodía de «Experience», de Ludovico Einaudi, quizá una de las pocas piezas clásicas que había identificado entonces.

—¿Cuál ha sido tu puntuación en el ensayo? —preguntó sin apartar la vista de la paciente dormida, conforme las capas de piel se abrían igual que un libro.

«Buscar mi propia metáfora para describir lo que hacemos». Había dicho Beltrán cuando confesó que para él operar era como tocar una melodía con el violín. Yo, sin embargo, podía imaginar un libro en el que cada capa de piel era una página distinta, y cada incisión, una aventura nueva que descubrir.

—Ochenta y dos por ciento —contesté observando el latido del corazón mientras sujetaba las pinzas que mantenían abierta la incisión.

Agradecí que no se percatara de mi temblor de dedos, de lo contrario ya me habría hecho algún comentario malintencionado solo para hundirme aún más en mi propia miseria.

—No dejo que nadie comparta quirófano conmigo si no está por encima de noventa, así que no habrá una próxima vez si no te esfuerzas —dijo conforme dejaba el instrumental que la enfermera comenzaba a desinfectar adecuadamente—. Bien, identifica el pericardio y dime lo que ves.

—El saco está engrosado debido al derrame —argumenté con los ojos puestos en el órgano vital.

—Pues soluciónalo, ¿no? —increpó y abrí los ojos en señal de alerta ante lo que me pedía.

¿Yo? ¿Quería que lo hiciese yo?

Mientras alargaba los dedos para coger el instrumental preciso con el que debía realizar la perforación que liberaría el líquido acumulado para su drenaje y así aliviar la presión sobre el corazón, me mordí el labio y cerré los ojos con fuerza.

—Si vas a dudar sobre ti misma, sal de la sala —dijo Beltrán—. La determinación formará parte de tu carrera el resto de tu vida, no valen medias tintas ni inseguridad ante tus decisiones. Eres capaz o eres inepta, tú eliges cuál de las dos vas a ser. Respira, toma el control y realiza la perforación, o sal de aquí y demuéstrame que tengo razón y que no sirves para ser cirujana, como ya te advertí el primer día.

Abrí los ojos y le miré fijamente. Allí estaba ese color imperial lleno de intensidad a través de las gafas de protección y lo comprendí.

¡Dios! ¿Como había podido ser tan estúpida? Él me provocaba para que reaccionase, para que aquel miedo visceral no se apoderase de mí. Casi me dieron ganas de reír ante lo absurdo y al mismo tiempo, ecuánime, porque había funcionado. Desde el primer día él había logrado que sustituyera el miedo por tenacidad y ahora lo volvía a hacer, siendo muy consciente de ello. ¿Qué sucedería si rascaba lo suficiente bajo aquella capa de imbecilidad? ¿Continuaría siendo un cretino o encontraría un corazón que realmente latía bajo aquella perfección visual?

Cogí con firmeza el mango de metal y aparté mi vista de la suya para concentrarme en mi objetivo, mantener el pulso firme y no perforar nada que no fuese el saco o de lo contrario… No, nadie va a morir hoy, al menos no en mis manos.

Movimientos precisos pero suaves, al igual que una pluma cuando se moja en tinta para deslizar por el pergamino dándole forma a las letras. «Nuestras cicatrices nos hacen saber que nuestro pasado será real». «Y a veces me he guardado mis sentimientos porque no pude encontrar un lenguaje para describirlos». «No es lo que decimos o pensamos lo que nos define, sino lo que hacemos». «Deseo, al igual que todos los demás, ser perfectamente feliz, pero, como todos los demás, debe ser a mi manera». Mi mente solo era capaz de citar a Austen, y así es como me di cuenta de que no era tan difícil ni tan complejo, ni había rastro alguno de miedo.

«Por el momento».

Respiré hondo cuando salí de la sala de quirófano y me arranqué la mascarilla con una sensación de euforia plena. Probablemente Beltrán me pondría mil y una objeciones sobre cómo mejorar mi técnica, pero ¡joder! ¡Lo había hecho! Mi pesadilla de los últimos meses, esa que me había dejado sin aire en los pulmones cada noche, que me había desvelado con el palpitar tan acelerado como un caballo desbocado, la había controlado y disipado.

Quería gritar, saltar, brincar, chillar, abrazar a alguien con firmeza y precipitarme al vacío sin frenos de la exaltación que en ese momento sentía. Era como si me hubiera quitado una carga pesada, un paso hacia mi meta, y la liberación era tal que no sabía qué hacer o qué decir para expresarlo. El miedo no es real, no es tangible, ni algo que se pueda curar o erradicar, pero nunca es más fuerte que la propia voluntad.

«Ahora lo sabía».

—Deduzco que… —comenzó a decir Beltrán detrás de mí.

—Sí —le corté—. Me vas a decir que tengo que mejorar mi técnica, que soy un desastre, que tengo que realizar muchas más horas de ensayo, que no volveré a tu quirófano hasta que tenga un puntaje por encima de noventa, que solo podré estar presente como espectadora y que lo que ha pasado ahí dentro ha sido pura suerte —solté haciendo una pausa para coger aire—, pero ahórratelo hoy.

Vi cómo él abría la boca y volvía a cerrarla, después fruncía el ceño y luego se cruzaba de brazos.

—En realidad iba a decir que deduzco que estás satisfecha, ha sido un trabajo casi impecable para ser una residente de primero y tener una puntuación que roza el ochenta, pero estoy de acuerdo en todo lo que has dicho. —Se giró hacia el lavamanos y comencé a escuchar el sonido del agua.

«¿Eso ha sido un halago? Sí, viniendo de Beltrán lo ha sido».

No sabía si era la euforia del momento o el hecho de que no me hubiese dicho algo que sonara como un auténtico cretino, pero antes de detenerme a pensarlo, mis labios ya me traicionaban.

—¿Por qué pusiste como requisito que hubiese que memorizar el informe si no quieres que participe?

Cerró el grifo y cogió papel para secarse.

—¿Por qué supones que lo dije por ti? Solo es un requisito más para quien desee participar, como el expediente académico o el menor rango de error en quirófano —contestó tirando el papel al cesto—, pero no he dicho que no quiera que participes, solo recalqué que sería una pérdida de tiempo en tu caso.

Miré hacia otro lado. ¿Qué había esperado realmente con mi pregunta? ¿Que me dijera que él deseaba que fuese? ¿Que ganara? ¿Que quería pasar un fin de semana conmigo a solas?

«Es que soy estúpida. Que me besara en aquella fiesta no significó nada. Absolutamente nada».

—Muy bien. No participaré —espeté y fui yo la que abrió la llave del agua para que corriera sobre mis manos.

—Estupendo —contestó justo antes de marcharse y me agarré al filo del lavabo para sujetarme con fuerza y no gritar.

Estupendo una mierda. ¿No quería que le acompañara? ¿No creía que fuese a ganar? Bueno, la probabilidad era tremendamente alta de que así sucediera, pero si no lo hacía, al menos me quedaría muy cerca.

Aquella noche envié al diablo la investigación y me dediqué por completo al informe, aún quedaba toda la semana para entregarlo, pero el jueves me iría por fin al pueblo, así que antes de irme a dormir, lo envié.

«A la mierda Beltrán y sus archivos. Me importa un pimiento achicharrarme cuando me escupa su fuego».

El martes por la tarde llegué a la pista de pádel con los pies aún resentidos por la excursión a la montaña, pero ya me había acostumbrado a la incomodidad del roce. Álex hablaba con un hombre que tendría la edad de Ibáñez, parecía que se estaban despidiendo y supuse que le habría estado entrenando.

—¿Preparada? El segundo día siempre es mejor que el primero —dijo con una sonrisa y yo resoplé de resignación.

Tal vez me viniera bien aquel entrenamiento para desconectar, incluso ir después a tomar algo con él haría que dejara de pensar tanto en mis quebraderos de cabeza con Beltrán. Eso, sin embargo, no cambiaba el hecho de que la actividad física se me diera peor que mal.

—Puede que yo sea la excepción —admití mientras dejaba la mochila con un cambio en la esquina de la pista y él me ofrecía una raqueta más pesada que la de la primera clase.

—En ese caso estoy agradecido de que así sea, significa que tendrás más clases conmigo —mencionó en lo que parecía una insinuación en toda regla.

No respondí, simplemente caminé hasta el centro y vi cómo él se alejaba para colocar el chisme que lanzaba pelotas en su sitio. Mientras movía en círculos el pie apoyado sobre la punta para calentar un poco los tobillos, noté ese escalofrío reconocible en mi espalda y al instante me giré hacia la izquierda, después a la derecha, pero solo había gente jugando a ambos lados de la pista. De hecho, a mi derecha había un grupo de cuatro personas que se marchaba.

Se me estaba yendo la olla, literal, pero la quemazón en las puntas de los dedos y esa electricidad que me recorría la columna vertebral eran reales.

—¡Aumentaremos la velocidad según tu respuesta! —exclamó Álex y la primera pelota salió disparada sin que llegase a darle.

Comenzó a caminar apresurando el paso hasta donde me hallaba.

—Esto no es como el tenis, puedes usar las paredes para enviar la pelota al otro campo, ahora mismo céntrate en golpear la bola, no importa hacia dónde, solo que alcances a darle.

La primera clase logré darle a dos y porque Álex me las había lanzado bien, en esta me conformaba con una.

—Muy bien —asentí tratando de alcanzar la siguiente pelota y logré darle con la punta de la pala.

—Es un avance… —Álex se colocó detrás de mí con una raqueta en mano para darle a todas las bolas que se me escapaban.

La tercera vez que se me cayó la pala de las manos emití un gruñido de frustración y di un pisotón al suelo. Álex recogió la pala y se acercó para ofrecérmela. Se puso detrás de mí.

—Colocas las manos demasiado bajas, con el peso hará que se te caiga fácilmente —decía mientras su cuerpo se pegaba al mío, pero a diferencia de las ocasiones en las que Beltrán se había colocado del mismo modo, no sentía el burbujeo de mi sangre enfebrecida o el revoloteo de mariposas en mi estómago—. Si eres diestra, es mejor que pongas la mano derecha más arriba, la izquierda abajo. De ese modo, cuando quieras golpear con fuerza, el movimiento tendrá mayor intensidad.

Di un pequeño salto cuando el estruendo de una bola en la pared que dividía los módulos de pistas chocó a nuestra derecha.

Alcé la vista y vi un grupo de cuatro hombres que jugaban por parejas. Enseguida la aparté cuando noté cómo Álex se pegaba a mi cuerpo al colocar sus manos sobre las mías para guiarme en el movimiento que debía hacer al golpear la bola. Después las bajó por mi cintura hasta posarlas sobre mis caderas, por encima de la falda, y trató de demostrarme el movimiento que debería hacer al golpear.

Otro pelotazo impactó contra la división aún más fuerte que el anterior e inevitablemente miré en la dirección solo para cerciorarme de que el panel seguía intacto, pero a diferencia de la vez anterior me fijé en uno de esos cuatro hombres.

—Tiene que ser una broma… —jadeé viendo cómo aquellos ojos me escrutaban, aunque a esa distancia fuera imposible percibir su color; no hacía falta, sabía perfectamente cómo era cada matiz y pincelada de su iris.

—¿Sucede algo? —La voz de Álex me hizo apartar la mirada de la pista de al lado y recomponerme.

—No. Absolutamente nada. —Sonreí girándome hacia él, que respondió a mi sonrisa sin apartar las manos de mis caderas—. Creo que ya lo he pillado, más o menos, pero si me ayudas a darle un par de veces más, te lo agradezco.

Álex no tuvo ningún impedimento en pegarse a mí por completo, rodeándome con su cuerpo y sus brazos para dar de lleno a las siguientes diez bolas. No me quejé, ni le aparté, ni alcé la vista cuando dos impactos más dieron en la pared que dividía mi pista de la de Beltrán.

—Aumentaré la intensidad, limítate a darle a las bolas sin pensar hacia dónde van, ¿vale? —insistió él—. Ahora es importante que ganes agilidad, luego trabajaremos en la precisión.

—Genial. Estoy lista.

Me quedé sola y me obligué a no mirar hacia la pista de al lado. Las bolas comenzaron a salir cada pocos segundos y me sorprendió que fuese capaz de darle a varias de ellas.

No se me iba a dar tan penosamente mal como imaginaba, pero corrí para llegar a una que estaba demasiado lejos y pisé una bola que había quedado suelta en la pista. Me torcí el tobillo que tenía resentido, tropecé e impacté con la rodilla en el suelo haciendo que girase al igual que una croqueta.

«¡Joder, qué dolor!».

Cuando abrí los ojos Álex estaba a mi lado preguntándome si estaba bien. La sangre se deslizaba por mi pierna. Tenía una herida abierta, no era profunda, pero me había raspado lo suficiente para rasgarme la piel.

—Estoy bien, tranquilo —admití tratando de incorporarme.

—Estás sangrando y probablemente te hayas torcido el tobillo, así que olvídate de seguir jugando. —La voz de Beltrán firme y directa llegó hasta mis oídos.

Había abandonado su pista y se había metido en la nuestra como si nada.

—¿Se puede saber quién es? —preguntó Álex.

—Su tutor —contestó refiriéndose a mí—. Y médico.

Aquello hizo que Álex me mirase y asentí. Se retrajo y permitió que Beltrán me evaluase de cerca.

—Hay un botiquín de primeros auxilios en la sala de descanso —dijo Álex.

Antes de que Beltrán pudiera decir nada me levanté. El tobillo me dolía bastante, pero no me lo había roto, de lo contrario estaría viendo las estrellas al tratar de moverlo.

—Solo necesito echarme un poco de agua —admití caminando por mi cuenta.

—Eso lo decidiré yo —advirtió Beltrán antes de cogerme de la cintura y echarme sobre su hombro como si fuera un saco de patatas.

—¿Qué crees que estás haciendo? ¡Suéltame ahora mismo! —exclamé viendo todo al revés y teniendo un primer plano de su trasero.

«La madre que me parió… Qué culo se gasta el tío, señoras».

—Cuando te desinfecte la herida y compruebe que no te has torcido el tobillo —aclaró—. Y tú —dijo refiriéndose a Álex—. Más te vale recoger todo este desastre. —Supuse que se refería a las pelotas esparcidas por el suelo.

Beltrán caminó conmigo a cuestas por distintos pasillos y escaleras. Agradecí que nadie pudiera verme la cara de pura vergüenza, y aunque protesté, solo accedió a bajarme cuando me sentó sobre la mesa de una sala en la que había una pequeña cocina, un par de sofás y la mesa con cuatro sillas. Vi cómo él inspeccionaba las puertas hasta que sacó un pequeño maletín rojo en el que estaba dibujada una cruz blanca.

—¿Cómo sabías dónde estaba este lugar y ese botiquín?

—Las instalaciones pertenecen a un amigo, soy socio del club desde hace años y vengo cada vez que regreso a Valencia —contestó echando suero sobre la herida para limpiar la suciedad.

Me agarró la pierna por detrás de la rodilla y se inclinó para limpiar con una gasa antes de echar el antiséptico. Apreté los labios por el picor y él se inclinó aún más para soplar sobre la herida.

—¿Ese chaval te entrena o es algo más para ti? —exclamó con la mirada fija en mi rodilla.

Sentí un nudo en la garganta. ¿Qué le importaba a él quién fuera Álex o qué papel tenía en mi vida?

—No creo que sea información relevante para mi tutor en funciones.

Percibí que mi respuesta le molestaba cuando me apretó con fuerza la pierna para volver a desinfectarla.

—Si voy a confiar mi investigación a alguien que tiene la cabeza en otra parte, me gustaría saberlo desde un principio. —Esta vez levantó los ojos para mirarme—. Es evidente que para él no eres solo una alumna.

Volvió a centrarse en la herida y terminó de desinfectarla. Luego la cubrió con un apósito.

—Si fuese así, me habrías preguntado antes de decidir que debía ayudarte con tu investigación, pero básicamente me la impusiste. Así que no creo que estés en condiciones de exigir respuestas. ¿No te parece? —Al final no se me daba tan mal jugar a su mismo juego: eludir preguntas y salir por la tangente.

Sinceramente no sabía cuál iba a ser su reacción, lo más probable era que soltara una de sus frases cargadas de despotismo y que saliera por la puerta dejándome con la palabra en la boca. Ese era el estilo Athan Beltrán. Pero en lugar de eso apretó con firmeza la mano que tenía sobre mi pierna herida y colocó la otra en mi cadera, atrayéndome hacia él, hasta que me quedé en el borde de la mesa teniéndole entre mis piernas.

Mi piel se erizó, el ritmo de las pulsaciones se incrementó hasta estar fuera de control. De pronto sentí los labios tan secos y ardientes que necesitaban con urgencia una fuente fresca que los saciara. Como la boca de él, que se asemejaba a un manantial lleno de promesas candentes.

El tiempo se detuvo, como si tuviera el poder de paralizarlo, o tal vez estuviera tan perdida en aquel color de ojos, en ese rostro esculpido por los dioses, en el matiz del color de su pelo que caía en algunos mechones hacia su frente o en que él tenía la vista puesta en mis labios, que los entreabrí ligeramente.

Iba a besarme, ¡Beltrán iba a besarme!

Me pasé la lengua por el labio inferior, como si estuviera anticipándome al sabor más glorioso que iba a experimentar, y cerré los ojos convencida de que lo próximo que sentiría sería el auténtico manjar de la divinidad.

—¡Leo! ¡Tengo tu bolsa de deporte! —La puñetera voz de Álex entrando en la habitación hizo que abriese los ojos de inmediato y viese a Beltrán darse la vuelta con el botiquín en las manos como si estuviera buscando algo.

¡Maldita mi mala suerte! ¿Es que no podía haber tardado solo un minuto más?

—Gracias. —Me limité a decir contrariada y mi voz parecía ahogada—. Es muy amable por tu parte —logré añadir con más claridad.

—Entenderé si quieres posponer nuestra cita para otro día. —Se acercó hasta la mesa y dejó la bolsa a mi lado.

—Necesita reposar el tobillo y poner algo de hielo para evitar que se hinche. Está algo torcido. Tengo que regresar al hospital, así que te llevaré a casa —intervino Beltrán cerrando el maletín de plástico y lo devolvió a su sitio.

«¿Y a eso lo llama amabilidad? Era una orden en toda regla. ¿Quién se ha creído que es? ¿Mi padre? Puede que esté buenísimo, que mis neuronas monten una caseta de feria cada vez que está cerca y decidan electrocutarse con los farolillos, pero desde luego no me va a ningunear o evitar que salga con alguien cuando él es el amante de una mujer casada. ¡Faltaría más!».

—Estoy perfectamente —afirmé mirando solo a Álex—. Me doy una ducha y nos vamos —continué sintiendo el escrutinio de Beltrán, aunque no fue capaz de poner objeción alguna. ¿Tal vez por la presencia de Álex?

Sea como sea, salí de allí con la bolsa evitando cojear todo lo posible. Después de una ducha fresca me sentí mejor, aunque el efecto solo duró veinte minutos, el tiempo exacto que tardamos en llegar a un bar de moda que Álex frecuentaba, y al sentarme, mi tobillo comenzó a hincharse.

«Encima iba a tener que darle la razón al giliponguis de turno. Esto de nacer con una estrella en el culo o nacer estrellao va a ser cierto, y en mi caso, es lo segundo».

Me quedé dormida en el sofá con una bolsa de guisantes envuelta en varios paños de cocina en el tobillo. A la mañana siguiente vi las estrellas cuando apoyé el pie en el suelo. Con todo, mi terquedad ganaba a mi dolor, por lo que me vendé con firmeza el tobillo y salí en dirección al hospital. Solo debía aguantar un día más y me iría al pueblo, ya tendría tiempo de descansar.

Fue una suerte que nos designaran pasar casi todo el turno en el laboratorio de ensayos, eso me permitió estar la mayor parte del día sentada. Al terminar, Ibáñez insistió en que debía asistir como oyente al debate sobre la planificación del procedimiento quirúrgico de un paciente que sería sometido a trasplante facial. Se trataba de una intervención muy compleja en la que nos estaba prohibido participar activamente a residentes de primer y segundo año, aunque sí podríamos ser espectadores.

No vi a Beltrán por ningún lado, pero pasaba la mayor parte de su turno en quirófano de urgencias, así que no me resultó extraño. Sobre las seis de la tarde me llegó un correo para recordarme nuestra cita en su despacho. Y yo no me había leído los trescientos archivos ni de broma, es que ni había llegado a cien.

«Pues es lo que hay, si no le gusta, que apechugue, aunque me fastidiará quedarme sin ordenador otra vez».

—¿Todavía por aquí? Hoy tenías turno de mañana…

Noelia se sentó a mi lado con un café y bloqueé la pantalla del iPad para que no pudiera leer el contenido del archivo. No sabía si el hecho de que colaborase en la investigación de Beltrán podría ser de dominio público o debía permanecer en un entorno privado, pero desde luego los correos sí lo serían.

—Ibáñez creyó conveniente que asistiera a la reunión de planificación sobre el trasplante facial y decidí pasar el resto de la tarde adelantando el informe sobre cirugía de reparación. —Mentí, porque ya lo había enviado, pero fue la excusa más plausible que encontré para no decir la verdad.

—¿Qué tal lo llevas? Yo aún no he empezado… —suspiró y se arrellanó en la silla mirando el reloj.

Faltaban diez minutos para que iniciase su turno, que coincidía con mi reunión en el despacho de Beltrán. Si no me ponía en camino llegaría tarde. Y eso le fastidiaría enormemente. Y por eso mismo aún no había levantado el culo de la silla.

—Tienes cuatro días todavía —afirmé mientras metía el iPad en la mochila— y estoy segura de que será el mejor de todos, no tengo dudas. —Sonreí y ella hizo lo mismo.

—Me encantaría coincidir contigo, pero en algunos asuntos como ese, es posible que tengáis más posibilidades los de primero que los de último año porque tenéis todas las materias más recientes.

Algo de razón había en su lógica: no me había costado ningún trabajo saber dónde buscar y en qué lugares debía documentarme.

—Discrepo —admití levantándome con calma—, pero de ser así, seguirías venciendo al tener el menor margen de error en quirófano. —Le guiñé un ojo.

No me molestaba que Noelia fuese la mejor, o Carmen, o Alberto, o Eduardo, me valía cualquiera… Bueno, Vanessa no, seamos francos. No la tragaba desde el primer día, había algo en ella que me chirriaba, pero me daba igual quién ganase mientras Beltrán no supiera que yo había participado.

Eso me hizo recapacitar. ¿De verdad había participado en algo cuyo premio sería pasar un fin de semana a solas con don Capullo?

«Empiezo a pensar que tengo algún tipo de síndrome de Estocolmo con ese hombre».

La puerta del despacho estaba parcialmente abierta cuando llegué, así que al golpearla se abrió aún más, dejándome ver la figura de Beltrán sentado tras el escritorio con la vista fija en el ordenador.

—Entra y cierra la puerta. Llegas tarde —mencionó sin siquiera mirarme.

—Lo sé.

—¿Y cuál es tu excusa? Aparte de un tobillo dolorido por no haber guardado reposo cuando deberías, por supuesto. —Por su tono ya se apreciaba la condescendencia a pesar de mantener su vista fija en la pantalla y agarré con fuerza la mochila para no soltar lo primero que se me viniera a la mente.

«Puede que tenga cara de ángel, pero menuda hostia le daba ahora mismo».

Podía responder muchas cosas, desde una disculpa que, desde luego, no iba a salir de mis labios, hasta admitir que había estado leyendo los archivos de su investigación, aunque esa no era la razón por la que había llegado tarde. Yo quería fastidiarle.

—Si tenemos presente que estoy fuera de mi jornada laboral y que nadie me pagará las horas extras que dedico a esta investigación personal, diría que mi excusa, fuera cual fuese, está justificada.

No alcé el tono ni mostré ningún tipo de enfurecimiento, a pesar de que aquella actitud soberbia me llevara de los mil demonios. Me limité a sacar el iPad de la mochila. No había comprado una funda ni un protector de pantalla, así que, por la expresión del rostro de Beltrán, supuse que casi le dio un infarto al ver el modo en que lo llevaba.

—Deduzco que habrás leído todos los archivos. —Estaba claro que la disputa sobre llegar tarde la había ganado, así que era más fácil cambiar de tema.

—Casi.

Mentí descaradamente, pero estaba justificado. Decir que no había llegado ni al cincuenta por ciento significaba mi propia muerte.

Le oí respirar de forma agitada y entonces levantó por fin esos ojos azules. El fulgor en sus pupilas era tan nítido que tuve que agarrarme a la silla para no caerme pese a estar sentada.

—Te reiteré que tenías que leer todos los documentos para hoy.

Por su semblante podía deducir que se estaba conteniendo y, por lo poco que había llegado a tratarle, eso era raro en él. ¿Tal vez había comenzado a comprender que no tenía por qué ayudarle o estar allí si no quería? La única razón por la que no le había enviado a freír puñetas era la oportunidad que suponía para mi carrera si la investigación llegaba a buen fin. Aunque para eso habría que hablar sobre reconocimiento de derechos, y saber al menos de qué trataba.

—Algunas personas dormimos —solté como si fuera una excusa.

—Dormir no es lo que hacías el jueves pasado en Oasis o ayer por la tarde. —Esta vez se arrellanó en la silla, tenía un bolígrafo en las manos y jugueteaba con él entre sus dedos—. Deberías establecer cuáles son tus prioridades, Nora, y si no te vas a comprometer con este proyecto se lo ofreceré a otra persona.

Alcé una ceja y valoré la veracidad de sus palabras. ¿Ofrecérselo a otra persona? A mí no me lo había ofrecido desde luego, sino impuesto, y para más inri, me había comprado todo un arsenal tecnológico para condicionarme aún más a colaborar en su investigación. ¿Y ahora me decía que se lo ofrecería a otra persona?

«Bipolar… Recuerda que es bipolar».

—Me comprometeré con este proyecto cuando sepa sobre qué trata —afirmé no entrando en detalles sobre mi vida privada—. Todo lo que he leído es sobre células madre, pero no sé con qué finalidad.

Beltrán dejó el bolígrafo sobre la mesa y se cruzó de brazos. Me miró fijamente. Parecía estudiar mi rostro para saber si era merecedora de conocer lo que me iba a decir.

—Empecé esta investigación hace ocho años y nadie, absolutamente nadie, sabe sobre qué trata, quizá porque pueda parecer una locura o porque no he logrado grandes avances. —Se levantó, como si estar sentado le resultara incómodo, y comenzó a caminar alrededor de la mesa sin un rumbo fijado, o esa era mi sensación—. La música es creación, una nota precisa, un acorde adecuado, un tono exacto pueden construir una melodía única y cada vibración nos afecta de una manera distinta.

—¿Quieres sanar células madre a través de música? —Me atreví a preguntar realmente escéptica.

—No exactamente —negó de inmediato—. Lo que pretendo probar es cómo algunas frecuencias específicas pueden influir en la diferenciación de las células madre mesenquimales que se producen en células musculares, óseas o cartilaginosas, según sea necesario para la regeneración del tejido lesionado.

—Es descabellado, atrevido, muy poco científico —admití sorprendiéndome que precisamente alguien tan correcto como Beltrán apostara por algo así.

—Poco importará si demostramos que funciona. —Volvió a su silla—. Llevo tiempo trabajando en la parte musical, pero necesito alguien que se encargue de las células mesenquimales. Las conocemos por su plasticidad y capacidad de autorrenovación, lo que las hace valiosas para la medicina regenerativa, así que tendrás que trabajar sobre campo y memorizar su comportamiento exacto en multitud de pacientes. Es el único modo de reconocer cuándo actúan de una manera diferente.

«¡Será cabrón! ¡Me ha elegido porque necesita mi memoria! ¿Y se atreve a decirme que se lo puede ofrecer a otro? De ahí que no me diera opciones, ni ofrecimientos, incluso que se gastara ocho mil euros en aparatos electrónicos aprovechándose de que los necesitaba. ¿Y todavía me lo vende como oportunidad? No sabes dónde te has metido, Beltrán…».

—¿Y cómo estás tan seguro de que puede funcionar? —Te compro que la música trabaje las emociones, pero ¿lograr que algo se regenere gracias a unos acordes precisos? Eso suena demasiado fantasioso, nunca mejor dicho.

Beltrán colocó las manos sobre la mesa apoyando todo su peso sobre ellas. Seguía inclinado hacia mí, pero bajó la cabeza en señal de negación. Quizá fuera consciente de que no había compartido con nadie aquella investigación por la locura que significaba.

«Si tenía dudas sobre su majadería, ahora empezaba a reforzarlas».

—El sonido emite vibraciones y es a través de estas que se compone todo lo que conocemos, todo lo que existe. Nuestro cuerpo funciona del mismo modo, cada célula que habita dentro de nosotros emite una vibración específica. El físico Javier Tamayo hizo una investigación asombrosa y su equipo logró definir el sonido que emite una célula cancerígena para poder identificarla a través de un microchip. Si mi teoría es cierta, cada célula vibrará al compás de una frecuencia de resonancia correcta y será capaz de actuar del modo en el que queramos que lo haga.

De ser cierto, eso sería un descubrimiento asombroso. Completamente increíble.

—Mi parte racional me lleva a decir que estamos hablando de regeneración. ¿Cómo un tono concreto va a ser capaz de repercutir en otra cosa? Es… una fantasía.

—Acércate —dijo sin mover ni un músculo e hice lo que me pidió, colocándome frente a él en la mesa, con las manos apoyadas dejando caer mi peso a tan solo unos centímetros de distancia de su boca—. Nuestro latido crea un campo toroidal en torno a nosotros con una vibración única, como un metrónomo acompasado que emite ondas y se expanden a nuestro alrededor, perceptibles en lo que muchos definen como campo de energía y que no deja de ser una melodía de acordes concretos que pueden entrar en sincronía con los de otro ser humano si se complementan.

Mis ojos se abrieron con sorpresa y él acortó un poco más la escasa distancia que nos separaba. Sus ojos azules me miraban con tal intensidad que se adentraba en mi torrente sanguíneo, haciendo que todo mi cuerpo se revolucionara.

—¿Y qué ocurre cuando la vibración de nuestros latidos está en sincronía con otra persona? —exclamé pensando que era lo más absurdo y al mismo tiempo romántico que había preguntado en mi vida.

—Se atraen.

Antes de poder rebatir su conclusión, su boca se abalanzó sobre la mía y mis labios no dieron tregua a una reacción que no fuera la de responder. Ese capullo engreído que se había convertido en el sustituto de mi tutor me estaba besando. Esta vez no había máscaras. No había suposiciones ni elucubraciones. Era Athan y me besaba de verdad.

«Y, joder, cómo besa…, para llevarte al paraíso celestial y no regresar en lo que resta de vida mortal».

20

Sus labios se volvieron un frenesí ardiente que me devoraba con ansia y pasión, explorando cada recodo de mi boca, cada suspiro, gemido, jadeo y exhalación que brotaba desde lo más profundo de mi ser. No existía nada fuera de aquel momento en el que nuestras bocas se unían en un lenguaje único que encajaba con una sincronía inaudita.

Sentí su mano sobre mi nuca, atrayéndome hacia él, provocando que me inclinara sobre la mesa y colocara mis pies en punta. El dolor no importaba, no cuando todos mis sentidos estaban puestos en la ferocidad de su lengua atacando la mía, incitándome a pensar en el placer que aguardaba tras aquel deseo y entrega. Un fuego que ardía y que él inducía a que aumentase de intensidad.

Beltrán me mordió el labio inferior con suavidad y provocó que emitiera un gemido de placer intenso. Mi cuerpo se rendía a su boca y era incapaz de controlarlo, de tener la voluntad de apartarme.

Algo en mí anhelaba su contacto, se derretía frente a la pasión y el salvajismo de su roce, y por más insólito que pudiera parecer, percibía en mi interior una parte oculta, cerrada, oscura que habitaba en las profundidades más recónditas y que desplegaba sus capas saliendo a la luz, al igual que una flor de loto cuando el sol despunta en aguas pantanosas.

Los toques en la puerta hicieron que sus labios se separasen abruptamente de los míos y mi boca sintió la destemplanza hasta emitir un ligero sonido de aflicción.

—¡Oh! ¿Interrumpo? No sabía que estuvieras reunido.

La voz femenina hizo que me girase hacia la puerta para ver a Meredith, la madrastra de Lucía, ataviada con un vestido negro que marcaba cada músculo bien trabajado de su definido cuerpo. No era provocador en sí, pero sumamente elegante y sexy en alguien con el porte y la figura que ella lucía. Dirigí mi vista a Athan, que se había alejado lo suficiente de mí para crear un abismo entre nosotros. Miró su reloj.

—Habíamos quedado en media hora —dijo con una expresión indescifrable.

¿Estaba aturdido o era mi impresión?

—Lo sé, pero terminé la reunión antes de lo previsto y pensé que podría invitarte a una copa —advirtió con una sonrisa y después me miró con cierto desafío—. Aunque puedo esperar en la cafetería si lo prefieres.

Estaba claro que esos dos tenían una cita y que yo sobraba en la ecuación, así que metí mi iPad en la mochila de malos modos importándome muy poco si arañaba la pantalla, ya le compraría un protector en algún momento.

—El doctor Beltrán y yo habíamos acabado —acerté a decir cerrando rudamente la cremallera—. Solo nos quedaban pequeños matices que pueden perfilarse en otro momento. Que disfruten de la velada.

No esperé a que él pudiera decir nada. De hecho, ni le miré, simplemente sentí cómo sus ojos y los de Meredith me escrutaban. Cuando salí de allí solté todo el aire que había contenido sin querer.

No entendía ni cómo me sentía. Cuando miraba el plato con un filete de dorada congelada y una guarnición de verduras a la plancha que me había preparado para la cena, no dejaba de ver el rostro de Meredith empañando aquel increíble beso.

«¿Por qué me ha besado si está con ella? No pienso entrar en el hecho de que ella esté casada o no, ni de que su historia pueda ser ética o inmoral, se trata de que Beltrán me detesta, me saca de quicio, me comprime hasta el último aliento haciéndome creer que no valgo para estar en la unidad y luego me recluta porque le resulto conveniente para su propia investigación. Eso me lleva a pensar si lo único que pretendía era seducirme de algún modo para manipularme. De ser así, no tiene ningún sentido que me trate del modo en que lo hace el resto del tiempo».

Pensé en sus últimas palabras referentes a la investigación y la seguridad con la que admitía que dos corazones podrían sincronizarse al compás de su vibración como una melodía. ¿Significaba eso que mi atracción por Beltrán no dejaba de ser una sincronicidad de latidos? Eso implicaría que él tendría la misma respuesta hacia mí. «Y lo veo improbable».

Un mensaje de mi hermano Marcos me sirvió de distracción para alejar aquellos pensamientos que aún no estaba preparada para compartir con mis amigas. Tal vez necesitaba aclarar yo misma las intenciones de Beltrán porque mis sentidos se veían demasiado afectados cada vez que él estaba cerca, más aún si me tocaba, y desde luego, si me besaba desaparecía cualquier pensamiento racional. Aun así, era inútil fingir que no me afectaba o que no deseaba volver a besarle, cuando desde mis entrañas refulgía un fuego que ardía como una falla en llamas y que él era el único capaz de extinguir.

«Puede que Beltrán esté como una chota, pero yo voy por el mismo camino».

Leí las cuatro líneas del texto tan rápido como me permitía mi cerebro abotargado. Llevaba sin saber nada de él desde que le eché el rapapolvo por teléfono y ahora me pedía que invitase a Raquel a cenar a casa para soltarles a mis padres que era el padre del niño que esperaba.

«Esto va a ser peor que un tornado de categoría cinco, ya verás. Fijo que me quiere por si a alguno de mis padres le da un infarto y tengo que asistirle».

Al menos el tornado llega y se va, aunque deje destrucción a su paso, pero la altanería de Beltrán y su arrogancia innata son

para siempre. Y justo en ese momento recibí un correo del susodicho. Era escueto, señal de que había tenido poco tiempo para
escribirlo. Estaría tomándose esa copa con Meredith antes de su
cita en… ¿un hotel? ¿La llevaría a su casa? Estaba claro que a la
de ella no van a ir.

«Mira, mejor ni lo pienso».

Athan Beltrán
Termina de leer el resto de los archivos,
El próximo miércoles estaré fuera de la ciudad,
fijaremos la reunión para el jueves a la misma hora

«Y una mierda».
Mis dedos viajaban por la pantalla del teléfono tan rápido que
era una suerte tener corrector incorporado.

El jueves no puedo y el resto de la semana tampoco

Si no le quedada claro el mensaje, era su problema.

Athan Beltrán
Lo hablaremos mañana

«Que tengas suerte, mañana estaré de camino al pueblo antes
de que salgas de tu última operación».

No contesté, aunque estuve tentada de hacerlo solo para vana-
gloriarme de que, a pesar de estar con Meredith, tenía la atención
en el teléfono y no en ella.

Ya tendría tiempo para reflexionar los próximos días, así que
contesté a mi hermano con un simple emoticono de manita hacia
arriba y apagué el teléfono para no caer en la tentación de contestar al último correo de Beltrán. Enchufé mi antiguo terminal,
que aún sobrevivía a duras penas, y fijé la alarma para el día siguiente, después puse algo de música desde el ordenador mientras
preparaba el viejo macuto de mi padre con lo indispensable para
tres días.

Me dejé caer en el asiento del autobús rendida, con el convencimiento de que acabaría dormida profundamente. Había pasado más de la mitad de la noche en vela y el resto, inquieta. El turno de mañana resultó ser más intenso de lo que pensé en un principio, había menos personal por vacaciones y, por tanto, más trabajo para los residentes de primero que cubríamos esos puestos. Eso nos privaba de estar en el laboratorio de ensayo durante nuestro turno, así que más me valía aprovechar los siguientes días para descansar porque dudaba poder hacerlo en lo que restaba de verano.

En cuanto el motor arrancó y el vehículo se puso en marcha, escuché el pitido agudo del teléfono indicando un mensaje entrante. Solo me apetecía dormir, pero supuse que sería mi madre preguntándome si ya estaba de camino, sabía a qué hora partía de Valencia en dirección al pueblo.

No era ella, sino Beltrán, me pedía que acudiera a su despacho. «Te puedes quedar esperando…».

Ni contesté, si tanto interés tenía acabaría preguntando y la jefa de enfermería o cualquier compañero le diría que estaba de permiso durante tres días. Envié un mensaje a mi madre para decirle que estaba de camino y que esa noche había invitado a Raquel a casa y puse el teléfono en modo avión. Me coloqué los cascos y me dejé embriagar por la música y el paisaje hasta quedarme dormida.

El olor a pino silvestre que mi madre usaba siempre para fregar el suelo mezclado con madera antigua relajó mis músculos. Podría reconocerlo en cualquier parte y esa mezcla perfecta se llamaba hogar. Habían pasado muchas cosas en los veintiséis días desde que me fui para comenzar la especialización, pero, sobre todo, había ganado confianza en mí misma y ese miedo irracional con el que había partido ahora comenzaba a disiparse, aunque de vez en cuando todavía me atenazara.

—La hija pródiga ha regresado a casa.

Daniel fue el primero en verme y darme un abrazo mientras soltaba el viejo macuto de papá en la puerta de la que se había convertido en mi habitación, *por llamarla de algún modo.*

Mi madre dejó lo que estaba haciendo en la cocina con una sonrisa y me espachurró contra ella.

—Estás más delgada —se apresuró a decir—. Esta vez vas ligera de equipaje, así que no me negarás llevarte un buen arsenal de táperes que te he ido guardando cada día.

Me reí. Desde luego no pensaba negarme cuando el tiempo para cocinar o hacer la compra a mi regreso iba a ser de menos tres mil.

Aunque me preguntaron por el trabajo en el hospital y cómo eran mis compañeros, obvié la figura de Beltrán y me centré en que todo era mejor de lo que esperaba, quería hacerles notar mi felicidad por haber intervenido con éxito en mi primera operación importante. A pesar de su interés, la conversación pronto volvió a lo fundamental en mi familia: la industria quesera. Uno de los mejores compradores del negocio acababa de fallecer y eso había supuesto un stock de mil unidades acumuladas en el almacén sin vender, con las consecuentes pérdidas.

—La feria del queso en Cantabria es a primeros de agosto, con suerte venderemos parte de las existencias —dijo mi padre con un semblante de ligera preocupación.

Marcos me miró cómplice y supuse que esa era una razón añadida para retrasar su confesión. Raquel llegó en aquel momento y me dijo que había estado llamándome, pero que mi teléfono permanecía apagado. Era cierto, aún seguía en modo avión y se me había olvidado por completo. Cuando lo activé comenzaron a entrar e-mails, llamadas y multitud de mensajes incluidos los de ella, pero el nombre que se repetía una y otra vez en todas partes era el de Beltrán.

Cuatro e-mails más aparte del primero que vi. Dos llamadas. Y dos mensajes de texto.

Según avanzaba cada vez parecía más cabreado. Su último mensaje no dejaba duda alguna: «¿Dónde demonios estás? Si quieres tener futuro en este sector, deja de mostrar un comportamiento infantil e inmaduro. Lo de anoche no significó nada, lo único que importa es la investigación».

«No significó nada». Más bien yo no significaba nada para él, salvo que fuese en su propio beneficio. Evidentemente no le importaba cuando tenía toda la intención de acostarse con Meredith tras besarme. Lo que no entendía es por qué tuvo que hacerlo. Y no una, sino dos veces. Aunque llevara una máscara, él sí sabía quién era yo y, aun así, me besó.

Mi vida era un drama lo mirase por donde lo mirase.

En cuanto acabamos la cena, Marcos soltó el bombazo, que sumergió a todos en un silencio colosal.

—No son los primeros ni los últimos en tener un hijo fuera del matrimonio, tampoco es para ponerse así. —Traté de quitarle hierro al asunto.

Papá se levantó sin decir nada y nos dio la espalda a todos. Reposó las manos en la encimera de la cocina mientras se dejaba caer hasta apoyar los codos y sujetarse la cabeza. Mi madre me miró con una expresión de disgusto, tal vez porque yo lo sabía y se lo había ocultado, pero no me correspondía a mí confesarlo.

—Tiene diecinueve años, Leo —dijo finalmente mi madre—. No tengo nada en tu contra, Raquel, has sido amiga de mi hija toda la vida y eres una buena chica, pero, entiéndeme, la madurez que tú tienes no se corresponde con la de mi hijo.

—Eso no importa —espetó mi padre—. Ni tampoco lo decidimos nosotros. Si el chico ha sido lo suficiente adulto para estar con ella, también lo será para las consecuencias. Ha asumido su responsabilidad y eso es lo que cuenta.

Raquel se quedó hasta pasada la medianoche hablando sobre qué planes tenían a partir de ahora. Marcos la acompañó a casa. Yo me perdí con la excusa de darme una ducha y cuando regresé al comedor todos se habían acostado. Entré en la pequeña habitación envuelta aún en la toalla y el teléfono sobre mi cama hizo que recordase las llamadas y los mensajes de Beltrán.

Infantil e inmadura. Eso era para él y lo peor es que, si no le respondía, iba a darle la razón.

Inspiré hondo y me senté sobre la cama provocando el chirrido de los muelles. A veces se me olvidaba lo ruidoso que llegaba a ser, pero me centré en el mensaje. Fingir que no me importaba o que me sentía ofendida, esa era la prioridad.

> Estoy de permiso.
> En cuanto a la investigación,
> no emplearé ni un solo minuto de mi tiempo
> hasta que tenga por escrito que se me conceden
> derechos de colaboración.
> Si no te parece bien, puedes elegir
> a cualquier otro residente, no me voy a ofender

Tal vez era mejor así, menos tiempo con Beltrán significaba mayor estabilidad mental. Podía soportar sus arranques de insolencia, su poca amabilidad o irracionalidad, de no ser porque al mismo tiempo me estaba implicando emocionalmente por más que no quisiera. Su respuesta llegó antes de que me levantase para ponerme el pijama.

Athan Beltrán
Tal vez lo haga

Eso era todo y la maldita corriente de calor volvía a recorrerme la espalda. Estaba empezando a odiarlo de verdad. ¿Por qué era tan vulnerable con todo lo referente a él?

Estupendo. Si su respuesta era para ver si me arrepentía y le suplicaba, podía quedarse despierto toda la noche esperando, porque le iba a rogar su abuela. Por mí, que eligiese a Vanessa, que estaría encantada de perder su tiempo en cualquier cosa relacionada con él.

Ni respondí ni tuve noticias de Beltrán en los siguientes días. Lo agradecí. Eso, y el revuelo que se formó en el pueblo cuando se supo que mi hermano y Raquel estaban juntos, al menos me sirvió como distracción momentánea. Entre la familia se decretó que se fueran a vivir a la casa de mi abuela Carmela hasta que pudieran adquirir vivienda propia. Estaba vacía desde que ella se marchó y era lo más sensato dada la situación.

—Al menos sacarás algo bueno de esto —dijo Raquel con una sonrisa mientras la ayudaba a empaquetar sus cosas junto a Laura para mudarse a la casa de mi abuela en los próximos días—. Recuperarás tu habitación.

—Ahora que me había acostumbrado a esa cama vieja que chirría como una condenada… —dije entre risas.

—Lo agradecerás cuando traigas compañía. ¿Has conocido a alguien en el hospital? —preguntó Laura.

¿Aparte de un tío por el que siento cosas y es un gilipollas redomado? No me apetecía hablar de Beltrán, sobre todo porque no había nada que contar de él, salvo que era un capullo.

—Bueno, tengo un compañero que es bastante guapo, pero no me voy a liar con nadie de mi unidad, puede salir muy mal, así que me limitaré a ser una tía fantástica con mi futuro sobrino —confesé mordiéndome el labio.

Lo de Alberto era cierto. Otra cosa es que no provocase en mí el mismo efecto que sí lograba Athan, pero me preguntaba qué habría sucedido si no hubiera conocido a este último.

—Eso es porque no te gusta lo suficiente, apenas llevas un mes, seguro que terminas conociendo a alguien de otra unidad con el que se te caerán las bragas y terminaréis liados en los lugares más inoportunos del hospital. —Esta vez fue Raquel y supuse que lo decía por experiencia propia, aunque la imagen de ella y mi hermano en esa situación fuera realmente repugnante.

—Prefiero no tener detalles, gracias.

Laura se echó a reír y Raquel lo hizo seguidamente cuando comprendió que había hablado de sí misma y de Marcos.

Regresé a Valencia el domingo por la mañana con el tiempo justo de soltar el macuto, guardar los envases de comida que me había preparado mi madre y cambiarme para entrar al turno doble. Mi vuelta había coincidido con la marcha de Beltrán durante unos días. Aunque no contesté a su correo ni él volvió a escribirme, era evidente que las cosas estaban tensas y, siendo sincera, no sabía cuál sería su reacción cuando nos viéramos de nuevo.

Durante la semana coincidí bastante con Alberto en varios turnos e hicimos juntos algunas prácticas de ensayos. Era, a todos los efectos, el chico ideal: guapo, divertido, amable, simpático y hasta me traía el café sin que se lo pidiera. Él era el tipo de hombre del que intuyes que no te partirá el corazón o te engañará a la primera de cambio. Durante esa semana llegué a plantearme que sería muy fácil enamorarme de alguien así, de sus constantes atenciones, de sus miradas cómplices, del roce de su brazo en el mío, incluso de aquellos ojos ligeramente verdes en lugar de azules.

Y ahí radicaba el problema de todo.

No había mariposas encerradas revoloteando en mi estómago, ni esa percepción de calidez que recorría mi espalda, ni algo en mi interior que clamaba a gritos estar cerca de él. Aunque fuese únicamente atracción. Pura y mera atracción. Nada más.

El miércoles no tuve reunión con mi tutor en funciones, pero sí con mi tutor real a la misma hora. Ibáñez me dio la enhorabuena por mi contribución al éxito de la intervención en la paciente con lupus. En vista de mi destreza, había programado varias intervenciones junto a él, Valdepeñas y Benítez, que eran los jefes de secciones de toda la unidad, además de Beltrán.

No voy a mentir: que hubiera salido bien una vez no significaba que no me fuese a quedar paralizada en una segunda ocasión. Quisiera reconocerlo o no, me resultaba cómodo que Beltrán conociese de algún modo esa parte de mí y que me presionara a reaccionar. Por muy capullo, imbécil o déspota que fuera, sus palabras surtían el efecto que necesitaba en ese momento, aunque en el resto de las ocasiones solo mereciese que le escupiera a la cara.

Pulsé el botón de la máquina de café dos veces. Necesitaba cafeína doble para resistir otro turno de ocho horas después de pasar allí toda la noche. Eran las seis y media de la mañana y apenas había descansado media hora, y preveía que no podría echar otra cabezada de treinta minutos hasta dentro de un par de horas. Así que mientras escuchaba cómo el café caía sobre el vaso de cartón, cerré los ojos y doblé el cuello hacia los lados y hacia atrás para sentirlo menos rígido. De pronto, el calor se comenzó a abrir paso por mi espalda.

—¿Acaparando de nuevo la máquina de café, Nora?

Era la inconfundible voz de Beltrán. Abrí repentinamente los ojos para verle allí, apoyado con el hombro sobre ella y de brazos cruzados, mientras me observaba. A pesar de su tono, que denotaba cierta ironía, no había ningún deje de sonrisa en su rostro, como era habitual.

«Y aun así está jodidamente bueno».

—Qué le vamos a hacer, no puedo ser perfecta en todo —dije mientras cogía el vaso de café doble con cuidado para que no se derramase.

—No lo eres, desde luego —contestó con una antipatía que casi me hizo tirarle el café ardiendo a la cara y que le dieran por culo a su cara perfecta.

«Hoy no tengo humor para aguantar imbecilidades, así que ten cuidadito».

—Que tenga un buen día, doctor Beltrán —solté sin mirarle y dándome la vuelta para largarme muy lejos de él.

«¿Ser tan capullo le alimenta? Porque no he conocido a un tío más grosero que él en mi vida».

—¡Tendrás el contrato en tu correo a última hora del día! —gritó cuando apenas había dado un par de pasos.

Me detuve solo porque sería capaz de derramar el café y no quería que se diera cuenta, pero no me giré para verle. Tampoco quería que me leyera las facciones.

—Demasiado tarde, he decidido que valoro mi tiempo y si no es retribuido como corresponde, no cuente conmigo —solté con toda la calma que me fue posible y me llevé el café a los labios, pese a que estaba caliente, para dar un buen sorbo y poder acelerar el paso sin que se derramase.

—Estás estirando demasiado la cuerda, Nora —refunfuñó.

A pesar de la distancia aún podía escucharle con claridad. Me giré, nos separaban al menos diez metros y si alguien estaba en la sala de reuniones nos podría oír perfectamente dado que todo estaba en absoluto silencio.

—No soy yo quien necesita ayuda con su investigación, pero en esta unidad hay once residentes aparte de mí, estoy segura de que la mayoría están mejor capacitados que yo para lo que necesita. Admitió que soy nefasta y que no merezco estar en esta unidad, así que comprendería que eligiera a otra persona. —Mi boca dibujó una sonrisa más falsa que un billete de mil euros y volví a dar otro sorbo al café para que no descubriera que me temblaban las manos.

Beltrán cogió su café y comenzó a caminar despacio hacia mí, con una calma impasible o al menos en apariencia. Ni siquiera parecía molesto con lo que le había dicho.

—¿Qué quieres en realidad? —preguntó devorándome con esos ojos azules cuando llegó a solo un paso de distancia—. Los dos sabemos que no es el dinero y que tampoco es ese maldito contrato.

Lo dijo en un tono bajo, evidentemente para que nadie pudiera oírnos a pesar de que el pasillo estuviera desolado a esas horas.

—Dímelo tú, ya que pareces saberlo todo —respondí.

Apreté los labios con fuerza. No quería que su cercanía me afectara, que él percibiese cómo mi cuerpo ardía con su mera presencia.

—¿Quieres que admita que te necesito? ¿Que eres la única que puede hacerlo? ¿Que me equivoqué contigo y que llevo esperando a alguien como tú mucho tiempo?

Su voz casi era un susurro y por un momento me perdí por completo en el tono ronco y el modo en que me miraba adentrándose sin permiso en cada recóndito lugar de mi cuerpo.

El corazón me latía tan rápido que me retumbaba en los oídos. Lo peor es que él debía percibirlo, había demasiado silencio para no hacerlo, más aún, teniendo en cuenta que él poseía una sensibilidad auditiva superior a la media.

—Es un buen modo de comenzar, pero son preguntas, no afirmaciones —decreté con un titubeo en la voz que él notó inmediatamente, por eso sus labios se entreabrieron enseñándome sus dientes.

Beltrán bajó su vista de mis ojos a mis labios y como un acto reflejo dejé de apretarlos. Alzó la mano con la intención de tocarme la cara, o la boca, no lo sé realmente, porque se contuvo, carraspeó y se apartó. Se llevó el café a los labios hasta vaciarlo de un sorbo.

—Buenos días, doctor Beltrán, doctora Balboa.

Era Valdepeñas, que acababa de llegar y se detuvo a diez pasos de nosotros en la máquina de café. Ambos respondimos formalmente a su saludo.

—Nos veremos el próximo miércoles en mi despacho, sin excusas, Nora, y quizá consigas tus afirmaciones.

Se dio la vuelta y se fue junto a Valdepeñas dejándome una sensación de plenitud extraña. ¿De verdad que Beltrán estaba admitiendo que me necesitaba y que llevaba años esperando a alguien como yo?

«Imposible, me debo haber quedado dormida frente a la máquina del café y me he partido el cuello al caer, si no, no me lo explico».

En el mismo momento en que miré el café, tanto el pasillo como las figuras de Beltrán y Valdepeñas, que hablaban tranquilamente, se tambalearon cuando perdí el equilibrio mientras alguien me alzaba en volandas. Solté un grito.

—¡Vamos a operar juntos! —exclamó Alberto llamando la atención de todos y antes de que pudiera decir nada me dejó en el suelo y me estampó un sonoro beso en la mejilla—. ¿No es genial?

—¡Claro! ¡Es estupendo! —exclamé tratando de imitar la misma euforia y vi cómo había más de medio vaso de café derramado en el pasillo.

Cuando alcé mi vista para ver a Beltrán y Valdepeñas, que a todas luces habrían visto la escena, comprobé que el primero caminaba de espaldas en dirección a la sala de juntas mientras el segundo contenía la sonrisa.

21

Finales de julio en Valencia era la muerte en vida, no solo porque hacía un calor infernal, sino porque el hospital se llenaba de turistas que habían tenido accidentes de lo más insólitos, como el chico que hubo que intervenir de múltiples fracturas por saltar desde un séptimo piso a la piscina del hotel o aquel otro que se había apostado con amigos tragarse las chapas de los botellines de cada copa que le pagaran y acabó perforándose el intestino.

«A veces olvido que la humanidad procede de los monos, y algunos se quedaron a medio camino».

Aquella mañana de jueves, Valdepeñas nos había convocado a todos en la sala de reuniones para ver quién acompañaba a Beltrán en la conferencia de ese fin de semana. Había hecho esperar unos minutos a los del turno de noche para que estuviésemos el máximo posible de residentes, entre los que se encontraban Noelia y Eduardo. Él y el resto de la plantilla se colocaron frente a nosotros. Solo faltaban Antonio y Cecilia para completar la unidad: él estaba de permiso y ella entraba al turno de tarde.

—La elección ha sido difícil, tengo que reconocerlo, tanto es así que hay un empate entre tres de vosotros. Después de evaluar todos los informes, los mejores son el de la doctora Armenteros y, sorprendentemente, dos residentes de primero, la doctora Velázquez y la doctora Balboa.

«Vanessa y yo finalistas junto con Noelia, no me jodas, que al final va a ser la petarda de turno quien le acompañe, como dijo Carmen».

Miré a Beltrán de inmediato y juraría que había sonreído. «Genial, ahora sabe que he participado, aunque me dijo que no lo hiciera y le contesté que no lo haría. Estoy quedando como Cagancho».

Ni siquiera me había sacado el tema en nuestra última reunión, en la que nos ceñimos exclusivamente a hablar de células. De lo prometido si firmaba el contrato no supe más, pero al menos no habíamos vuelto a discutir dentro de su despacho. Eso sí, fuera de aquellas cuatro paredes seguía siendo un completo imbécil.

—Dad un paso al frente —intervino Ibáñez con cierto orgullo en su voz.

¿Le agradaba que hubiera pasado el corte? Bueno…, no tenía mucha fe en ser la vencedora, para qué engañarnos.

—Para realizar el desempate se establecieron tres puntos extras. La doctora Armenteros tiene el menor rango de error en quirófano de las últimas semanas y la doctora Balboa no ha cometido ni un solo error en la prueba de memoria, eso deja a la doctora Velázquez fuera de la competición, pero su informe sobre cirugía de reparación de defectos congénitos ha sido brillante, puede dar un paso atrás.

Me mordí el labio para no sonreír cuando vi su cara lívida de impotencia. «Por una vez voy a creer que el karma existe». Noelia y yo nos miramos, y, sonreímos, no sé si lo hacíamos por ser finalistas o porque Vanessa se hubiera quedado a las puertas, *yo desde luego lo hacía por lo segundo*. Noelia se acercó y nos cogimos del brazo. Era mi mentora, así que me alegraría que ganara y acompañara a Beltrán a la conferencia, suponía una oportunidad única para cualquiera de nosotras.

Valdepeñas prosiguió:

—La tercera condición será la que resuelva este empate. Quien tenga la mejor nota de corte de las dos, será la vencedora. Doctor Ibáñez, ¿puede hacer los honores?

El aludido se acercó hasta colocarse al lado del jefe de trasplantes y sacó un documento de la carpeta que llevaba en las manos.

—La nota de corte de la doctora Armenteros es de ocho punto seis sobre diez —dijo en un tono neutro.

Sentí un cuchicheo detrás de mí alabando aquella nota tan alta, evidentemente la daban por ganadora. Cerré los ojos y apreté los labios con fuerza porque sabía lo que iba a ocurrir ahora y lo que supondría, pero no sé si estaba preparada para asumirlo.

—Y la nota de corte de la doctora Balboa es de nueve punto ocho sobre diez.

«Me voy con Beltrán a la conferencia. A solas. Y a dormir puerta con puerta».

Bueno, al menos me quedaba el consuelo de que si alguien tenía alguna duda sobre si era una enchufada, ahora sabrían que estaba allí por méritos propios.

Ibáñez arrancó a aplaudir, el resto de los adjuntos y residentes lo hicieron tras él, incluido el propio Beltrán.

—Habrá más oportunidades en el futuro para todos, esto demuestra que los residentes de primer año tenéis las mismas posibilidades que los que están a punto de especializarse, tenedlo en cuenta tanto unos como otros. Enhorabuena, doctora Balboa, espero que aproveche esta oportunidad no solo de aprendizaje, sino para conocer a personalidades únicas que asistirán a la conferencia y cambiarán nuestro futuro.

—Por supuesto, lo haré. —Sonreí con timidez antes de que mis compañeros comenzaran a zarandearme sorprendidos no solo porque hubiese ganado a pesar de estar en primer año, sino por la excelente nota de mi expediente.

En cambio, yo solo podía pensar en que iba a pasar un fin de semana completo a solas con Beltrán muy lejos de allí.

—Ahora sabemos todos por qué está con Ibáñez. ¡Un puto nueve con ocho! ¡Joder! —soltó Mario provocando unas cuantas risas.

Tenía cuarenta y ocho horas para hacerme a la idea y unas cuantas menos para pensar en la maleta. Valdepeñas me entregó un sobre antes de irse en el que se incluían los billetes de tren, la reserva en el hotel, los documentos de información sobre la conferencia y los temas que se iban a tratar, la invitación a la cena de gala que se celebraría el sábado por la noche y a la que tendría que ir vestida de etiqueta. «¿Tengo yo un vestido así? No. Mal empezamos».

A última hora de la mañana, Beltrán entró en la sala de juntas. Solo me hizo falta verle un segundo para saber que estaba de mal humor y probablemente lo pagaría con cualquiera menos con quien fuese la causa de su estado.

—¿Dónde están los archivos de suministros de todos los pacientes operados? —exclamó a toda la sala con cierto tono irascible.

—¡Los tengo yo! —dije llamando su atención—. Estoy actualizando los datos, solo me quedan tres pacientes y los devolveré a su sitio.

Enseguida se acercó hasta mi mesa. Revolvió las carpetas hasta dar con el nombre que buscaba y se fue con paso firme, sin decir absolutamente nada o increparme.

—Nunca se extrae un expediente de la habitación del paciente, Leo —escuché a Carmen en voz baja—. Las probabilidades de que cometas un error al equivocarte cuando lo devuelvas son altas, eso sin contar con que ocurra una urgencia mientras no está en su lugar, y extraviarlo puede suponer que se le suministre una dosis errónea al paciente que derive en su muerte.

Boqueé un par de veces sin lograr decir nada y recogí el montón de cartelas para salir corriendo y devolverlas a su sitio. No lo habría pensado, simplemente decidí cogerlas cuando no había ninguna tablet a disposición, pero estaba claro que había cometido un error de principiante.

Entré en la habitación donde se encontraba Beltrán con una de las enfermeras y dejé la cartela del otro paciente en su sitio. Vi cómo sus ojos me recorrían y me mordí el labio como quien se siente culpable de haber cometido una fechoría. Le entregó la carpeta que tenía en las manos a la enfermera y me siguió cuando salí de la habitación.

—¡Sí, ya lo sé! He sido imprudente, pero no volveré a hacerlo —me atreví a decir antes de que él me reprendiera.

Arqueó una ceja y se cruzó de brazos esbozando una ligera sonrisa.

—¿Te refieres a la negligencia que acabas de cometer o a contradecirme? —preguntó y ahora fui yo la que alzó la ceja—. Te dije que no tenías posibilidades, y aun así presentaste el informe y has vencido.

El supuesto regodeo que pensé que sentiría cuando me dijo que no tenía posibilidades se había convertido en un murmullo de voces acalladas en mi interior. Estaba nerviosa, casi me había acostumbrado a su modo déspota dentro del hospital, pero entonces estaríamos en un ambiente completamente distinto. ¿Que fuera su acompañante le obligaba a tenerme a su lado? Tal vez me evitaría durante todo el fin de semana, conociéndole, no me sorprendía.

—Parece ser que no siempre aciertas en tus conjeturas. —Fue lo único que se me ocurrió decir.

—Tal vez —masculló y levantó la vista como si se estuviera fijando en lo que había al final del pasillo—. O tal vez te dije lo que necesitabas oír.

El hormigueo se extendió desde el vientre hacia el resto de mi cuerpo, sintiendo una quemazón que solo él era capaz de incitar en mi interior.

—¿Qué? —exclamé confundida.

—Te recogeré el sábado a las seis en punto en la puerta de tu edificio. —Beltrán hizo ademán de darse la vuelta para entrar de nuevo en la habitación de la que acabábamos de salir—. O si lo prefieres puedes ir en tren, pero te perderás la primera parte de la conferencia. Si no estás a la hora acordada, me iré sin ti —agregó adentrándose en la habitación y dejándome allí de pie mientras le observaba.

¿Lo de pirarse dejándome con la palabra en la boca era algo innato en él? La verdad es que no sabía si me había quedado petrificada por ofrecerse a llevarme, por no arremeter contra mí cuando había cometido una falta grave o por confesar que me había dicho lo que necesitaba oír.

Porque había funcionado. Yo había presentado ese jodido informe con la intención de ganar solo para restregárselo en la cara.

«¡Es que hay que joderse! Hasta cuando gano, él tiene que quedar por encima».

El viernes fue un día tranquilo, sin complicaciones relevantes, aunque pasé la mayor parte de la jornada en el laboratorio de ensayo y en quirófano como asistente, si bien solo me permitieron suturar, nada más. Al final del día mis nervios arreciaron. Necesitaba llamar a Cris y Soraya, demasiado que contar, mucho en lo que pensar y, sobre todo, ¿de verdad que iba a pasar casi tres horas con Beltrán en el diminuto habitáculo de su coche? El solo hecho de imaginarlo me inquietaba, eso y todo lo que tenía que ver con él.

—¿A solas? ¿Todo el fin de semana? —exclamó Soraya haciendo hincapié por segunda vez.

—Ya te ha dicho que sí, no va a cambiar porque lo preguntes más veces. A mí lo que me extraña es que se haya ofrecido a llevarte en coche teniendo en cuenta que te trata como si fueses un estorbo. ¿A qué viene ese gesto amable? Es raro…, este quiere algo, me lo huelo.

—A mí no me sorprendería que se te tirara encima, te besó antes de que la amargada de turno esa os interrumpiera. Sea su amante o no, es evidente que le gustas.

Habían pasado dos semanas desde aquel beso en su despacho, y aunque había decidido no pensar en ello, cada noche mi cerebro decidía rememorarlo, sintiendo cada célula de mi cuerpo arder ante su contacto. Por mucho que quisiera detestarlo y despreciarlo, algo dentro de mí seguía acudiendo a él como una flor buscando la calidez del sol.

«Estupendo, ya empiezo a orbitar a su alrededor…».

—Meredith será pedante, pero es guapa, elegante y con ese porte de quien tiene tanto dinero que no se preocupa de mirar el suelo por si pisa una mierda de perro. Directamente tiraría sus zapatos de tropecientos euros a la basura y se pondría otros nuevos. —Las dos echamos a reír—. ¿Qué he dicho?

—No hace falta que seas todo eso para un buen polvo, Leo —argumentó Cris—. Igual ella le tiene reprimido sexualmente y por eso se comporta como un capullo.

—¿Y ahora es cuando me vas a decir que me acueste con él para ver si así deja de ser tan capullo? —Esta vez fui yo la que me reí.

—En realidad iba a decir que te acostaras con él para que descubrieses el buen sexo por una vez en tu vida, pero… también es una opción.

Nos reímos un buen rato más. Me di una ducha antes de comenzar a preparar el macuto. Sofía me prestó un vestido azul noche de tirantes que a ella le quedaba grande y a mí entallado. Insistió en que hacía años que no se lo ponía y le hacía un favor sacándolo de su armario, por lo que lo dejé en la percha para ser lo último que metiera antes de irme.

No definiría mi estado como nerviosismo, pero sí inquietud, la misma que se sufre ante lo desconocido. Por un lado me apetecía muchísimo ir, y por otro tenía ese remolino incesante en mi esófago que no me dejaba digerir ni un triste sorbo de agua. Cuanto más se acercaba el momento, más intensidad adquiría ese torbellino, que se convertía en un huracán. Supongo que por eso tardé en conciliar el sueño. Cuando abrí el ojo, todavía medio dormida, y vi que faltaban veinte minutos para las seis, salté de la cama como si me hubieran clavado un tenedor en el culo.

«Ni café ni leches. Con lavarme los dientes tenía suficiente».

Llamé al ascensor cuando apenas faltaban dos minutos para las seis. De pronto me di cuenta de que no había metido el puñetero vestido en el bolso, así que saqué otra vez las llaves, entré corriendo y cuando volví el ascensor estaba ocupado.

«Genial. El karma ha decidido enviarme al infierno precisamente hoy».

En el edificio no éramos las únicas que trabajaban en el hospital, por lo que era más que habitual que hubiera movimiento a esas horas de la mañana. Corrí todo lo que pude hasta llegar al portal por las escaleras rezando por que hubiese suficiente tráfico para que Beltrán se retrasara. En cuanto abrí la puerta vi cómo el deportivo blanco perlado se marchaba calle abajo. Eché a correr hasta quedarme en medio del asfalto, pero no sirvió de nada.

—¡Joder! —grité tirando el bolso al suelo mientras lo veía perderse al doblar la esquina y yo me quedaba más tirada que una colilla.

Lo peor de todo es que me lo había advertido. Si no estaba a las seis en punto se iría, y eran las seis y tres minutos para ser precisos. ¿Por qué demonios tiene que ser tan intransigente? Mi tren salía en cuarenta minutos y, si no llamaba a un taxi de inmediato, también lo perdería.

Me agaché para coger el bolso y dirigirme hacia la acera cuando escuché de nuevo el rugido que emitía el motor de alta cilindrada. Beltrán había dado la vuelta a la manzana y volvía a pasar por mi puerta. Eso sí que no me lo esperaba.

¿Los milagros existen?

—Sube —dijo cuando llegó a mi altura.

No rechisté, tan solo abrí la puerta y tiré el macuto de piel al asiento de atrás. Luego el respaldo de ese coche me envolvió en una comodidad sublime. Era, sin lugar a duda, el coche más caro en el que he estado y estaré en mi vida. Probablemente la alfombrilla que pisaban mis pies valía más que todo lo que poseía mi familia.

«Esto es surrealista».

—Dijiste que te irías si no estaba —afirmé cuando emprendió la marcha y yo trataba de colocarme el cinturón.

—Si lo prefieres puedo parar y te bajas —contestó sin darme la respuesta que deseaba, pero él era así, una verdad a medias, un no saber nunca lo que realmente pensaba.

El enigma de Athan Beltrán. Un hombre que parecía bipolar, intransigente y egocéntrico, pero que al mismo tiempo gozaba de una capacidad inaudita como médico. De hecho, no me sorprendía que hubiera ganado el Premio Wolf a su edad, no podía descalificarle de ningún modo en ese aspecto, salvo en lo que Ibáñez mencionó: falta de humanidad. Era un capullo intolerable la mayor parte del tiempo, pero en contadísimas ocasiones como aquella me hacía vislumbrar una parte de él muy distinta. Una parte que me atraía demasiado a pesar de escuchar las alarmas cada vez que me acercaba, pero que me resultaba imposible no preguntarme si bajo aquella capa de piel y huesos existía un hombre muy diferente a lo que él mostraba.

—No tengo duda de que lo harías —dije mordiéndome la lengua para no decir nada que le hiciera cambiar de opinión y dejarme tirada.

A fin de cuentas, los que desentonaban dentro de aquel habitáculo éramos el macuto antiguo de mi padre y yo.

Beltrán subió el volumen de la música. Para no variar, era clásica y, para más inri, violines. Empezaba a acostumbrarme a la calidez de aquel sonido. Nos sumergimos en un raro silencio, a ratos incómodo y a ratos extraño, hasta que tomó el desvío que llevaba a la autovía dirección Madrid.

—¿Coleccionas coches de alta cilindrada? —pregunté después de desechar un sinfín de temas que podrían acabar con mi culo tirado en la autovía haciendo autostop.

«El que entendía de coches de este tipo era mi hermano Daniel y, si viera este, se desmayaba en el acto».

—En absoluto, este ni siquiera es mío, sino de un amigo, que me lo ha prestado. Soy mucho más práctico en ese sentido.

Su respuesta me sorprendió, de hecho, me giré en su dirección para ver su perfil y apreté los labios al comprobar cómo el sol se reflejaba en su rostro.

«Endemoniadamente guapo se queda muy corto para describir lo que él parecía en ese momento».

Estaba sentado de forma relajada, solo con una mano en el volante y la camisa azul remangada. Puede que el coche no fuera suyo, pero su figura encajaba a la perfección con el lujo que desprendía.

—Debe ser un buen amigo —afirmé teniendo presente la millonada que costaba ese vehículo.

—Lo es —dijo acelerando para adelantar a otro coche.

Desde luego, era poco hablador. Más allá de que estudió en Valencia, que conocía al dueño del club de pádel y ahora resultaba que tenía un amigo forrado, no sabía nada de él. Ni siquiera las preguntas cortas de la excursión a la montaña arrojaron mucha información. De pronto recordé a esos dos hombres que le acompañaban en la fiesta de disfraces. ¿Sería uno de ellos el dueño de este coche? No pude ver con nitidez sus rostros para poder hacerme una idea de cómo eran; no llevaban máscaras, al contrario que él, pero sus caras se desdibujaban.

—¿Estaba contigo en la fiesta de los dioses griegos? —pregunté sin darme cuenta de que daba por hecho que él era el tío de la máscara.

Puede que no lo hubiera confesado abiertamente, pero debió deducir que no tendría dudas cuando decidió poner «Energía Bacana» en el laboratorio de ensayos.

—Sí —afirmó con una voz ronca, y una sensación de ahogo amenazó con asfixiarme.

«¡La madre que me trajo al mundo! ¡Acaba de confesar que era él! ¿Por qué me besaste? ¿Por qué te fuiste? ¿Por qué no me dijiste nada? ¿Por qué dejaste que me quedase con esa sensación de vacío tras irte? Demasiado confundida. Demasiado sola. Demasiado exhausta».

Pero era incapaz de pronunciar palabra alguna. Solo sentía el sudor en las palmas de mis manos y un nerviosismo poco común. De repente hacía demasiado calor allí dentro, así que me recogí el pelo en un moñete alto y me subí ligeramente la falda del vestido sin ser consciente de si él me observaba o no. Me importaba un cuerno.

Su teléfono comenzó a sonar y lo cogió enseguida. Tuvo que aclararse la voz cuando la primera sílaba fue más aguda de lo que debía.

—Dime, Egan —respondió por el manos libres.

—Me dijiste que te avisara en cuanto acordara la cita sin importar la hora que fuese. Se ha fijado para el próximo sábado a medianoche. ¿Crees que estará lista? Sé que es tu…

—Ya te dije que eso es cosa mía —interrumpió rápidamente—. Ahora no puedo hablar, no estoy solo, te llamaré cuando llegue.

Hubo silencio durante al menos medio minuto.

—Está bien, pero recuerda lo que hablamos anoche, Athan.

El tipo del teléfono colgó. Durante un buen rato me quedé pensando a qué podría referirse con lo de la cita del próximo sábado y si «ella» estaría lista, o en la conversación que habrían mantenido la noche pasada. Había muchas cosas en la vida de Beltrán que resultaban un completo misterio, comenzando por esa pasión hacia la música clásica, especialmente violines, siguiendo por lo que sea que tuviera con Meredith y acabando por su personalidad despótica que se agravaba aún más conmigo por algún sinsentido. Era brusco con todo el mundo, pero su ensañamiento hacia mí rozaba lo absurdo.

Ni siquiera podía tomarme como un halago que me escogiera para su investigación, solo le interesaba mi capacidad para memorizar. De no ser por eso, otro ocuparía mi lugar.

—Mi exposición en la conferencia es a las cuatro, estarás sola la mayor parte de la tarde, pero me reuniré contigo en la cena, estaremos en la misma mesa.

Había imaginado que no estaría conmigo ni siquiera un instante; probablemente si pudiera, me evitaría todo lo que pudiese para no soportarme, así que contaba con estar sola todo el fin de semana. Aún me parecía extraño que se hubiera ofrecido a llevarme.

—No hay ningún problema —admití sacando el teléfono y mirando mensajes atrasados para que entendiera que daba aquella conversación por concluida.

Había unos cuantos en el grupo del pueblo. Raquel había colgado fotos de las ecografías de mi futuro sobrino. En el de medicómicas Cris no dejaba de enviar mensajes acompañados por pimientos rojos y gifs subidos de tono en referencia a la noche que pasaría con Beltrán en el mismo hotel.

Bloqueé el teléfono de inmediato. No quería contestar por mucho que estuviera concentrado en la carretera y no pudiera ver la pantalla.

«Lo que me faltaba, que pensara que entre nosotros iba a suceder *algo*».

Durante las dos horas siguientes, solo paramos una vez a echar gasolina. Aproveché para ir al baño y coger un par de cafés para llevar. Pensé que lo rechazaría, pero lo cierto es que se lo tomó mientras conducía, y para mi sorpresa, logramos encontrar una conversación amable cuando me preguntó por la subespecialización que tenía pensado escoger. Le confesé que deseaba ser cirujana cardiovascular. Mientras hablábamos no sentí en ningún momento ese tono condescendiente que solía emplear conmigo, ni se mofó de que quisiera realizar el mismo recorrido profesional que él. Empezaba a relajarme, sentía que podía bajar la guardia y no estar en constante tensión.

Luego descubrí que no nos alojábamos en el mismo hotel de la conferencia, sino en uno situado muy cerca, pero de categoría superior. En recepción nos dieron dos llaves de la misma habitación. Miré escéptica a Beltrán, pero él ni se inmutó.

—La suite está en la última planta, tienen el ascensor a mano izquierda, que disfruten de la estancia.

Beltrán cogió una de las llaves y se encaminó hacia el ascensor, así que cogí la otra y le seguí con la inquietud de quien no sabe cómo plantear la situación porque no sabe realmente si quiere hacerlo.

¿Iba a compartir habitación con Beltrán?

«Como haya una sola cama me muero. Y no pienso ser yo quien duerma en el suelo».

En cuanto abrió la puerta de la habitación cuatrocientos seis, comprendí lo que quería decir el recepcionista con «suite». La entrada daba a un enorme salón común, y en los laterales se situaba una puerta frente a otra que daban a dos habitaciones independientes con baño propio.

«El día va de cosas surrealistas. ¿A cuánto está una cama de la otra? Ni diez metros, alguien que yo me sé no va a pegar ojo en todo el fin de semana».

—Elige la habitación que quieras —anunció mientras dejaba el portatrajes sobre un sillón del salón y el maletín encima de la mesa.

—Me quedaré con esta —señalé a mi izquierda, que era la que me quedaba más cerca y entré para soltar mi macuto en una banqueta.

—El servicio de habitaciones está incluido, al igual que el desayuno y el almuerzo, si necesitas pedir cualquier cosa, solo tienes que llamar.

—Gracias. —Pensaba darme una ducha, por lo que tenía toda la intención de encerrarme en mi habitación.

—Tenemos media hora hasta la primera presentación. —Hizo el ademán de coger el portatrajes y entrar en la habitación frente a la mía, así que comencé a cerrar mi puerta—. Nora…

No respondí, mantuve la puerta abierta con la vista fija en él, que cargaba con sus cosas.

—¿Sí? —pregunté viendo que él no hablaba.

—Si tardas más de veinte minutos, entraré sin llamar y no me importará en qué condiciones estés. Así que date prisa.

Si aquello era una declaración de intenciones, había surtido efecto porque di un portazo a mi puerta maldiciendo por dentro y comprobé que no tenía pestillo.

«El muy capullo debía saberlo».

Me mordí el labio y odié que aquella afirmación generase un extraño sentimiento en la parte baja de mi vientre.

Beltrán abrió la puerta de mi habitación a los veinte minutos exactos, pero ni entró ni se asomó a ver si estaba desnuda o en ropa interior. Lo cierto es que estaba anudando las cuñas cuando lo hizo y, al salir, ya me esperaba en el ascensor.

«El término caballerosidad le resulta completamente desconocido».

—¿Puedo hacerte una pregunta?

El discurso de apertura arrancó un aplauso a todos los asistentes. Un excelente cirujano cardiovascular de Barcelona con muchos años de experiencia fue el primer ponente.

Desde que habíamos llegado, habían detenido a Beltrán infinidad de veces para saludarle, y de no ser porque la conferencia empezaba, aún seguiríamos en el hall de entrada, donde nos habían dado los pases y la asignación de asientos numerada. Para mi sorpresa, Beltrán había dado mi nombre a todos ellos, pero no enfatizó que era residente de primer año, ni futura cirujana cardiovascular, así que, como era lógico, imaginaron que era su pareja.

—Si tienes que preguntarme, significa que no me va a gustar lo que vas a decir o es incómodo. Piensa en si te gustará o no mi probable respuesta y decide si quieres seguir formulando la pregunta —contestó sin prestarme mucha atención.

—¿Por qué has dejado que piensen que somos pareja? —pregunté rápidamente haciendo caso omiso de su advertencia.

Se giró hacia mí y sus ojos atravesaron los míos. Aquel torrente que fluía en mi cuerpo cuando lo hacía con aquella intensidad comenzó a destruir los muros que encontraba a su paso.

—A veces es inoportuno dar explicaciones en lugar de dejar que la gente piense lo que quiere creer —susurró en voz baja para no molestar a las personas a nuestro alrededor que escuchaban al ponente—. Si saben que eres residente de primer año, careces de interés para ellos, si creen que tenemos algo, querrán caerte bien para acercarse a mí.

«¿Lo hacía para beneficiarme? No lo puedo creer...».

—Pero ¿no te importa que me asocien contigo? No encajo en tus gustos de...

Probablemente mi cerebro necesitaba que él admitiera fríamente que no le atraía, que yo no formaba parte del grupo de mujer en que él se fijaría para arrancarle de mis pensamientos de una maldita vez.

—Será mejor que prestes atención a la ponencia.

«Muy bien, acaba de quedarme clarísimo».

Aparté la vista de él y me centré en la ponencia, aunque tardara más de diez minutos en lograr que lo que fuera que decía tuviera sentido en mi cabeza. No podía dejar de recriminarme. ¿Por qué le había preguntado aquello si ya conocía la respuesta? Quizá necesitaba confirmar que las dos veces que me había besado no habían significado nada y de ese modo podría centrar mi atención en otra persona, aunque no sintiera lo que Beltrán me provocaba.

Había una pausa de dos horas para almorzar, él se marchó con varios ponentes y yo regresé al hotel. No le vi hasta su ponencia, a las cuatro, donde expuso durante una hora y media. Después no regresó a su asiento junto al mío, sino que le vi a cierta distancia en un pequeño círculo de ponentes, que se habían quedado cerca del escenario, hasta que la sala de conferencias comenzó a vaciarse tras la última ponencia. Regresé sola a la habitación.

Beltrán había vuelto hacía escasos diez minutos y supuse que estaría preparándose para la cena de gala. Me calcé los zapatos de tacón, no solía usarlos demasiado, pero el recorrido era corto y después permanecería sentada. Justo cuando di dos pasos para acomodar bien el pie, llamó a la puerta.

—¡Un momento! —dije colocándome el vestido por encima pensando que abriría como había hecho esa mañana, pero no lo hizo.

Beltrán se había apoyado en el marco de mi habitación. Llevaba un pantalón de vestir azul noche ajustado, camisa blanca remangada y chaleco a juego del pantalón. Usaba una corbata en tonos azules más claros que tenía unos dibujos diminutos de serpientes. Sus ojos recorrieron minuciosamente mi cuerpo sin ningún titubeo.

Tal vez no había demasiada diferencia entre Beltrán y su animal predilecto. Un ser frío y calculador que serpenteaba alrededor de nosotros sin dejar que nadie descubriera cómo era realmente, atrayendo a sus presas hacia él para después lanzar su veneno en forma de palabras despectivas. Su magnetismo, su atractivo, su singular forma de mirar que derretía cada nucleótido del que estaba compuesto mi ADN. Aguardaba a que me constriñera, enroscándose a mi alrededor mientras quedaba inmovilizada por la fascinación, incapaz de huir o escapar, como lo haría cualquier presa tratando de salvar su vida.

—¿Tienes pensado apartarte de mi puerta? —pregunté al ver que él no decía nada y tampoco indicaba que saliéramos o llegaríamos tarde, como era habitual en míster puntualidad.

—Sí —contestó rápidamente aclarándose la garganta—, por supuesto.

Se alejó hacia la puerta, y tuvo el detalle de abrirla para que pasara primero.

«Igual no ha muerto del todo la caballerosidad en él».

Nos habían asignado una mesa de diez comensales, entre ellos los cinco ponentes que habían expuesto durante la jornada. Casi toda la atención se centraba en Beltrán y el afamado Premio Wolf, a pesar de que más de un cirujano insistió en que hablara sobre su nuevo proyecto de investigación, pero se limitó a dar evasivas argumentando que era demasiado pronto para dar detalles, al menos, hasta que tuviera algunos ensayos probados.

Noté sus miradas cómplices conmigo. No sé si era una advertencia para que guardase silencio, ya que era quizá la única o una de las poquísimas personas que conocían los pormenores. No era mi competencia y por eso me dediqué a beber vino cada vez que intentaban sonsacarme información de forma irónica. Me aparté de él tras el postre y mantuve algunas conversaciones interesantes con varios cirujanos de prestigio de los que conseguí sus credenciales.

—Si quieres podemos tomar una copa en el bar del hotel antes de regresar a la habitación —sugirió Beltrán.

Estábamos en la calle, mis pies ardían sobre aquellos tacones, aunque el alcohol había mitigado parcialmente el dolor.

—Solo una —acepté.

Al cruzar hacia nuestro hotel, el tacón se me clavó en una pequeña grieta y perdí el equilibrio momentáneamente. Escuché el ruido de una moto que se acercaba y casi no me dio tiempo a reaccionar.

—¡Maldita sea!

Noté cómo Beltrán me agarró con firmeza y su brazo me rodeó la cintura para alzarme y estrecharme contra él entre el hueco minúsculo de dos coches aparcados. La moto, con el logotipo de una empresa de reparto a domicilio, pasó a alta velocidad junto a nosotros. Ni detuvo la marcha, sino que prosiguió como si no hubiera estado a punto de arrollarme.

Mi respiración se volvió agitada en décimas de segundo y él aún me mantenía agarrada con firmeza. No existía ninguna duda de que de no ser por él ahora mismo tendría múltiples fracturas si esa moto no me hubiera esquivado, pero aun así era incapaz de sentir otra cosa que no fuera su cuerpo estrechando al mío de aquel modo.

—¿Es que no puedes mirar por dónde vas? —exclamó con ira, y rompió por completo la magia que le envolvía. Le empujé para salir de la prisión en la que me había metido al estar entre aquellos dos coches y su cuerpo.

«Ni cuando hace algo digno de agradecimiento deja de ser un completo gilipollas».

Comencé a caminar hacia la entrada del hotel a pesar de sentir dos brasas ardientes en la planta de mis pies. A la mierda esa copa. A la mierda Beltrán. Y a la mierda todo lo que tuviera que ver con él. Entré en el ascensor y pulsé la última planta sin mirar si estaba a mi lado o había decidido quedarse atrás, pero cruzó las puertas antes de que se cerrasen.

Puede que fuese el vino, el hecho de que no estábamos en el hospital y podía desinhibirme o que aquel hombre ya había terminado de colmar toda la paciencia que había tratado de acopiar… Fuese cual fuese la razón, exploté dentro de ese ascensor.

—¿Qué problema tienes conmigo? —exclamé sin mirarle, manteniendo los brazos cruzados en el ascensor con los ojos clavados en la pantalla mientras el número de planta ascendía y mantenía la esperanza de que no se detuviera hasta llegar a la nuestra—. Está claro que no me soportas, no lo has hecho desde el primer día mostrándote como un capullo denigrante, y aunque he tratado de ignorarlo ya estoy harta de este comportamiento déspota y humillante del que te vanaglorias. No tengo por qué aguantarte y, de hecho, no pienso hacerlo ni un segundo más. Se acabó. El lunes hablaré con Ibáñez para que me asigne otro adjunto como tutor en funciones y cambiaré mis turnos para que no coincidamos en el hospital.

22

La puerta del ascensor se abrió y, ya fuese por la adrenalina o la rabia contenida, ni sentía ese ardor en las plantas de mis pies mientras aceleraba el paso hasta la habitación cuatrocientos seis. Saqué la tarjeta del pequeño bolso y la pasé por la cerradura. No me molesté en colocarla para que todo se iluminase, que lo hiciera él.

En cuanto di tres pasos para dirigirme hacia mi habitación escuché que la puerta se cerraba de un portazo. Acto seguido Beltrán me estiró el brazo para impedirme el paso.

—¿Tan pronto abandonas? —exclamó en un tono que no concebía como enfado ni ironía.

«Ni nada».

Empezaba a creer que Beltrán era tan frío que era incapaz de sentir algo que no fuese egoísmo.

—Es lo que querías desde el principio, ¿no? Prefiero saltar del barco antes de que me arrastre al fondo del mar y sea demasiado tarde para salir a la superficie —dije sin tratar de esquivar su brazo.

Revelé demasiado en aquella frase. Dudaba de que pudiera obtener algo de él que no fueran evasivas. Probablemente le estaba haciendo un favor, ya que había deseado deshacerse de mí desde el primer día.

—Si fuera así, no estarías aquí ahora —confesó con una voz muy distinta al tiempo que me acercaba a él, hasta que mi pecho tocó el suyo y sus dedos comenzaron a acariciar con suavidad la piel de mi brazo.

¡Dios! Ni siquiera sin luz era capaz de resistirme a su magnetismo. Mi propio cuerpo no respondía a mi juicio.

—Ni siquiera sé por qué estoy aquí —dije con ironía.

Fue él quien me incitó a que no participara en aquella absurda competición y, en cambio, lo había hecho.

—Lo sabes perfectamente —me corrigió—. He tratado de alejarte de mí desde el primer día, pero, en lugar de eso, solo te he acercado más y más. —Su confesión me sorprendió—. Solo tengo un único problema contigo, Nora —susurró con una voz casi rota en aquella penumbra—. Te deseo con una voracidad que me consume, con el temor de perder cualquier vestigio de control si estás cerca. Y no lo soporto. No soy capaz de tolerar ese efecto que me provocas. —Una de sus manos apartó el pelo que me caía por el cuello dejándolo a un lado y se inclinó para besar con suavidad la piel que había quedado expuesta—. He luchado para que no tengas ese poder sobre mis emociones, también he tratado de evitar que no acaparases todos mis pensamientos. Debería alejarte, que salieras de mi vida, pero soy incapaz de dejar que lo hagas cuando sé que tu cuerpo desea que lo complazca.

Busqué su mirada rápidamente, necesitaba sentir que era cierto, que toda la confusión que había estado sintiendo las últimas semanas tenían una justificación clara y concisa, aunque ni de lejos había esperado que dijera aquello. ¿De verdad me deseaba?

—¿Cómo puedes estar seguro de lo que siento? —exclamé casi en un jadeo, percibiendo cómo mi boca se secaba, que clamaba por que él colmase dicha sed.

—Porque siento tus latidos acelerarse cada vez que estás cerca de mí —contestó pasando su dedo pulgar por mi labio inferior y bajando por mi cuello, por el escote, hacia el esternón, y se detuvo delante de mi corazón, que en esos momentos latía con un frenesí inaudito—. Y no puedes ni imaginar lo que ese efecto genera en mí —continuó haciendo una mueca de placer mientras cerraba los ojos como si de verdad lo sintiera—. Es una vibración única, maravillosa…, increíble.

Si tenía algún impedimento para apartarme de él se fue a freír espárragos cuando se dibujó aquella sonrisa en sus labios y comenzó a acercar la cabeza lentamente, rozando su nariz con la mía, provocando que su aliento se mezclara con el mío, hasta que su boca buscó mis labios en un tentativo de averiguar si le respondería.

«Mi carne es débil cuando se trata de Athan».

La vida no es eterna, está llena de momentos que pasan como un tren a alta velocidad en los que hay que decidir en un instante si subir o no, y esa decisión tal vez dé lugar a una segunda oportunidad. Puede que el destino sea desconocido, que la incertidumbre abrume, pero la única certeza es que habrás gozado de la experiencia.

Mis labios respondieron a los suyos con fervor. Dos minutos antes no deseaba volver a verle en mi vida; ahora, solo quería que no dejase de besarme y que el fuego que llevaba semanas ardiendo en mi interior me consumiera hasta dejar solo cenizas.

Sus manos viajaron a mi cintura hasta deslizarse hacia mis nalgas y apretarme contra él. Mientras mis brazos se enroscaban en su cuello, mis dedos se enterraban en aquel cabello que tantas veces deseé tocar. Me alzó para colocarme a su altura y yo me aferré para que aquel beso, cada vez más intenso, no cediera.

Nunca he sido desinhibida, salvaje, tampoco pasional o impulsiva, pero con Beltrán quería ser todo aquello. Lo anhelaba con tanta vehemencia que sentía el ardor recorrer mis venas.

Me apoyó sobre la mesa que había en el pequeño salón y abrí las piernas para hacerle hueco mientras el vestido se enrollaba hasta mis caderas, mi ropa interior quedó expuesta. Beltrán se aflojó rápidamente la corbata y la lanzó al suelo mientras yo comenzaba a desabotonar su camisa. Prácticamente se la arrancó, algunos botones saltaron, antes de que se abalanzara sobre mi cuerpo haciéndome sentir el calor de su piel contra la mía. Sus labios comenzaron a viajar desde mi boca hacia el cuello, bajando a través de mi escote. Deslizó con delicadeza los tirantes del vestido por mis brazos hasta dejar expuesto mi pecho.

Las puntas rosadas de mis pezones reaccionaron al contacto de sus pulgares y a continuación se introdujo uno de ellos en la boca, chupándolo con suavidad para después juguetear con la lengua de un modo más certero. Gemí de placer mientras me arqueaba ante él y presionaba su entrepierna contra la mía en aquella locura de quien siente que está perdiendo toda forma racional de sus pensamientos. Mis sentidos se intensificaban con cada roce, y ese fuego en mi interior, que tantas veces había prendido a su lado, crecía y esta vez amenazaba con devastar absolutamente todo.

Como si me hubiera leído el pensamiento, su mano se deslizó hacia mi ingle, haciéndose hueco a través de la ropa interior para tocar la humedad apremiante que había entre mis piernas. Le oí maldecir y gemir, en ese orden, y se estrechó aún más. Aprecié su erección en mi muslo. Percibir su propio deseo hizo que buscara de nuevo sus labios, así que me incorporé con la necesidad de tocar su piel, pasando mis manos por su torso desnudo mientras su lengua se mezclaba con la mía en una danza digna de dos contrincantes en igualdad de fuerza.

—Eres increíblemente suave y caliente —jadeó en mis labios y yo apresé de nuevo su boca con un salvajismo hasta ahora desconocido.

Paseé las puntas de mis dedos por la cintura de su pantalón, comencé a desabrochar el cinturón, y sentí cómo los suyos se adentraban en mi interior. Le mordí el labio aferrándome a una sensación inaudita que abría un apetito insaciable. Gemí cuando al mismo tiempo frotaba mi clítoris con vehemencia.

—Y quiero probarte.

Athan abandonó mi boca para inclinar la cabeza entre mis piernas mientras sus dedos salían de mi interior. Apenas había luz en la habitación, pero podía notar el deseo de sus ojos y, aunque no viera con nitidez el matiz de aquel color que tenía grabado a fuego en mi memoria, sabía que ahora mismo se habían oscurecido al menos tres tonos.

Grité cuando pasó la lengua por toda la zona, al igual que haría con un helado que vierte la crema sobre el dorso de la mano. Después se detuvo en el punto de fricción más sensible. Todo mi cuerpo vibró ante una sensación de embriaguez absoluta, y volví a gritar cuando mordió ligeramente la parte interior de mi muslo para jugar de nuevo con mi clítoris y frotarlo de un modo que deleitaba mis sentidos.

Sus manos se deslizaron por mis nalgas y subieron por la espalda cuando me alzó de nuevo con una facilidad asombrosa. Su boca buscó otra vez la mía saciándola de un néctar más dulce que la miel conforme nos adentrábamos en su propia habitación. El vestido de Sofía voló hacia alguna parte desconocida, como también lo hicieron los pantalones y la ropa interior de Athan.

«Podrían decirme que es un semidiós y no lo dudaría ni por un segundo».

Mis ojos devoraban cada fragmento de piel que conformaba aquel espectáculo visual de hombre. Cada hendidura que marcaban sus músculos, cada particularidad que conformaba su torso, cada lunar, pequeña mancha o singularidad quedaría grabado en mi mente y lo recordaría sin cambiar un solo matiz o enfatizarlo.

Rebuscó algo en su maletín y después se lo llevó a la boca, rasgó el envoltorio del preservativo y se lo colocó con precisión. Puso una rodilla en la cama para acercarse de nuevo a mis labios mientras se hacía hueco entre mis piernas y bajaba lentamente hasta sentir cómo cubría mi desnudez con la suya.

Piel con piel, calor con ardor, la sensación sublime de sentir su peso sobre el mío era increíble y, al mismo tiempo, indescriptible.

Por primera vez me sentía hipnotizada y anhelante por ser poseída, ni siquiera sabía cómo expresarlo de otro modo que no fuera el ruego que emanaba de mis labios fundiéndose con los suyos, apremiándole a envestirme sin reservas. Cuando percibí su entrepierna rozando mi entrada, jadeé por la anticipación y alcé mis caderas para acelerar el contacto mientras mis manos buscaban desesperadamente apretar la parte baja de su espalda contra mí para que se hundiera y me poseyera sin pudor.

—Tenemos toda la noche —gimió cogiendo una de mis manos y entrelazando sus dedos con los míos—. Y créeme, he deseado demasiado este momento para que dure apenas un instante.

Que él confesara que lo deseaba solo apremiaba aún más mi propia necesidad.

—Puede que tengamos toda la noche, pero te necesito ahora.

Jadeé rozando sus labios y alcé mis caderas para sentir cómo se hundía en mi interior llenando el vacío que añoraba ser colmado. Me embistió con una firmeza plena, tan hondo que nuestros gemidos se acompasaron. No sabría cómo explicar lo que ocurrió, al menos no con palabras que tenga a mi alcance, pero algo dentro de mí se liberó. Al igual que la cerradura de una puerta antigua que lleva siglos esperando a que alguien encuentre la llave correcta, eso fue exactamente lo que Beltrán acababa de hacer: liberar una parte escondida en la capa más profunda. Incluso pude notar el momento exacto en el que aquella ráfaga de luz resurgía desde mi interior y clamaba como si hubiera encontrado lo que desde hace mucho tiempo anhelaba.

Sentí cómo salía lentamente hasta hundirse de nuevo con más fervor, y el ritmo de aquellas embestidas se volvió cada vez más intenso, más salvaje, más impredecible conforme el calor avasallaba cada parte de mi cuerpo y rendía pleitesía a esa sensación placentera que no dejaba de aumentar. Había dejado de ser yo misma para convertirme en la mujer pasional que pensé que no era, y la sensación fue tan colosal que percibí cómo el instinto natural de mi cuerpo se acompasaba a cada movimiento del suyo, haciendo que su vibrante erección encajara con maestría colmándome de un placer intenso.

Todo mi cuerpo se estremeció cuando me alzó las nalgas para embestirme con mayor vigor y clamé con desesperación ante la intensidad con la que mi cuerpo temblaba al tiempo que me arqueaba hacia él. Deseaba que me poseyera el resto de mi existencia. Podía rozar el culmen, podía sentir que aquella oleada iba a consumirme y a romperme en un millón de fragmentos mientras él continuaba bombeando en mi interior al mismo ritmo que mis gemidos. Lo deseaba, lo anhelaba.

—Quiero ver cómo alcanzas el clímax —jadeó—. Y saber que soy yo quien te provoca ese placer —continuó embistiéndome y provocando que gritara una y otra vez—. Mírame —insistió.

Lo hice, devoré aquellos ojos llenos de un fuego abrasador mientras su cuerpo colmaba el mío con una precisión sublime. Rozó mi clítoris con el pulgar y no pude soportarlo más, me abandoné al mayor orgasmo de mi puñetera existencia entre sollozos de un delirio que me daba absolutamente igual si me consumía. Pude ver en sus ojos que él también lo hacía. Aquello solo hizo que mi placer fuera aún más intenso.

«Si el paraíso existe, debe ser esto. Ahora no tengo dudas».

Sentí cómo jadeaba a mi lado cuando se dejó caer sobre la cama. Tardé al menos un minuto en asumir que me acababa de tirar a Beltrán. Bueno, a Athan. Se supone que cuando te acuestas con alguien ya puedes llamarlo por su nombre aunque sea tu superior, ¿no? Puede que fuera raro, pero no sentí arrepentimiento, de hecho, me mordí el labio al ser consciente de que solo deseaba repetirlo de nuevo.

Había pasado toda mi vida desechando el sexo ocasional y ahora en lo único que podía pensar era en tenerle de nuevo sobre mí.

«Esto no es ni medio normal».

—Eso ha sido…

Me interrumpió. Me tiró del cuerpo para arrimarme contra el suyo y su rostro quedó a escasos centímetros.

—Solo ha sido el principio. —Me besó en los labios—. Cuando acabe la noche, tal vez te deje que le pongas nombre. Mientras, solo quiero que de tus labios salga una única palabra.

—¿Cuál? —gemí sintiendo cómo sus manos se paseaban por mi cuerpo desnudo sin ningún pudor.

—Athan —susurró cerca de mi oído—. Quiero oírte decir mi nombre cada vez que te corras para mí.

Siempre había creído que las personas que tenían más de un orgasmo seguido eran un mito, una leyenda, una invención que solo existía en los libros o en una fantasía, pero aquella noche comprobé que era cierto, tan cierto como las siete veces que grité el nombre de Athan antes de regresar al jodido Olimpo de los dioses donde él me llevaba.

Cerré los ojos con una sensación de embriaguez plena, con el aroma de su perfume mezclado con el mío. No podía dejar de pensar en la pleitesía con la que endulzaba mis sentidos aquello.

Puede que no durmiera más de una hora, quizá dos, cuando vislumbré entre la claridad de la habitación el movimiento de

Athan entrando y saliendo a medio vestir. Me incorporé hasta quedarme sentada, encogí las piernas como si de ese modo tapara la completa desnudez en la que me encontraba. Puede que él hubiera besado cada parte de mi cuerpo durante la noche, que sus huellas estuvieran marcadas por lugares inhóspitos de mi piel, pero ahora mismo me sentía vulnerable.

—Tengo que irme —dijo en cuanto comprobó que me encontraba despierta—. Es una urgencia en el hospital, una operación que no puede esperar y no hay otro cirujano cardiovascular disponible —argumentó mientras cerraba la cremallera del portatrajes y se colocaba la camisa aún por abotonar.

—Voy contigo —contesté tratando de alzarme y dejando que el pudor no me amilanase.

—No. Tienes el billete de tren para poder regresar y no tiene sentido que pierdas las ponencias de la mañana. Es mejor que te quedes.

Puede que tuviera razón, ya que estaba allí tenía sentido que me quedara a escuchar las charlas que faltaban, aunque una parte de mí quisiera regresar junto con él, quizá por hablar de lo que había ocurrido por la noche o por saber en qué punto nos encontrábamos ahora.

Se abotonó la camisa y alzó la mirada para verme. Seguía sentada en la cama completamente desnuda, salvo porque había deslizado la sábana por mis piernas para que no fuera tan evidente.

—Supongo que te veré mañana en el hospital —dije sin saber muy bien cómo actuar.

—Sí, claro. Aunque estaré toda la tarde en quirófano, imagino que nos veremos. —Se acercó hasta el extremo de la cama que permanecía más cerca de donde me encontraba y se inclinó para rozar mis labios, apenas fue un roce, y se apartó enseguida—. Discúlpate de mi parte por mi ausencia.

Esperé una palabra, una señal, un cruce de miradas cómplice que me diera la fuerza de saber que entre nosotros había cambiado algo, que esa noche, que jamás olvidaría, de verdad había significado para él todo lo que había supuesto para mí. Ni siquiera volvió la vista atrás al salir, ni deshizo sus pasos para darme un beso real que me hiciera comprender que sentía algo. No hizo nada. Absolutamente nada.

Quizá Athan era así, puro fuego y calor durante la noche, pero un alma errante y fría durante el día.

No volví a dormirme, aunque me resultó imposible salir de aquella cama hasta que apenas quedaban treinta minutos para la primera ponencia. No quería borrar su olor de mi cuerpo, ni alejarme del lugar en el que me había sentido por primera vez realmente deseada, pero acabé dándome una ducha, dejando el bolso listo en la entrada. Mientras esperaba a la primera ponencia de las tres que se impartían aquella mañana, envié un mensaje a las medicómicas:

> Tenías razón, Cris.
> A Athan no hace falta dibujarle un plano
> para satisfacer a una mujer

Cris
¡No me jodas! ¡No me jodas!

Su respuesta llegó a los dos segundos. Soraya tampoco se hizo de rogar.

Soraya
¿Ha pasado lo que creo que ha pasado?

Cris
Eso lo podemos dar por supuesto,
ahora queremos todos los detalles de cómo ha pasado

Aunque hablar con Cris y Soraya me vino bien para no pensar en el modo en que se había marchado Athan, supuse que era normal que ambos nos sintiéramos distantes después de lo sucedido, como si la realidad se presentara de pronto frente a nuestras narices y hubiera que tener en cuenta que pertenecíamos a la misma unidad, que él era mi superior y que Ibáñez lo había asignado como mi tutor en funciones. No recibí noticia alguna cuando supuse que debía haber llegado a Valencia, tampoco lo esperaba. Abrí el correo varias veces para escribir en el cuerpo del mensaje sin poner la dirección, pero terminé desechándolo.

La estupidez de no querer parecer cursi o desesperada por tener noticias de él como una quinceañera colgada de su primer amor.

¿Lo estaba? ¿Estaba colgada de Athan? Hasta se me hacía raro pensar en él utilizando su nombre de un modo cercano. ¿Cómo se supone que le llamaría cada vez que tuviera que dirigirme a él? ¿Athan o doctor Beltrán?

Pasé casi todo el viaje de regreso leyendo archivos desde el teléfono de la carpeta compartida con Athan sobre su investigación, aunque mis pensamientos divagaban en los recuerdos de la noche anterior. Me era difícil centrarme sin que mi cuerpo se estremeciera al recordar sus besos recorriendo mi piel, aunque logré leer con atención una decena de archivos que me parecieron muy interesantes.

La mañana del lunes se me hizo cuesta arriba cuando percibí las agujetas de mis músculos aún más entumecidas debido al ejercicio del sábado noche. Aquello me hizo sonreír mientras daba un sorbo al café y cogía las llaves de casa para meterlas en la mochila junto al iPad y el teléfono. ¿Era una desvergonzada por desear que se repitiera de nuevo? Tal vez estaba colgada de Athan mucho más de lo que imaginaba y llevaba así bastante tiempo, salvo que el modo de actuar conmigo me refrenaba. Sin embargo, si tenía en cuenta sus palabras, aquella confesión en la penumbra donde dijo mucho más en unas pocas frases que en todas aquellas semanas, él me deseaba… con un fervor tan férreo como el mío hacia él, y eso me hacía sentir en una burbuja idílica de ensoñación.

Aquello tenía un nombre y no era la primera vez que lo sentía: limerencia, la locura del amor.

Era el último lunes de julio y todo estaba demasiado tranquilo para ser el primer turno. Me encontré con Noelia en la sala de reuniones con varios informes. Me dirigió una sonrisa en cuanto me vio y seguidamente me preguntó por la conferencia en Madrid. Le hice un breve resumen sobre las ponencias más relevantes e insistí en que ella habría merecido asistir más que yo.

—Al menos no he tenido que soportar a Beltrán todo el fin de semana, esto ha estado muy tranquilo sin él —contestó sonriente.

—Más bien diría casi todo el fin de semana, porque recibió una llamada ayer por la mañana y dijo que debía regresar para una operación urgente —comenté fijándome en la pizarra de los turnos y vi que Noelia estaba en uno de veinticuatro horas que terminaba a las doce—. ¿Tu estuviste ayer tarde aquí?

—Si, pero Beltrán no pasó por el hospital ni intervino en ninguna operación. ¿Trabaja para pacientes de forma privada? —exclamó con asombro.

La posibilidad existía, pero, a tenor del poco tiempo que llevaba en la ciudad y sus ritmos en el hospital, me parecía poco probable. ¿Me habría mentido? ¿Por qué? De pronto el pecho me oprimía y me faltaba el aire. Estaba claro por qué, más aún si tenía en cuenta la rapidez con que se marchó y que ni siquiera me hubiera enviado un mensaje, una llamada o me preguntase si había llegado bien. Le había importado un cuerno lo que fuese de mí después de acostarse conmigo.

«¡Y yo he caído como una auténtica gilipollas!».

—¿Te pasa algo? ¡Te has puesto blanca! —preguntó Noelia y de forma automática lo negué.

—Se me ha olvidado desayunar, pero no te preocupes, ahora cogeré algo de la máquina expendedora —dije mirando el cuadrante de turnos de las próximas semanas—. ¿Podrías cambiarme algunos turnos? En un par de días es mi cumpleaños y me gustaría celebrarlo en casa.

Noelia aceptó de inmediato y logré cambiar los turnos en los que ella no tenía cirugía y que yo coincidía con Beltrán, pero no fue la única, también lo hice con Carmen, Alberto y Aurora acaparando turnos dobles que coincidían con las cirugías o fuera de horario de Athan. La que más agradecida estuvo a pesar de no mostrarlo fue Vanessa, con quien cambié todas las cirugías a las que debía asistir con el jefe de sección cardiovascular del hospital.

Cuando escribí en el grupo de las medicómicas que Athan se había inventado una excusa para marcharse aquella mañana, pedí encarecidamente que ninguna de las dos me llamara. Necesitaba asimilar lo ocurrido, interiorizar que me había engañado y utilizado volviendo mi rabia aún más persistente en mi enfado. Los insultos de Cris hacia el renombrado cirujano o las palabras de consuelo de Sofía afirmando que merecía alguien mejor que él, no provocaban alivio alguno, pero lo agradecía. Sabía que las tenía a ellas como pilar para soportar aquel desasosiego, pero en ese momento no me apetecía hablar con nadie, ni tampoco pensar en que esa noche, que creí mágica y especial para ambos, en realidad solo lo había sido para mí.

Desde el primer momento había sabido que no significaba nada para Athan, nada que no fuera un estorbo en su camino y él me lo había dejado claro en todo momento. Ahora no solo lo confirmaba, sino que, además, había tratado de aprovecharse de lo que inevitablemente sentía hacia él para utilizarme como le diera la gana. ¿Se había divertido? Pues bien, el juego había acabado.

Ni tuve tiempo de lamentarme o compadecerme hasta que esa misma noche regresé a casa después de evitar todos los lugares comunes en los que Athan pudiera encontrarme. Puede que me deseara, no es que pudiera fingir las siete veces que ambos alcanzamos el orgasmo aquella noche, pero estaba claro que para él solo había sido sexo sin compromiso, y lo mejor era acabar radicalmente con la situación inventando una excusa absurda para que no me hiciera ilusiones o me imaginara cosas que no eran. ¿Qué fue lo que dijo del beso en su despacho? No significó nada, y es probable que pensara lo mismo de acostarse conmigo.

Tal vez le hacía un favor al no tener que decírmelo a la cara, pero al menos no le permitiría creer que me sentía desolada o devastada. Solo aquella noche, en la íntima y solitaria oscuridad de mi habitación, me permití llorar. Lo peor es que hasta ese momento, a pesar de ser consciente de la situación, había mantenido la esperanza de recibir una llamada, un mensaje o cualquier cosa que me convenciese de que no me había utilizado, que podría darme una explicación a su silencio todo este tiempo, pero no llegó.

23

El martes por la tarde recibí el primer e-mail de Athan mientras estaba en quirófano con Valdepeñas para asistir a un trasplante de hígado, aunque solo iba para observar el procedimiento. Ni siquiera lo abrí, aunque tuviera unas ganas irrefrenables de hacerlo, lo envié directamente a la papelera del correo en cuanto salí. El segundo y tercer e-mail llegaron esa misma noche tras las prácticas de ensayo en el laboratorio, y tardé un poco más en eliminarlos.

El miércoles comenzaron las llamadas desde primera hora. En teoría debería asistir a quirófano con Athan, pero mi lugar lo ocupaba Vanessa. Después de la segunda llamada, bloqueé su número para que le resultara apagado en todo momento y fingí centrar toda mi atención en procedimientos quirúrgicos de operaciones complejas, aunque lo cierto es que no lograba concentrarme como quisiera.

A primera hora de la tarde apagué el teléfono, metí la tarjeta en mi antiguo terminal y me dirigí al hospital sabiendo que Athan estaría en quirófano. No saldría hasta las ocho, cuando se suponía que tendríamos una reunión sobre su afamada investigación. Imaginaba que al llegar a su despacho le quedarían las cosas más claras sobre mi participación.

Dejé las tres cajas con sus respectivos dispositivos sobre su mesa, bien colocadas, y ni siquiera me molesté en dejar una nota. Luego tenía ronda por preoperatorio con Alberto. Otro correo con el remitente de Athan entró en mi bandeja hacia el final del turno y terminé abriéndolo por error al no poder deslizar bien el dedo por la pantalla rota.

«No puedes evitarme eternamente. Te quiero en mi despacho ahora».

Ese «te quiero» había logrado hacer que mi piel se erizara en otro contexto, pero pulsé el icono de la papelera y lo envié a freír espárragos.

¿No era él quien me había evitado largándose después de acostarse conmigo? Pues ahora iba a ser yo la que le evitara a él. Y si le fastidiaba que no fuese como un perro a mendigar cariño de su dueño, como parecía que estaba acostumbrado, que aprendiera.

«No pienso derramar una sola lágrima más por ese tío. Lo tengo claro».

En cuanto acabase el turno me iría al pueblo un par de días, el viernes era mi cumpleaños, y aunque me apetecía más bien poco celebrarlo porque era el primero sin mi abuela Carmela, al menos lo pasaría en familia.

—Leo, el doctor Beltrán te está buscando y tiene un humor pésimo. ¿Has hecho algo? —me preguntó Aurora cuando me vio actualizando una de las cartelas de pacientes en el dispositivo electrónico.

«Genial. Ahora va buscándome por el hospital. ¿Es que no le ha quedado claro el mensaje?».

—Dudo de que haya que hacer algo para que esté así. ¿Puedes fingir que no me has visto? —exclamé con un amago de sonrisa—. Probablemente me echará un rapapolvos por cualquier cosa absurda para pagarla conmigo, y no me apetece que me amargue la existencia justo antes de librar dos días —afirmé mordiéndome el labio.

A nadie le sorprendería que Athan quisiera reprenderme, ya había quedado bastante claro que no se cortaba un pelo, en especial conmigo.

—Está bien, no te he visto, pero será mejor que te escondas en archivos o te encontrará. Registra las altas de los pacientes de la última semana por unidades, es lo que me tocaba hacer esta noche, te llevará casi todo el turno, yo me ocupo de esto —contestó robándome la tablet y le di un beso en la mejilla antes de salir corriendo.

Puede que no lograra rehuir a Athan eternamente, al menos mientras trabajásemos en la misma unidad del hospital, pero sí podría esquivarle el tiempo suficiente hasta que volver a verle no me oprimiera el pecho al punto de no llenar un ápice mis pulmones.

Los archivos eran una de las partes más tediosas de aquel trabajo y, que casi todo el mundo prefería evitar. En aquel momento a mí, sin embargo, me parecían el paraíso al resguardarme en un silencio absoluto durante aquel turno de noche. Gracias a eso escuché los pasos cerca de la puerta cuando saqué uno de los archivadores solo para contrastar los datos.

—¿Crees que no lo sé? ¡Por supuesto que soy consciente de la importancia!

Oí su voz airada antes de que entrara, aferré con fuerza el archivador y di varios pasos hasta quedarme detrás de la estantería.

¿Estaba reprendiendo a otro residente? Pero no escuché ninguna voz aparte de la suya cuando se hizo el silenció, aunque sí pude oír sus pasos dentro de aquella habitación, que ahora me parecía demasiado minúscula.

—No puede rehuirme eternamente. La encontraré. ¡Maldita sea! —exclamó y se oyó un golpe contra algo de metal. ¿Tal vez una estantería?

Evidentemente hablaba por teléfono y hablaba de mí, no había duda, pero ¿con quién? ¿Tal vez Ibáñez? ¿Otro adjunto? Lo veía poco probable. Aunque la cuestión era por qué. ¿No había sido él quien se había marchado para evitarme? Solo le estaba poniendo el camino fácil. ¿O todo esto era porque había sido yo y no él quien había decidido que aquello se acabara? Precisamente ese fue el detonante por el que me hizo aquellas absurdas y ahora poco creíbles confesiones. ¿Que interés tenía para retenerme a su lado? ¿Tanto valía esa estúpida investigación que estaba dispuesto a acostarse conmigo para tenerme comiendo de su mano?

Tal vez no podía esperar nada que no fuera premeditado y calculador de una persona que, a pesar de entender a la perfección cómo funcionaba el corazón, el suyo carecía de latido.

—Tengo que dejarte, Meredith está esperándome en mi despacho.

La simple mención de aquel nombre hizo que apretara los labios y continué aferrando la carpeta con todas mis fuerzas para controlar el impulso de arrojarla ante la necesidad de romper algo. ¡Seguía acostándose con ella! ¡Después de la noche más increíble de mi vida, él continuaba siendo su amante!

«Tengo que salir de aquí. Ya».

Escuchaba su respiración a menos de veinte pasos y después oí el tono de llamada al mismo tiempo que vi cómo se iluminaba el teléfono en mi bolsillo.

Gracias al cielo que estaba en silencio y con el modo vibración desactivado.

—Responde… —Le oí decir—. Respóndeme… —La segunda vez casi parecía un ruego y finalmente bramó un improperio cuando la llamada se cortó.

Supe que había salido de la habitación de archivos cuando dejé de sentir aquel escalofrío en la nuca. Me deslicé por la estantería hasta sentarme en el suelo tratando de recuperar la respiración. Dolía. Me ardía el pecho de verdadero dolor como no lo había sentido en mi vida.

Nada más llegar al pueblo decidí trabajar en la granja. Allí siempre había algo que hacer, aunque fuera etiquetar los quesos para su almacenamiento o envasado, lo que fuera con tal de estar ocupada y que mi madre no se diera cuenta de que algo me pasaba.

Y allí estaba el día de mi vigésimo sexto cumpleaños, con los cascos puestos escuchando cualquier tipo de música que no fuera clásica y pegando etiquetas a mano mientras sustituía a mi prima embarazadísima de ocho meses para que tuviera un día de descanso. A pesar de que hacía fresco allí dentro, el sudor me caía por la espalda y parte del cuello, propio de un 2 de agosto. Me quité un auricular cuando me percaté de que mi padre me hacía señas desde la distancia y vi que todos me miraban de forma extraña. No es que no me hubiera mirado al espejo antes de salir de casa, pero ya estaban acostumbrados a verme con camiseta holgada, deportivas viejas y unos vaqueros cortos. ¿Qué demonios pasaba?

Me tembló absolutamente todo cuando vi, a través de la puerta entreabierta de la fábrica, el maldito coche deportivo del amigo de Athan. ¡Qué mierda! ¡Él debía estar allí por alguna parte!

—Un tipo que dice ser tu tutor en el hospital te está buscando —dijo mi padre con un semblante extraño—. ¿Ha pasado algo?

«Por supuesto que ha pasado algo…, pero esto lo zanjo yo ahora mismo».

—No.

Me dirigí con paso decidido hacia la salida de la fábrica. Athan estaba vestido de punta en blanco, como era habitual en él, con unas gafas de sol que cubrían aquellos insólitos ojos y observando cómo mi hermano menor vivía el sueño de su vida mientras investigaba cada minúsculo espacio del interior del coche.

—¿Qué se supone que haces aquí, Athan? —Le increpé antes de que pudiera verme, se giró rápidamente—. Ni siquiera el hospital tiene esta dirección.

Apreté los labios por el impulso que mi cuerpo sentía al tenerle cerca. ¡Maldita sea la hora en la que apareció en mi vida!

—¿Podemos dar una vuelta y hablar? —preguntó en un tono que no se acercaba a una orden, sino más bien a una cordialidad poco propia en él.

—No. —Me crucé de brazos—. Me dejaste muy clara cuál sería la situación entre nosotros cuando te marchaste con una excusa falsa. Querías evitarme a toda costa, así que solo me he limitado a ponerte las cosas aún más fáciles.

Se quitó las gafas y dio un par de pasos hacia mí. Sus ojos azules estaban más claros que nunca, tal vez era la incidencia del sol, pero aún lograban causar ese efecto de vertiginosidad cuando me miraba fijamente.

—No trataba de evitarte, Nora. Me fui porque… tuve miedo —contestó con una voz suave—. Y ahora no me iré de aquí sin que hablemos. Por favor —insistió como jamás le había visto.

No quería escuchar lo que tuviera que decirme. No quería creer más mentiras, pero asentí y comencé a caminar hacia su coche. Mi hermano Daniel estaba tan abstraído que ni se había percatado de nosotros.

—Dile a papá que regreso enseguida —comenté viendo cómo él se bajaba del asiento del conductor para dejar que Athan se sentara.

—¿Puedo ir contigo? —exclamó mi hermano y vi la sonrisa de Athan.

Me hubiera reído de estar en otra situación, en cambio, abrí la puerta y me senté en el asiento del copiloto mientras mi cuerpo agradecía el frescor de la piel sobre mis piernas.

—Tal vez luego —dijo él en mi lugar—. Si ella no tiene inconveniente.

No respondí. El rugido del coche hizo que toda mi familia se asomara a la puerta para ver cómo nos alejábamos.

«Genial…, ahora voy a ser el cotilleo del pueblo durante meses».

—¿De verdad que tenías que aparecer así? ¡Y con este coche! —grité en cuanto supe que no podrían oírme.

—Es que no me has dado otra opción —contestó él con menos furor—. Te he llamado, te he enviado mensajes, te he escrito una decena de correos, te he buscado por cada maldito rincón del hospital. ¡Y hasta fui a tu apartamento! Una de tus compañeras me dijo que te habías ido a pasar unos días con tu familia, no fue demasiado difícil dar con una dirección al meter tu nombre en el navegador y cotejar algunos datos.

Bufé y miré hacia la ventanilla. El camino que llevaba hacia la granja estaba asfaltado, aunque le convendría darle un buen repaso y a ambos lados había árboles frondosos que arrojaban sombra.

—Para aquí, no hace falta ir más lejos y podré volver caminando.

Athan hizo caso omiso y salió a la carretera principal en dirección opuesta al pueblo.

—No debí inventarme una excusa. Tampoco debí marcharme, ahora lo sé —afirmó con la vista en la carretera.

—Si todo esto es por tu maldita investigación…

—No. —Giró el volante para entrar en una propiedad privada, pero se orilló entre algunos arbustos en el camino de entrada—. Esto no tiene nada que ver con que me ayudes o no en la investigación, aunque te necesite.

Se dejó caer hacia atrás y apartó las manos del volante para pasarlas por encima de los pantalones.

¿Estaba nervioso o era mi sensación?

—¿Y por qué estás aquí? Dudo que te importe que yo esté molesta y definitivamente no es por el sexo cuando tienes a Meredith más que dispuesta…

—Meredith solo es un veneno que acepté hace mucho tiempo por el beneficio que me causaba, pero no significa nada para mí, nunca lo ha hecho. Admito que entre nosotros hubo una historia, pero eso acabó hace años. Mi único interés hacia ella son sus contactos y el soporte que necesito cuando consiga avances en la investigación. Nada más. —Athan giró su vista hacia mí y noté cómo mi corazón se aceleraba aunque tratara de controlarlo—. No estoy acostumbrado a… —Su voz se sumergió en un profundo silencio—. Nunca he tenido que pensar en otra persona que no fuera en mí mismo, ni preocuparme por lo que mis actos pudieran o no causar. No me ha importado lo que pensaran u opinaran los demás y he basado toda mi vida en una constante dedicación a lo que consideraba que era importante para mí.

—No me cabe ninguna duda —hablé con un hilo de voz, como si le hubiera dado rienda suelta a mis pensamientos.

—Lo que te dije aquella noche es cierto —afirmó mientras sonreía y alzaba su mano para acariciarme la mejilla—. No sé controlarme cuando estás cerca, ni siquiera soy capaz de razonar con coherencia y mi temperamento se exalta con el más mínimo roce. Provocarte se convierte en algo inevitable para alejarte de mí. —Inspiró aire—. Creí que esa sensación acabaría cuando me acostara contigo, no voy a negarlo, quise creer que solo se trataba de un deseo carnal no consumado, pero estaba errado. He estado errado todo este tiempo y lo único que conseguí aquella noche fue que, por primera vez en mi vida, quisiera tener algo real, duradero, que otra persona compartiera conmigo absolutamente todo. Te quería a ti y me atrapó un miedo visceral ante ese sentimiento. Por eso me fui. Por eso me marché aquella mañana como un idiota pensando que, si me alejaba, todo volvería a estar en su sitio, que continuaría mi vida sin depender de nadie, sin la necesidad de dar explicaciones a alguien que no fuera yo mismo. Y me he vuelto loco buscándote. Puede que no sea la persona que te conviene y, desde luego, no soy sentimental o detallista, pero casi pierdo la cordura pensando que no podría volver a tenerte a mi lado.

Su mano me acarició el carrillo y se dirigió hacia el cuello mientras su pulgar pasaba lentamente por mi barbilla con la intención de llegar a mis labios, donde él tenía fija su vista.

—¿Como esperas que te crea si no sé nada de ti? —exclamé con reticencia, pero con un irrefrenable deseo de creer cada una de sus palabras, de aferrarme a ellas con todo mi ser, porque necesitaba urgentemente que fueran ciertas. Mi propio corazón me lo advertía al latir con diligencia—. Cada vez que he intentado acercarme a ti, solo he obtenido desprecio por tu parte. ¿Y pretendes que ahora finja que no ha ocurrido nada y confíe a ciegas en tus palabras? Lo siento, pero no.

«Puede que él fuera irresistible, pero yo era aún más terca».

—No pretendo que lo hagas, pero sí que me des la oportunidad de demostrártelo. —Su pulgar me acarició el labio inferior, me aparté enseguida para no sucumbir y abrí la puerta del coche para bajar.

Ni la bofetada de calor por el sol abrasador me hizo reaccionar, tampoco los pasos de Athan rodeando el coche para situarse a mi lado. Esa había sido la primera vez que realmente sentía que yo le importaba y era incapaz de evitar que las emociones que aquello suponían me sobrepasaran.

—No te acerques… —advertí levantando la mano en señal de negación y sentí cómo mis ojos se empañaban.

—Debí darme cuenta de que eres diferente la primera vez que te vi. —Le toqué el pecho y aun así él no hizo presión para acortar la distancia, sino que se mantuvo hasta donde la extensión de mi brazo llegaba—. De que no dejarías que nada ni nadie te intimidara o te arrebatara lo que quieres.

—Vemos las cosas de forma muy distinta —argumenté—. Porque me dejaste muy claro que no servía para otra cosa que no fuera aprobar exámenes oftalmológicos en una autoescuela.

Athan dio un paso hacia mí y no fui capaz de mantener la presión de mi brazo para impedírselo.

—Los dos sabemos que no nos vimos por primera vez en el hospital —aseguró colocando sus manos sobre la carrocería del coche para aprisionarme entre este y su cuerpo—. Puede que tú tengas una excelente memoria, pero yo tengo un excelente oído y aquella tarde no había nadie por los pasillos… ¿Creías que no iba a oírte decir mi nombre? Me acerqué con la intención de robarte aquella ensalada solo para que supieras que estaba allí, pero, desde luego, no creí por nada del mundo que estuvieras dispuesta a quitármela.

«¡No me jodas!, ¿Sabía que era yo todo este tiempo?».

—Fuiste un capullo —admití.

—Yo más bien recuerdo lo de plantarte un buen escote y un cartel en la frente que dijera «lo quiero todo» cuando vieras a un tío como yo…

Joder…, lo había escuchado todo. ¡Que maldita vergüenza! ¡Y para colmo me reconoció en cuanto me vio! Qué humillante.

—¿No me vas a preguntar por qué lo dije? —exclamé sin saber cómo justificarme, aunque todo estuviera sacado de contexto.

—Me basta con que no sea un tío como yo, sino únicamente yo —dijo lanzándose a mis labios y su boca apresó la mía como si la buscara desde hacía un milenio, deseosa de acallar cada murmullo que tuviera que decir para dedicarse a saborearla cual ambrosía.

Sentir el contacto de mi cuerpo junto al suyo provocó un gemido en mi garganta que él se encargó de apagar con el énfasis de su lengua jugueteando con la mía. Su aroma estaba impregnado en cada parte de su cuerpo y aquel olor que me había martirizado cada día ahora inundaba mis sentidos. Percibí sus manos rodeándome la cintura y estrechándome aún más junto a él, como si tuviera la apremiante necesidad de poseerme allí mismo. Dudaba de tener la capacidad de impedírselo porque mi propio cuerpo también lo anhelaba.

—Me debes una ensalada de atún con aceitunas negras —dijo sin alejarse demasiado de mi boca—, pero me conformaré con lo que sea, así que no pondré objeción si me invitas a almorzar en algún lugar no muy lejos de aquí, aunque no tengo ningún inconveniente en regresar a Valencia ahora mismo para confinarte en mi cama y no dejarte salir hasta mañana. —Su voz era grave, cargada de un deseo visceral, que provocó un calambre entre mis piernas, que ya temblaban de completa excitación.

Su cama. ¿Hablaba de su casa? Recordé rápidamente qué día era hoy, como si Athan hubiera borrado cualquier vestigio de cordura en mi cerebro.

—No puedo —contesté cerrando los ojos—. Mi madre lleva cocinando toda la mañana y ha decidido invitar a toda la familia.

—No he dicho que tuviera que ser en un restaurante… —agregó encogiéndose de hombros y alcé una ceja.

—¿Quieres que te presente a toda mi familia? ¿Y en calidad de qué? ¿Mi tutor? Un tutor no viene hasta un pueblo perdido de la mano de Dios por nada…

Athan se apartó lo suficiente para que el aire pasara entre nuestros cuerpos, pero aun así se mantuvo cerca.

—Preséntame como quieras, pero no voy a irme sin ti.

«La madre que le parió…, qué a gusto se quedó».

La reacción de todos los miembros femeninos de mi amplia familia ante la presencia de Athan era digna de admiración. Hasta podía ver sus babillas cayendo por la comisura de los labios sin poder apartar la vista de él, que disimulaba muy bien ser el objeto de deseo de tantas mujeres fascinadas. Aunque lo presenté como un compañero del hospital para restar importancia, estaba claro que nadie se iba a tragar que estaba allí por mera casualidad, menos aún cuando mi padre insistió en saber si era realmente mi tutor y este lo confirmó.

«Ahora todos van a creer que me he liado con mi jefe, estupendo. Que es cierto, me he liado con él, pero tampoco tenía por qué saberlo mi familia al completo».

En el momento en que mi padre le hizo una visita guiada por la fábrica al ver su interés en la producción artesanal, no sabía si era pura fachada o si de verdad le parecía curioso cómo se fabricaban los quesos con elaboración puramente manual, recé para que Athan no saliera corriendo, porque aquello no dejaba de ser una granja y él iba de punta en blanco, como si no hubiera visto ordeñar una oveja en su vida.

«Tal vez ni haya visto a una oveja en su vida, ahora que lo pienso».

—¿Está soltero? —preguntó Laura, una de mis primas.

—No tienes gran cosa que hacer. ¿Es que no has visto que solo tiene ojos para nuestra Leo? ¿Te has liado con ese bombón? Porque necesito todos los detalles, prima, todos..., hasta los más escabrosos, y no puedes negarme nada en mi condición —exclamó otra de ellas, Sara, a la que había sustituido, que se frotaba su más que abultado vientre.

Me dieron ganas de reír, pero me contuve. Alba, la mujer de mi primo Antonio, se acercó hasta nosotras.

—¿Es actor? Porque necesito ver con urgencia todas sus películas, y si es sin ropa, mejor.

—Si ha dicho que es cirujano. Es que no te enteras. Aunque no me extraña, porque a una no le dan las neuronas con semejante espécimen —replicó Teresa, la mujer de mi primo Carmelo.

—Marcos dice que está forrado, que Daniel le ha comentado que el coche en el que ha llegado es uno de los más caros del mercado. ¡Y aquí la amiga se lo está trincando sin decir nada! Anda, que bien calladito que te lo tenías… —insinuó Raquel uniéndose a la fiesta.

—Te recuerdo que tú hacías lo mismo con mi hermano y nadie sabía nada —contesté y me percaté al instante del silencio que se apoderó de todas.

«¡Mierda!, ¡Mierda, mierda y mil veces mierda! Acababa de admitir que me había acostado con él».

—Y pensábamos que nos había salido modosita la niña. ¡Elena! ¿Tú estás segura de que no os dieron un cambiazo en el hospital?

—Mi prima Sara hizo que todas comenzasen a reír y mi madre se mordió el labio para reprimir una carcajada.

Lo último que había esperado cuando arrancó el día es que acabaría soplando las velas con Athan observándome fijamente, como si el deseo que fuese a pedir justo antes de soplar aquel dos seguido por un seis fuese a hacerlo realidad personalmente. No voy a negar que mi deseo no estaba relacionado con él, pero no solo deseaba el sexo con él, también quería perder el miedo de enfrentarme al quirófano sola, un medio que él había logrado mitigar, pero no erradicar.

Por alguna razón no me llenaba de pavor si me imaginaba a su lado, tal vez por la seguridad que él irradiaba cuando estaba dentro de una sala operatoria, pero, si le restaba de la ecuación..., mis dedos comenzaban a temblar como un conejillo asustado.

Mientras Athan dejaba que mi hermano Daniel encendiera el motor del coche y le permitiera conducir apenas unos metros de la calle, me di una ducha a la velocidad del rayo y metí todas mis cosas en el macuto antes de que él pusiera un pie dentro de casa de mis padres. Que estuviera en el pueblo y hubiera conocido a toda mi familia ya era demasiado para un solo día.

Me despedí rápidamente advirtiendo que no podría tener días libres en lo que restaba de agosto por las vacaciones de personal y que me mantuvieran informada sobre la feria del queso en Cantabria, que se celebraría en un par de días. Era importante: tenían que vender si no querían acabar el año en números rojos. Athan guardó en el maletero tanto mi bolso como el muestrario de quesos que mi padre le había regalado para que los probara. Tras el segundo rugido del motor, vi como todos los vecinos de la calle se asomaban y me recliné en el asiento intentando que nadie pudiera verme. Él, en cambio, hasta bajó la ventanilla importándole un cuerno que le observaran.

«Cómo se nota que está acostumbrado a que lo adulen... Sigue siendo un capullo, pero un capullo cada vez más hermoso».

A diferencia del viaje a Madrid, en esta ocasión, volviendo desde mi pueblo a Valencia capital, no hubo silencios incómodos o la sensación de medir cada palabra que saliera de mis labios, sino que mantuvimos una conversación agradable. La mayor parte del tiempo giró en torno a mi familia, a pesar de que yo no supiera nada sobre la de Athan.

—Mi casa no está por aquí —advertí cuando empezó a acercarse al centro de la ciudad, concretamente a la zona de la catedral.

—La mía sí —contestó conforme la luz del atardecer y ese arrebol en las nubes dejaba un tono espectacular en el perfil de su rostro.

A un paso de la plaza Mare de Déu, junto a la catedral, un portón que daba acceso al garaje subterráneo se abrió al acercarnos. Había muy pocas plazas, apenas cuatro y ninguna estaba ocupada.

—¿Vives en el centro? —exclamé cuando se apagó el motor.

—Sí. El edificio pertenecía a la familia de mi madre, lo restauré hace unos años, pero nadie más vive aquí.

—Nadie, salvo tú, ¿no? —enfaticé.

—Sí. Digamos que siempre me quedo aquí cuando vengo y desde que me trasladé es mi casa permanente —aclaró bajando del vehículo.

Un edificio entero suyo, o al menos de su familia. ¡Al lado de la catedral! Vale que no era una experta en asuntos inmobiliarios, pero debía costar un pastizal.

Entramos en el ascensor y pulsó la cuarta planta. Cuatro plazas, cuatro plantas, probablemente cada piso ocupaba una.

—¿Y tu madre no decidió vivir aquí?

—Lo hizo. Hasta que murió.

«Mierda. Ahora me sentía fatal».

—Lo siento… No sabía que…

—Tranquila, no llegué a conocerla.

Las puertas del ascensor se abrieron a un pequeño pasillo con una única puerta al final.

«¡No jodas! ¿Murió por alguna complicación en el parto? ¿Se habría hecho médico por eso? O tal vez lo dice porque era demasiado pequeño y no lo recuerda». Fuese cual fuese la razón, era incapaz de preguntarle.

Recordé que, en el cuestionario que hicimos de la excursión a la montaña, mencionó que no tenía hermanos, ahora comprendía por qué.

—Crecí muy cerca de aquí, con mi tío. —Imaginaba que decía aquello por mi incomodidad al saber que su madre había muerto.

—Tu padre también mu…

—No. Ese cabrón aún sigue vivo, aunque por fortuna muy lejos de aquí —respondió antes de que pudiera acabar la frase y comprendí que la relación con su padre no era ni de lejos buena.

Athan abrió la puerta y dejó ver un pequeño vestíbulo, similar a las casas antiguas. Las paredes estaban forradas de molduras blancas y doradas, ese tipo de decoración rococó no tan recargado y que me recordaba a los palacios de Viena o París.

«Vale. No he estado ni en Viena ni en París, pero los he visto infinidad de ocasiones en fotos y en películas ambientadas allí».

—No habría imaginado que te gustara este estilo recargado —admití con cierto humor para cambiar un tema en el que evidentemente no se sentía cómodo, aunque no lo evitaba.

—Es lo más fiel a la época sin ser recargado.

Dejó mi bolso sobre una silla moderna que claramente evocaba el estilo de primeros del diecinueve con un tapizado en color grisáceo claro.

Me cogió de la mano y entrelazó mis dedos con los suyos para atravesar la doble puerta que daba a un enorme salón. Había tres ventanales con balcón que dejaban pasar aquella luz rojiza del atardecer y desde ellos se podía apreciar perfectamente la plaza y la parte de atrás de la catedral. Athan me guio a través del salón y entró en una cocina también de grandes dimensiones, donde dejó la bolsa que le había dado mi padre. Después nos adentramos en un pasillo largo del que salían varias puertas.

—Voy a necesitar un mapa para no perderme… —susurré al contar al menos seis puertas completamente cerradas.

—Antiguamente era una casa ducal, por eso está tan cerca de la catedral. Existía un enorme patio al que se accedía desde la puerta principal y toda la planta baja se destinaba a los carruajes, cocinas y servicio. La familia vivía en la primera planta, así que debía ser grande. Con el tiempo fue sufriendo algunas reformas, hasta más o menos lo que ves. Tuve que hacer algunos cambios de estructura después del incendio.

Al final del pasillo abrió una puerta que daba a un amplio dormitorio que tenía aún mejores vistas.

Por un momento imaginé cómo sería aquel lugar doscientos años atrás, muy distinto a lo que ahora veían mis ojos, pero que había sembrado los cimientos de lo que ahora era.

—¿Y planeas quedarte aquí mucho tiempo?

Me giré para mirarle, y me di cuenta de que él no estaba mirando las espectaculares vistas que había desde el balcón, sino que me miraba a mí.

—No. Bueno, no lo sé en realidad. —Su mano rodeó mi cintura y me acercó a él—. No tenía ninguna intención de regresar a esta ciudad en mucho tiempo, quizá solo para periodos breves, pero ahora no lo sé… —Subió las manos por mi cintura hasta acoger mi rostro entre ellas—. Posees el color de ojos más increíble que he visto en mi vida.

El calor de sus manos en mi piel se expandió hacia el resto de mi cuerpo y, de pronto, todo en mí ardía con tal intensidad que deseaba arrancarme la ropa con brutalidad.

—Solo es una variante un poco más clara del marrón, no tienen nada de especial —afirmé sin admitir que él sí poseía el color de ojos más increíble que hubiera visto jamás.

—Sé que lo que voy a decir ahora lo vas a memorizar para siempre y será difícil que lo olvides, pero aun así quiero que lo coloques en el primer puesto de esa extensa lista de recuerdos que almacenas. —Se acercó lentamente y, en lugar de besarme, se dirigió hacia mi oído, rozando con sus labios la fina piel de mi oreja. Sentí un estremecimiento de inmediato mientras él bajaba una de sus manos hasta mi cintura y se aseguraba de que no me moviera ni un centímetro—. La belleza no es real, no es tangible, sino efímera, etérea, y se revela en los matices más sutiles. No es solo una apariencia ni una manifestación física, es la armonía de lo imperfecto, la autenticidad de lo genuino, una melodía que encanta los sentidos y cautiva el alma. Leo, tú eres la sinfonía que desprende luz, y yo, la sombra que danza a tu alrededor.

24

Puede que necesitara muy poco para dejarme convencer, pero mi flaqueza se rindió ante aquella confesión y supe que daba igual lo que dijera o no, ya hacía demasiado tiempo que mi corazón había hecho su propia elección, lo quisiera reconocer o no.

Esta vez fui yo la que se colocó de puntillas y rozó sus labios, de un modo suave, delicado, probando su disposición, retándole a que me respondieran. La boca de Athan se abrió ligeramente para que pudiera profundizar aquel beso y mi lengua se entregó a la suya en un vaivén de embestidas que danzaban al mismo compás, propias de un tango argentino que se hubiera ensayado con precisión.

En cuanto aquel beso subió de intensidad me agarró con firmeza para estrecharme contra su cuerpo y terminamos caminando hasta que el tabique más cercano detuvo nuestra marcha y sirvió para que pudiera presionar su cuerpo contra el mío. Jadeé al percibir toda su envergadura a través de la fina tela de la camiseta y el pantalón que llevaba puestos. Mis manos tiraron de su camisa sacándola de su pantalón y se deslizaron por debajo para tocar su piel. La sensación era sublime, etérea, como si el fuego que de él emanaba pudiera filtrarse a través de mis yemas y adentrarse en mi interior. Podía percibir ese frenesí incipiente, esa arrolladora y vertiginosa sensación de un placer extremo al que me aferraba con todas mis fuerzas para que siguiese fluyendo. Mi camiseta desapareció, su camisa también, y el roce de nuestra piel una junto a la otra era estremecedor, una corriente eléctrica suave pero indomable que pujaba por hacer refulgir una llama de ardor que estaba más que dispuesta a dejar que me incinerase. Puede que Athan careciera de humanidad, pero desde luego no estaba desprovisto de pasión.

Cuando sus labios se alejaban de los míos dejando un reguero de besos por mi cuello y amenazaban con descender hacia zonas prohibidas que me harían gritar hasta enloquecer, el sonido de la puerta de entrada se escuchó a lo lejos.

No le habría hecho demasiado caso de no ser porque los pasos de alguien sobre el suelo de madera se acercaban de forma paulatina y una voz masculina se escuchó junto a la puerta.

—¿Athan?

—Dame un momento —susurró alejándose hacia la puerta sin preocuparse de ponerse la camisa.

Apenas sentí el murmullo, pero sí que ambos recorrían el pasillo hacia el salón principal. Rápidamente recogí mi camiseta del suelo y me la coloqué mientras salía del dormitorio, con cuidado de no delatar mis pasos. No tenía la menor idea de quién podía ser, pero estaba claro que tenía llaves del apartamento y Athan había insistido en que nadie, aparte de él, vivía allí.

—Esto es un asunto serio, no podemos correr ningún riesgo. Si lo que dices de ella es cierto, la necesitamos.

La voz del tipo se parecía a la del hombre que llamó cuando nos dirigíamos hacia la conferencia en Madrid. ¿Se trataría del mismo? La curiosidad me llevó a acercarme aún más hacia el final del pasillo a expensas de que pudieran descubrirme.

—Se lo diré, pero ahora no es el momento… —Oí que respondía Athan.

—Faltan apenas veinticuatro horas. ¿Cuándo demonios crees que será el momento? ¿Has dado con ella al menos? Te debía un favor por evitar que estampase su culo en la montaña, ¿no? Pues pídeselo, y punto, no entiendo dónde está el problema. Solo tiene que limitarse a memorizar las cartas, si dices que es capaz de memorizar sesenta páginas en poco tiempo, esto será una nimiedad para ella.

«No me lo puedo creer. ¡Están hablando de mí!».

—Pedirme, ¿qué?

Salí de las sombras que me tenían oculta en el pasillo y descubrí que al lado de Athan había un tipo que podría robar el aliento de unas cuantas que yo me sé. Comenzando por mi amiga Cris.

¿Qué pasa aquí? ¿Dios los cría y ellos se juntan? Menudo espécimen…, y yo que creía que Athan era el tío más atractivo que había visto en mi vida. ¡Hay que joderse! Es guapo, de infarto, pero este tal… Egan era la personificación de la masculinidad en toda su esencia.

«Definitivamente si Cris le ve, se desmaya *ipso facto*».

—¿La has traído aquí?

El tipo parecía demasiado sorprendido de verme allí. Athan avanzó hacia donde me encontraba.

—No quería decírtelo de este modo…

—No te he preguntado a ti, sino a él —dije dirigiendo mi vista hacia ese tipo, la mezcla perfecta de Henry Cavill y Jude Law.

—Cuando mencionaste que era decidida, te quedaste corto. Esta chica me va a gustar mucho.

—Egan…

—¿Qué? Si quieres sutilezas llama a Karan, el profundo es él, no yo. —El tal Egan caminó con las manos en los bolsillos y estudiándome con la mirada. Dudaba que viera algo que le llamase la atención, pero sus ojos recorrían cada centímetro de mi cuerpo, como si estuviera haciendo un escáner y desnudándome con la mirada—. Con un buen escote y una sesión de una de mis estilistas, se creerán que es tu puta personal.

¿Qué? ¿Perdona? ¿Quién carajos es este subnormal? Y yo que creía que nadie ganaba a Athan como imbécil redomado, pero aquí el premio gordo se lo iba a llevar este giliponguis de tres al cuarto.

«Visto lo visto, lo mismo eso del atractivo va ligado con la idiotez…».

—Di una sola palabra más y tu culo acabará en la fuente de la plaza —advirtió Athan provocando que emitiera una irónica sonrisa.

—Ella ha preguntado…

—Mañana a medianoche tendrá lugar una partida de póquer. No se trata de una partida común, sino clandestina, y es de vital importancia que gane. —Athan tenía la voz especialmente raspada, casi forzada, como si hubiera desesperación en sus palabras.

—Y aunque es buen jugador, su contrincante es mucho mejor —añadió Egan cruzándose de brazos de forma relajada—. Necesita que cuentes las cartas y le muestres qué jugadas tendrán el resto de los oponentes.

Mis ojos se posaron de nuevo en Athan, que me miraba expectante, esperando que dijera algo, aunque en realidad mi mente iba mucho más rápido ante la información que me proporcionaban. Él ya sabía lo de la partida mucho antes de venir al pueblo, lo sabía antes de la conferencia en Madrid, cuando se acostó conmigo, y algo me decía que también lo sabía previamente a la excursión de la montaña.

¡Maldita sea!

—¿Desde cuándo planificaste participar en esta partida? —exclamé mirándolo solo a él, pero guardaba silencio.

—Poco más de un mes—aclaró Egan, quizá sin saber que su respuesta iba a ser determinante.

«Cuando descubrió mi capacidad para memorizar».

Ese juego de seducción en el que me besaba, me decía cosas que me hacían temblar y en contraposición me alejaba con su tono frío y carente de humanidad.

«Ha estado jugando conmigo desde el principio por esto. ¡Por una maldita partida de póquer que debe ganar!».

Las ganas de soltarle: «Vete a la mierda y búscate a otra», se aturullaban en mi garganta sin poder salir. ¿Qué parte es verdad y cuál no lo era de todas aquellas confesiones que me había hecho? Una persona no se transforma de la noche a la mañana, no cambia radicalmente su forma de ser así como así, y el Athan dócil, sumiso y cercano que había aparecido hacía unas horas en mi pueblo, en mi casa, delante de mi familia, lo era.

Había deseado tanto que bajo aquella capa de hielo templado hubiese alguien cálido y cercano que no me había parado a pensar que solo era una bruma bien esparcida para confundir mis sentidos, pero nada real.

—¿Que pasará si no acepto ir contigo? —pregunté abiertamente.

—Habrá una probabilidad bastante alta de que pierda y…

—Estaremos jodidos, muy jodidos —agregó Egan.

Negarme seguía siendo la opción más fácil, realista y plausible, pero continuaba siendo incapaz de decirlo en voz alta, como si algo dentro de mí lo impidiera. ¿Por qué? Si de verdad él ha jugado conmigo todo este tiempo, no debería importarme que perdiera en esa estúpida partida.

«Debería darme absolutamente igual, es más, se lo tendría merecido».

No serviría de nada irme y fingir que esto no había ocurrido, navegar alrededor de él con el pecho encogido y la apremiante necesidad de eludirlo todo el tiempo. No. Atravesaría el sendero lleno de escarpadas espinas y me enfrentaría a él para exterminarlo por completo.

—Lo haré. —Fue más fácil de aceptar de lo que imaginaba y vi la enorme sonrisa de Athan, la primera que veía con efusión. Dio unos pasos con la intención de acercarse para tocarme, no sé si pretendía besarme o abrazarme, pero no le dejé. Simplemente coloqué mi mano deteniendo su avance y él se mostró confuso—. Considera mi deuda saldada por salvar mi culo de estamparse el día de la excursión en la montaña, pero, después de esto, no quiero que vuelvas a acercarte a mí.

Me alejé de él con la intención de marcharme de allí, me importaba muy poco cómo se salía de aquel edificio o si tenía que coger un taxi para regresar a casa. Lo único que deseaba era poner distancia y lamer mis heridas por haberme creído el cuento del príncipe cuyo castillo solo era de arena gruesa.

«Mis inolvidables veintiséis años, el día iba a acabar peor de lo que imaginaba esa mañana».

—¿Que? ¡No! —Le oí clamar tratando de detenerme.

—¿No? —exclamé—. Decide qué es más importante para ti: ganar la partida de póquer o estar conmigo, porque solo podrás tener una de las dos. —Durante varios segundos le vi dudar, como si no pudiera elegir ninguna opción o tal vez decirla en voz alta me haría cambiar de opinión—. No hace falta que digas nada, tu silencio ya me ha dado la respuesta que necesitaba. Ahora prefiero estar sola.

—¿Sabes al menos jugar al póquer? —preguntó Egan cuya expresión era similar a la de una estatua de piedra, inerte y pasiva.

Le importaba muy poco el drama sentimental que estaba viviendo en esos momentos. Otro iceberg en medio del océano.

—Sé lo suficiente —respondí sin admitir que solo una vez en mi vida había jugado para ganar pasta cuando mis padres no habían podido enviar a tiempo el dinero del alquiler. Una única vez y me juré que no lo volvería a hacer.

Era demasiado fácil para mí, pero un mundo muy peligroso en el que no deseaba adentrarme y al que no pertenecía.

—Déjame llevarte a casa… —Sus palabras fueron acompañadas del roce de sus dedos en mi brazo y di un tirón.

No quería que me tocase, no quería sentir la calidez que recorría cada fibra de mi ser y me volvía débil, demasiado frágil estando cerca de él. Porque lo era, a su lado era una marioneta fácil de manipular, destruir y ensamblar a su antojo.

—Está claro que no quiere que la lleves.

—¡Cállate, Egan! —replicó Athan.

No me quedé a ver la disputa entre ambos, sino que caminé hacia la entrada y cogí mi viejo bolso que él mismo había dejado sobre la silla para marcharme de allí. Me daba igual perderme por la ciudad, irme andando o tardar horas en encontrar la ruta adecuada, pero quería largarme lo antes posible y liberar la presión que aplastaba mi pecho hasta ahogarme.

Athan me detuvo de nuevo cuando estaba a punto de bajar las escaleras. No me tocó, pero se adelantó para evitar que continuara descendiendo.

—No impediré que te marches y no me acercaré a ti si no quieres, pero quiero que tengas presente que todo lo que he dicho es cierto. Absolutamente todo, aunque no quieras creerme, aunque pienses que solo perseguía una finalidad, cada palabra que te he dicho está cargada de veracidad. —Casi podía percibir la desesperación en su voz y lo cierto es que no sabía si era así o solo mi deseo de que él realmente sintiera algo por mí —. Quédate esta noche…, quédate conmigo.

—Ya no tengo nada que creer —ratifiqué—. Nos veremos mañana, Athan.

A pesar de que creí que me rebatiría de nuevo, que insistiría en que me quedase, y reconozco que ganas no me faltaban porque una parte de mí ansiaba con todas mis fuerzas creerle, salí de aquel edificio sintiendo cómo el calor sofocante de la ciudad, sumado a la potente humedad, no alivió la opresión de mi pecho.

Caminé sin rumbo durante más de una hora, quizá porque necesitaba despejar mi mente antes de regresar a casa y dejar que todos aquellos sentimientos oprimidos se manifestaran. Cuando llegué a esta ciudad hacía poco más de un mes y medio, lo único que me preocupaba era vencer mis propios miedos y creer en mí misma. No contaba con que Athan apareciera en mi vida, que desestabilizara todos y cada uno de mis sentidos y fuese el huracán por el que tendría que recomponerme pedacito a pedacito.

Lo peor no era lamer mis heridas, sino el que por más que las curase, cicatrizaran y apenas pudieran apreciarse a simple vista, bajo la piel habría tejido dañado que no se repararía. Athan ya se había colado demasiado en mi pecho, más de lo que había permitido que nadie hiciera, pese a oponerme mentalmente a ello. Podía tolerar su engreimiento, el modo despectivo en el que se dirigía hacia mí en ocasiones, la exigencia o falta de empatía, pero no podía soportar que me hubiera hecho sentir correspondida cuando en realidad solo pretendía usarme una vez más.

Cuando llegué al apartamento solo estaba Inés tendiendo la colada en el pequeño balcón con vistas al hospital. Su sonrisa me hizo responder del mismo modo, aunque no tuviera ganas de hacerlo, pero tampoco quería dar explicaciones, o al menos, no por el momento.

—¡Felicidades! ¡Pensé que no vendrías hasta mañana! —exclamó con el cesto de la ropa ahora vacío en la mano.

—Mañana tengo doble turno y comienzo a primera hora, no tenía sentido hacer a mi padre perder el tiempo solo para estar unas pocas horas. ¿Qué tal por aquí? —pregunté aunque sabía que Sofía estaba de vacaciones.

—Todo tranquilo. Por cierto, esta mañana vino Beltrán preguntando por ti. Casi me caigo al suelo cuando le vi —mencionó con énfasis—. Se irritó bastante al no encontrarte y le dije que no estabas en la ciudad. En realidad no sabía si avisarte o si al hacerlo podría perturbarte el día con tu familia, así que preferí esperar a que regresaras. ¿Tenía que haberte enviado un mensaje? —preguntó algo aturdida.

—Tranquila. Ya hablé con él, solo era un asunto urgente del hospital —dije sin entrar en detalle y ella no parecía del todo conforme con mi contestación—. Estoy un poco cansada, creo que me daré una ducha y me meteré en la cama —advertí con la intención de continuar hacia mi habitación para dejar el bolso y la idea de meterme bajo el agua cada vez me atraía más. Quizá no borrase mis pensamientos, pero al menos me aliviaría aquel malestar—. ¿Puedo preguntarte algo? —exclamé a medio camino antes de perderme tras el pasillo.

—Claro.

—Tal vez parezca una estupidez, pero… ¿crees que es posible que el latido de dos corazones se sincronice? —solté como si nada.

Mi pregunta la dejó absorta y tardó más de un minuto en responder. Esperé paciente…, quizá porque necesitaba una visión realista de todo lo que Athan había mencionado hasta lograr que de verdad creyera que mi corazón se acompasaba al suyo.

—A veces lo que nos parece absurdo no lo es y, en cambio, vivimos cada día situaciones en el hospital que son realmente absurdas. No sé si dos corazones pueden sincronizarse, pero, si lo hicieran, sería imposible negar que estarían predestinados a encontrarse y que se atraerían sin remedio. ¿Te sirve como respuesta? —exclamó con un esbozo de sonrisa.

—Me sirve —afirmé mientras avanzaba a mi habitación pensativa.

«Desde luego, la atracción era mutua».

—Lo que sea que haya entre Athan y tú es solo vuestro. No tienes por qué compartirlo con nadie más.

Su comentario me hizo detener el paso y girarme para verla, pero Inés ya se había perdido tras la puerta de la cocina. Entré en mi habitación dejando el bolso sobre el escritorio y tirándome sobre el colchón que, a diferencia del que había en casa de mis padres, no emitía ningún sonido desagradable por la oxidación.

Recibí un e-mail de Athan en ese momento. Era escueto, directo, aunque él nunca había sido de mensajes largos con explicaciones que detallaran un argumento.

Te recogeré a las ocho a la salida del hospital.

No había pensado demasiado en lo que iba a pasar en esa partida, ni por qué era tan importante para él y el tal Egan. ¿Qué ocurriría si perdía? ¿En qué problemas estaba metido para que estuviera jodido si no ganaba? No debía importarme, *pero me importaba.*

Porque todo en Athan adquiría una dimensión superior. Cualquier cosa, por mínima que fuera, hasta el punto de que, a pesar de sentirme usada, defraudada y engañada, solo podía pensar en que me necesitaba.

«Es masoquismo o estoy enamorada. Una de dos. Y lo peor es que creo que es más bien la segunda opción».

Puede que mi concentración no fuera excelente cuando Valdepeñas me pidió que interviniera durante el proceso de un trasplante de córnea. Dentro de todos los trasplantes de órganos, este era el más sencillo y apto para una residente de primer año como yo. Por eso retirar la parte dañada del paciente tendría que haber sido algo sumamente sencillo, tan fácil como untar mantequilla en la tostada de la mañana, pero mi inseguridad hizo que no solo me apartara al temblarme el pulso, sino que acabó con un rapapolvo bien merecido en el que acusaba mi cansancio al verme dudar.

No admití que ese no era el problema, tampoco me defendí, pero cuando salí a las ocho del hospital y vi el vehículo deportivo en el que solía ir Athan, mi humor no mejoró, sino que empeoró aún más.

¿Por qué con él había sido capaz y con Valdepeñas no?

En el momento en que me senté a su lado noté esa vibración en mi cuerpo, ese flujo de calor interno recorriendo mi columna vertebral, ese inevitable sentimiento que me atraía como una polilla hacia él, como si fuera una luz tan intensa que me cegara por completo. ¿Cómo iba a ser capaz de soportarlo? ¿Cómo ser capaz de negarme lo inevitable? ¿De refutar que estaba enamorada de él y que, aun así, debía alejarme?

«¡Joder!, ¡Joder!, ¡Y mil veces joder!».

Durante los primeros minutos ninguno de los dos dijo nada. Era un silencio mucho más que incómodo, quizá porque lo que dijera para romperlo sería determinante.

—El único modo de que te permitan estar presente en la partida es que te considere mi amuleto de la suerte y no supongas una amenaza —dijo finalmente—. Para eso será necesario que parezcas…

—Tu puta personal, ¿no? —exclamé recordando las palabras de Egan.

—No te pediría que lo hicieras si no fuera realmente importante. —Era la primera vez que notaba desesperación y no fervor en el modo de decirlo.

Apreté los labios acallando lo que pensaba y me dediqué a mirar por la ventanilla. El coche se adentraba en las calles céntricas de la ciudad.

—En realidad no me lo has pedido, en ningún momento lo has hecho —dije recordando exactamente toda la conversación y, para ser precisos, no había sido él quien me lo pidió, sino que fue su amigo Egan el que indicó que me necesitaba.

—Cuando todo esto acabe, podré darte algunas respuestas…

—Te dije lo que ocurriría cuando esto acabe, Athan, y dudo de que cambie de opinión. Cada vez que me acerco a ti descubro algo más oscuro y arraigado en tu interior.

El silencio que recibí por su parte me hizo comprender que tenía razón.

Llegamos a un hotel. La barrera para acceder al garaje se abrió sin necesidad de llamar al interfono. Probablemente reconocía la matrícula del coche, como si viniera a este lugar muy a menudo.

Entramos por la puerta lateral y Athan saludó al personal de recepción mientras nos dirigíamos hacia el ascensor y pulsaba la última planta. Cuando llegamos, había solo tres puertas en el pasillo. Le seguí hasta una de ellas y llamó. Un hombre con el cabello rubio que le caía ligeramente sobre el rostro y cuyos ojos verdes emitían un sentimiento tan profundo como emotivo me escrutaron con intensidad.

Negar que era guapo era como negar que el cielo es azul, que el planeta está compuesto en su mayor parte de agua o que el ser humano necesita un corazón que bombee sangre para vivir. Era más que guapo, era un jodido dios viviente.

—Karan —oí que decía Athan y recordé el momento exacto en el que había escuchado ese particular nombre.

«Si quieres sutilezas llama a Karan, el profundo es él, no yo», había dicho Egan.

«Menudo trío… Una no sabe ni a dónde mirar para no sentirse un ser mortal».

—Bienvenida, Leo —contestó con una voz tan cargada de profundidad que la piel de mis brazos sintió el escalofrío de forma inmediata.

Había algo en Karan inexplicable, etéreo, profundo…, como si hubiera mucho más en él que lo que apenas se podía apreciar. Era… inexplicable.

Cuando entramos en la habitación vi a Egan con el teléfono en la mano sin apartar la vista de él. Varias personas parecían sacar cosas de sus maletines y disponerlas adecuadamente sobre la mesa principal que había en el salón de aquella suite digna de la realeza, dadas sus dimensiones.

—Aquí tienes el acuerdo de confidencialidad, que lo firme —dijo Egan dirigiéndose hacia Athan. Se levantó y se marchó de la habitación.

Noté que Karan ponía los ojos en blanco y Athan refunfuñó algo mientras iba detrás de él.

—Y yo que imaginaba que Athan era imbécil…

—¡Ah, no! Egan es mucho peor —afirmó sin sonreír—. Al menos Athan se puede justificar, lo de Egan es…, bueno, es así.

—No creo que se pueda justificar ser un capullo con intenciones ocultas.

Karan esbozó una mueca desagradable que me llevó a pensar por qué creía que las acciones de su amigo podrían ser justificadas. Hizo que me sentara en una silla, dio una señal y las tres chicas que estaban allí presentes comenzaron a moverse. Se presentaron como Chloe, Martina y Carol, una maquillaba, otra peinaba y la otra se encargaba de las uñas. Ni me planteé si era necesario o no, pero suponía que, si debía pasar por la *compañía* de Athan, debía parecer un «amuleto de la suerte», aunque no tenía ni idea de lo que eso significaba.

No vi a Athan ni a Egan durante la siguiente hora, solo Karan se quedó conmigo explicándome cómo se jugaba al Stud de siete cartas con vuelta, una variante de póquer tradicional y que predominaría esa noche. No era difícil, de hecho comprendía la razón por la que estaba allí: memorizar las cartas y jugar con las posibles variantes era tener la partida ganada… Si a eso se unía un poco de suerte, el jugador podría ser invencible.

—¿De qué os conocéis? —pregunté cuando comprobó que tenía el juego controlado.

—Egan y Athan se conocen desde los tres años, el tío de Athan es el padrino de Egan y han pasado toda su infancia juntos como hermanos. Yo los conocí a los ocho años, cuando me mudé a esta ciudad, íbamos a la misma escuela de música.

Karan sirvió una copa de lo que parecía brandy en un vaso de cristal y me la ofreció, pero lo rechacé, así que le dio él mismo un sorbo.

Al menos había algo de cierto en lo que me había contado.

—No me sorprende que sean igual de imbéciles… —solté sin reservas—. Al menos ya sé de dónde viene ese fetiche con los violines.

Una mueca se dibujó en el rostro de Karan, pero no llegó a sonreír.

—Antes has dicho que no se podía justificar a un capullo con intenciones ocultas. —Sus ojos verdes me escrutaban y, a pesar de no sentir lo mismo que me provocaba Athan cuando me miraba, lo cierto es que me inquietaba el modo que tenía de mirarme, como si pudiera leer mis movimientos o mi pensamiento—. Pregúntale por qué se convirtió en cirujano y tal vez halles tus respuestas. Cuando lo entiendas, comprenderás por qué ha tratado de echarte de su vida, igual que ha hecho con todas las personas que se han acercado a él, menos Egan y yo —admitió de forma relajada dando otro sorbo de su copa.

Quise realizar demasiadas preguntas, tantas que no logré decir ninguna porque Athan y Egan entraron en ese momento en la habitación. Les seguía otra persona con un perchero lleno de vestidos de colores llamativos, lentejuelas y purpurina. Sentí cómo Athan me miraba con una intensidad en sus ojos que podía derretirme sin vacilación alguna.

Puede que jamás consiga deshacerme de esa sensación y que, además, nunca logre sentir lo mismo cuando me mire otra persona, pero ya fuese la duda que Karan había sembrado en mi interior o que mis sentimientos hacia él eran mucho más profundos de lo que deseaba, era incapaz de apartar la mirada, embriagada en el matiz de ese tono azul que me escrutaba de un modo tan salvaje y prometedor que podía derretir un glaciar.

Me negué a llevar las primeras cuatro propuestas en las que el escote llegaba al ombligo y estaba segura de que se me vería medio trasero con solo dar dos pasos. Acepté, en cambio, la quinta opción: un vestido rojo de un tejido suave, desconocía si era seda, pero la caída era espectacular. A diferencia de los otros era largo hasta los pies, con una apertura en el lado izquierdo y un escote muy pronunciado, aunque no tanto como los anteriores. Tenía toda la espalda al descubierto, lo único que sujetaba al vestido era una lazada al cuello y la caída propia de la tela insinuaba las formas del cuerpo.

Cuando salí de la habitación donde me había cambiado vi cómo aquellos seis pares de ojos me observaban. Me sentí más pequeña que una pulga, no solo porque fueran los hombres más atractivos que había visto en mi vida, sino porque jamás había percibido esa sensación de ser el objeto de deseo de nadie.

—Si vuestra preocupación es que pudiera sospechar de ella, no lo hará —mencionó Karan y le dio un leve codazo a Egan antes de que ambos salieran de la habitación.

Tras ellos, se marchó el estilista.

—Estás realmente preciosa —dijo Athan acercándose a mí.

Aún no me había visto, llevaba el cabello suelto y me habían maquillado, pero dudaba de que pudieran obrar algún milagro.

—Una vez me dijiste que no esperase elogios por tu parte, hasta lo tengo por escrito —repliqué recordando el momento en el que me envió un e-mail cuando le hice la traducción de aquel dosier para la presentación.

—Cierto —admitió—. También dije que no supliría a Ibáñez como tu tutor y lo hice. —Esta vez esbozó una sonrisa—. Y también dije que no me acercaría a ti y no pude resistirme a probar tus labios. Debería haber comprendido que contigo todo es diferente y que en un mundo lleno de piedras preciosas solo existe una excepcional, única e indiscutiblemente valiosa.

—¿Y ahora me vas a decir que soy esa piedra preciosa excepcional, única y valiosa? He decidido que te acompañaría esta noche, no necesito que me endulces el oído para convencerme. Así que acabemos de una vez y dime qué es lo que tengo que hacer.

De igual modo, Athan me rozó la mano y al comprobar que no la apartaba me guio junto a él hasta que se sentó sobre una de las butacas. Me indicó que me sentara sobre sus piernas. Su olor me envolvía y solo me hacía desear enroscar mis manos alrededor de su cuello y acercar mi nariz para inspirar en profundidad aquel aroma irresistible.

—No quiero que te involucres de ninguna manera en nada de lo que ocurra esta noche, bajo ningún concepto, aunque se hable de ti, no debes mencionar ni una sola palabra. Si alguna sospecha recae sobre ti, la situación puede volverse bastante peliaguda. Sé que ahora mismo no confías en mí y no cuestiono tus razones, pero solo por unas horas necesito que lo hagas. Si todo acaba bien, entenderás por qué es tan importante.

Había cierta preocupación en su voz y comencé a preguntarme si no me estaba metiendo en un mundo demasiado peligroso.

No había considerado que Athan pudiera adentrarse en círculos con gente de dudosa reputación. ¿Es que iba a jugar contra un mafioso o algo así? Había deducido desde el principio que solo se trataba de dinero, grandes cantidades de dinero, y nada más. A juzgar por el coche, que imaginaba era de Egan o Karan, o el edificio en el que vivía aunque fuese herencia de su madre, parecía que su situación económica era bastante buena.

—¿Quien estará esta noche, Athan? ¿Quién es ese contrincante para planificar todo esto? —pregunté con un hilo de voz y sin querer que el miedo me paralizase.

—Mi padre.

25

Habría preferido un mafioso antes que saber que a quien Athan se enfrentaba en aquella partida era su propio padre. Desconocía qué se jugaba en aquella mesa, pero ahora dudaba de que fuera dinero y la incertidumbre no dejaba de crecer conforme el vehículo deportivo se acercaba a un lugar que conocía demasiado bien: el Templo, la discoteca donde Athan y yo nos habíamos besado por primera vez.

La mesa estaba instalada en la zona reservada, una de las barras permanecía abierta para surtir bebidas; un camarero se situaba tras ella. Un crupier aguardaba junto a la mesa con camisa remangada y sin mostrar preocupación o interés en los presentes. Fuimos los últimos en llegar, así que, al divisar a tres hombres que hablaban entre sí, deduje rápidamente quién debía ser el padre de Athan.

No es que el parecido fuera delatador, de hecho, no tenía sus ojos azules y los años se habían curtido en su piel, pero resultaba indiscutible cierta semejanza en la fisionomía, aunque su semblante era, de lejos, mucho más intimidante que el de Athan.

—Siete años esperando a que llegue este momento y de pronto recibo una llamada. ¿Puedo saber qué te hizo cambiar de parecer? —exclamó y entonces dirigió la vista hacia mí.

En un primer instante no parecía interesado en lo que vio, pero unos segundos después sus ojos se detuvieron a recorrer mi cuerpo.

—¿Has venido a que te cuente mi vida o a jugar?

La expresión de Athan era tan carente de emoción que hasta sentí el ardor descendiendo por mi columna. Era inexplicable, pero es como si pudiera interpretar la emoción que bullía en su interior.

«¿Me estoy volviendo loca?».

—¿Quién es ella?

La respuesta de Athan no le había afectado un ápice por más que él fuera su hijo. De hecho, no había apartado la vista de mí ni un solo instante.

—Es mía, eso es lo único que te interesa saber.

Esta vez el padre de Athan dibujó una sonrisa y apartó la vista para dirigirla de nuevo a él.

—De tal palo, tal astilla…, aunque espero que sea más fogosa en la cama de lo que era tu madre, ni en eso pudo complacerme la muy zorra —comenzó a reír y se sacó una tarjeta del bolsillo—. Llámame cuando se canse de ti, te doblaré lo que sea que te pague él.

Noté cómo las yemas de los dedos de Athan se hundían en mi piel tratando de controlarse. Así que ni siquiera lo pensé, me giré hacia él, le acaricié la mejilla como si supiera lo que tenía que hacer y mi boca encontró la suya en apenas un roce.

—Solo quiere provocarte —susurré.

Lo único que obtuve fue un beso rudo, salvaje. Su lengua luchaba con la mía mientras yo me rendía y le dejaba vencer.

¿Qué se suponía que estaba haciendo? Probablemente iba en contra de todas mis normas autoimpuestas, pero acababa de darme cuenta de que era incapaz de dejar que Athan sufriera. Y más de esa manera tan cruel.

La palma de su mano acarició mi espalda y me apretó junto a él antes de interrumpir aquel beso con el mismo ímpetu con el que lo inició.

—Lo sé —afirmó apartando la vista de mí—, pero cuando se trata de ti, resulta difícil no dejarme avasallar por las emociones.

Reconozco que aquello era música para mis oídos. Por más enfadada y mosqueada que estuviera con Athan, sus palabras no dejaban de entibiar mi pecho con una calidez estremecedora.

Las tres primeras partidas fueron un mero calentamiento, pero sirvieron para poner a prueba mi agudeza con las cartas y comprobar que ningún jugador se percataba de mis advertencias. Nuestro lenguaje era sencillo: si le toco la oreja, sube la apuesta; si le toco el hombro, no tienes posibilidades; si me siento en su regazo, posible empate; si le beso, ve con todo.

No necesitaba mirar las cartas todo el tiempo, solo me bastaba un segundo para memorizarlas y después fingir que me aburría. Egan permanecía retirado de la mesa, sentado en la barra mientras bebía. Karan le acompañaba, salvo las veces en que nos trajo alguna bebida.

Conforme la noche avanzaba, las apuestas subían y los jugadores se retiraban, menos Ismael, el padre de Athan, y el propio Athan, que a pesar de perder a conciencia las primeras partidas para fomentar la creencia de su padre de que ganaría, continuaba viendo cómo sus monedas disminuían y las de su progenitor aumentaban.

—Supongo que hemos llegado al momento que ambos esperamos, ¿no? —exclamó Ismael e hizo un movimiento con la mano.

Un tipo trajeado se acercó, abrió un maletín y sacó de este un documento que depositó sobre la mesa. Egan lo cogió antes de que lo hiciera Athan, como si hubiera entrado en escena en el momento preciso.

—Está firmado. Es legal —decretó dirigiéndose a Athan.

Karan, por su parte, dejó otro documento que, imaginé, provenía de Athan. El tipo que venía con Ismael lo revisó y asintió. Ismael sonrió cínicamente, como si ya diera por ganada la partida. A los documentos se añadieron las llaves del coche deportivo e Ismael dejó caer un llavero del que solo había colgada una llave, que parecía de una cerradura antigua.

—Llevo treinta y siete años esperando este momento —dijo Ismael cogiendo sus cartas.

—Podría decir lo mismo —contestó Athan cogiendo la carta que le daba el crupier.

La partida fue avanzando. Por sus cartas sabía que podría tener una pareja o incluso un trío, esperando que las cartas que el crupier ofreciera fueran decisivas para obtener el *full*. Solo quedaban dos reparticiones más, así que no era una cuestión de lógica, sino de suerte lo que iba a determinar quién de los dos ganase.

Mi pulso estaba acelerado y me resultaba inevitable rozar su hombro con mis dedos tratando de aguantar la tensión que me suponía aquel momento. Casi temblé cuando el crupier dio la última carta. Sentí cómo su mano se adentraba en la apertura de mi vestido y me tocaba la pierna. Sabía que era su modo de evitar que leyera sus facciones, que tenía la mano más alta tratándose de póquer, la escalera de color.

—Muestren cartas —decretó el crupier.

—Te agradezco que hayas restaurado el edificio, a mis putas les va a encantar... —advirtió Ismael mientras mostraba un *full* formado por un trío de sietes y una pareja de reyes.

Athan desplegó sus cartas sobre la mesa con la escalera de color. La cara de Ismael se volvió lívida, como si hubiera perdido todo su color y también la prepotencia que hasta hacía pocos segundos embargaba su ego.

—Lo único que les va a gustar a tus putas es que no volverán a verte la cara. ¿Cómo habías dicho antes? De tal palo, tal astilla.

Antes de que pudiera terminar la frase, la mano de Egan recogió el documento que el hombre que acompañaba a Ismael había dejado sobre la mesa y también el que había depositado Karan.

Ismael hizo un gesto de hastío y evidente malestar, parecía contrariado, pero no contestó, más allá de un leve gruñido, y dio un golpe sobre la mesa al levantarse tratando de apaciguar su furia.

Sentí cómo Athan me apretaba fuertemente tratando de calmar su ferviente agitación. Después se puso en pie y recogió la llave antigua que Ismael había dejado y la del coche. Salimos de allí mientras tiraba con firmeza de mi mano.

—¿Dónde vamos? —exclamé.

—Hay algo que quiero enseñarte y que nunca pensé que tendría la oportunidad de hacer —contestó conforme corría tras él a pesar de que aquellos zapatos de tacón no me lo pusieran nada fácil.

Al llegar al coche, tiró su chaqueta al asiento de atrás, al igual que la cortaba, y se desabotonó los primeros botones del cuello y los puños de la camisa para remangársela. Luego arrancó. No tenía ni idea de hacia dónde se dirigía, pero sí que tenía prisa, porque el velocímetro no dejaba de ascender conforme salíamos de la ciudad.

Ocho minutos. Eso es lo que había tardado en llegar a una especie de casa solariega a las afueras. A juzgar por el camino parecía abandonada y solo las luces del coche iluminaban parte de la casa. Lo detuvo. Nos sumergimos en la oscuridad, pero él no movía un solo músculo para bajar.

—He esperado este momento toda mi vida, consciente de que tal vez nunca podría entrar, y ahora no sé qué va a pasar cuando lo haga —confesó sin apartar la vista de la casa que había frente a nosotros, aunque no se pudiera ver con nitidez.

Puede que no entendiera nada de aquello, pero sí que era demasiado importante para él. Abrí la puerta, me bajé del coche y lo rodeé con cuidado para no caer hasta llegar a su puerta. La abrí con determinación.

—¿Qué es lo que temes encontrar?

Athan tardó en bajar, pero cuando lo hizo entrelazó su mano con la mía y se la llevó a los labios. Era noche cerrada y apenas había luz, pero aun así podía distinguir sutilmente sus rasgos por la leve luz que provenía del interior del coche y vislumbré el pesar que había en el brillo de sus ojos.

—Más bien es lo que temo no encontrar —confesó apartando su vista hacia la casa y por primera vez escuché su corazón latir de forma apresurada.

La sensación fue tan extenuante que terminé colocando una mano en su pecho, como si pudiera tocar ese latido, acariciarlo o tal vez suavizarlo.

Funcionó.

—No sé qué habrá ahí dentro, pero, sea lo que sea, no tendría por qué determinar quién eres o lo que eres.

—¿Quién crees que soy, Leo? —preguntó convencido, como si necesitara realmente que le diera una respuesta.

—Eres un cirujano excepcional. —No vacilé—. Tienes una capacidad anómala y admirable para determinar lo que afecta a un paciente, además de una destreza singular en el quirófano. Tú haces magia…

—No. No hago magia —interrumpió—. Ajusto cuerpos, simplemente ensamblo las piezas para que encajen y me limito a arreglar el motor como si de un coche se tratase, no tiene ningún mérito.

—¿Por qué te hiciste cirujano, Athan? —Recordé las palabras de Karan, que tal vez me darían las respuestas que buscaba.

No me contestó, en cambio comenzó a caminar hacia aquella casa. No le importó dejar las puertas del vehículo abiertas. Corrí tras él tratando de alcanzarle.

—Mi madre pertenecía a una familia adinerada de Valencia, lo suficiente para atraer la atención de personas indebidas. Coleccionaban obras de arte de valor incalculable y a temprana edad comenzó a pintar sus propios cuadros. Al principio solo tenían salida en el entorno familiar, pero a los veinte años ya tenía sus propios encargos. Fue entonces cuando conoció al hombre que has visto esta noche, alguien que ni siquiera se merece denominar «progenitor». Él era un marchante de arte, llegó a Valencia para vender algunos cuadros y se conocieron en una exposición. Se casaron a los pocos meses de conocerse, ella casi seguro enamorada, él claramente solo por la fortuna que ella heredaría. Se quedó embarazada a los pocos meses y empezó a darse cuenta de que la vida idílica que había proyectado no era como imaginaba. La situación se volvió insostenible y ella decidió abandonar esta casa, donde se había criado, para mudarse a la ciudad dejando atrás todo: su colección de cuadros, sus recuerdos, su vida entera estaba aquí, pero se fue por mi seguridad. —La voz se le cortaba mientras subíamos las escaleras de mármol que llevaban a la puerta de entrada y mi corazón se encogía cada vez más—. Era un 4 de diciembre, no sé si hacía frío o no, mi tío solo recuerda las llamas que devoraban el edificio con voracidad. Fue él quien sacó a mi madre de allí, el humo la había dejado inconsciente, apenas tenía pulso cuando llegó la ambulancia. Murió entrando al hospital.

—¿Y tú? —exclamé anonadada.

—Yo aún estaba en su vientre.

«Dios mío…».

Tuve que respirar para controlar las lágrimas de aflicción que estaba a punto de derramar ante la historia espeluznante que me estaba relatando.

—Nací clínicamente muerto. —Metió la llave en la puerta y la giró mientras se escuchaba cómo el engranaje cedía al ser de la medida correcta—. Fijaron la hora de mi muerte a las veintidós y veintiún minutos de la noche, pero, sin explicación alguna, un minuto después el aire entró en mis pulmones.

Toda la piel del cuerpo se me encrespó y no por el frescor que emanaba ese lugar cuando entramos, sino por el hecho de que hubiera vuelto a la vida sin ningún tipo de intervención. ¿Un milagro? ¿Un prodigio? Él en sí mismo era extraordinario.

Saqué el teléfono para poner el modo linterna de la cámara y él hizo lo mismo hasta que encontramos el cuadro que activaba la luz, pero la mayoría de las bombillas estaban fundidas o en desuso.

—Y decidiste dedicarte a salvar vidas ajenas. —Logré decir tiempo después.

—No me preguntes cómo, sé que es imposible, pero sentí cuándo el corazón de mi madre dejó de latir. Así que no. No fue una elección vocacional —afirmó—. Sería muy fácil decir que lo fue solo porque milagrosamente sobreviví, pero la única razón por la que soy cirujano cardiovascular es porque cada vez que ajusto un corazón y lo veo latir de nuevo, creo que la estoy salvando a ella o quizá la parte de mí que murió aquel día.

Humanidad. Eso es lo que Ibáñez pretendía que aprendiera, y ahora sospechaba que él conocía con detalle la vida de Athan.

«No ha tenido una vida fácil», mencionó mi tutor hace tiempo, solo que jamás habría imaginado algo así.

Sinceramente, no sabía qué responder a aquello. ¿Qué se le dice a alguien que pretende arreglar algo que nunca podrá reparar? ¿Que por más que lo intente debe continuar hacia delante y no mirar atrás?

—¿Por qué tenía tu padre las llaves de esta casa? —pregunté asaltándome la duda mientras caminábamos por el suelo lleno de astillas, trozos de pintura desconchada y algún que otro fragmento de cerámica, como si alguien hubiera roto platos o tazas.

—Mi tío no pudo demostrar que él fue quien provocó el incendio, así que quedó impune. Si yo hubiera muerto, él habría heredado gran parte del legado familiar que correspondía a mi madre. Le ofreció un acuerdo: esta casa y la colección de cuadros de la familia a cambio de renunciar a mi custodia. Aceptó, y no supe nada de él hasta hace diez años, que intentó vender la colección creada por mi madre tras verse en la ruina. Para su desgracia, no tiene legalidad sobre esos cuadros ni sobre la casa existiendo un heredero, no puede venderlos sin mi consentimiento, a menos que renuncie a ellos, así que durante todo este tiempo me ha exigido que se lo diera para vender todo. Traté de llegar a un acuerdo, pero exigía un precio exorbitado para ambos y me negaba a que continuara apropiándose del patrimonio de mi familia.

Nada de lo que mencionaba respecto al hombre que había conocido esa noche al otro lado de la mesa de juego me extrañaba, pero conocer de primera mano que existían personas con más crueldad que el propio dios del inframundo me sorprendía.

—¿Qué habría pasado si hubieras perdido esta noche? —exclamé bajando las escaleras que llevaban al sótano.

Olía a cerrado, a humedad, pero permanecía fresco a pesar de la alta temperatura.

—Habría perdido el edificio que reformé, tendría que renunciar a las obras de mi madre para siempre y Egan traspasaría unos cuantos negocios, entre ellos el Templo, un hotel y un coche de varios millones de euros.

Abrí la boca y la cerré. ¿Es que estaba loco? Bueno, estaban… porque Egan tampoco parecía muy cuerdo, que digamos.

—¡Podrías haber perdido! Mi memoria no hizo que salieran las cartas adecuadas.

—Tenía un plan alternativo —afirmó con una sonrisa—. Aunque reconozco que prefería ganar solo para evitar que ese despojo humano se siga llenando los bolsillos a costa del trabajo de otros.

—Pensabas comprar este lugar y los cuadros de tu madre cuando decidiera venderlo. —Era una opción arriesgada, pero tal vez la única que le quedaba si deseaba recuperar algo de ella en caso de haber perdido.

—A veces olvido que eres demasiado lista.

Llegamos al sótano y presionó varios interruptores que encendían los focos del techo. Todo el espacio, que sería la misma superficie que la planta superior, se iluminó arrojando una luz fría y blanca sobre nosotros. Había cientos de cuadros envueltos en un tejido poroso, tal vez lino o algodón, algunos estaban manchados de pintura, otros se habían tornado amarillentos quizá por el paso del tiempo. Solo unos pocos estaban sobre caballetes; el resto, esparcidos en mesas o apoyados unos sobre otros contra la pared. Athan pasó la mano sobre un maletín de madera que había sobre una de las mesas y lo abrió. Estaba usado, muy usado, y evidentemente debió pertenecer a su madre. Tal vez era la primera vez que tocaba algo que le había pertenecido a ella y la crueldad de lo que eso significaba hacía que de mis ojos brotara una lágrima silenciosa.

Tal vez no se puede echar de menos lo que no se conoce, pero saltaba a la vista que él se había pasado toda la vida buscándola, tratando de llenar unos recuerdos inexistentes y quizá con la ferviente idea de que él también debía haber muerto junto a ella.

Para alguien como yo, que ha crecido en un seno familiar tranquilo y con el amor incondicional de unos padres que han tratado de darme todo cuanto han podido, conocer su historia solo me hacía sentir aún más afortunada.

Me acerqué hasta él y paseé mi mano sobre su hombro. Su rostro se giró hacia mí y extendió su dedo hacia mi mejilla para limpiar aquella lágrima. No me aparté cuando se inclinó para rozar mis labios, ni tampoco lo hice cuando sus manos bajaron hasta mi cintura y me cogieron para sentarme sobre aquella mesa, al lado de las cosas que pertenecieron a su madre. Lo único en lo que era capaz de centrarme era en aquellos labios navegando junto a los míos hacia los confines del universo.

No podía negar que cada vez que estaba a su lado tocaba el cielo y que las sensaciones que él me transmitía cuando me tocaba, me besaba o simplemente me miraba eran indiscutiblemente únicas. Tal vez por eso dejé que su lengua provocara a la mía en un vaivén emocional que llegaba a desestabilizarme, pero que no deseaba que se detuviera.

—Se supone que ahora mismo deberías estar descubriendo todos esos cuadros y maravillándote con el legado que ella dejó —susurré acercando los labios a su oreja y recorriendo el perfil con mi nariz antes de esconder mi rostro en su cuello.

Los dedos de Athan se hundieron en la carne de mis muslos para hacerse hueco y apretarme junto a él mientras avanzaban peligrosamente hacia mi entrepierna.

—Lo único que quiero está delante de mí. —Tiró de mi ropa interior, que cedió ante sus dedos conforme la tela se desgarraba hasta caer al suelo.

Percibía la ingente necesidad en sus gestos, en sus labios y en el modo de tocarme. Puede que aquella fuera la excusa más absurda que necesitaba darme para no refrenar mis propios deseos. ¿Se podía simular el calor de su boca sobre la mía? ¿La erección que se agolpaba en mi muslo y que me enloquecía? Me mordí el labio cuando sentí el roce de su carne adentrándose en mi interior y gemí aferrándome a sus hombros conforme él se hundía cada vez más hasta recrearme en la invasión que suponía aquella fricción.

Mis caderas bombeaban a un ritmo frenético conforme sus embestidas se hacían cada vez más vehementes. Posé mi frente sobre la suya, con lo que provoqué que mis labios estuvieran cerca de los suyos sin rozarse, solo sedientos de aquella pasión con la que nuestros cuerpos se poseían. Un ritual sagrado que ahora estaba cargado de ardor, con el silencio danzando sobre nuestra piel que anticipaba el éxtasis de aquella unión. Percibía aquel baile celestial en mi interior como el susurro que abraza lo etéreo sabiendo que pronto alcanzará el culmen de su desasosiego. Apreté con fuerza las piernas a su alrededor. Pidiendo más, exigiendo más, anhelando un salvajismo oportuno que me diera lo que el clamor del fuego que ardía en mis entrañas afanaba. Athan pareció entenderlo, o tal vez su apetencia era superior a la mía, porque me elevó sutilmente para embestirme con una destreza absoluta que me hizo gritar sin pensar en el lugar, momento o circunstancias en las que nos hallábamos.

Me daba igual absolutamente todo. Todo, salvo él.

Me lancé de nuevo a su boca mientras volvía a repetirlo y me abandoné a la extraordinaria sensación que vibraba por cada fibra de mi cuerpo como las olas del mar cuando dejas que la corriente te arrastre. Esa sensación única en la que el tiempo se detiene y el cenit del placer te cubre haciendo que nada más importe. No hay sonido. No hay dolor. No hay fragancia ni color. Lo único que existe es la trepidante idea de que la vida y la muerte son un fino hilo que no te importa cruzar. Y tras ese culmen llega la realidad tiznada de una elocuente ambigüedad en la que las emociones están tan a flor de piel que podrías llorar o quizá reír, o como en mi caso perderme en un mar azul bañado por el sol hasta sumergirme en sus profundidades.

«Estoy enamorada de él. Ya no tengo un ápice de duda».

El primer cuadro que destapé era un prado lleno de color al amanecer. La sensación resultaba tan cálida como la temperatura de mediados de agosto que nos acompañaba. Era precioso. Había algunos más similares, de diferentes lugares y otros tantos de amaneceres en la costa de Azahar con un azul tan similar a los ojos de Athan que me pregunté si ella también los tendría.

Conforme avanzábamos comenzaron a salir bodegones, después poblados y por último retratos, incluso había varios cuadernos con retratos.

—Era realmente buena —dije viendo la nitidez de los trazos en el lienzo.

—Y apenas tuvo tiempo de perfeccionar su técnica —corroboró Athan al tiempo que alzaba el tejido que cubría el retrato de una mujer embarazada; estaba de perfil, aún sin acabar, y junto a él una fotografía le servía de guía.

Sus manos temblaban cuando la tuvo entre los dedos. Me acerqué a él, no necesitaba preguntar si era ella, resultaba evidente que lo era y también que quizá esa sería la única imagen en la que él estaba junto a ella, por así decirlo. Athan tapó el cuadro para protegerlo y lo cogió con una mano mientras me agarró del brazo con la otra conforme salíamos de allí. Debían ser cerca de las seis porque el sol comenzaba a despuntar en el horizonte y ahora se podía apreciar un poco mejor la extensión del terreno y dónde estaba ubicado. Era un paraje singular, algo escarpado, pero lleno de vegetación salvaje. Precioso y tranquilo, el lugar idílico que su madre había elegido para él y, en cambio, le habían arrebatado todo.

Un vehículo rojo se adentraba por el camino que llevaba a la enorme construcción y cuando se detuvo al lado del deportivo blanco pude ver que era Karan quien lo conducía.

—Egan está en estos momentos con la policía, se procederá como querías para el desalojo de los clubes —anunció acercándose a nosotros—. Veo que has encontrado lo que buscabas. —Señaló el cuadro.

—Sí.

Me tomó la mano con firmeza. Karan me miró durante un segundo, pero su inexpresividad no me sugirió qué era lo que estaba pensando.

—Ve…, me quedaré hasta que llegue el camión y me aseguraré de que no deja ni un solo cuadro —decretó metiendo las manos en los bolsillos del pantalón y bajando la vista.

El cabello rubio le caía sobre la parte alta de los pómulos, enmarcando el rostro y aquellos ojos singularmente verdes. Era guapo. Increíblemente guapo y con un aire tan principesco, misterioso… y profundo. Puede que Athan fuera particular, pero sus amigos no se quedaban atrás.

—Gracias. —Se limitó a responder mientras emprendió camino hacia el coche sin soltarme la mano.

—Un placer haberte conocido, Leo —dijo Karan sin perdernos de vista.

—Lo mismo digo, Karan.

Athan no se detuvo hasta que llegamos a la puerta del edificio donde estaba mi apartamento, habían pasado tantas cosas esa noche que ni siquiera me sentía la misma persona cuando salí hacía veinticuatro horas de allí.

—En seis horas tengo doble turno, debería entrar y darme una ducha —afirmé, pero era incapaz de hacer reaccionar a mi cuerpo para que descendiera del coche.

—Deberías tratar de dormir al menos cinco de esas seis horas —contestó Athan sin soltar sus manos del volante.

—Sí, doctor Beltrán —dije con cierta ironía y coloqué mi mano en el tirador de la puerta para abrir.

—Gracias por lo de esta noche.

—Supongo que mi deuda está saldada —agregué saliendo del coche y vi que él también lo hacía.

—No tenías por qué hacerlo, aunque te dijera aquel día que me debías un favor, podrías haberte negado y no lo hiciste —aseguró e intuí que estudiaba mis movimientos, quizá esperaba que me acercase a él.

No hacía ni una hora que habíamos tenido sexo en ese sótano, y no me arrepentía, había sido algo frenético, intenso, con una necesidad lacerante, pero yo necesitaba más que eso. Necesitaba el cuento perfecto.

Me había pasado la vida siendo una segunda opción o insuficiente para alguien, recogiendo las migajas que otros dejaban o sintiéndome culpable por no estar a la altura. Athan era sin lugar a dudas el único del que me había enamorado de verdad y, aun así, no podía permitir que me sacara de su vida cuando la oportunidad se le presentara y ya no me necesitara. Puede que ahora solo fuera agradecimiento, pero estaba claro que se había acercado a mí por un interés. Quizá me deseara, quizá tuviera sentimientos encontrados, pero no me amaba y dudaba que llegara a hacerlo. Conocer esa realidad y tenerla presente dolía y creaba un vacío en mi pecho casi insoportable.

—Dije que lo haría y que cuando se acabara no quería que volvieras a acercarte a mí —afirmé desde mi posición a escasos pasos de él.

—Creo que he hecho mucho más que acercarme —suavizó su tono.

—El único Athan que me has permitido conocer ha sido un hombre déspota, despreciable e inhumano —dije con una tenacidad que ni siquiera sé de dónde nacía—. Y luego me mostraste una faceta distinta y te creí…, intenté creerte en dos ocasiones y ahora… No sé qué creer y quizá tenga la terrible convicción de que tu único interés en mí es puramente egoísta, aunque ni tú mismo quieras creer que es así. ¿Crees que me amas, Athan?

—¿Amar? —exclamó como si hubiera dicho algo casi ofensivo—. No. —Se irguió y alzó el mentón para fijar la vista en mí.

No existía ese brillo en sus ojos, ni una vaga sonrisa, era el Athan que había conocido el primer día, el de la máscara de frialdad y grotesco ceño fruncido, ese al que no le importaban los sentimientos de los demás, ni siquiera los suyos.

—Adiós, Athan.

Crucé la calle sin mirar si venía algún vehículo, tal vez una imprudencia, pero la fortuna quiso que no pasara nadie a esas horas por allí. Saqué la llave del bolso, la metí en la cerradura y simplemente no miré atrás cuando las lágrimas surcaban mi rostro.

Ya sabía la respuesta antes de formular la pregunta. Ya sabía que el cuento no iba a ser perfecto, pero eso no significaba que doliese menos.

26

Ni la hora de conversación en el chat de medicómicas o la otra media que tuve extra con Soraya cuando Cris se marchó y que no se alargó porque debía entrar a mi turno doble en el hospital, sirvieron para que me sintiera menos desgraciada. Tal vez trabajar funcionase de terapia paliativa como decían ellas, pero sentía como si mis cinco sentidos se hubieran mermado hasta dejarme en un letargo continuo. No tenía apetito, tampoco somnolencia a pesar de haber dormido menos de cuatro horas, y repasaba como una autómata los expedientes de pacientes para comprobar que todo seguía según el protocolo de preoperatorio.

No es que esperase que Athan me quisiera. ¿Por qué iba a hacerlo? El problema es que tenía la maldita tendencia a romantizar todo, desde el primer beso en el que no supe que era él hasta nuestra noche juntos. Me había engañado y utilizado, pero una parte de mi cerebro se aferraba a esa creciente atracción que no solo no me había abandonado, sino que no había mermado, y que me recordaba lo estúpidamente enamorada que estaba de ese dios con patas.

«Bien podía serlo…, hasta tenía un nacimiento turbulento como la mayoría de ellos».

Se me cayeron las llaves de casa en el portal, cuando regresé a la mañana siguiente. Solté un improperio justo al tiempo en que una mano las recogía. Era una cara jovial, le había visto por la piscina semanas atrás.

—La vara de Asclepio —dijo con complicidad y una sensación de inquietud extraña comenzó a forjarse desde el interior cubriendo todas mis extremidades.

«Asclepio. Asclepio. Asclepio… ¿Por qué me resulta tan familiar?».

—¿Cómo? —repliqué.

—Tal vez te suene más Esculapio en romano, pero es la vara de Asclepio, el dios griego de la medicina —afirmó enseñándome el caduceo del llavero y fue inevitable recordar el tatuaje en la espalda de Athan—. Trabajas en el hospital, ¿no? Yo estoy en Oncología, pero no me suena haberte visto.

—Estoy en primero de Cirugía —advertí con un deje de sonrisa.

—Entonces coincidiremos más adelante, soy Gael. —Se presentó abriéndome la puerta para que pasara y terminamos despidiéndonos cuando él se dirigió hacia la derecha de la escalera, y yo, a la izquierda.

Al llegar a casa dejé las llaves en la entrada y me quedé observando durante un momento el llavero. Era una estupidez, pero aun así saqué el teléfono del bolso y tecleé «Asclepio» en el navegador. La mitología griega no había sido nunca una de mis grandes pasiones, todo era demasiado enrevesado y poco real, así que, salvo los matices que tenían que ver con algunas constelaciones, apenas sabía nada.

Pinché en la primera página, la Wikipedia, tampoco es que necesitara una investigación exhaustiva. Tal vez solo estaba leyendo aquello para distraer la mente, pero Gael me había generado curiosidad por un nombre que nunca había escuchado, siempre había entendido que era Esculapio. Los primeros párrafos hacían referencia al dios de la medicina y la curación venerado en Grecia. Hijo de Apolo y una mortal, criado por un tutor cuando su madre murió aún embarazada de él en una pira funeraria.

Levanté la vista de la pantalla como si necesitara ver que me encontraba en el mundo real y que lo que estaba leyendo solo era un cuento inventado por alguien del pasado que necesitaba creer en dioses paganos.

Bajé de nuevo los ojos hacia la pantalla y continué leyendo. Luego buceé en más páginas y en todas encontré exactamente lo mismo. Bloqueé el teléfono y lo dejé sobre la mesa.

«Demasiadas coincidencias».

—Es absurdo. Es que la simple idea es de por sí un disparate irracional sin sentido alguno —dije en voz alta para tratar de convencerme a mí misma.

—¿Qué es un disparate? —exclamó Sofía con cara somnolienta.

Eran casi las siete de la mañana, por lo que imaginaba que entraría al siguiente turno.

—Nada —concluí porque, comparar a Athan con un dios en términos reales, era inadmisible.

Igual sí necesitaba unas cuantas horas de sueño porque se me empezaba a nublar demasiado el juicio.

Templos, serpientes, constelaciones y Grecia. Aquella tarde desperté sobresaltada porque había estado soñando con un dios concreto, uno que curaba a gente milagrosamente, que tenía los ojos azules y el cabello castaño, que podía resucitar a los muertos.

«Se me ha ido la olla por completo».

Me tomé un café doble y decidí atiborrar mi cerebro con algo en lo que no tuviera que pensar, minimizar al máximo cualquier atisbo de pensamiento, así que bajé a la piscina comunitaria, hice varios largos, regresé a casa, me duché y me quedé hasta media noche viendo la televisión junto a Inés sin poner ninguna objeción a sus series favoritas.

No tenía noticias de Athan, tampoco las esperaba y desde luego no comenté con nadie mi absurda teoría conspiranoica entre las similitudes de cierto dios griego y otro carnal y real que podía tener complejo de serlo.

Esa noche también terminé de leer todos los informes de la investigación de Athan. Ya no iba a formar parte de ella, pero tuve la necesidad de hacerlo. Todas las pruebas que había realizado hasta ahora me llevaban a concluir que su idea, de funcionar, era brillante.

A primera hora del lunes, Ibáñez me convocó en su despacho. Llevaba días sin verle debido a su ausencia por temas del hospital y mis cambios de turno de última hora, aunque no parecía sorprendido. Cuando llegué comprobé que no estaba solo: Athan lo acompañaba, y sentir de nuevo la corriente que recorría mi espalda cuando él se hallaba cerca empezaba a gustarme. La había detestado, pero ahora casi la encontraba reconfortante. Fue inevitable pensar en lo que sucedió el sábado por la noche, en cómo nuestros cuerpos volvieron a unirse y en esa sensación de complacencia única que solo había sentido junto a él.

—Os he citado a los dos porque prefería anunciároslo a los dos a la vez. He comprobado que habéis funcionado bastante bien en mi ausencia e incluso el doctor Beltrán me ha enfatizado tu destreza en quirófano, Eleonora —dijo dirigiéndose solo a mí en la última frase—, a diferencia del doctor Valdepeñas, que no parece muy contento con tus resultados.

Miré a Athan de soslayo. Mantenía el rostro neutro, ni siquiera me observaba, se limitaba a mantener la vista fija en Ibáñez.

—Sé que no tengo excusa, le aseguro que no se repetirá —contesté con la certeza de que se repetiría.

¡Joder! ¡Estaba realmente jodida!

—Esa actitud me gusta —continuó—. Bien, hace dos semanas llevamos a cabo un proyecto para el hospital, que ha sido aprobado. Se trata de cirugía robótica de alto nivel y, como jefe de servicio de la Unidad de Cirugía, debo supervisar la correcta formación de los adjuntos y residentes. He hablado con la junta directiva y han dado el visto para que a todos los efectos tu tutor sea el doctor Beltrán, de hecho, el trámite ya está formalizado, simplemente os informo.

—¿No sería más conveniente que tuviera a Condado o Ramírez, que ya tienen otros residentes de primer año? —exclamé indecisa—. El doctor Beltrán lleva poco tiempo en el hospital y…

—¿Tienes algún problema con ser su tutor, Athan? —preguntó Ibáñez directamente a él.

—En absoluto. La doctora Balboa y yo hemos llegado a un entendimiento, podremos compenetrarnos perfectamente.

«¿Qué? ¿Compenetrarnos? Ya…, será en la cama, porque fuera me da que no».

La sonrisa de Ibáñez y una mirada cómplice hacia mí me despistó y fui incapaz de encontrar algún argumento para seguir oponiéndome. La idea de coincidir con Athan mucho menos tiempo en el hospital acababa de irse a freír puñetas.

—¿Qué tal llevas tus clases de pádel, Eleonora? ¿Preparada para jugar este fin de semana? —preguntó cambiando de tercio, como si ya hubiera acabado el dilema de quién sería mi tutor.

«Si quieres sufrir un trauma craneoencefálico, sí, diría que estoy preparada».

—Este fin de semana tengo que... que...

—Dado el interés de la doctora Balboa en cirugía cardiovascular, le propuse acompañarme a una charla que debo impartir este fin de semana en Barcelona —soltó Athan.

No pude reprimir un graznido de protesta. Finalmente él me miró, con aquellos ojos brillantes cargados de intensidad, y fui incapaz de decir nada.

¿En qué juego se estaba adentrando esta vez? ¿A qué venía aquello?

—Me complace saber que extendéis vuestros lazos fuera del hospital y que existe un trato amigable entre vosotros. Aunque ya no sea su tutor, mantenme informado, me gustará ver los avances de la doctora Balboa. —Solo miraba a Athan, por lo que deduje que no esperaba que yo respondiera.

—Por supuesto —aseguró.

Nos informó de algunos cambios que se darían en la junta directiva de manera inmediata y que, esperaba, no nos afectaran. Salimos a la vez de su despacho cuando recibió una llamada para iniciar nuestros respectivos turnos.

—Se supone que íbamos a tratar de evitarnos. ¿Y aceptas ser mi tutor con lo que eso implica? ¿Y lo de ir a Barcelona? —exclamé deteniéndome en el pasillo cuando habíamos avanzado lo suficiente para que Ibáñez no pudiera escucharnos.

Athan alzó la vista, quizá para comprobar si estábamos solos o si éramos objeto de atención de alguien. Sinceramente me daba igual.

—En primer lugar, lo de tratar de evitarnos lo decidiste tú, yo no tengo ninguna intención de evitarte, es más, ahora que soy tu tutor y tengo plena facultad sobre las decisiones que afectan a tu carrera profesional para determinar que es lo que más te conviene, te adelanto que es un requisito obligatorio asistir a todas mis operaciones, sin excepción o excusa —decretó y finalmente se dignó a mirarme, con un semblante serio pero tan decidido que supe que lo decía convencido.

—¿Por qué? —continué confusa—. ¿Es algún tipo de castigo?

Athan se metió las manos en los bolsillos y bajó la mirada mientras daba un paso hacia mí.

—Si este es el único modo de estar cerca de ti y lo único que podré darte, lo haré lo mejor que sé, te daré la oportunidad de tener lo que has deseado siempre. Seré tu mentor y me aseguraré de que nadie entorpezca el extraordinario camino que te aguarda.

No esperó a que respondiera, se alejó dejándome con un corazón que latía con tanta premura que lograba sentirlo con fuerza en mis oídos.

«Respira. Respira. Respira».

A lo largo de la mañana y gran parte de la tarde, todo el personal de la Unidad de Cirugía fue testigo de la preferencia del doctor Beltrán hacia mí. En el cuadro de intervenciones que había en la sala de reuniones, mi nombre aparecía junto al suyo en absolutamente todas. Sin excepción. Era lo que él había advertido, ¿no?

—¿Qué le has hecho para que te incluya hasta en las operaciones más complejas? —exclamó Carmen a mi lado.

«Si yo te contara…».

Pero por más que aquello fuera para beneficiarme, conocía de sobra su exigencia. No me iba a dejar pasar ni una.

—Ibáñez no podrá seguir siendo mi tutor, así que la junta y él han determinado que Beltrán es la mejor opción. —Quizá eso serviría como excusa y no la ineludible pregunta de si entre nosotros habría ocurrido algo en la dichosa conferencia a la que asistimos juntos.

—No me gustaría estar en tu pellejo. La semana pasada estaba histérico, reprendió absolutamente a todos los residentes en todas las intervenciones. Fue una suerte que no te tocara con él al cambiar los turnos.

Carmen era o demasiado lista o demasiado ingenua. Esperaba que fuese más bien lo segundo.

—Ya. Algo me dijeron —suspiré—. Me da que esta vez voy a achicharrarme con la furia del dra…

—¡Leo, conmigo! —irrumpió la voz de Athan y me mordí el labio.

Ni Balboa ni Nora. Ahora era Leo para él, y oírle pronunciar mi nombre, aunque fuese en ese tono de exigencia, resultaba irresistible.

A Carmen no le pasó desapercibido que, a diferencia de toda la plantilla, él me llamase por mi nombre. Había comenzado a llamarme Nora unas semanas atrás y ahora, a pesar de que se había negado por completo, me llamaba como todos, simplemente Leo.

—Dijiste que no me llamarías Leo —advertí cuando llegué hasta él.

—También dije que no entrarías conmigo a quirófano y ahora estás en todas mis intervenciones —aseguró mientras trataba de seguirle el paso por el pasillo hacia el ascensor—. Los de Medicina Interna han llamado a varios especialistas para un caso bastante peliagudo.

—¿Y por qué me llevas contigo? ¿No debería ir otro adjunto? —pregunté conforme se cerraban las puertas del ascensor y él le daba al botón de la planta baja.

Tantas veces había deseado tocarle cuando estábamos así de cerca, probar sus labios, desear que me tratara con cordialidad, conocerle realmente…, y en la última semana había sucedido todo aquello, pero ahora volvía a sentir un muro entre nosotros, a pesar de que me hubiera dado los orgasmos más increíbles de mi vida. ¿No era irónico?

Lo peor de todo es que solo era capaz de sentir esas mariposas en mi estómago anhelando que me hiciera rozar el cielo de nuevo.

—No quiero a otro adjunto. Te quiero a ti.

Salió del ascensor y a mí me faltaba la respiración. Puede que mi corazón se hubiera saltado unos cuantos latidos al escuchar eso, o más bien, las últimas cuatro palabras me hubieran fulminado.

En la habitación había demasiadas personas, pero lo más sorprendente es que sobre la camilla había un niño de corta edad, tal vez cinco o seis años, y se percibía el miedo en sus ojos, estaba asustado. Busqué a los que deberían ser sus padres, pero a su lado solo había una mujer de mediana edad que no parecía ni la madre ni la abuela del pequeño.

—¿Por qué te han llamado si es un asunto de pediatría? ¿Y dónde están los padres?—pregunté en voz baja.

—Céntrate en la patología y olvida al paciente, Leo, no es problema nuestro —replicó mientras se acercaba un médico interno para presentarse.

No había visto con anterioridad a ninguno de los presentes, tal vez porque todos pertenecían a la Unidad de Pediatría con la que no solíamos trabajar. Me sorprendía que estuviéramos allí, pero aún más ver al pequeño aterrado con tantos adultos desconocidos en la misma habitación y con la inseguridad que aquello le generaba. Estaba conectado a dos vías y con la pierna inmovilizada, no podía moverse. Solo un par de minutos después leí en el informe que había sufrido un accidente con la máquina de césped, un descuido por el que se había destrozado varios dedos del pie y se evaluaba una reconstrucción o amputación de la zona. Por eso estábamos allí, para dar nuestra opinión, o más bien, la opinión de Beltrán, que había realizado operaciones similares en el extranjero.

—Perdone la pregunta, ¿dónde están los padres del niño? —insistí, a pesar de sentir la mirada intensa de Athan sobre mí.

—Se sospecha de posibles malos tratos por las reincidencias y los hematomas en su cuerpo cuando se le sometió a una exploración. El asunto está en manos de servicios sociales y, por el momento, se ha considerado conveniente separarlos. —Su tono era bastante afable, estaba claro que le apenaba la situación y yo sentí una empatía emocional instantánea con el pequeño, al punto de acercarme con una sonrisa y comprobar que estaba al borde de las lágrimas—. Los padres aseguran que no maltratarían jamás a su hijo, pero resulta evidente que mienten.

Podían apreciarse hematomas en sus brazos y, aunque tenía las piernas ocultas, imaginaba que se extenderían hacia todas las extremidades. ¿Cuánto sufrimiento habría padecido aquel pequeño? ¿Cómo es posible que unos padres causen daño a su propio hijo de este modo?

—Quiero a mi mamá —susurró el pequeño con una voz infantil que me estremeció hasta el punto de sentarme sobre el borde de la camilla y cogerle la mano.

—¿Cómo se llama tu mama? —pregunté observando la piel bastante pálida y algo frágil en mi mano.

—Rosa —dijo el niño con un hilo de voz y repentinamente se me abalanzó para abrazarme mientras repetía que quería a su madre.

¿Puede que ella le protegiera del padre, pero no lo suficiente? Acaricié al pequeño con extrema suavidad, como si el roce al tocarle pudiera provocarle dolor, pero no se estremeció. Enseguida tuve un sentimiento extraño y me giré en busca de la mirada de Athan, pero él estaba concentrado en la pantalla de la tablet estudiando con minuciosidad el procedimiento de intervención. Probablemente él mismo participara teniendo en cuenta que ya tenía experiencia previa.

—¿Y tú cómo te llamas? —pregunté tocando sus brazos y tuve la misma sensación que en la granja cuando llegaba la primavera y se esquilaban las ovejas, que la piel se arrugaba conforme mis manos pasaban.

—Ces… Cesa… —Le separé de mi cuerpo y vi cómo sus ojos se volvían blancos. Me levanté de inmediato y le busqué el pulso en el cuello.

—El pulso está bajando. ¡Está perdiendo sangre! —bramó el pediatra, que parecía bastante preocupado.

—Hay que estabilizarle. ¡Rápido, dos miligramos de atropina! —comentó otro de los presentes.

Miré a Athan, que analizaba la situación. Mis ojos se encontraron con los suyos, no sé si había un ruego o no en mi mirada, pero se me acercó con dos zancadas.

—¿Qué has visto? —Era como si él supiera que sabía algo.

—Creo que padece el síndrome de Ehlers-Danlos —susurré.

Me evaluó las facciones durante al menos medio minuto, sin hablar, y después me entregó la tablet para acercarse a la camilla donde yacía el cuerpo inerte de César, el nombre completo que no había logrado decirme.

—Hay que llevar al paciente de inmediato a quirófano. Si la doctora Balboa está en lo cierto y el paciente sufre el síndrome de Ehlers-Danlos, corre un grave peligro. Hay que solicitar transfusión sanguínea y que preparen el quirófano de urgencia, debemos cerrar la herida cuanto antes.

Hubo un silencio durante los primeros segundos hasta que la sangre comenzó a traspasar la sábana que cubría su pierna.

—¡Rápido! ¡Ya habéis oído al doctor Beltrán! ¡A quirófano ya!

Sentí la mano de Athan sobre mi brazo mientras me empujaba para sacarme de allí. Nos dirigimos hacia la zona de vestuarios.

—¿Crees que sobrevivirá? —pregunté conforme entrábamos y comenzaba a desabotonarme la bata.

—Desconozco el destino, es un eterno baile de posibilidades —contestó mientras dejaba al descubierto aquel tatuaje que le cubría la espalda.

La vara de Asclepio y el caduceo de Hermes. Esas dos alas bajo sus hombros, las dos serpientes enroscadas en la vara que descendía por su columna vertebral. ¿Por qué se lo tatuaría? ¿Qué razón le llevaría a marcar su piel con símbolos de dioses griegos?

—Viniendo de ti, eso quiere decir que existe una posibilidad bastante alta de que pueda morir —advertí desvistiéndome, esta vez sin el pudor que había sentido la única vez que estuvimos allí juntos.

Athan se giró y me observó en ropa interior. Yo no era de esas mujeres que usaban lencería fina de encaje, sino braguitas de algodón, que, con suerte, no tenían dibujos infantiles, y sujetadores deportivos para estar cómoda, pero en su mirada podría apreciarse el deseo innegable. Nunca me había considerado bella, ni un cuerpo del que presumir o lucir, sino normal y corriente, alguien común, sin nada destacable. Salvo ahora, cuando él me miraba de un modo que lograba hacerme vibrar y sentirme la mujer más hermosa.

«Tú eres la sinfonía que desprende luz y yo la sombra que danza a tu alrededor». Él me había pedido que grabara en mi mente esas palabras. ¿Hasta qué punto eran ciertas? Ahora, viendo cómo recorría con sus ojos mi cuerpo, sentía que realmente lo eran.

—La única certeza es que, si sobrevive, será gracias a ti.

Pero César, ese pequeño de ojos temblorosos cuya afección hacía que su piel fuese extremadamente elástica y tuviera problemas para que cicatrizase de manera correcta, de ahí que necesitase varias transfusiones de sangre, no sobrevivió gracias a mí, sino a Athan, que logró hacer que su corazón latiera las tres veces que se detuvo durante la operación con una templanza absoluta, como si tuviera la certeza de qué debía hacer en todo momento.

«Asclepio tenía el poder de revivir a los muertos».

Y mientras le observaba actuar, no podía dejar de pensar si su falta de humanidad estaba ligada con un ser inmortal.

27

Solo un par de días después de la operación del pequeño César, que estaba fuera de peligro, y cuando las pruebas a las que lo habían sometido corroboraron el síndrome de Ehlers-Danlos, todo el hospital supo que había sido la residente de primer año, o sea, la doctora Balboa, hasta ahora desconocida, quien lo había descubierto y por ende salvado la vida.

Lo admito. No me gusta ser el centro de atención, nunca me ha gustado y por eso he escondido toda la vida mi capacidad para memorizar, así como nunca me ha gustado exhibir mi cuerpo. Se puede definir como inseguridad o que simplemente he querido ser una pieza más de un puzle donde siempre me he sentido fuera de lugar. Pero que me saludaran personas a las que no había visto nunca como si me conocieran o las enfermeras me trajeran el café sin necesidad de pedírselo, hacía que me sintiera de lo más cohibida.

—Has salvado la vida de un niño y, no solo eso, has hecho que no le quiten la custodia a sus padres, les has devuelto la esperanza. Es normal recibir un aluvión de gratitud como recompensa, Leo, lo extraño sería que no lo hicieran —dijo Soraya mientras hablaba con ella de camino a quirófano.

Puede que tuviera razón, pero quien le había salvado la vida realmente no había sido yo, sino Athan. La imagen cuando alzaba la voz para que alguien contabilizara el tiempo de reanimación aún me ponía el vello de punta. Tres minutos. Ese era el límite para traer de regreso a una vida, de lo contrario, lo único que tendría es un cuerpo inerte que ha sufrido muerte cerebral. En cambio, él me había otorgado todo el mérito.

—Ni siquiera debía haber estado allí, solo fue casualidad, lo de ser el gurú de la medicina se lo dejo a Athan.

En cuanto doblé la esquina me encontré en persona al hombre a quien acababa de mencionar y me maldije doblemente. Primero, por ir lo suficiente distraída como para no haberlo percibido, y segundo, porque inevitablemente me había escuchado.

—Te dejo —me despedí y me quité el teléfono de la oreja.

«Vale. A ver qué narices digo yo ahora que suene convincente como justificación para haberle llamado gurú».

Entre Athan y yo se había establecido una especie de cordialidad un tanto sui géneris, porque no había vuelto a ser el cirujano despótico y arrogante del principio, pero era aún más firme e intransigente. Y mira que parecía difícil…, pues lo era.

Su penetrante mirada azul me hizo comprender que ineludiblemente me había escuchado y aún más con ese oído afinado que poseía. Lo más probable es que también oyera mi corazón acelerado, pero no dijo nada, ni siquiera sobre mi comentario de que el gurú era él.

—Me cambio y voy a quirófano. —Me guardé el teléfono en el bolsillo de la bata.

—Aún faltan diez minutos. Ibáñez ha convocado a toda la unidad en la sala de reuniones —comentó haciendo que le siguiera—. ¿Has practicado en laboratorio?

Era una intervención en principio sencilla, una trombectomía para eliminar el trombo que obstruía una arteria mesentérica, quitar el coágulo y restaurar el flujo sanguíneo del paciente.

—Sí. Noventa y ocho por ciento de éxito, antes de que preguntes —respondí—. ¿Para qué nos ha convocado Ibáñez?

—Si lo supiera no estaría yendo para allá. ¿Noventa y ocho por ciento? Bien, será el mismo porcentaje de participación que tendrás entonces en quirófano.

Me detuve y él se dio cuenta tres pasos después.

—¿Vas a dejar que opere solo yo? —exclamé.

—¿De qué te sorprendes? Es una operación sencilla, ya interviniste con éxito anteriormente.

—Sabes que tengo momentos de pánico.

Mentir con él era inútil, se había dado cuenta desde el primer día y por eso mismo me había hostigado tanto. Es cierto que a su lado mi miedo se había disipado bastante, pero aun así no había tenido una participación tan activa como para que regresara ese terror de nuevo. Ahora, en cambio, mis manos temblaban.

—¿Crees que si no confiara en ti dejaría una vida en tus manos? La inseguridad es como un enjambre que revolotea por tu mente enturbiando tus pensamientos, pero no es real, puede que sientas que caminas por un sendero oscuro y que una decisión errónea te hará caer al abismo, pero también es la razón para buscar el valor y enfrentarte a ese miedo que impide que avances. Yo creo en ti, veo quién eres y lo que llegarás a ser, esa chica que recobra valentía con una fortaleza única y que es capaz de ver más allá de lo que otros ven. No te marques límites, Leo, no los necesitas.

Tal vez hiciera aquello por agradecimiento, pero... ¡Joder si funcionaba!

«¿Y yo quería desenamorarme de él? Complicado lo tengo... Probablemente solo me enamoraré aún más de lo que estoy».

—No te separes de mí —supliqué casi en un aullido.

Sus ojos brillaban con intensidad. Se acercó despacio, sus ojos se dirigían a mis labios, y los entreabrí ligeramente deseando que él me besara, anhelando tanto que lo hiciera que casi podía sentir cómo mi cuerpo enardecía de desesperación.

—No pienso hacerlo.

Se inclinó, cerré los ojos pensando que sentiría sus labios contra los míos, que enviaría al infierno todo. Tal vez sí existía un mundo en el que él y yo estábamos juntos de verdad, en el que, a pesar de que no me amase, yo me conformaba.

La voz de Vanessa fue quien hizo que nos separásemos advirtiendo que nos esperaban. No me paré a pensar en lo que podía haber visto o imaginado, pero Athan y yo estábamos lo bastante cerca para que los rumores corrieran como la pólvora, aunque dudaba de que fueran a partir precisamente de ella.

Cuando entramos en la sala de reuniones, lo primero que llamó mi atención no fue que todos los del turno de mañana estuviéramos allí, sino que estuviera Meredith. Llevaba un vestido color piel ceñido al cuerpo que había que mirarla dos veces para comprobar que no estaba desnuda y unos taconazos negros. Su pelo, perfecto. Su maquillaje, perfecto. Su silueta, perfecta. Y su sonrisa, cínica pero también perfecta. Observó en primer lugar a Athan y después a mí, con esa sensación de frialdad que bien podría asemejarse a Medusa cuando dejaba a sus víctimas convertidas en piedra.

«¿Qué le he hecho yo a esta ahora?».

¿Qué hacía allí? Era la presidenta del Colegio de Médicos de Valencia. ¿Tendría su puesto algo que ver con su presencia en la unidad?

No le presté atención, sino que me centré en lo que decía Ibáñez, y cuando su discurso viró hacia los cambios en la junta directiva tuve la esperanza de que acaso la presidenta del Colegio de Médicos solo estaba allí como representante, nada más.

Mi gozo en un pozo. Ahora pasaba a ser también la vicepresidenta del hospital Mater Dei. Dado el modo en que nos miraba, en especial a Athan, estaba claro que estaba allí por él.

—En primer lugar, quería felicitaros por vuestra tasa de éxito, excelente, pero no impecable, y yo estoy aquí para que rocemos la perfección. Por tanto, habrá modificaciones en vuestra unidad, supervisaré personalmente cada intervención para verificar que se actúa como es debido y, sobre todo, que se respeta el protocolo de procedimiento sin exceder el presupuesto.

No sabía por qué razón, su voz me sonaba aún más cínica que la primera vez que la vi en la habitación de Lucía.

—Cámbiate, tenemos una operación en dos minutos —me recordó Athan, sin importarle que alguien más pudiera escucharle, y se dispuso a salir por la puerta ante la mirada fija de Meredith, que, pese a su fingida indiferencia, le observaba.

¿Qué se suponía que iba a ocurrir ahora que Meredith estaba allí? Athan había recuperado la relación con ella para encontrar inversores que apoyaran su investigación. Había dicho que ella nunca le importó, que tuvieron una historia, pero en ningún caso negó que se hubiera acostado con ella. Y eso reconcomía mis entrañas. No sentiría nada por ella, pero tampoco lo sentía por mí.

—Procede —decretó en cuanto la enfermera terminó de anunciar quiénes asistíamos a la intervención: ella, el anestesista, Athan y yo.

Para mi sorpresa, la canción «Castle», de Halsey, llenaba el quirófano.

—¿Hoy no hay violines? —pregunté cogiendo el bisturí y viendo la piel expuesta de la ingle donde debía hacer la incisión para meter el catéter.

—No soy yo quien opera, así que no hay violines —contestó dándome espacio, sin presionar sobre los tiempos.

Respiré hondo y comencé a cortar. En cuanto dejé el bisturí con alivio sobre la bandeja supe que podía hacerlo, no porque Athan estuviera allí, sino por mí misma. Tal vez él me había dado ese empuje que necesitaba para arrancar aquel temor que se apoderaba de mis pensamientos cada vez que pensaba a lo que debía enfrentarme, pero ansiaba creer que realmente había nacido para esto. Y ahora comenzaba a dejar de ser un mero sueño.

—Qué pena, ya me había acostumbrado y hasta lo encontraba placentero.

Cogí el catéter para guiarlo a través de la arteria y así llegar al punto donde se encontraba el coágulo. De pronto, las puertas se abrieron. Meredith, con la protección adecuada para cubrir ropa y cabello, entró en quirófano para sorpresa de… *nadie*.

—Continúa —decretó Athan, como si no le afectara su presencia.

—Esta operación no es apta para una residente de primer año —soltó la susodicha.

—Soy su tutor y, por ende, yo determino si es apta o no según esté cualificada. Ella lo está. Por favor, doctora Balboa, continúe —contestó Athan ante mi estupor.

«Sin presiones, vaya… Aquí se nota que se están tirando pullitas a mi costa, pero como si nada».

Suerte o práctica, el catéter entró sin problema. Gracias a la angiografía en tiempo real pude ver la dimensión del coágulo. Con extremo cuidado inserté un dispositivo de aspiración y lo retiré suavemente, con la misma delicadeza con la que se pasaría la página de una primera edición en cualquier tomo clásico. Lo difícil estaba hecho, ahora solo quedaba comprobar que el flujo fuese continuo, y tal vez mi respiración volvería a ser normal.

Meredith se marchó antes de que terminara de coser la incisión. Por la sonrisa del anestesista, deduje que se había ido cabreada.

«Era mi sensación, ¿o aquello iba a convertirse en una caza de brujas?».

—Ven a mi despacho. Tenemos que hablar.

La voz de Athan detrás de mí conforme salíamos de quirófano me dio una dosis de adrenalina, como si el hecho de reunirnos en su despacho a solas fuera algo clandestino.

No fuimos a la vez, él se marchó primero y yo llegué diez minutos después. Sobre la mesa estaban las mismas cajas que le había devuelto, exactamente en la misma posición que yo las había dejado. Me fijé mejor y vi que encima había otra, de color blanco sin ningún dibujo, con un tamaño mucho menor.

—¿Es una especie de reunión entre tutor y residente? —exclamé cerrando la puerta y sintiendo que mi sangre cogía temperatura por el simple hecho de encontrarnos a solas.

«No va a pasar nada. Porque no iba a pasar nada, ¿verdad?».

—No. O tal vez sí, según se mire. —Se dejó caer sobre su mesa en el lado contrario al que solía sentarse—. Conozco a Meredith y sé las razones por las que está aquí. No importan sus decisiones o cuánto intente hacer por que fracases, debes confiar en ti misma como acabas de hacer.

—¿Ella quiere que fracase? —exclamé levantando una ceja.

—Sí —miraba hacia otro lado—, pero no dejaré que lo consiga.

—No entiendo nada. ¿Por qué iba a querer que yo fracase? Apenas la conozco. ¿Esto es por la forma en que le contesté cuando estuvo ingresada Lucía?

Athan cogió la cajita pequeña y jugueteó con ella entre sus dedos.

—Ella quiere lo que nunca pudo conseguir. —Se puso en pie y comenzó a caminar en perpendicular a mí—. Algo que tú tienes.

Eso me dejaba todavía más confundida. «¿Qué demonios tengo yo y ella no? Es rica, ha llegado a lo más alto de su carrera, es guapa, atractiva, está casada con un millonario y encima tiene los amantes que le viene en gana. ¿Juventud? Porque si no es eso ando demasiado despistada».

—¿Qué? —pregunté al ver que se detenía.

—A mí, Leo. Me tienes a mí.

«No. No, no, no, no».

Apenas me había dado cuenta de que a la vez que tenía aquel pensamiento mi propia cabeza gesticulaba de forma negativa.

—Tú has provocado un seísmo que ha logrado hacer temblar cada uno de mis principios y sé que lo más conveniente para ti sería que me alejara, que te dejara continuar con tu vida y me olvidaras porque lo último que deseo es causarte daño. —Sin querer había caminado hacia atrás alejándome de él y sentía la puerta en mi espalda, impidiendo que pudiera poner más distancia entre nosotros, un recorrido que él no dejaba de acortar mientras hablaba—. El problema es que soy demasiado egoísta y no puedo estar lejos de ti. Ni puedo ni quiero.

Cerré los ojos para evitar que la emoción de sus palabras lograra hacer una mella profunda en mis sentimientos hasta el punto de ceder sin resistir un ápice. Athan lograba tener un efecto sobre mí demasiado potente, casi sobrehumano.

—He creído en ti dos veces y en ambas he sentido que una parte de mí agonizaba cuando descubría que solo tratabas de utilizarme en tu beneficio. No creo que pueda soportarlo una vez más —afirmé con una sinceridad aplastante.

A pesar de que no quedaba apenas espacio entre nosotros, no trató de tocarme, ni siquiera de acercarse para que nuestros cuerpos se rozaran. Incluso así, sentía el calor que emanaba de su cuerpo. Mi piel se estremecía ante su inminente contacto.

—No voy a negarlo. Sería un necio si no admitiera que una parte de mí quiso beneficiarse de lo que podrías darme, pero eso no significa que todo cuanto te dijera fuese mentira. No me aproveché de ti cuando admití que te deseaba, que perdía el control a tu lado, que en mi fuero interno se desataba el infierno si no te tocaba, que siento dolor en cada extremidad de mi cuerpo por el simple hecho de no poder besarte o que jamás me he sentido de este modo con nadie. No logro explicar cómo, pero estoy conectado a ti: siento un vínculo que me atrae de un modo incomprensible y no me asusta lo que pueda ocurrir, sino lo que dejará de suceder si no estoy contigo.

Su mano rozó la mía y la acogió de un modo tan suave y tierno que podía percibir la calidez de su contacto. La levantó y depositó sobre ella la pequeña cajita blanca. Si no estuviera tan atónita, habría pensado por un momento que podría ser un anillo, aunque no viniese en un estuche de terciopelo, como en una película romántica.

Él mismo la abrió, sin esperar a que yo lo hiciera. Contenía dos llaves unidas por una anilla de la que colgaba un llavero con una serpiente y un león enlazados.

—¿Qué es esto? —Fue lo único que pude decir al ver cómo los dos animales se mezclaban.

—No tienes que decidirlo ahora, ni mañana, ni dentro de una semana, un mes o un año. Voy a esperarte cada noche, indefinidamente, el tiempo que necesites hasta que confíes en mí.

Sacó las llaves y percibí el frío metal sobre mi piel mientras obligaba a mis dedos a encerrarlas en un puño, que él acogió con su mano. Su frente tocó la mía y el roce de su nariz me hizo cosquillas.

—Yo quiero todo contigo. —Mi corazón dejó de latir en ese momento—. Quiero que seas la primera persona que vea cuando despierto, la que cause mis desvelos y la que me haga sonreír.

«Dioses…, creo que he muerto y llegado al séptimo cielo».

28

Athan no solo me había dado las llaves de su casa. SU CASA. Sino que además me había devuelto el ordenador portátil, el iPad y el último modelo de iPhone a pesar de mi reticencia. Y ni habíamos hablado en qué punto estábamos en cuanto a la investigación sobre células madre. Ni ese mismo miércoles que me había confesado que quería todo conmigo, ni el siguiente había recibido un e-mail que me avisara de nuestra puntual cita.

Las figuras de un león y de una serpiente bailaban entre mis dedos creando un sonido metálico que era música celestial para mis oídos. Aquello era real, ningún juego con segundas intenciones tratando de aprovecharse de mí, sino algo tangible, la puerta que me conducía a un camino lleno de dudas, pero también de esperanza.

Dios, humano o personificación divina, lo único cierto es que le quería y que cada minuto que pasaba frente a mi escritorio no dejaba de pensar en que era un tiempo demasiado valioso que estaba perdiendo por no estar con él.

El tono de llamada entrante hizo que abandonara mis pensamientos. En la pantalla vi el nombre de mi padre. Me resultó extraño, más aún a esas horas de la noche, y contesté con rapidez deslizando mi dedo por la pantalla para coger la llamada.

—¿Ha ocurrido algo? —pregunté preocupada. Tal vez el hecho de que siempre fuese yo quien llamaba me daba pie a pensar en lo peor.

—Sí. No. Quiero decir, nada grave —contestó con una emoción en su tono de voz que me hizo levantarme de la silla.

—¿Qué pasa, papá? —insistí aún más preocupada.

En líneas generales mi padre no solía ser alarmista, ni siquiera cuando el negocio familiar atravesaba una mala racha como la de ahora, ya que no habían logrado vender el exceso en la feria del queso de Cantabria, y eso significaba que iban a ir muy justos.

—Esta tarde ha venido un hombre a la fábrica y nos ha hecho una propuesta demasiado buena para ser real. —Fruncí el ceño pensando en que, sin duda, debía ser un engaño—. Creí que sería algún tipo de estafa, de hecho, no tenía intención de seguir escuchando hasta que dijo que hablaba en nombre de Athan Beltrán Arteaga. ¿No es ese tu tutor? ¿Ese que estuvo aquí el día de tu cumpleaños?

«Creí que me moría en ese momento».

—¿Qué clase de propuesta, papá? —exclamé atónita y casi sin voz.

—Quiere ser socio capitalista. A cambio, solo pide un diez por ciento del beneficio anual y se encargará de la distribución a nivel mundial. Su propuesta es de veinte millones de euros, Leo. Podría comprar cuarenta fábricas como la nuestra con ese dinero o montar la suya propia ya puestos, definitivamente le costaría muchísimo menos. ¿Tú sabes por qué quiere hacer esto? Es evidente que todo se debe a ti. ¿Qué hay entre ese hombre y tú?

Habría pasado más de un minuto desde que mi padre planteara esas preguntas, y yo era incapaz de contestar porque no tenía las respuestas. Me había quedado tan petrificada que no llegaba a comprender por qué quería ayudar de ese modo a mi familia.

—Aún no tengo las respuestas, pero las tendré. Te llamaré en cuanto sepa algo, papá —advertí antes de colgar y quedarme unos segundos pensando en lo que acababa de pasar.

¿Hasta dónde pensaba llegar Athan en su redención? Porque aquello no era más que un acto para redimirse.

Era casi media noche cuando me subí a un taxi en la puerta del hospital que me llevara a la catedral. No conocía el nombre de la calle del edificio, pero sí que estaba muy cerca para ubicarme en cuanto llegase. Durante todo el camino, mientras miraba por la ventanilla en la parte trasera del vehículo envuelta en un silencio reconfortante, mis pensamientos bullían sin cesar.

Puede que Athan nunca me amase, pero tal vez había pasado toda mi vida buscando un amor profundo, tan real y duradero como si fuese un cuento de hadas, y lo único cierto es que no era ninguna princesa que necesitaba ser salvada o una doncella en apuros a la que debían rescatar. Tal vez el amor es mucho más que un simple «te quiero», mucho más que dos palabras en un romántico momento. Es el eco del alma resonando en cada latido, el arte de dar sin esperar nada a cambio, una sinfonía de emociones que impulsan con premura cada palpitación del corazón. El amor debe ser como ir de viaje sin mapa, sin destino, sin un trayecto fijado que no sabes dónde te llevará, pero al que irás acompañado para descubrir si cada paso te conduce a una danza en la que dos personas se entrelazan en un eterno vaivén.

«Y ahora comprendía que yo quería bailar junto a él».

A pesar de la hora algunas personas deambulaban por la plaza disfrutando del leve frescor que proporcionaba la fuente de agua. Reconocí de inmediato la calle y el edificio en tonalidades cálidas, la luz del interior me confirmó que él estaba allí. Cuando llegué hasta la puerta, me mordí el labio pensando si de verdad era una buena idea o si debería tener esa conversación cuando le viera al día siguiente en el hospital.

Desde que me había dado las llaves de su casa, todas las conversaciones posteriores se habían limitado a un lenguaje médico, sin evocar en ningún momento su ofrecimiento, sin insistir, sin recordarme que él me esperaba cada noche pacientemente. Y de aquello habían pasado diez días.

Metí la llave antigua en la cerradura de la puerta y no me costó demasiado esfuerzo que girase y los engranajes cedieran. La luz iba por sensores, así que toda la entrada y escalera en forma de caracol se iluminó en cuanto puse un pie dentro del edificio. Lo primero que escuché cuando cerré la puerta fue el sonido lejano de una música que embriagaba el alma.

Violines, pero no eran varios, sino solo uno.

Conforme salvaba cada escalón ese sonido se hacía más vibrante. Y cuando llegué a la puerta de su apartamento lo pude apreciar con total nitidez. Mi corazón estaba acelerado, incluso tuve que cerrar los ojos y respirar profundamente, y solo entonces metí la segunda llave para comprobar al momento que giraba con la misma facilidad que la primera. La puerta cedió y ahora el sonido de aquel violín era pura magia.

Mis pies se adentraban tomando rumbo propio, como si ya supieran hacia dónde debían ir, hacia la fuente de aquel sonido, y me encontré caminando por aquel pasillo de puertas cerradas, salvo una, donde nacía aquella melodía que jamás había escuchado.

No estaba preparada para lo que iba a ver ni aunque lo hubiera esperado: el contorno de sus músculos moviéndose al compás de sus brazos conforme tocaba aquel violín era una imagen demasiado impactante, pero más lo era el sentimiento que evocaba con el sonido que brotaba de aquel instrumento.

Ese era el Athan real, el verdadero, el auténtico, no el que se escondía en un lugar que trataba de ocultar. No necesitaba palabras ni promesas ni esperanza, porque lo que tenía frente a mí era simplemente pureza.

En cuanto la pieza que tocaba de un modo singularmente perfecto acabó, llegó un silencio ensordecedor y se giró de inmediato, como si de verdad hubiera sentido el latido de mi corazón. Solo vestía un pantalón con cintura elástica que podría ser la parte inferior de un pijama o un chándal, pero que me permitía llenar mis ojos de la carne expuesta que perfeccionaba cada sombra de musculatura en su torso. Era la esencia de la perfección y no podía dejar de admirarle con una intensidad que recorría cada fibra.

Athan me miraba sin decir nada. Quizá no creyese que estaba allí y por un momento pensé que podría haber invadido su espacio, su privacidad, algo completamente íntimo y secreto, pero dejó el violín sobre una butaca que había a su lado y en tres zancadas sus manos agarraban mi cuello mientras su boca se fundía con la mía en un acto de desesperación.

Ya no recordaba ni la razón por la que había ido.

Mis manos tocaron sus hombros y me alzó mientras caminaba sin dejar de besarme, haciendo que mi lengua danzara con la suya en un baile singular. Ninguno de los dos había pronunciado palabra alguna, simplemente dejábamos que nuestros cuerpos hablaran. Cuando volví a tocar el suelo con mis pies, sus manos no se apartaron de mis piernas desnudas bajo el vestido, sino que acariciaban mis glúteos y me apretaba contra él.

La necesidad se convirtió en un acto de desesperación y mi vestido desapareció al igual que su pantalón, la ropa interior voló hacia alguna parte de la habitación. Athan me levantó de nuevo para presionarme contra una de las paredes, no me importaba cuál, solo sentir cómo su cuerpo desnudo se unía al mío sin dejar de besarme. Hizo un intento de deslizar su boca hacia mi cuello, de viajar a alguna parte erógena que estimular, pero no le dejé, me aferré a sus labios con fervor y sentí cómo se adentraba llenándome de un placer colosal.

Cada arremetida, cada empuje, cada vaivén de sus caderas contra las mías me llevaba un poco más hacia un empíreo glorioso, hasta que mis jadeos se volvieron gemidos y sus gemidos gruñidos. Ambos alcanzamos el clímax en un frenesí perenne cargado de la esencia que desprendíamos el uno del otro.

Apenas toqué el suelo cuando el agua comenzó a caer sobre nosotros bajo la ducha, mientras Athan me envolvía con sus manos en una delicadeza única y recorría cada parte de mi cuerpo, para acabar de espaldas a él y ligeramente inclinada mientras volvía al edén de la inmortalidad en el que deseaba quedarme para siempre.

—Tenemos que hablar.

Anuncié en cuanto salimos de la ducha y noté su semblante serio, pero solo hizo un asentimiento mientras me ofrecía una camiseta holgada de algodón que me servía de vestido a pesar de que no cubría por completo mis nalgas, así que me puse la parte de abajo de mi ropa interior.

Por extraño que parezca, no me sentía incómoda o retraída como me había pasado en mis anteriores relaciones, aunque dado lo desastrosas que habían sido, quizá no podían definirse como tal. Con Athan, por el contrario, notaba seguridad en mí misma, ya fuera por el deseo que percibía en sus ojos o por el modo en que me miraba, que me había hecho ver la belleza de un modo muy distinto; sentía que no tenía nada de lo que avergonzarme, que yo era perfecta tal y como era.

—¿Prefieres vino tinto o un blanco fresco afrutado? —preguntó cuando llegamos al salón, en una vitrina había una colección de botellas con diferentes marcas y añadas.

—Blanco.

Marchó hacia la cocina y regresó unos minutos después con una cubitera de la que sobresalía una botella descorchada y dos copas de cristal.

El cuadro que se había llevado de su madre embarazada aún por acabar estaba colocado sobre un aparador del salón junto a la foto, ahora enmarcada, en la que se había inspirado. Un jarrón de hortensias frescas de color rosado lo acompañaba y de algún modo pensé si habrían sido elegidas a conciencia.

—Eran sus favoritas según mi tío —oí conforme me ofrecía la copa llena de vino y la cogí sintiendo el roce de sus dedos.

Athan me rodeó la cintura con la mano que acababa de liberar y me giré hacia él. Sus ojos azules brillaban más claros de lo normal y, a pesar de que no sonreía, no dejaba de pensar en que continuaba siendo el hombre más atractivo que había conocido jamás.

—También son las mías, pero en tonos azules, como el color de tus ojos. —Para mi sorpresa él soltó una carcajada y chocó su copa con la mía.

—Llenaré todo el apartamento de hortensias azules si eso hace que no te alejes de aquí. Doy gracias al destino por hacer que interfirieses en mi camino.

Se llevó la copa a los labios y le imité, a pesar de notar un nudo en el estómago por lo que me hacía sentir cada vez que hablaba de ese modo.

—Antes de hablar de un nosotros, tendríamos que hablar del hecho de que quieras ser socio capitalista del negocio de mi familia. ¿Te has vuelto loco? ¿Veinte millones de euros?

Su confusión me hizo creer en un principio que no sabía de qué le hablaba, hasta que se apartó y dejó la copa sobre la mesa auxiliar que había frente al sofá.

—Le dije a Egan expresamente que no mencionara mi nombre, no quería que supieseis que era yo —advirtió y aquello solo corroboró que se trataba de un acto de generosidad.

—¿De verdad crees que una oferta así cae del cielo y mi familia va a creer que es cierta? A Egan no le quedó más remedio que decir que eras tú cuando mi padre trató de echarle al pensar que se trataba de una estafa —afirmé—. La cuestión es: ¿por qué? No me debes nada ni a mí ni a mi familia para actuar de ese modo.

Athan parecía pensativo, no sé si estaba tratando de inventarse una excusa o de evaluar si revelarme la verdadera razón por la que lo había hecho.

—¿No puedes aceptarlo sin más? Considéralo una oportunidad de negocio en la que ambas partes se benefician.

Dejé la copa sobre la mesa igual que había hecho él y me crucé de brazos con un gesto que probablemente indicaba que no estaba conforme.

—Se trata de mi familia, Athan. De mí. Quiero saber por qué.

Se llevó ambas manos entrecruzadas a la nuca mientras le oía emitir un jadeo como si hubiera agotado todas las posibilidades de escapar.

—Porque no puedo quedarme de brazos cruzados al saber que un gesto tan simple cambiaría la vida de las personas que quieres. Porque no puedo verte sufrir o derramar lágrimas de tristeza. Porque no puedo soportar que te hagan daño. Porque quiero ver que eres feliz, aunque no sea a mi lado. Porque… —respiró profundamente— porque te mentí cuando te dije que no te quería solo porque temí que pudieras enamorarte de mí y acabar haciéndote daño. Porque no sé cómo amar, no sé si te haré feliz y no sé si serías capaz de amarme de verdad. Y no quiero separarme de ti.

Me acerqué hasta él con el corazón latiendo a mil por hora. Probablemente lo oyera, porque se giró hacia mí colocando una mano sobre mi pecho.

—Una vez me dijiste que la vibración de tus latidos y los míos están en sincronía. —El revoloteo de mariposas en mi estomago era cada vez más intenso.

—Lo están —aseguró él sin dejar de mirarme.

—No es casualidad —afirmé—. Algo dentro de mí se enciende cuando estás cerca, incluso es capaz de detectarte antes de que pueda verte, como si guardara una memoria interna y te reconociera.

«Ahora pensará que estoy chalada y no le faltará razón».

—Un reclamo de pertenencia —aseguró con una sonrisa.

—¿Y eso qué significa?

Hasta el momento había creído que aquella corriente cálida que recorría mi columna vertebral eran mis hormonas al detectar su aroma o un acto reflejo que evocaba mi cuerpo sin que yo lo controlara. Necesitaba una explicación científica para algo que simplemente no la tenía.

—Que nuestra conexión se comunica a través de nuestro cuerpo para hacernos saber que el impulso que sentimos nace como un instinto animal consagrado en nuestro código genético. Nos complementamos. Nos pertenecemos. Y por algún milagro del destino, nos hemos encontrado.

Sus labios se fundieron de nuevo con los míos, esta vez de un modo tan dulce que me estremecí entre sus brazos reconociendo que no había otro lugar en el que deseara estar que no fuese envuelta en la calidez que emanaba de su cuerpo.

Pasé toda la noche en casa de Athan, desnuda en su cama y junto a él. No puede decirse que durmiera demasiado, al menos hasta bien entrada la madrugada, pero cuando desperté el sol bañaba todo el apartamento y agradecí enormemente no tener turno en el hospital hasta esa misma noche.

Mientras me ofrecía un café con leche bien cargado de azúcar sobre la isla de la cocina, sonreí al comprobar lo opuestos que éramos al ver que él bebía su café solo y amargo.

«Los polos opuestos se atraen, o eso dicen. Nunca podía estar más de acuerdo».

—¿Desde cuándo tocas el violín? —pregunté y di un sorbo al café realmente dulce, como a mí me gustaba.

El hecho de que él lo supiera me agradaba.

—Desde los seis años —afirmó sin darle mayor importancia—. Mi tío me llevó a un concierto y le dije que quería tocar el violín. Desde entonces no he dejado de hacerlo, es el único modo en el que consigo desconectar de todo y de todos. Solo existo yo.

—¿No pensaste en ser violinista? —pregunté sin dejar de observarle.

Conocer a Athan y cada recóndito secreto que se escondía tras la máscara que me había mostrado en un inicio estaba resultando demasiado revelador.

—Afortunadamente no —contestó dejándose caer cruzando los codos sobre la isla de la cocina en la que me hallaba sentada—. Si lo hubiera hecho, no te habría conocido.

—Y en el mundo existirían unos cuantos cientos de vidas menos —dije sin dejar de mirarle.

—Lo habría hecho cualquier otro —admitió restándole importancia y enjuagando su taza en el fregadero para meterla dentro del lavavajillas.

Admito que verle hacer una tarea tan cotidiana y común le hacía más mortal.

—No lo creo —dije dando el último sorbo de café y repitiendo el mismo gesto —. ¿Tú sabes quién es Asclepio? —pregunté sin mucho énfasis.

—El dios griego de la medicina si mi memoria no me falla.

—¿Y no te sorprende que tengas bastantes cosas en común con él?

Le vi arquear una ceja lo suficientemente escéptico para que me mirase durante unos segundos. Quizá esperaba algún gesto por mi parte que le hiciera pensar que solo estaba de broma. Segundos después se echó a reír como no lo había visto nunca.

«Si ya era guapo completamente serio, ahora era simplemente celestial. Al menos no me ha dicho que estoy chalada por pensar que es la reencarnación de un dios».

—La inmortalidad no será una de esas cosas, supongo. Ni se te ocurra decírselo a Egan, o tendré que aguantar sus bromas el resto de mis días —afirmó cuando su risa comenzó a calmarse—, pero, si quieres que sea un dios…, no tengo ninguna objeción en serlo para ti. —Colocó las manos sobre mi cintura para acercarme a él—. Aún tengo ese maldito disfraz que me obligaron a ponerme para la fiesta.

Esta vez fui yo la que comenzó a reírse por su ocurrencia. Quizá Athan no fuera la reencarnación de un dios como tal, pero continuaba siendo un prodigio sin precedentes por lo que yo misma había podido ver. Tener la oportunidad de estar a su lado era todo un privilegio.

—Pues al parecer tuvo siete hijos… —susurré al percibir cómo su aliento se acercaba a mi cuello y poco después sentía sus labios sobre mi piel.

—Si sentía por su esposa lo mismo que me haces sentir tú a mí, hasta me parecen pocos —contestó en el mismo tono suave cerca de mi oído, aunque podía percibir la intensidad con la que estaban cargadas sus palabras.

Sonreí justo antes de que su mano se perdiera bajo mi ropa interior, y aquella sonrisa se convirtió en un gemido de placer.

29

La recta final de agosto hacía que estuviéramos menos facultativos de lo normal, los turnos eran un completo desastre y, a pesar de que se contrataba a personas de refuerzo, a estas no les daba tiempo a adaptarse a los ritmos, por lo que a los residentes nos tocaba doblar turnos, de veinticuatro y cuarenta y ocho horas, con mayor frecuencia.

Meredith era un puñetero grano en el culo para todos, especialmente para mí, incluso Valdepeñas, que no solía fijarse en esas cosas, había notado el recelo de la nueva vicepresidenta. Resultaba demasiado evidente cuando yo era la única residente de primer año de la que no se perdía ni una sola asistencia a quirófano. Afortunadamente no la había pifiado para darle argumentos en mi contra, pero eso era más mérito de Athan que mío, por prepararme bien. Aun así, me temía que, tarde o temprano, encontraría algo, incluso la idiotez más grande, para poder echarme una reprimenda. Su presencia constante en la Unidad de Cirugía, olvidando el resto de los departamentos del hospital, llamaba muchísimo la atención y lo peor es que le daba igual, a pesar de que Athan pasara olímpicamente de ella. Le llamaba de forma constante, hasta las noches que pasábamos juntos acababa silenciando el teléfono porque no dejaba de llamar, pero ella no cejaba en su asedio.

En el hospital nadie sabía que entre Athan y yo existía una historia e intentábamos no pasar juntos más tiempo del necesario, si bien era inevitable que nuestras miradas se cruzaran durante el almuerzo, aunque estuviésemos sentados en mesas distintas, en la sala de juntas durante las reuniones o al cruzarnos por los pasillos. Estar en quirófano a su lado se había convertido en la seguridad que necesitaba para confiar en mí misma y, gracias a él, todos aquellos miedos de los primeros días se desvanecían poco a poco, lo que me otorgaba una mayor seguridad.

—Sigo sin entender por qué la junta directiva no le dice nada. No es normal que se pase todo el día por los pasillos de cirugía gritándole a todo el mundo —se quejó Carmen.

—Es rica, al menos su marido lo es, si está aquí debe ser por enchufe, no por méritos propios, lo mismo pasa con ser la presidenta del Colegio de Médicos. ¿Nadie se ha preguntado por qué no ejerce? A mí todo esto me huele rarísimo. ¿Y la manía que le ha cogido a Leo? Al menos ahora Beltrán no parece ensañarse con ella. Ha salido de Guatemala para entrar en Guatepeor —soltó Antonio.

El zumo que acababa de beber me provocó tos cuando traté de no escupirlo ante la risa que me acababa de dar por intentar contenerla.

—Mira que eres bruto… —insistió Carmen mientras Alberto permanecía más callado de lo normal.

No podía corroborarlo, pero probablemente era el único que sospechaba de mi historia con Athan. Bueno…, él y Vanessa, que nos había pillado en el pasillo a punto de besarnos y desde entonces me tenía más enfilada de la cuenta.

—¿Alguno irá esta noche al Oasis? —pregunté solo para cambiar de tercio.

Hacía casi un mes, si no más, que no acudía al bar de copas, por no cruzarme con Athan al principio, porque trabajaba durante el turno de noche o últimamente porque si tenía alguna noche libre decidía pasarla en su casa a solas con él practicando un deporte mucho más placentero que el pádel.

No voy a negar que el hecho de que Athan sea un amante bien dotado me complace demasiado. Y que las únicas a las que podía relatar con todo lujo de detalles que me llevaba al séptimo cielo eran Cris y Soraya. El chat de medicómicas se había llenado de emoticonos de berenjenas, salpicaduras, guindillas y fuego cada vez que tardaba en responder.

—Ya quisiera yo —se quejó Antonio de los turnos cada vez más largos.

—No creo que ninguno logremos ir hasta bien entrado septiembre —decretó Alberto dándole vueltas a una manzana.

—Lo que no entiendo es cómo Vanessa ha logrado que le den vacaciones justo ahora si a nosotros solo nos dan un mísero día tras un turno de cuarenta y ocho horas. —Carmen acababa de verbalizar el misterio más grande.

Estaba claro que, siendo los últimos en entrar, iba a ser muy raro que nos dieran vacaciones cuando no llevábamos ni tres meses en el hospital.

—Se había arrimado mucho a Benítez, quién sabe si él ha metido mano…

La cara de asco de Carmen ante la respuesta de Alberto me hizo soltar una carcajada y los ojos azules de Athan me escrutaron.

—Prefiero no saberlo —espetó Carmen.

Volví a centrarme en mi ensalada de pasta con atún cuando vi que Ibáñez se acercaba a la mesa donde se hallaba Athan junto a Valdepeñas y Ramírez. Traté de no ser demasiado descarada, pero, en cuanto Ibáñez se encaminó hacia nuestra mesa, Athan se levantó rápidamente, antes de que mi antiguo tutor se detuviera frente a nosotros.

—Lamento la interrupción —anunció con semblante serio—. Eleonora, la junta directiva del hospital quiere verte con efecto inmediato, no puedo darte los detalles, pero será mejor que dejes tu almuerzo para luego.

Ibáñez dio dos golpecitos sobre la mesa y se marchó tal como había venido. Estaba claro que no me habían citado solo a mí, sino a Athan también, de ahí la urgencia con que se había ido.

Miré a Alberto, que intentaba descifrar por mi rostro si comprendía el motivo de que me citaran; después a Antonio, que parecía patidifuso, y a Carmen, cuya expresión de horror no había cambiado.

—¿Sabes qué puede ser? —exclamó Alberto.

—No tengo ni idea, pero os lo contaré luego.

Dejé la bandeja en los estantes móviles y cogí el ascensor hasta la planta que conectaba con el edificio donde se encontraba la directiva del hospital, también el despacho de Meredith.

«¿Tendrá todo esto algo que ver con ella?», pensaba. Aunque así fuera, debía tener una base sólida a la que aferrarse si tanto Athan como yo habíamos sido convocados de este modo urgente. Me encontré con él en la sala de espera que precedía a los despachos de dirección, y pareció sorprenderse de verme.

—A mí también me han convocado —advertí a pesar de que era evidente.

—Esto es cosa de Meredith —aseguró—. Y no voy a permitir que trate de involucrarte a ti solo para poder llegar hasta mí por un mero encaprichamiento.

No habíamos hablado realmente de Meredith en ningún momento, más allá de que tuvieron una historia en el pasado y que nunca le había interesado lo más mínimo. No le pregunté siquiera si habían sido amantes cuando reapareció en su vida tras el ingreso de Lucía. En verdad, no me interesaba, lo único que me importaba es que él estaba conmigo.

—¿Qué es lo que quiere de ti, Athan? —exclamé dando voz a un pensamiento acallado.

Quizá Meredith solo quería que él fuese como un perrito faldero, su vía de escape para un matrimonio que evidentemente no la hacía feliz. ¿O es que en el pasado fue él quien la dejó a ella y aún se sentía dolida por ello? No tenía la menor idea, pero intuía que ella no era trigo limpio y temía lo que nos encontrásemos tras cruzar esa puerta.

—Algo que nunca va a obtener —contestó firme y sentí su mano acariciándome la mejilla.

La mujer que se encontraba en recepción abrió la puerta para indicarnos que podíamos pasar. El director del hospital y Meredith, además de dos personas más cuyos puestos desconocía, pero que sin duda debían pertenecer a la junta directiva, aguardaban sentados.

La actitud de soberbia de Meredith no me sorprendió, es más, nos miraba con el mentón lo suficientemente alto para que me hiciera estar segura de que tenía algún tipo de elemento contra nosotros. Por más que me devanaba los sesos en recordar todos y cada uno de los momentos en los que ella había estado presente, no encontraba nada.

«Y un *affaire* entre dos personas de la misma unidad no estaba contemplado como incumplimiento de alguna normativa, por más que le jodiera».

—Doctor Beltrán, doctora Balboa. Les agradezco que hayan venido con tan poco margen de preaviso —comenzó a decir el director sin mirarnos demasiado, sino más bien a los documentos que tenía frente a él—. La doctora Oliva, aquí presente, ha encontrado algunas irregularidades en un procedimiento que se llevó a cabo en el reparto de urgencia.

«Mierda».

Le entregó el documento a Meredith. Imaginé que ella era la doctora Oliva a la que él había hecho referencia por ser la única mujer. Se incorporó de la silla para acercar hasta nosotros, o más bien hasta Athan, dicho documento.

—En el informe consta vuestra firma y la doctora Balboa como segunda cirujana. ¿Confirma que las especificaciones en el informe coinciden con lo que refleja?

Ojeé por encima el documento y enseguida confirmé que, por lo que podía leer a esa distancia, se trataba del informe quirúrgico del paciente que se operó de urgencia fuera de quirófano por la herida de arma blanca.

—Sí —afirmó sin entrar en detalles y Meredith le quitó de nuevo el documento.

—Arriesgaron la vida de un paciente sometiéndole a una operación de alto riesgo de forma improvisada, sin el consentimiento de algún familiar ni del propio paciente, y todo en un ambiente no esterilizado. ¿Se da cuenta de los problemas que podría haber causado al hospital su mala decisión? —exclamó con énfasis Meredith—. Además, lo hizo con la única compañía de una residente de primer año, la cual no estaba en absoluto preparada para ello.

—La doctora Balboa solo acató mis ordenes, por lo que queda fuera de toda acusación. La responsabilidad de lo sucedido es enteramente mía. Tomé la decisión que consideré más adecuada para el paciente cuando comprobé que el daño cerebral podría ser irreparable si no se actuaba de forma inmediata —afirmó Athan seguro de sí mismo, con la certeza de que volvería a actuar de igual modo si la ocasión se repitiera.

—El problema, doctor Beltrán, no es que la jugada le saliera bien, sino que, en caso de que su paciente hubiera sufrido daños irreparables, el hospital tendría que asumir los costes de su negligencia por obrar de un modo que se aleja de los protocolos establecidos en el Mater Dei.

Hay que ser demasiado hipócrita para tratar de hundirle la carrera solo por unos celos que carcomían sus entrañas. Athan había salvado la vida a un paciente, y ahora se cuestionaba su proceder solo por no cumplir al pie de la letra las normas. No, a ella le importaba un cuerno incluso que, gracias a él, su hijastra continuara con vida, estaba claro que lo único que perseguía Meredith era arrebatarle aquello que le importara a Athan. Su brillante carrera y yo.

«Prepárate, guapa, porque no vas a conseguir hacerlo con ninguna de las dos».

—Doctora Balboa —dijo uno de los presentes, que ni siquiera se había presentado—. ¿Confirma que no había quirófanos disponibles y que el paciente estaba en grave peligro, como afirma el doctor Beltrán?

—Sí —contesté enseguida—. El paciente comenzó a dar señas claras de delirio y las imágenes nos permitieron comprobar que podía sufrir daño cerebral si no interveníamos de inmediato. La enfermera de guardia nos confirmó que no quedaría ningún quirófano libre al menos en una hora, pero no podíamos aguardar tanto, era de extrema urgencia intervenir de inmediato.

El hombre anotaba en un cuaderno conforme yo hablaba. Después asintió y apartó la vista.

—Se ha comprobado que había un quirófano libre a la hora exacta en la que se intervino al paciente —aclaró Meredith regresando al otro extremo de la mesa donde estaban los demás haciendo repiquetear sus tacones de aguja.

—Ingresaron dos pacientes por herida de arma blanca, uno sufría hemorragia activa en el abdomen y su estado auguraba un pronóstico mucho peor. El responsable de cirugía en el momento del incidente decidió llevarlo de urgencia al único quirófano que quedaba libre, mientras que el otro paciente, con la herida en el frontal izquierdo, el que nos incumbe en este momento, aún estaba consciente cuando se le asignó al doctor Beltrán —expuse mientras todos me miraban con atención.

—Una memoria bastante precisa teniendo en cuenta que han transcurrido tres meses y los numerosos pacientes que han pasado por la Unidad de Cirugía y Urgencias. ¿No se deberá su memoria al hecho de que ambos cometieron una imprudencia y cuenta a su favor?

—No. Tengo hipertimesia. —Al fin nombré aquello que jamás había querido confesar por lo que eso significaba. Solo existían sesenta personas en el mundo como yo, y yo no quería sentirme extraña o diferente cuando lo confirmara, pero tampoco tenía dudas; en el fondo lo había sabido siempre y lo confirmé en la carrera; lo extraño es que Athan no lo hubiera mencionado, aunque estaba claro que él lo sospechaba—. Puedo recordar con minucioso detalle todo lo que ocurre en mi vida: aunque pasen años rememoro absolutamente todo con precisión.

Se produjo silencio. Un silencio bastante incómodo y prolongado. Continué:

—Así que puedo dictar cada palabra que se dijo en el orden preciso y cada detalle de la intervención si así lo desean.

«Y ahora vas y lo cascas, por lista».

Meredith hizo un mohín de insatisfacción y regresó a su asiento.

—Tendremos que estudiar a fondo el caso para esclarecer si la actuación del doctor Beltrán, considerada totalmente inadecuada, debe ser sancionable. Hasta entonces quedará suspendido de empleo y sueldo con efecto inmediato —ratificó el director del hospital.

¿Qué? ¿Pensaban retirarle de la plantilla del hospital? La sonrisa cínica de Meredith me hizo levantarme rápidamente de la silla, pero la mano de Athan sobre la mía me detuvo. Él se había comido todo el marrón, sin embargo, parecía bastante sereno.

Todos fueron saliendo de la sala de reuniones. La última fue aquella mujer. La fina línea entre no soportarla y odiarla se estaba difuminando hasta desaparecer.

—No pierdas tu tiempo con él, se cansará de ti como hace con todas.

Se giró sobre sí misma y el sonido de sus tacones contra el pavimento comenzó a alejarse de nosotros. Athan apretó los puños tratando de contener una ira que estaba muy claro que se guardaba para sí mismo.

Coloqué una mano sobre su brazo y saltó de la silla como si esta estuviese en llamas.

—¿Dónde vas? —exclamé siguiéndole.

—¿No lo has oído? Estoy suspendido de empleo y sueldo, así que me voy de aquí.

Tenía que acelerar el paso para alcanzarle y, aun así, no lograba ver el perfil de su rostro.

—¿Y ya está? ¿Piensas dejarlo estar? ¿Dejar que ella se salga con la suya?

Se detuvo bruscamente y me di de bruces con su brazo, que para mi suerte impidió que me cayera aferrándome por los hombros. A diferencia de la primera vez, no replicó por mi torpeza, sino que me sostuvo cerca de él.

—Meredith no parará. La conozco lo suficiente para saber que no se detendrá. —Respiró hondo y después espiró lentamente—. Lo mejor para ti es que esto acabe, si estoy a tu lado no avanzarás, ella no permitirá que te desarrolles aquí, no dejará que seas quien debes ser. Y no estoy dispuesto a que pagues por mis errores.

—¿Que lo hacía por mí? ¿Para evitar que vertiera su veneno contra mí?—. Su marido es demasiado influyente y su posición está muy por encima de la mía, es mejor que me marche del país.

—Me acarició la mejilla y se acercó despacio, como si pretendiera besarme quizá una última vez, o tal vez para tratar de convencerse…, pero cambió de opinión cuando se oyeron voces aproximándose por el pasillo. Apartó la mano rápidamente y se mantuvo erguido.

—Ya —dije alzando el mentón solo porque no llegaba a su altura—. Se te llena la boca con decir que haces esto por mí, pero al mismo tiempo te apartas de mi lado cada vez que alguien se nos acerca para que nadie de este hospital descubra que estamos juntos. ¿Acaso crees que no me he dado cuenta cómo evitas tocarme en público? Ni siquiera hemos tenido una cita que no sea en tu apartamento. Si realmente buscabas una excusa para marcharte, ya la tienes, coge tu vía fácil para huir, si es lo que de verdad quieres, pero no me digas que esto lo haces para favorecerme porque a diferencia de ti y los demás no pienso dejar que Meredith me convierta en piedra.

«Ni de coña voy a quedarme impávida como parecen hacer todos».

—¿Qué? —oí que decía bastante confuso.

Aparté la vista de él y proseguí por el pasillo hasta llegar al ascensor, me detuve y pulsé botón esperando que no tardara demasiado. Podía notar a Athan cerca de mí, quizá me había seguido el paso esperando una explicación que no llegaba.

—Asclepio recibió dos redomas de la sangre de Medusa. Una estaba envenenada, la otra tenía el poder de la resurrección —dije aún con la vista fija en cualquier cosa que no fuese él—. Dime, Athan. ¿Cuántas personas han muerto en quirófano mientras las intervenías?

Durante unos segundos pareció pensar en ello. Las puertas del ascensor se abrieron y salieron algunas personas mientras otras se quedaban esperando a que entrásemos, pero él permanecía quieto, quizá tratando de encontrar a esa persona que se había muerto en sus manos y que evidentemente no existía.

—Ninguna, ya lo imaginaba —advertí mientras accedía al ascensor.

«Aunque no fuera la reencarnación de un dios, las semejanzas ya no lograban abrumarme como al principio».

—¿Dónde vas? —preguntó cuando las puertas comenzaron a cerrarse.

«A encontrarme con Perseo».

La pregunta se quedó en el aire y lo último que vi de Athan fueron unos ojos azules demasiado confusos y ligeramente sorprendidos.

No había visto a Lucía desde hacía semanas y encontrarla en un estado saludable, sonriente y como si hubiera recuperado años de vida me produjo una sensación reconfortante, esa emoción que crece en el pecho por saber que has regalado vida, aunque en este caso solo fui un mero testigo de cómo Athan obraba magia.

—Imagino que esta no es una simple visita de cortesía —anunció después de que su abuela nos sirviera una taza de café junto a pastas hechas a mano por una de sus amigas.

Aquella señora, que me recordaba en muchas cosas a mi abuela Carmela, tenía el mismo sentido desarrollado que ella y, como si lo supiera, había desaparecido con una vaga excusa para dejarnos a solas.

—No. —Era incapaz de mirarla a los ojos—. Necesito tu ayuda, Lucía, y lo que te voy a pedir probablemente no sea fácil para ti, como tampoco lo es para mí recurrir a ti sabiendo lo que ello implica.

Relaté muy por encima la situación en el hospital con Meredith y cómo había puesto contra las cuerdas a Athan por un mero capricho, pero la cuestión no era que se ensañara con destruir su carrera, sino la situación de vulnerabilidad en la que nos sumíamos al resto de la unidad estando bajo su mando. Puede que Athan no obrase según dictamina el protocolo del hospital, pero lo hizo para salvar una vida asumiendo ciertos riesgos, en cualquier otra parte lo habrían dejado pasar, pero la influencia de aquella mujer convertía cada día en una caza de brujas sin precedentes.

—Soy la primera que detesta a Meredith por cómo manipula a mi padre y cómo ha intentado manipularme a mí durante años. Solo ahora me doy cuenta de lo estúpida que he sido todo este tiempo pensando que encontraría en ella una madre que evidentemente jamás hallaría. Ella ha creado una fisura entre mi padre y yo tan profunda que resulta irreparable. Con sus mentiras. Con sus artimañas para falsear la realidad, ha logrado que mi propio progenitor ni siquiera crea en mi palabra —confesó en un tono que no dejaba duda al dolor de sus palabras.

—Lo lamento, Lucía, supuse que esto sería demasiado duro para ti y entenderé que no quieras hacerlo —dije cogiéndole las manos entre las mías para transmitirle mi apoyo.

Perder una madre a corta edad debió ser algo muy duro para ella, pero perder a su padre poco a poco a manos de la gorgona lo era aún peor.

—¿Qué es lo que necesitas que haga? —exclamó.

«Cortarle la cabeza. Al menos de forma metafórica».

Tenía una ligera idea de en qué lugar podría buscar información clasificada y turbia sobre Meredith. Una mujer sin piedad como ella tendría secretos muy turbios que ocultar. ¿El problema? Que tal vez no fuera tan fácil acceder a ellos, pero de eso me preocuparía a su debido tiempo.

30

Habían pasado diez días desde que Athan fuese suspendido y aquello era el mismísimo infierno, y no por la temperatura precisamente. Por suerte, ya sabía lo que era trabajar con un dragón que escupe fuego todo el tiempo, así que permanecía imperturbable cuando Meredith trataba de verter el veneno de sus miles de serpientes sobre mí.

Eso se lo debía al maravilloso doctor Beltrán, aunque ahora no tenía tan claro que fuese tan maravilloso. Tal vez porque en todo ese tiempo no había tenido noticia alguna de él, salvo que había firmado un contrato millonario que beneficiaba a mi familia y que estaba fuera de la ciudad.

Ni la llegada de septiembre o el hecho de que la unidad funcionase de nuevo a pleno rendimiento con toda la plantilla mitigaba la furia de la gorgona. Sí. Había decidido que el apodo le venía que ni pintado.

Lucía había intentado en numerosas ocasiones acceder a su ordenador personal de forma infructuosa, así que eso, sumado al hecho de que no sabía nada de Athan, hacía que mi humor fuera como un día nublado. Tan grisáceo que tenía el presentimiento de soltar toda mi furia a la primera de cambio. Algo que probablemente ocurriera si la gorgona volvía a cruzarse en mi camino.

Esa misma tarde Athan tendría su vista para saber si le quitaban la suspensión y regresaba al hospital o era despedido con efecto inmediato. Dado que Meredith era la presidenta del Colegio de Médicos, no era descabellado pensar que se las ingeniaría para sacarse algo de la manga que le hiciera también retirarle la licencia para ejercer.

Como si del destino se tratara, vi el nombre de Lucía en la pantalla del teléfono y respondí enseguida.

—La tengo. Ni siquiera me lo creo, pero la tengo —afirmó.

Una copia de seguridad de todos los archivos del ordenador personal de Meredith, el que jamás sacaba del despacho de su casa, en el que guardaba absolutamente toda la documentación sobre lo que le concernía.

«Si el destino existe, ahí debería estar la clave para destruirla».

—Salgo en diez minutos, no te muevas de donde estés.

Solo había estado allí una vez, así que era una suerte recordar las calles que había recorrido de memoria. Egan se alojaba en la suite de uno de los mejores hoteles de la ciudad que, ahora sabía, era de su propiedad. Lucía no dejaba de mirar los frescos, las molduras y el decorado de la preciosa habitación que ocupaba más de media planta de la generosa superficie del edificio. Solo la vista ya te hacía una idea de lo que costaría alojarse allí una simple noche.

—Tengo una reunión en dos minutos, así que es el tiempo del que dispones.

La radiografía que hizo a Lucía con aquellos ojos grisáceos me hizo creer que ella parecía encajar en sus gustos. Si es que tenía un gusto, porque a mí me daba que a ese le iba absolutamente todo.

—Necesito que analices esto minuciosamente, tú sabrás qué buscar —advertí dejando el disco duro sobre la mesa.

—Leo, no creo que… —comenzó a decir Lucía.

—Tranquila, aunque sea un pedante disfrazado de divinidad, tiene el mismo interés que nosotras.

Egan pareció sonreír como si mi definición sobre él le entusiasmara. Se acercó hasta colocar sus dedos sobre el disco duro como si eso hiciera que no pudiera volver a cogerlo y ya le perteneciera.

—¿Y cuál es exactamente ese interés?

No le había explicado nada al teléfono cuando le avisé de que estábamos en la puerta de su hotel. Tal vez había sido arriesgado presentarme allí con Lucía, pero ya estaba hecho.

—Destruir a Meredith —afirmé—. Es una copia de seguridad de su ordenador personal.

La sorpresa en su rostro quedaría grabada para siempre en mi mente, quizá porque no volvería a verla. Egan era increíblemente guapo, pero, por suerte para mí, Athan lo era mucho más.

—¿Cómo? —exclamó.

—Ella es su hijastra —corroboré y, en esta ocasión, el interés de Egan era mucho más intenso que a primera vista—. Así que te recomiendo darte prisa, la vista de Athan es en cuatro horas.

La mano de Egan agarró el disco duro con firmeza e hizo un movimiento extraño con la mano de forma repetitiva.

—¿Sabes? Pensaba que Athan estaba fuera de sí, incluso pensé que solo sería algo pasajero e interesado por su parte y que acabaría recuperando la cordura, pero quizá empiece a comprender sus razones.

—¿Sus razones de qué?

—De que te elija por encima de todo y de todos, incluso de sí mismo —afirmó comenzando a alejarse y quise rebatirle que yo no estaba tan segura, no cuando estaba claro que deseaba mantenerme oculta en su vida—. Haré todo lo posible para encontrar algo en esas cuatro horas.

—Lo posible no basta —afirmé—. Así que más te vale hacer lo imposible.

Sonrió antes de perderse de nuestra vista. Me despedí de Lucía con un abrazo advirtiéndola de que la mantendría informada de cualquier noticia. Bajo ningún concepto su nombre saldría a la luz y, desde luego, evitaría a toda costa que ella pudiera meterse en algún problema.

La vista tenía lugar en el mismo edificio, en la misma sala, probablemente con las mismas personas, salvo que en esta ocasión no tenía una citación y no se me permitía asistir ni como testigo ni como oyente.

«Y la paciencia no es una de mis grandes virtudes».

Para más inri, y como si el destino quisiera burlarse de mí, tenía turno con Vanessa, cosa que no solía ocurrir. Por suerte Noelia nos acompañaba y mitigaba la insolencia de aquella chica por tratar de destacar.

—¡Dejad lo que estéis haciendo! ¡Hay emergencia masiva! —gritó Mateo desde la puerta donde estábamos haciendo un control de pacientes para pasarles de la Unidad de Cuidados Intensivos a planta.

—¿Qué? —exclamé confusa porque en mi mente solo había capacidad para pensar en lo que estaría sucediendo durante la vista de Athan.

—Ha habido un choque de trenes justo detrás del hospital, uno era de mercancías, pero el otro es un cercanías lleno de pasajeros. Han pedido a toda la Unidad de Cirugía que nos preparemos en Urgencias, somos el hospital más cercano y llenaremos el cupo al máximo posible con los pacientes de mayor gravedad hasta que no quede más remedio que desviar a otros hospitales —dijo con rapidez mientras nos apremiaba a seguirle.

Noelia soltó la tablet, y Vanessa, el parte de registro que rellenaba a mano. Nos dirigimos a la planta baja justo después de uniformarnos con el traje verde de quirófano.

—Están llamando a todo el personal que no está de turno para que venga cuanto antes, no sabemos a qué nos enfrentamos exactamente, pero ya se ha decretado emergencia masiva y protocolo de situación de desastre —anunció Condado cuando nos vio aparecer.

Sentí cómo una sombra me cernía el alma por el terror al que estaba a punto de enfrentarme. Quizá no tanto por mí misma, sino por el miedo que veía en los ojos de las víctimas. La incertidumbre, el desasosiego y la inseguridad no se apoderaron solo de mí, sino de todos y cada uno de los allí presentes.

Ver cómo despejaban los pasillos al completo y toda la sala de espera para que la entrada de ambulancias fuera constante era espeluznante. Las enfermeras y los médicos preparaban material de intervención en grandes cantidades abarrotando los carros y las mesas que traían desde el almacén. Se había instalado una carpa de triaje en la puerta para los pacientes de menor gravedad, pero aun así estaba claro que el caos iba a formarse en cuestión de minutos.

Entre todo ese desorden, el destello azul de unos ojos que me miraban cargados de ardor hizo que el tiempo se detuviera, al menos durante unos segundos, hasta que dos personas con uniforme policial acompañaban a Meredith a la salida. Tras ellos, otras dos personas vestidas de forma elegante los seguían y, poco después, guardando las distancias, se hallaba Egan, que me hizo un gesto afirmativo con la cabeza, pero sin llegar a detenerse.

Athan caminó entre el bullicio de personas que se movían a nuestro alrededor sin cesar. Las víctimas del accidente comenzarían a entrar una tras otra y nuestra prioridad sería únicamente la de salvar sus vidas a toda costa.

—No tenemos mucho tiempo y es probable que… —Athan no dejó que acabase de hablar porque se lanzó a mis labios.

Allí mismo, su boca devoró la mía con afán, en medio de todo aquel caos donde cualquiera era testigo, aunque al mismo tiempo no vieran nada, pero eso no importaba, lo único que clamaba mi corazón en ese momento es que yo era su primera elección. Lo era de verdad.

Las sirenas se acercaban y sus labios se separaron de los míos lentamente. Volví a abrir los ojos para contemplar ese azul con más intensidad que nunca.

—Athan, te necesitaremos en quirófano. —La voz de Ibáñez tras él hizo que se separase un poco más de mí—. Eleonora, ve con Velázquez, sois las únicas de primero que estáis de turno hasta que lleguen los demás, realizaréis el triaje de cirugía para priorizar pacientes según su estado de gravedad y mantendréis con vida al resto hasta que puedan ser intervenidos.

Miré a Athan con cierto temor. Me envolvía con sus manos el rostro.

—Lo harás bien, no dudes de ti misma, confía en tu instinto y ten presente la razón que te ha traído hasta aquí. —Acercó de nuevo sus labios hasta los míos con un fugaz beso—. Y recuerda también que eres la mujer con la que quiero compartir el resto de mi vida.

Olvidé respirar. Olvidé cómo me llamaba. Olvidé por qué estaba allí. Olvidé que Meredith había sido escoltada por la policía. Olvidé que acababa de ocurrir una catástrofe y que debía reaccionar. Lo olvidé todo. Y eso, para alguien que nunca olvida nada, supone un hito sin precedentes.

Reaccioné cuando Athan se había marchado y alguien gritaba mi nombre. Era Noelia, me necesitaban de forma urgente porque ya se habían ocupado los primeros quirófanos.

Condado se llevó a un paciente y Vanessa tenía el horror reflejado en su rostro.

—Respira —dije llegando hasta ella—. Busca pacientes con hemorragia o traumatismos, yo me encargo de ordenarlos por prioridad.

—¡Son demasiados! ¡No deberían dejar que haga esto! ¡No vine aquí para hacer esto! ¡Ni siquiera para ser médico! ¡Yo solo quiero casarme con uno que esté forrado, maldita sea! —Mientras Vanessa gritaba histérica, como si en aquel momento de pánico se hubiera olvidado de lo que estaba diciendo, yo me dedicaba a repasar visualmente los seis pacientes que había en la sala y veía que por el pasillo llegaban otros cuatro más—. ¡Y tú me has quitado a Athan! ¡Tú! ¡Que ni siquiera tienes estilo o eres guapa! —bufó entre aquel caos donde todos y nadie la escuchaban.

Ni siquiera le hice caso, era como ver a una niña de tres años lloriqueando por un juguete que no era suyo.

El servicio sanitario trajo hasta nosotras un paciente con medio rostro destrozado y parte del núcleo cerebral expuesto. Justo en ese momento, Vanessa perdió el conocimiento y cayó de bruces al suelo.

«Y encima se desmaya. Lo que me faltaba por ver».

—Llevadla a la sala de espera y dejadla sobre una silla hasta que despierte —avisé a los enfermeros mientras pedía que llevasen al paciente a cirugía con Chamorro—. ¿Cuántos quirófanos libres quedan? —le pregunté a una mujer que, según su identificación, se llamaba Mercedes. No la había visto con anterioridad, supuse que trabajaría en otra unidad.

—Siete si contamos con otros departamentos —respondió mientras asentía.

Miré la tabla con los nombres de los cirujanos disponibles. Solo había cinco contando con Beltrán.

Íbamos a necesitar un milagro como continuaran llegando pacientes en el mismo estado que el que se acababa de ir.

Un hombre con un hierro clavado en el estómago. Una mujer con traumatismo de tórax. Una chica joven con una hemorragia abierta. El ritmo no cesaba y ya no quedaban más cirujanos disponibles hasta que no llegasen los que habían sido convocados. Dos residentes de último año se llevaron un par de pacientes más, Antonio, Carmen y Alberto habían llegado para encargarse de las víctimas que aguardaban para entrar en quirófano por orden de prioridad. Dimos la alerta para que llevasen a pacientes graves a otros hospitales, así que no podíamos hacer nada más que suministrar antidoloríficos, taponar heridas y tratar de que resistieran el tiempo suficiente hasta ser atendidos.

—¡Paciente con traumatismo vascular grave! —gritaron mientras entraban en la sala donde no dábamos más de sí desde hacía dos horas.

—¿Por qué no la han llevado al hospital universitario? —exclamé viendo cómo se encogían de hombros—. ¿Cuánto falta para que acabe Beltrán? —exclamé a la enfermera mientras me acercaba a la mujer. Probablemente no llegaba a la treintena, demasiada vida aún para morirse hoy, como casi todos los que estaban allí, que regresaban a sus casas del trabajo.

—Está teniendo complicaciones y al menos tardará otra media hora —informó la enfermera mientras comprobaba la pantalla.

—No tenemos ese tiempo. ¿Ibáñez? —exclamé buscándole el pulso.

—Imposible, acaba de iniciar con otro paciente —confirmó—. La pondré en prioridad —afirmó mientras yo cerraba los ojos y trataba de alejar todo el ruido que había en la sala. Cada queja, cada grito de dolor, cada aullido, exclamación o sonido de instrumental para concentrarme en la vibración que su corazón emitía a través de su cuerpo.

—¡Hay que intervenirla ya! ¡Están descendiendo sus pulsaciones! ¡Se está desangrando! —exclamé antes de salir corriendo conforme me quitaba los guantes y los tiraba en el primer contenedor libre.

Solo había un quirófano disponible. Uno. Y ningún cirujano con la capacidad de asumir una operación compleja como la que necesitaba la paciente.

—¿Qué hacemos? —exclamó Carmen.

—Iremos preparando a la paciente para la intervención, que avisen a toda la Unidad de Cirugía de la urgencia, si alguno puede pausar la operación porque el paciente tenga constantes estables, que venga de inmediato —dije a Carmen, que asintió y comencé a empujar la camilla mientras la veía desaparecer por el pasillo y me dirigí hacia el ascensor hasta el único quirófano vacío de todo el hospital.

Nadie te prepara para una situación de catástrofe general, para tomar decisiones apresuradas que pueden cambiar el rumbo de las vidas de numerosas personas, incluida la propia. Mi respiración era agitada, similar a las pulsaciones con las que latía un corazón encogido porque intuía que a la mujer que yacía inconsciente sobre la camilla se le agotaba el tiempo. ¿Lo peor? Esa sensación de impotencia por no poder hacer más. No tenía el control. No tenía la llave mágica que dispusiera las cosas a mi favor.

Carmen no trajo buenas noticias cuando regresó al quirófano donde ya permanecía la paciente conectada a la espera de ser intervenida. En ese momento me di cuenta de los violines que se oían a través de las puertas que conectaban con el quirófano de al lado y que, hasta ahora, por la incertidumbre y el pánico no había escuchado.

Abrí las puertas adentrándome en la sala de quirófano contigua y le vi con las manos llenas de instrumental tan concentrado en lo que hacía que ni detectó mi presencia.

—Tengo a una paciente con hemorragia interna en el quirófano de al lado. Si no es intervenida ahora, morirá en pocos minutos —dije llamando su atención.

Athan alzó la vista para verme a través de las gafas de protección y la sensación de plenitud con solo aquella mirada me reconfortaba lo suficiente como para mitigar esa opresión que sentía en el pecho.

—No puedo operar a dos pacientes al mismo tiempo. Me gustaría, pero hasta los dioses tienen límites —contestó como si tratara de leer mis pensamientos y logró sacarme una débil sonrisa.

Respiré profundamente porque solo quedaba una opción, la única para aquella mujer, aunque las probabilidades fuesen mínimas. Ni en mis mejores sueños pensé que diría lo que iba a decir solo tres meses después de iniciar la residencia, pero ahora más que nunca confiaba en lo que era capaz de hacer, en mi voluntad inquebrantable, en la fuerza y determinación que me habían llevado hasta allí, en el camino que me aguardaba sin ponerme límites. Sin miedos. Sin el temor al fracaso.

«Lo único que convierte al sueño en imposible es el miedo a fracasar».

—Si me das tu permiso, puedo ser tus ojos y tus manos, pero necesitaré que me dictes qué debo hacer —afirmé logrando que aquellos ojos azules a través de la mascarilla y las gafas transparentes brillasen con furor.

—Si confías en ti, yo también. Será mejor que se prepare, doctora Balboa, porque cuando todo esto acabe, también querré que sea algo más que mis ojos y mis manos.

El recorrido de adrenalina que me atravesó como un rayo fulminante me activó y sonreí de verdad mientras me daba la vuelta.

—Eso tendrás que ganártelo, doctor Beltrán.

Me coloqué al lado de la camilla donde yacía la paciente, pero pude apreciar claramente su risa por encima de la música. A pesar de que la mujer desconocida tenía constantes, su pulso continuaba descendiendo y amenazaba con entrar en parada.

—Carmen, quédate en la puerta que comunica con el otro quirófano y mantenla abierta. Antonio, necesitamos transfusión de sangre ya, llévate una muestra y vuelve lo más rápido que puedas con varias bolsas.

—Hecho. ¿Tú estás segura de esto? —preguntó conforme cogía el material necesario para una muestra de sangre.

—Sí. Trataré de darle tiempo…, es lo único que puedo hacer por ella.

—¿No vas a ponérmelo fácil? —oí que gritaba desde el otro lado y, aunque no pudiera verle, podía imaginar su rostro y su expresión exacta.

Cogí el bisturí y comencé a realizar una incisión que empezaba en su esternón y descendía hacia el ombligo para después colocar pinzas de sujeción que me permitieran acceder a toda la zona de intervención para encontrar los vasos dañados.

—¡Tendrás las mismas facilidades que tú me diste cuando entré aquí! Es decir, ¡ninguna! —exclamé teniendo una vista general y comprobando que el sangrado se había extendido a toda la zona—. Mierda… —agregué y vi mis guantes manchados de sangre; alcé la vista para ver a Carmen, que me miraba con palidez en el rostro, pero sin acercarse.

Dos segundos después Athan entró en mi quirófano atravesando la puerta que Carmen mantenía abierta y se mantuvo a más de un metro de distancia, pero paseó la vista por todo el cuerpo de la paciente.

—Busca posibles contusiones en los órganos, es el lugar más probable —afirmó y acto seguido se marchó manteniendo las manos en alto para evitar tocar cualquier cosa.

La teoría está genial, el problema es que no se podía buscar una mierda si no se veía una mierda.

Vi el bote de solución salina con epinefrina y el monitor cardiaco comenzó a pitar, lo que significaba que la frecuencia estaba por debajo del umbral. Sin pensarlo dos veces cogí el frasco y lo vacié por completo en el interior, haciendo que el líquido se mezclara con la sangre. Durante unos segundos vi las tres fugas tan nítidamente que el pánico se disipó al instante.

—¡Carmen! ¡Te necesito! ¡Tienes que bombear su corazón por ella hasta que suture las tres válvulas que tiene fisuradas!

Carmen llegó hasta la paciente y le colocó las manos en el corazón. Comenzó a presionar mientras contaba en voz baja conforme yo pinzaba los tres vasos sanguíneos para detener el sangrado.

—Continúa descendiendo —aseguró Carmen y alcé la vista un segundo para ver cómo el ritmo cardiaco estaba por debajo de treinta.

—Tú sigue bombeando.

Empecé a aspirar el líquido en el interior para proceder al clicado vascular sin detenerme a pensar que, si Antonio no llegaba a tiempo con esa sangre, no habría nada que hacer. Fijé el primer clip y las pulsaciones se acercaban peligrosamente a veinte. ¡Maldita sea! ¡Se estaba muriendo!

Una enfermera del quirófano contiguo donde se hallaba Athan abrió la puerta deteniéndose en la misma para que la comunicación entre ambos quirófanos fluyera.

—¡Estaba pensando en cuánto me gustan los retos!

En cualquier otra circunstancia habría reído, pero ahora estaba viviendo la pesadilla que tantas veces había evocado en mis pensamientos y luchando hasta el último aliento por que no se cumpliera.

—¡Te recuerdo que nunca pierdo! —grité logrando grapar la segunda válvula que costó mucho más que la primera. Bien. Ya solo quedaba una, pero las pulsaciones habían bajado de veinte—. No te detengas —advertí a Carmen, que solo asentía mientras veía su semblante de agotamiento.

Antonio entró en ese momento con dos bolsas de sangre y respiré hondo. Él mismo las colocó mientras yo suturaba finalmente el último vaso fisurado. Sin embargo, las pulsaciones de la paciente no subían. ¿Por qué?

—Razón de más para que aceptes, ¿no? —gritó Athan.

—¡He fisurado todos los vasos y las constantes no suben a pesar de la transfusión! ¿Qué se me escapa? —grité pasando mis ojos por los órganos expuestos y no viendo un daño apreciable en ellos.

—¡Busca cerca de la zona de las fisuras, si no lo has encontrado ya, debe ser una laceración poco visible!

—Está acercándose a diez… —susurró Carmen.

—No te vas a morir hoy. Conmigo no. Apártate, Carmen.

Eché más solución salina hasta que vi la línea en un lateral de su corazón.

—¡Está en el corazón! ¿Qué hago? —grité porque hasta entonces no había intervenido directamente en un órgano, y menos en el que me había hecho estar allí por los misterios que entrañaba.

—¡Utiliza suturas quirúrgicas! ¡Recuerda el ensayo en laboratorio! ¡Movimientos suaves y precisos! ¡Nada de filetear pollo!

Hice un mohín porque al que iba a filetear cuando aquello acabara era él, pero no estaba para bromas, aunque él tratara de mitigar mi estado de nerviosismo. Cogí el instrumental preciso y me acerqué hasta el corazón de aquella mujer que se detenía lentamente, como si estuviera a punto de dar sus últimos latidos, liquidando el poco aliento de vida que le restaba. Di la primera sutura con vacilación, pero comprendí progresivamente que el misterio que englobaba a ese órgano viviente era el que yo quisiera darle, y pensaba insuflarlo de esperanza.

Cuando di la última puntada Athan apareció frente a mí, se había cambiado todo el equipo, ya que no había ni una sola gota de sangre en su vestimenta, a diferencia del mío.

El ritmo cardiaco se detuvo en ocho cuando coloqué el parche que él mismo me pasó para asegurar que la fisura quedaba completamente taponada. Entonces ocurrió el milagro, subió a nueve, luego a diez y así progresivamente.

Un par de lágrimas surcaron mi rostro, aunque fueran de completa felicidad. Y el alivio logró que la presión en el pecho se me disipara.

Había salvado una vida. Yo. Esa inexperta aspirante a cirujana que entró con más miedo que convicción el primer día. Y Athan había confiado en mí sin dudarlo.

—No has respondido si aceptas el reto —dijo Athan mientras yo alzaba la vista hacia él y me perdía de nuevo en sus ojos y en lo reconfortante que resultaba tenerle cerca.

—No me has dicho de qué se trata —afirmé con una vaga sonrisa, ahora sí podía sonreír.

Tal vez Carmen y Antonio constataran la evidencia de que entre él y yo había una historia más allá de tutor y alumna, pero no me importaba. Solo deseaba gritar de pura euforia.

—Soportarme dentro y fuera del hospital las veinticuatro horas. Compartir el mismo quirófano y la misma cama. Para siempre —dijo con aquella tonalidad ligeramente oscura en sus ojos.

El monitor cardiaco de mi paciente marcaba veinte, pero el mío debía rozar tres mil.

¿Quería que viviéramos juntos? ¿Y me lo proponía delante de todos? Si no fuera porque le conocía, pensaría que era una broma.

—¿Y qué se supone que sacaría yo de tener que soportarle dentro y fuera del hospital, doctor Beltrán? —advertí con agudeza ante el silencio sepulcral de Carmen, Antonio y el resto del equipo, que incluía una enfermera y un anestesista.

—Si te lo dijera perdería emoción, ¿no crees? —exclamó mostrándome sus dientes con una gran sonrisa y negué mientras me mordía el labio sin responder.

Salí del quirófano y me retiré todo el equipo de protección. Detecté que Athan estaba tras de mí haciendo exactamente lo mismo.

—Más que un reto, me parece una proposición —dije entonces, que estábamos solos, y abrí el grifo para comenzar a lavarme las manos.

—¿Es que tenías alguna duda? —exclamó en un tono más serio colocándose detrás de mí.

—¿De verdad quieres que me vaya a vivir contigo, Athan? —pregunté dándome la vuelta para encararle.

Colocó ambas manos a cada lado de mi cintura y se acercó lo suficiente para que su nariz rozase la mía.

—Yo quiero todo. Absolutamente todo, contigo —susurró conforme rozaba mis labios—. Desconozco si esto es amor, pero si hay alguien por quien pueda sentirlo eres tú.

Alcé mis brazos a pesar de las manos mojadas y los enrosqué alrededor de su cuello sin apartarme, sintiendo cómo el roce de su boca alimentaba la mía.

—Tú me has dado algo mucho más valioso, Athan. La seguridad de creer en mí, la confianza que creía perdida. Eso es verdadero amor.

Sus labios se fusionaron con los míos en una simbiosis perfecta, como la certeza de que mis miedos e inquietudes me habían abandonado en el mismo momento en que había decidido enfrentarme a ellos.

Podía llamarlo destino, fortuna, milagro o eventualidad. ¿Qué posibilidades había de que Athan y yo nos encontrásemos en este lugar? Pero de entre todos los miles de millones de decisiones tomadas a lo largo de la vida, ambos tomamos la misma elección en el mismo momento que permitió que nuestros caminos se cruzaran.

Alguien irrumpió en la sala y nos apartamos levemente. Reconocí de inmediato al director del hospital. Su expresión era una máscara de agitación y rojez, y sus ojos oscuros denotaban miedo.

—¿Es mi hija la que está ahí dentro? —exclamó haciendo que ninguno de los dos supiéramos qué decir.

—No sabría… —comencé a pronunciar cuando las puertas se abrieron y la camilla con la paciente estable que acababa de intervenir salía empujada por Carmen, Antonio y la enfermera que había asistido durante toda la intervención.

—¡Oh, Dios! —clamó—. ¡Dalia! ¿Está bien? ¿Ella está bien? —exclamó mirando a Antonio, que no supo qué contestar.

—La doctora Balboa ha intervenido a su hija con éxito —anunció Athan—. No quedaban cirujanos disponibles, supo reconocer la gravedad de su estado y que moriría si no intervenía, así que me pidió permiso para operar a la paciente y se lo concedí.

Intuí que Athan mencionaba aquello para asumir toda la responsabilidad por lo que pudiera suceder. Yo no debería haber asumido esa operación siendo un R1, ni decidir a qué quirófano debía acudir. Que fuese una situación catastrófica no implicaba que me pudiera saltar el protocolo del hospital a mi antojo. Había traspasado ciertos límites para asegurar la vida de esa mujer sin conocerla.

Apartó los ojos de su hija para mirarme unos segundos y después observó a Athan.

—Tendrá una reincorporación con efecto inmediato, doctor Beltrán. Y me aseguraré de que no se abra expediente a ninguno de los dos. Este hospital necesita de médicos que sepan dar la talla en momentos como este y que demuestren su valía, aunque apenas tengan experiencia —admitió mirándome a mí—. Gracias por salvar a mi hija, doctora Balboa.

¿Habría actuado de un modo diferente de saber que esa mujer era la hija del director del hospital? No. Por supuesto que no, pero ahora el nombre de Dalia me acompañaría para siempre.

—Solo he hecho lo que creí que debía hacer —afirmé antes de que el equipo de limpieza nos avisara de que teníamos que despejar el quirófano para que lo limpiasen porque aguardaban más víctimas del tren.

Catorce horas más tarde estaba exhausta. Las víctimas por el accidente continuaban, aunque ya solo quedaban los pacientes de menor gravedad. Habíamos pasado toda la noche en quirófano, intervención tras intervención, sin ninguna pausa. Estuve junto a Athan todo el tiempo. Afortunadamente al amanecer llegó el relevo que nos permitió marcharnos a descansar.

Solo me apetecía una ducha fresca y dormir acurrucada sintiendo el calor de él envolviéndome. Nada más.

Entorné los ojos cuando sentí que el motor del coche se apagaba. De buen grado me habría acurrucado y adentrado en un sueño más profundo allí mismo, pero abrí bien los ojos cuando no reconocí el lugar.

—Esta no es tu casa —dije aún somnolienta.

—No. Sé que estás cansada, pero hay alguien que quiere conocerte desde hace un tiempo y que necesito que tú también conozcas.

Fruncí el ceño. ¿Alguien que quería conocerme? Divisé el edificio y enseguida identifiqué dónde estábamos: muy cerca de la casa de Athan, a un paso de la catedral, y comprendí de quién se trataba.

Su tío. La persona que había considerado un padre toda su vida. La única familia que de verdad había tenido. ¿Le había hablado de mí?

No sabía qué esperar de aquel encuentro. Desde luego no me había preparado mentalmente para ello, pensaba en ello mientras mis ojos recorrían cada rincón del lugar donde, ahora lo sabía, había crecido Athan. Allí pasó su infancia, su adolescencia, sus

preguntas, miedos e inquietudes. Ese lugar fue testigo de sus lágrimas, de sus primeras veces, del sonido de un violín bajo una
mano inexperta, de la angustia cuando supo que su madre murió
en aquel incendio. Los muros que conformaban aquella casa habían visto el hombre en el que se había convertido, el mismo hombre a quien yo amaba.

—Buenos días, tío —dijo Athan cuando nos adentramos en un
enorme salón decorado con un mobiliario clásico pero sobrio, de
algún modo encajaba muy bien en el estilo del hombre que tenía al lado.

Me centré en la persona que permanecía en silla de ruedas
mirando por la ventana. Se giró lentamente, no pareció sorprenderse al verme. ¿Es que me esperaba? Ya fuera mi curiosidad o mi
asombro, él me lanzó una sonrisa.

—¿Es ella? —preguntó acercándose mientras él mismo empujaba la silla sin dejar de observarme.

—Sí. Ella es la mujer con la que deseo compartir el resto de
mi vida —afirmó Athan apretándome la mano y después lleván-
dosela a los labios para depositar un beso sin apartar la mirada de
la mía.

Mi corazón comenzó a acelerarse y vi cómo sonreía, tal vez
porque él mismo lo sentía.

—Si ha sido capaz de aguantarte hasta ahora, lo demás será un
paseo para ella —contestó aquel hombre y provocó que soltara
una carcajada a pesar de no saber aún su nombre—. Iré a preparar
el café. Con leche y bien cargado de azúcar, ¿cierto? —preguntó
directamente.

—Cierto —afirmé antes de verle desaparecer y dejarnos a
Athan y a mi completamente solos.

—¿Le has hablado de mí a tu tío? —gemí en un aullido de voz
en cuanto perdí de vista la silla de ruedas.

—No tengo secretos con él. Es la única persona que sabe todo
de mí, y ahora quiero que tú también lo hagas —afirmó sin soltarme la mano para que me acercase a él—. Mi tío sufre una enfermedad degenerativa diagnosticada hace ocho años. No existe
una cura, ni una intervención que pueda restaurar sus músculos

debilitados por la enfermedad, por eso era para mí tan importante la investigación y te necesitaba con tanta desesperación. En los últimos meses la enfermedad ha avanzado lo suficiente como para debilitar sus piernas y dejarle en esa silla de ruedas. Él fue el verdadero motivo para regresar a Valencia: estar cerca de él, hallar la motivación que me hiciera avanzar y encontrar la forma de mejorar su calidad de vida.

No buscaba la fama ni el dinero. Solo quería ayudar a su tío y para eso estaba dispuesto a sacrificarse a sí mismo con Meredith si era necesario. Cerré los ojos unos segundos pensando en todos los momentos en los que me había formado una imagen de Athan muy diferente de la persona que en realidad era.

—Esto es importante para ti. Y si lo es para ti, también lo será para mí —dije con firmeza.

—Si lo logramos, no solo ayudaremos a mi tío, sino a miles de personas. ¿Estás preparada para hacer historia?

Sentí cómo envolvía con su brazo mi cintura y me acercaba a él.

Podría acostumbrarme a esto. A la calidez de su cuerpo junto al mío, a la sensación de plenitud, de percibir que estaba completa, de sentir alegría en cada poro de mi piel, de sentirme realmente amada por Athan en todos los sentidos. Él y yo éramos el destino unido.

No existía otra forma de amor más pura que la de confiar en alguien con los cinco sentidos de un modo incondicional.

—Nací preparada para hacer historia contigo.

Quizá Athan no era ese dios de la medicina con el que guardaba demasiadas semejanzas, pero lo que teníamos, ese vínculo que nos unía era especial, único, inquebrantable, firme, extraordinario, y terminaría siendo *inmemorable*.

Agradecimientos

Escribir esta historia ha sido una aventura maravillosa, aunque reconozco que en bastantes ocasiones me ha provocado desvelos, dudas, inseguridades y nervios.

Aventurarme en un terreno desconocido y retarme a mí misma para hacerlo ha supuesto un crecimiento personal y me ha permitido acercarme a personas que me han brindado su ayuda incondicional.

Quiero darles las gracias en primer lugar a mi grupo de escritoras cercanas: Nerea, Ruth, Alba, Adriana, Leen, Maite, Mónica, Gema y Abigail. Gracias, por animarme a escribir y a no ceder ante el pulso que me suponía completar esta novela en los tiempos establecidos.

Especial mención a Alba, por su paciencia ante las mil dudas sobre cuestiones médicas y por abrirme a un mundo que me era completamente desconocido antes de este libro.

Gracias a mis amigas Joana y Paqui, que, a pesar de estar lejos, me han motivado cada día soportando mis eternos audios y apoyándome para que continuara, pese a mis propias dudas.

Gracias a mi familia, por ese cariño que siempre me brindan, esas llamadas eternas en las que me hacen reír y me dan un chute de alegría que me motiva a continuar escribiendo. Sobre todo a mi marido, por comprender que, cuando mis dedos tocan las teclas, durante un rato desaparezco de este mundo.

Gracias a todo el equipo de Roca, por darme la oportunidad de que esta historia llegue a vuestros hogares y cautive tantos corazones como le permitan conquistar.

Y, finalmente, infinitas gracias a mis lectoras, por el apoyo incondicional en cada paso que emprendo. Este libro es para vosotras.

«Para viajar lejos no hay mejor nave que un libro».

Emily Dickinson

Gracias por tu lectura de este libro.

En **penguinlibros.club** encontrarás las mejores
recomendaciones de lectura.

Únete a nuestra comunidad y viaja con nosotros.

penguinlibros.club

Penguin
Random House
Grupo Editorial

penguinlibros